Die Rückkehr der Ahnen

Ein G. Voigt Roman

Deutsche SF- Literatur

Inhaltsverzeichnis:

„Der Mensch erreicht immer, was er will – sogar seinen eigenen Untergang!"
Thomas Hugh

„Der Geist der Menschen wird einst alle Schranken überwinden – bis dahin wird
sein Weg voller Dornen und Abgründe sein, der Tod sein ständiger Begleiter!"
(Spruch der Pikos)

Heiliger Abend im Jahre des Herrn 2035.
Was schon lange durch unheilvolle Boten angekündigt wurde, traf ein.
Die Folgen des seit Jahren anhaltenden Treibhauseffektes hatten ihren
Höhepunkt erreicht.
Die Natur ertrug nicht länger die Schmach, sie schlug erbarmungslos zurück
und vernichtete die Brut des Bösen, die Verantwortung trug für ihren
systematischen Missbrauch, ihre permanente Vergewaltigung.
Die Menschheit zahlte den Blutpreis für Raffgier, Arroganz und Dummheit.
Der ewige arktische Winter brach an...

Impressum:

Bibliographische Information der Deutschen Nationalbibliothek:

Die Deutsche Nationalbibliothek verzeichnet diese Publikation in der Deutschen

Nationalbibliographie, detaillierte bibliographische Daten sind im Internet über

http://dnb.dnb.de   abrufbar.

Herstellung & Verlag

BoD Books on Demand Norderstedt

© 2016 by A. & J. Voigt

ISBN: 9783837011975

Ewiger Winter

Schicksale…

Es schneite und schneite.

Das fortwährende Tosen und Heulen des Windes zehrte an den Nerven. Seit sieben Monaten, zwei Wochen und vier Tagen fiel ununterbrochen Schnee in Los Angeles. Nic stand am Fenster und hauchte an die Scheibe. Das Eis darauf war inzwischen so dick und undurchsichtig geworden, dass er mit den Fingern schaben musste, um überhaupt einen winzigen Sehschlitz zu erhalten. Außer dicken, weißen Flocken, welche schräg im Wind trieben, konnte er nichts erkennen. „Verfluchte Sauerei, wann hört diese verdammte Scheiße endlich auf? Haben wir so viele Sünden auf uns geladen, dass Du uns unbedingt vernichten musst, oh Herr!" fluchte er und hauchte noch einmal den Schlitz frei. Obwohl die gegenüberliegende Hausfront nicht weiter als knappe zwei Dutzend Meter entfernt war, sah er nur eine rieselnde Wand. Nic rieb sich fröstelnd die Hände und schob sie unter die Achseln. Seine Mütze war beim Schauen verrutscht. Blondes, verfilztes Haar lugte hervor. Er fror erbärmlich, trotz der drei dicken Wollpullover und mehrerer Paar gefütterter Hosen, die ihn in seiner Bewegungsfreiheit behinderten. Wie eine Marionette stolzierte er mit steifen Gliedern durch das kleine Zimmer. „Müsste ja mal wieder raus und Brennmaterial besorgen", stellte er mit einem bekümmerten Blick auf die Blechtonne fest, die von ihm einst zum provisorischen Ofen umfunktioniert worden war. Das verbeulte Rohr, welches ihm als Abzug diente, hatte er sich selber gebogen und angebaut. Damals hatte Ev, seine Frau, spöttisch über ihn gelacht. „Ein Meister ist jedenfalls nicht an Dir verloren gegangen, mein Schatz", war ihr ganzer Kommentar gewesen, aber dann war sie froh und glücklich, wenigstens eine funktionierende Heizquelle in der Wohnung zu besitzen. Die grau gepinselten Heizkörper an den Wänden hatten sich als Attrappen erwiesen. „Lieber Gott, bitte mach, dass das Unwetter endlich aufhört und ich mich um einen Arzt kümmern kann. Ich flehe Dich von ganzem Herzen an, lass Ev nicht sterben! Sei barmherzig und verlasse uns nicht in dieser Not!" Sein Gebet wurde durch leises Stöhnen aus dem Hintergrund unterbrochen. Besorgt schaute er in die Schlafecke, wo unter dicken Federbetten seine Frau Ev lag. Ihr Atem ging schwer, manchmal wimmerte sie im Schlaf. Sie war im achten Monat schwanger, ihr geschwollener Bauch wölbte die Decken zu einem kleinen Hügel. Liebevoll glitt sein Blick über das fast durchsichtig schimmernde Gesicht. „Es tut mir Leid, Liebling, dass ich Dir in dieser schweren Zeit nicht helfen kann. Ich wünschte mir, wenigstens einen kleinen Teil der Schmerzen lindern zu können. Wenn ich wüsste, was ich tun kann?" Er schluchzte in seiner Hilflosigkeit. „Weißt Du noch, wie wir uns kennen gelernt haben?" flüsterte der junge Mann leise, um sie nicht aufzuwecken. „Du warst ein verrücktes Huhn – und ich habe Dich vom ersten Augenblick an geliebt. Damals fühlten wir uns frei und ungebunden, der Truck war unser Heim und die Straßen führten uns durch das ganze Land. Du wolltest eigentlich nur, dass ich Dich ein Stück mitnehme, doch daraus wurde eine heiße und rasante Tour fürs Leben. Und ein halbes Jahr später hatte ich Dich endlich soweit, dass Du mir Dein Jawort vor dem Friedensrichter gegeben hast." Die Erinnerungen zauberten ein flüchtiges Lächeln auf seine hohlen Wangen. Seine Liebe und seine Leidenschaft für Ev war ungebrochen. Mit dem Ärmel wischte er sich die Tränen ab, bevor sie zu Eis erstarrten. Sein Blick kehrte zum Fenster zurück: Normalerweise herrschten um diese Jahreszeit dreißig bis fünfunddreißig Grad im Schatten. „Jetzt würde ich zu gern mit Dir am Strand liegen und die Sonne genießen. Ob unser Kind einmal in seinem Leben die Sonne sehen wird?" Über seinen Rücken flutete eine Gänsehaut. Nic erhob sich schwerfällig und sah in allen Ecken nach, ob sich nicht doch irgendwo ein Stück Holz oder Papier oder anderes brennbares Material verborgen hatte. Ihre Möbel waren im Laufe der Wochen bereits Opfer der Flammen geworden; bis auf einen wackligen Hocker und ein Schränkchen war nichts mehr übrig geblieben. „Na ja, ich werde auf jeden Fall noch einmal die unbewohnten Nachbarhäuser inspizieren. Es liegt bestimmt noch genügend Zeug herum. Wenn nicht, werde ich einfach die Verkleidung abreißen und als Brennmaterial verwenden", nahm er sich fest für den Abend vor. Er hauchte sich die klammen Finger. „Verfluchte Kälte!" Ungelenk ließ er sich in den Liegestütz fallen und begann, bei jeder Beuge zu zählen. Früher machte es ihm

nichts aus, vierzig oder fünfzig Liegestütze auf einen Ritt zu absolvieren.
Bereits nach der sechsten ging ihm die Puste aus. „Nichts zu fressen, nichts zu
rauchen – Mensch, was ist das für ein beschissenes Leben!“ Ihm war nicht
wärmer geworden, dafür begann sein Magen vernehmlich zu knurren.
Keuchend stand er auf und schleppte sich ins Bad. Aus dem blauen Eimer
unter dem Waschbecken klaubte er sich ein Stück Eis heraus und schob es in
den Mund. Vor ihm, im Spiegel, erblickte er das Gesicht eines grauhäutigen,
gealterten Mannes mit dichten, rötlich schimmernden Bartstoppeln. „Du hast
auch schon bessere Tage gesehen, mein Freund!“ sprach er zu seinem
Konterfei und zog prüfend die schlaffen Wangen in die Höhe. „Was soll es, aus
einem Wildschwein wird nun mal kein Pfau!“ versuchte er sich zu trösten und
striegelte das fettige, kaum zu entwirrende Haar auf der Stirn. „Mann, was
würde ich jetzt für ein heißes Bad mit duftendem Schaum geben“, sinnierte er
still vor sich hin; einen winzigen Moment lang versuchte er sich vorzustellen,
wie das dampfende Wasser prickelnd über seine Haut lief. Genüsslich stöhnte
er auf, doch dann hatte ihn der Alltag wieder: Seit Monaten floss aus diesem
verdammten Wasserhahn kein Wasser mehr, weder kaltes, geschweige denn
warmes! Nicht einmal mehr die Feuerwehrhydranten konnten genutzt werden.
Der ewige Frost hatte alles erstarren lassen. Bei dem Gedanken an die
Hydranten fiel ihm ein, wie an einem der letzten Tage nicht weit von hier ein
Haus in Flammen aufgegangen war. Bis auf die Grundmauern brannte das
übergreifende Feuer gleich mehrere benachbarte Häuser nieder und niemand
konnte löschen. „Auf jeden Fall war es schön warm – oder? Und diese beiden
Arschlöcher, die nicht abwarten konnten und sich vordrängelten? Wie
Hamburger wurden sie gegrillt. Schadet ihnen auch gar nichts! Hätte nicht viel
gefehlt und die Meute hätte sie danach auch noch aufgefressen!“ Er schüttelte
den Kopf. Allein die Vorstellung, bei lebendigem Leibe zu verbrennen wie diese
beiden Typen, jagte ihm einen Schauer über den Rücken. „Wie schmeckt
eigentlich Menschenfleisch...? Vielleicht sollte man doch...?“ Erschrocken
verdrängte er die Frage und versuchte, wieder auf andere Gedanken zu
kommen. Doch so einfach gelang das nicht. Wenn er die Augen schloss, hörte

er die verzweifelten Schreie der Männer, das Johlen der Gaffer, das Tosen der Flammen...

Verdrossen schlug Nic die Badtür zu und suchte seine Sachen zusammen. Unablässig brummelte er vor sich hin, dabei zwängte er sich in einen Pelzmantel. Ob er wollte oder nicht, er musste hinaus ins Freie. Seine Blase schien jeden Moment zu explodieren. „Nun mach schon und stell dich nicht so an!" beschimpfte er einen Stiefel, der ihm immer wieder vom Fuß rutschte. Vor diesem Gang graute ihm jedes Mal, deshalb schob er ihn immer bis zur letzten Sekunde hinaus. Doch nun ließ sich das Bedrängnis nicht länger zügeln. Dick vermummt schlich er sich aus der Wohnung. Eisiger Wind riss ihm die Tür aus der Hand und ließ sie krachend gegen die Wand poltern, die Gewalt der Schneemassen warf ihn beinahe um. „Scheiße aber auch!" fluchte er laut vor sich hin, stemmte sich mit aller Kraft dagegen und verschloss die Tür wieder. Die Mantelzipfel flatterten um seine Beine; unsicher und ständig Halt suchend stakste er am Geländer entlang bis zur Treppe. Sie war kaum zu sehen und so glatt, dass er mehr schlitterte und fiel als ging. Endlich erreichte er halbwegs sicheren Boden. Erleichtert atmete er auf und kämpfte sich durch die Schneewehen. „Dieses Scheißspiel bringt mich eines Tages noch einmal um! Ich hasse Schnee – jawohl, ich hasse Schnee!" Sein Zorn steigerte seine Kraft, mit hastigen Schritten und rudernden Armen erreichte er eine vom Wind geschützte Nische. Normalerweise schaffte er es immer bis zum nächsten Hauseingang, doch diesmal würde es schief gehen, das spürte er. Ohne sich länger zu besinnen, nestelte er Mantel und Hosen auf und hockte sich hin, um seine Notdurft zu verrichten. „Wie pinkelt ein Eskimo?" Er konnte über diesen Witz schon lange nicht mehr lachen. Blau gefroren zog er die Hosen wieder hoch, die Knöpfe ließ er, um Zeit zu sparen, offen. Nur den Mantel schloss er ordentlich. Seine Hoffnung, dass der Wind für einen kurzen Moment nachlassen würde, erfüllte sich nicht. Eher schien er noch stärker zu werden. Nic tastete sich an der Mauer entlang, kurz vor der Treppe blieb er hängen und stürzte kopfüber in den Schnee. „Mir bleibt heute auch wirklich nichts erspart! Verdammt, wo ist denn der Handschuh wieder abgeblieben?" heulte er wütend. Sein Fluch wurde ihm vom Sturm von den Lippen gerissen und verschwand

ungehört im Inferno. „Mein Handschuh, mein Handschuh! Tut die Kälte weh",
jammerte er. Mit steif gefrorenen Fingern suchte er verzweifelt auf einem der
unzähligen Schneehaufen. Erschöpft hielt er einen Moment inne. „Nanu? Was
haben wir denn hier?" An einer Stelle war die Schneedecke aufgebrochen,
darunter glaubte er etwas zu erkennen. Wie ein Besessener begann er zu
schaufeln. Dann stieß er auf ein Hindernis. Er beförderte ein bleich
schimmerndes Gesicht ins Freie. Es dauerte einige Zeit, bis es ihm dämmerte.
„Wieder einer, der von uns gegangen ist. Gott sei seiner Seele gnädig.
Vielleicht ist es unser aller Schicksal, so zu enden", flüsterte er betroffen und
bekreuzigte sich. Dann bedeckte er das Gesicht des Mannes wieder mit
Schnee und sah sich um. Sein Handschuh lag genau daneben. Während Nic
die Treppe hinaufkletterte, überlegte er, wie er Ev das letzte Mal hier hoch
schleppen musste. Sie war schwer gefallen, nur der Schnee hatte ihren Sturz
ein wenig lindern können. Seitdem hatte sie ihr Bett nicht mehr verlassen. In
der Wohnung angelangt, benötigte er einige Minuten, bevor er sich mit seinen
klammen Fingern aus dem Mantel schälen konnte. Dabei sah er stets das
Gesicht des Toten vor sich. „Das ist bestimmt ein böses Omen? Es ist alles
zum Heulen!" lamentierte er ununterbrochen. Nic schüttelte sich wie ein Hund,
ungeduldig zupfte er an den steif gefrorenen Sachen herum. Endlich hatte er
sich aus der Fellrüstung befreit. Deprimiert ließ er sich auf dem Hocker nieder.
„In welche Hölle sind wir da bloß geraten? Und natürlich ist niemand schuld!
Niemand? Keiner hat es gewusst, keiner hat dergleichen gewollt! Wir alle
haben uns wie Arschlöcher benommen. Die Politiker, diese Schwachköpfe –
nur dummes Zeug haben sie erzählt, als es losging. Von wegen winzige
Verstimmung der lieben Mutter Natur und es wird sich alles von selbst wieder
einrenken. Wo seid Ihr denn, Ihr Einrenker? Einen Teufel kümmert Ihr Euch um
uns!" Er wusste nicht, ob er zu laut geworden war. Erschrocken sah er zu Ev,
doch sie schlief zum Glück noch immer tief und fest.
Er gehörte eigentlich zu jenen, die sich nie zu viele Gedanken machten. Er hielt
diese Naturschützer für ausgemachte Schwachköpfe und Dilettanten.
Manchmal, in Augenblicken wie diesen, schalt er sich nun selber Schwachkopf.

Jeder normale Mensch hätte die untrüglichen Anzeichen erkennen können –
vorausgesetzt, er hätte gewollt?

Heiligabend im Jahr 2035 – ein Datum, das in die Geschichte der menschlichen
Zivilisation eingegangen war als der Tag, an dem die Natur zu ihrem
entscheidenden Schlag gegen jene ausholte, die sie Jahrhunderte lang
gepeinigt, vergewaltigt und skrupellos missbraucht hatten. Den Beginn der
Katastrophe würde er, wie sicher die Mehrzahl seiner Landsleute, nicht
vergessen. Nic klaubte die zerfledderte Zeitschrift vom Tisch. Er hatte den Artikel
bestimmt schon Tausende Male überflogen.

„...eine gewaltige Eisscholle, riesigen ungekannten Ausmaßes, hat sich in der
Arktis gelöst und treibt ins offene Meer. Wissenschaftler aus allen Ländern und
Nationen sind zutiefst besorgt und fordern sofortige Maßnahmen. Wie unser
Reporter Jim Collins in Erfahrung bringen konnte, gab es bereits seit geraumer
Zeit vielfältige Initiativen, einer solchen Katastrophe vorzubeugen. Doch wie
immer haben unsere Regierungsmitglieder die Situation verniedlicht. Es bleibt
abzuwarten, wie sich die Lage in den nächsten Tagen entwickeln wird. Die
Prognosen sehen eher düster aus. Professor Harry Taylor, Chef des Institutes
für Globale Umweltentwicklung, sieht bedeutendste Wetterverschiebungen
voraus. Die Auswirkungen werden auf der gesamten Erde verheerend sein...“
Nachdenklich schob Nic die Mütze in den Nacken und ließ die Zeitung sinken.
Dabei strich er sich durchs Haar und schüttelte schließlich den Kopf. Er hat
noch die Stimmen seiner Freunde im Ohr, als sich der Himmel allmählich
verdüsterte und der erste Schnee in Kalifornien fiel.

„Kommt, lasst uns wetten! In zwei, drei Wochen ist der ganze Spuk hier vorbei
und wir lächeln über die dummen Sprüche, die wir gemacht haben! Wann gibt's
in diesen Breiten schon mal einen richtigen Winter!? Lasst es uns genießen
und eine Runde im Schnee surfen!“ Joe, der diesen Satz aussprach, war
bereits vor Monaten gestorben. Erfroren! Wo Kim, Joes beste Freundin und
Lebensgefährtin, Luder, Kelly und all die anderen abgeblieben waren, wusste
heute keiner. Nic rieb sich die kalte Stirn. Das Atmen fiel ihm schwer.
Jedenfalls glaubte bald niemand mehr an eine „schnelle Überwinterung“, die
Probleme der Eisherrschaft würden sich so bald nicht beseitigen lassen.

Dessen war er sich inzwischen völlig sicher. Ev hustete laut und anhaltend. Nic sprang von seinem Hocker und eilte an ihr Lager. „Hey, Schatz, wie fühlst Du Dich?" Besorgt strich er ihr übers Gesicht. Dicke Schweißperlen standen seiner jungen Frau auf der Stirn, Dampfschwaden stiegen von ihrem Kopfkissen auf. Nic holte schnell ein Handtuch und rieb sie vorsichtig trocken. „Es geht schon. Wie spät ist es, Nic?" fragte sie mit belegter Stimme. Er schaute auf seine Armbanduhr. „Gleich 11 Uhr, Liebling. Wie fühlst Du Dich, wie geht es unserem Baby?" wiederholte er, ohne seinen Blick von ihr zu lassen. Ihr Zustand bereitete ihm ernsthafte Sorgen. Seit gestern klagte Ev verstärkt über Schmerzen in der Nierengegend. Und kein Arzt war erreichbar! Sie lächelte ihn tapfer an. „Keine Angst, mein Liebster. Ich schaffe es schon! Ich habe Durst." Nic atmete tief durch; er fühlte, dass Ev versuchte, ihm etwas vorzumachen. Am liebsten hätte er sie fest in seine Arme genommen und wäre mit ihr fortgeflogen. Weit weg, auf eine Insel, wo es warm, hell und trocken war...
„Bekomme ich bitte einen Schluck Wasser?"
Er streichelte über ihre Wangen. „Sofort, ich bringe Dir ein Stück Eis. Es ist sowieso gleich Elektrozeit. Ich bereite inzwischen in der Küche alles vor und nachher essen wir eine Kleinigkeit. Du bleibst solange in Deinem Bett!" Nic beugte sich zu ihr hinab, für einen kurzen Augenblick verlor er sich im Blau ihrer wunderschönen Augen. „Versuch, noch ein bisschen zu ruhen!"
Nic entschwand in die winzige Kochnische. Dort kramte er die erforderlichen Utensilien zusammen. Endlich fertig, eilte er ins Bad, brach einen Eiswürfel aus dem blauen Eimer und gab ihn Ev. „Hier hast Du etwas zum Lutschen. Sobald das Wasser kocht, bringe ich Dir eine Tasse Tee. Musst Dich noch etwas gedulden, meine Sonne!" Er lächelte seiner Frau aufmunternd zu. Sie nahm den Brocken in den Mund und zutschte daran. Einige Wassertropfen liefen über ihre aufgesprungenen Lippen zum Kinn. Nic beugte sich zu ihr hinab und küsste sanft die Tropfen weg. „Habe noch zu tun. Deck Dich schön zu. Es dauert nicht mehr lange." Er angelte sich den alten Elektrokocher unterm Bett hervor und schloss ihn an der Steckdose an. Mit einem verbeulten Aluminiumtopf holte er Schnee vom Fensterbrett. „Es geht gleich los, mein

Liebling. Jeden Moment müsste es Strom geben. Brauchst Du noch ein Stück
Eis?" Ev verneinte. „Okay, gleich gibt es etwas Feines zum Frühstück."
Er rumorte eine Weile in der Kochnische herum. „Mann, Mann, die lassen sich
aber heute wieder Zeit? Bei mir ist es schon lange Elf durch", schimpfte Nic vor
sich hin. Er konnte auf seine Uhr schauen, so oft er wollte: es passierte einfach
nichts. „Sollte vielleicht Nachrichten hören. Wir bekommen ja sonst nichts mit in
diesem Sauladen! Hoffentlich haben die sich nicht wieder etwas Neues
einfallen lassen, womit sie uns schikanieren können?" Er wollte den Transistor
aus Omas Zeiten anschalten, doch das Gerät stand nicht an seinem Fleck.
Irritiert sah er sich um. „Ev, weißt Du, wo ich das verdammte Radio hin gekramt
habe?" fragte er schließlich. „Soweit ich mich erinnern kann, hast Du es doch in
eine der oberen Schubladen im Küchenschrank getan!" „Alles klar, ich habe es
gefunden!" meldete er kurz darauf und stellte den Taschenempfänger an, aber
außer Rauschen war nichts zu vernehmen.
„Die Scheißbatterien sind auch schon wieder alle. Hoffentlich gibt es bald
wieder welche!" Er rüttelte und schüttelte das Radio. Wie von Zauberhand
erscholl plötzlich Musik. Es war ein Oldie aus sonnigen Zeiten von den Beach
Boys. „...then I kissed her...!" summte er leise mit. Unverhofft wurde der Titel
unterbrochen. Nic schüttelte das Radio erneut. „Verflixte Kiste! Ich drehe dir
eines Tages den Hals um...!" Lauschend hielt er inne.
„Liebe Hörer und Hörerinnen!" Die Stimme des Moderators klang erregt. „Na
bitte, wer sagt es denn. Nur ein bisschen drohen und es geht schon wieder!"
Behutsam stellte er den Transistor auf seinen Platz zurück. Dann wurde er vom
Text der Ansage gefesselt und hörte aufmerksam zu. Bei jedem Satz runzelte
er die Stirn. „Diese Regierung müsste man mitsamt dem Weißen Haus in die
Luft jagen!" ereiferte er sich zunehmend. „Tsst, das kann ja wohl überhaupt
nicht wahr sein. Jetzt wollen die auch noch das bisschen Energie auf ein
,verträgliches' Mindestmaß reduzieren. Was ist denn für Euch verträglich?" Er
seufzte anhaltend. Irgendwie hatte er es geahnt!
„Ich verlese jetzt eine Erklärung des Krisenstabes, welche wir vor wenigen
Minuten per Fax erhalten haben. Ich hoffe nur, dass es noch jemanden da

draußen gibt, der mich hören kann? Also, dann will ich mal..." Der Redner
verhaspelte sich mehrmals, dann begann er die Erklärung flüssig vorzutragen.
„...sind wir aus gegebenem Grund nicht mehr in der Lage, die notwendigen
Mengen an Öl, Kohle oder anderen Brennstoffen zu fördern! Die bestehenden
Reserven werden nur noch zur Versorgung von öffentlichen Einrichtungen wie
Krankenhäusern, Pflegeheimen und dergleichen verwendet. In den
Bundesstaaten wurde der Notstand ausgerufen und Truppen der Nationalgarde
wurden aktiviert, um Plünderungen vorzubeugen und solche notfalls mit
Waffengewalt zu verhindern! Soweit unsere aktuelle Meldung. Und nun wieder
Musik." Nic stellte empört den Sender ab. „Die haben echt ein Ding an der
Schüssel. Waffengewalt! Dass ich nicht lache!" stieß er grimmig hervor. „Bevor
die aus dem Mustopf kommen, haben ganz andere das Feld schon
abgeräumt." Bekümmert schaute er zum Bett. Ev hatte die Nachricht nicht
mitbekommen; friedlich döste sie weiter vor sich hin.
„Jetzt wird es ja langsam!" Die Kochplatte wurde heiß und begann schließlich
zu glühen. Unter dem Topf zischte das Wasser und verdampfte. Nic holte ein
zweites Geschirr und füllte auch dieses mit Schnee. „Lieber etwas mehr als zu
wenig", brummte er verdrossen, dann zog er die Handschuhe aus und hielt
beide Hände in die aufsteigende Wärme. „Oh Gott, ist das ein Gefühl...",
stöhnte er voller Wonne. Er liebte diese wenigen Minuten des Tages.
Der Dampf stieg an der Wand empor, in Augenhöhe gefror er wieder und
bedeckte die ganze Fläche mit einer spiegelnden Eisschicht. „Müsste eigentlich
den Eispickel suchen und die Wand freilegen!" sprach er zu sich selbst, doch
im gleichen Moment hatte er den Gedanken schon wieder vergessen. Das
Wasser begann zu brodeln. Aus dem Brotfach fingerte Nic einige
Zwiebackstücke und bröselte sie in das siedende Wasser. „Und schwupp, fertig
ist die Supp!" reimte er, dann lachte er bitter. Was für eine Suppe war das
schon? „Egal, Hauptsache etwas Warmes", murrte er, schwenkte den Topf und
rührte das Wasser um. „Au! Verdammt, ist das Ding heiß!" schrie er auf und
pustete, dann rieb er sich die verbrannten Fingerspitzen an den Ohrläppchen.
„Hast Du Dir etwas getan?" hörte er Ev rufen. „Schon alles wieder okay. Habe
mir nur die Finger verbrüht – ist nicht weiter schlimm", beruhigte er seine Frau.

Er griff nach einem Tuch, stellte den anderen Topf auf die Platte und setzte sich zu Ev aufs Bett. „Liebling, es ist soweit. Ich habe noch einen Topf auf dem Kocher. Nimm erst einmal das hier!" Nic half seiner Frau auf und stützte ihren Kopf. „Sei vorsichtig! Es reicht, dass ich mir bereits die Finger verbrannt habe", warnte er sie, als er sah, mit welcher Gier sich ihre Lippen dem heißen Getränk näherten. Ev schlürfte mehrere Schlucke, dann ließ sie sich ermattet zurücksinken. „Das tut gut! Die Wärme wird mir helfen!" Auch Nic fühlte, wie sein Inneres bei jedem Tropfen mehr und mehr auftaute. „Jetzt noch einen schönen Tee mit richtig starkem Rum. Das wäre der Gipfel des Glücks", schwärmte er. Ev hob abwehrend die Hand. „Du willst doch Dein Kind nicht zum Alkoholiker machen?" fügte sie scherzend hinzu. Nic gab ihr einen flüchtigen Kuss. „Alles, nur das nicht! Aber für mich würde ich gern?" „Schon gut, mein Schatz. Vielleicht gibt es mal wieder Rum zu kaufen? Dann bringst Du Dir eine Flasche mit." Nic nahm die Hand seiner Frau in seine Hände und streichelte sie. „Alles Quatsch. Ich pfeife auf den Rum. Viel wichtiger ist mir, dass Du wieder fit wirst. Und dass es dem Kind gut geht. Wenn ich doch nur einen Arzt erreichen könnte!" Ev sah ihrem Mann in die Augen. Sie sah die Angst, sie wusste um die Sorgen, die er sich ihretwegen machte. „Du wirst schon noch einen Arzt erreichen. Wenn es soweit ist, werden sie kommen und mich in ein Krankenhaus bringen. Du wirst schon sehen, es wird schon gut gehen..."

Es war ein kläglicher Versuch, ihm Mut zu machen, trotzdem war Nic seiner Frau dankbar. „Du hast Recht. Kommt Zeit, kommt Rat!" Mit einer hilflosen Geste schob er die unliebsamen Gedanken zur Seite. Nic gab ihr noch einmal zu trinken, dann schmolz er zwei weitere Töpfe mit Schnee auf und schüttete das Wasser anschließend in die noch intakte Thermoskanne, den Rest in den blauen Eimer. „Damit wäre unser Vorrat für die nächsten Stunden aufgefüllt!" stellte er zufrieden fest. Die noch warme Kochplatte verpackte er in mehreren Tüchern und schob sie seiner Frau unter die Decke. „Du musst Dich ein wenig ausruhen. Ich kümmere mich jetzt um Nachschub. Das Brot ist alle und Tee haben wir schon seit Tagen keinen mehr. Ich werde mich zum Shop durchkämpfen und sehen, was ich ergattern kann. Du versuchst zu schlafen.

Es kann eine Weile dauern, bis ich wieder hier bin. Ich stell Dir die Thermosflasche ans Bett – für den Fall, dass Du Durst bekommst. Also, mein Liebling: Gib auf unser Baby Acht! Vielleicht gibt es etwas Besonderes", versprach er ihr noch, dann bereitete er sich sorgfältig vor. Die Pelzkappe – ein Beutestück aus einer handfesten Prügelei, Mantel, dicke Socken und Stiefel. Eine Motorradbrille und ein Rucksack vervollständigten seine Ausrüstung. „Also, ich bin dann soweit. Schlaf jetzt!" Bevor er ging, schüttelte er das Bettzeug auf und verpackte Ev bis über beide Ohren. „Ich werde auf dem Rückweg Holz mitbringen. Also, dann tschüss!" Er gab ihr einen langen Kuss zum Abschied. Nic sah ihre Angst, aufmunternd lächelte er ihr zu und wandte sich ab. Was würde mit ihr geschehen, wenn er eines Tages nicht wiederkam? Er brauchte doch nur unglücklich zu fallen – kein Schwanz würde sich um ihn kümmern. Ev wäre verloren! Er verscheuchte die unerfreulichen Vorstellungen. „ ich verschwinde dann!" Er winkte noch mal und ging.
Der Wind trieb ihn vor sich her wie einen Ball.
Schnee peitschte ihm ins Gesicht, er zog die Fellmütze noch tiefer und bedeckte die Brille mit einer Hand. Trotzdem war er nach wenigen Schritten blind. Er bemühte sich, die Schritte zu zählen, und lief vorwiegend in der Mitte der Straße – dort, wo der Sturm immer wieder Teile der Schneewehen losriss und in alle Himmelsrichtungen verstreute. Er vermied die unmittelbare Nähe der Häuser: ihm waren da einige Dinge zu Ohren gekommen! Mord und Totschlag herrschten in der Stadt; ein Krieg um jeden Krümel Brot, um jeden Fetzen Kleidung und erst recht um jedes Stückchen Brennmaterial war ausgebrochen, der tagtäglich seine Opfer forderte. So stampfte er, in Gedanken versunken, immer weiter. Schließlich erreichte er die nächste Straßenecke. „Und nun noch knapp tausend Schritte nach Westen, und wir haben es fast geschafft!" schnaufte er und schüttelte sich den Schnee von den Schultern. Die Hände tief in den Manteltaschen vergraben, schritt er mit gesenktem Blick seinem Ziel entgegen.
„Mensch, können Sie nicht aufpassen!" keifte ihn eine erregte Stimme an. Vor ihm tauchten aus dem Nichts die Umrisse eines Menschen auf. Es war eine Frau; ebenso dick vermummt wie er, stand sie auf dem Weg.

„Verzeihen Sie bitte", entschuldigte er sich. „Ich habe Sie nicht gesehen, deshalb habe ich Sie angestoßen. Können Sie mir bitte sagen, wo der Eingang zum Shop ist? Ich kann überhaupt nichts erkennen!" Doch die Frau musterte ihn nur misstrauisch und reagierte nicht mehr.

„Blöde Kuh!" Er tastete sich weiter vorwärts und erreichte auch bald ein schwach beleuchtetes und mit massiven Gittern verkleidetes Schaufenster. Daneben befand sich der Eingang. Erleichtert eilte er dorthin.

„Gott sei Dank, das hätten wir geschafft!" Er hatte den Satz noch gar nicht richtig ausgesprochen, als ihn ein harter Griff im Genick packte. „He, Du Scheißkerl, hier wird nicht vorgedrängelt, ist das klar! Scher Dich gefälligst nach hinten, bevor ich Dir die Arschbacken aufreiße!" Ein Kerl, groß wie eine Eiche, stand neben der Tür und musterte ihn mit funkelnden Augen. „Lass mich gefälligst los! Ich hatte nicht die Absicht, mich vorzudrängeln. Ich habe nur nicht gesehen, dass hier Leute stehen." Mit einem Ruck befreite sich Nic und wollte an dem Mann vorbeigehen. Dieser hielt ihn am Arm fest und brüllte in sein Ohr: „Das nächste Mal poliere ich Dir gleich die Fresse, Du Affenarsch. Habe ich mich klar genug ausgedrückt?" Dabei drückte er Nic den Lauf eines Gewehres in den Bauch. Nic wurde mulmig, beschwichtigend hob er die Arme. „Ist ja schon gut. Ich habe verstanden und gehe jetzt nach hinten. Alles klar, Mann, alles klar – wirklich!" Langsam zog er sich aus dem Gefahrenbereich zurück. Jetzt erst entdeckte er, was ihm vorher entgangen war. „Mann, das wird wieder dauern", seufzte er missmutig. Ein endloses Band wartender, halberfrorener Menschen war neben ihn aufgetaucht.

„Das sind ja Hunderte!" stöhnte Nic. Mühsam schlängelte er sich bis zum Ende durch. Am Schluss erwartete ihn bereits seine Bekanntschaft, die mit einer Freundin anstand. Die beiden Frauen drängten sich dicht aneinander, um sich gegenseitig vor dem eisigen Wind zu schützen. „Da ist er ja wieder, der Rammbock. Alte Leute von der Straße schubsen..." giftete sie.

„Er hat sich doch bei Dir in aller Form entschuldigt", mischte sich ihre Nachbarin ein, „Du solltest nicht so nachtragend sein!" Damit war die Sache fürs Erste erledigt. Nic richtete sich auf eine lange Wartezeit ein; ab und an stampfte er fest mit den Füßen auf, um sich ein wenig zu erwärmen. Der Sturm zerrte an der Kleidung und ließ die schmalen Körper wie Schilfrohre hin und her schwanken. Die beiden Frauen vor ihm hatten sich unter einer Decke versteckt. Manchmal bekam er einige Fetzen ihres Gespräches mit. „...gab es einen gewaltigen Knall und die Tür flog weg. Das war bestimmt eine Gasflasche, die da explodiert ist...!“

Hinter ihm tauchte eine weitere Gestalt aus dem Gestöber auf und stellte sich ebenfalls an. Es war ein älterer Mann Er hatte sich einen Schal als Kopftuch umgebunden und trug eine starke Brille, die er alle paar Minuten vom Schnee frei rieb. „Wartest Du schon lange?“ wurde Nic nach einer Weile des stummen Nebeneinanders gefragt. „Hm, schon eine ganze Weile“, bestätigte er einsilbig. „Haste was zum Rauchen?“ Nic zog fröstelnd die Schulter zusammen. „Habe schon ewig nicht mehr geraucht! Die Schweinepreise auf dem Schwarzmarkt kann doch niemand bezahlen!“ entgegnete er.

Der Alte kicherte laut. „Willst eine Lunte haben?“ Nics Magen zog sich zusammen. „Würde schon gern, habe aber kein Geld für solchen Goldstaub!“ Der Alte kramte umständlich in seinen Taschen herum und brachte eine Schachtel zum Vorschein. „Los, nimm Dir ruhig eine. Ich habe sie vorhin geklaut – von solch einem besoffenen Schnösel. Na, der wird vielleicht Augen machen, wenn er wieder wach wird!“ Nic zog sich den rechten Handschuh aus, dann fädelte er vorsichtig einen Glimmstängel aus der Packung. Zuerst schnupperte er daran. „Ist noch echte Friedensware. Möchte bloß wissen, wo die Kerle das Zeug herbekommen? Habe da läuten hören, dass einige Lager der Staatsreserve gestürmt worden seien. Muss etliche Tote gegeben haben! Klar, die Nationalgarde ist nicht gerade zimperlich“, schwadronierte der Alte, dann zauberte er ein goldenes Feuerzeug aus der Tasche. „Auch ein Beutestück! Uns soll doch egal sein, wo das Zeug herkommt – wichtig ist nur, dass es qualmt!“

Er suchte Schutz hinter Nics Rücken und nach mehreren erfolglosen Versuchen gelang es ihm, die Zigarette zum Glimmen zu bringen. „Sollteste Dir nicht entgehen lassen, Kumpel!“ stellte er nach einigen tiefen Zügen fest, dann gab er Nic von seinem Stängel Feuer. Genussvoll schloss dieser die Augen. „Das tut wirklich gut. Ich danke Dir!“ Nic fühlte sich wie im siebenten Himmel.

Als er bis zur Hälfte aufgeraucht hatte, löschte er die Glut vorsichtig mit
Speichel. „Die hebe ich mir für später auf – ich hoffe, Du hast nichts dagegen?"
Der Alte winkte ab. „Ist schon okay so. Hat mich gefreut, wieder mal mit einem
halbwegs normalen Menschen sprechen zu können. Wird echt ein Problem,
weißt Du? In unserer Straße sterben die Leute wie die Fliegen. Jeden Tag
findest Du irgendwelche Toten! Na ja, was soll es. Heute Morgen ist meine Alte
gestorben, jetzt bin nur noch ich übrig geblieben. Ich hoffe nur, Gott hat ein
Einsehen und holt mich auch bald zu sich. Das hoffe ich wirklich!"
Die beiden Männer schwiegen, jeder hing für längere Zeit seinen Gedanken
nach. „Ich suche mir ein stilles Plätzchen und werde schlafen. Hat mich echt
gefreut, Deine Bekanntschaft gemacht zu haben", verabschiedete sich
schließlich der Alte. Er war bereits einige Schritte gelaufen, dann kehrte er
entschlossen zurück. „Hier, behalte das Zeug, ich kann es sowieso nicht mehr
gebrauchen!" Mit diesen Worten schob er Nic die Zigarettenschachtel und das
Feuerzeug zu. Nic war völlig überrascht. Bevor er protestieren konnte, hatte
sich der Alte aus dem Staub gemacht.
„Tja, Sachen gibt es, die gibt es gar nicht!" Kopfschüttelnd steckte er die
Geschenke in die Tasche. Bald wurde ihm die Zeit wieder lang, die Schlange
kam nur unmerklich voran. „Wissen die Damen eventuell, was es heute zu
kaufen gibt?" begann er eine Konversation mit den Frauen. Doch er merkte
schnell, dass er nur störte, zog sich wieder zurück. Es verging etwa eine
weitere Stunde, bis er endlich den Eingang vor Augen hatte. Sehnsüchtig
streiften seine Blicke über die verrammelten Fensterfronten. Endlich befand er
sich im Lichtkegel der Laterne. Ein Einkaufswagen wurde frei, Nic durfte
passieren. An der nächsten Sperre im Gang traf er erneut auf den Kerl mit der
Flinte. Eine qualmende Zigarre im Mundwinkel, stand er lässig da, seine
lauernden Blicke musterten jeden Neuankömmling. „Eh, Du, bist Du nicht der
Wichser von vorhin – der sich vordrängeln wollte?" herrschte er Nic an, dann
fügte er hinzu: „Das macht bei Dir zwanzig Mäuse, bar auf die Kralle!"
Nic verstand nicht sofort. „Welche Mäuse?"
„Willst Du mich verscheißern? Dir ziehe ich gleich einen neuen Scheitel,
Arschgesicht. So blöd kann ja wohl kaum einer sein. Also her mit der Kohle

oder es raucht!" Nic begriff noch immer nicht. „Also, noch einmal im Klartext und laut genug, damit es auch alle anderen verstehen! Ich kassiere hier die Schutzgelder. Wer einkaufen will, der zahlt; wer nicht zahlt, der fliegt raus. Hast Du nun kapiert!" Zur Bestätigung seiner Drohung spannte der Kerl die Hähne seiner Waffe. Nic zückte wortlos eine Zwanzigdollarnote und gab sie ihm. „Na, siehste, so einfach geht das! Und nun verpiss Dich, bevor ich es mir noch einmal anders überlege!"

Nic durfte nun auch die letzte Barriere passieren. Eiligst schob er sich und den leeren Einkaufswagen ins Innere des Shops. Hinter ihm gab es plötzlich mächtigen Ärger. Einer der nachfolgenden Passanten weigerte sich lautstark, auch nur einen Cent zu zahlen. „Wo leben wir denn hier? Ich denke, die Soldaten der Nationalgarde sichern die Shops gegen solche wie Dich. Mein Geld reicht gerade noch für etwas Brot. Ich kann Dir nichts zahlen..." Sein Gezeter währte nur kurz und erstarb in einem Knall. Als der Rauch sich verzog, lag der Mann am Boden und wälzte sich im Blut. „So helft mir doch, bitte...!" röchelte er, zuckte im Todeskampf und verstummte. Sein Mörder lud indessen ruhig sein Gewehr nach und legte es lässig über den rechten Arm. Finster schaute er sich um. „Also noch einmal: Wer nicht zahlen will, sollte seinen Arsch schleunigst von hier fort bewegen!" Sein Blick streifte den Toten. „Eh, Du und Du – bringt das Stück Scheiße raus, bevor es auch noch den Rest mit seinem Blut vollgesaut hat!" befahl er zwei ängstlich dreinblickenden Männern, die auch ohne Widerspruch nach vorn kamen. „Bewegt Eure Ärsche ein bisschen flotter, sonst knallt es!" trieb er sie an und machte sich einen Spaß daraus, sie mit der Waffe zu bedrohen.

„Geht man so mit unschuldigen Bürgern um...?" Ein großer, breitschultriger Mann mit einem zerknautschten Schlapphut tauchte in der Tür auf. In seinen Händen wirkte die Maschinenpistole wie ein Spielzeug. Mehrere Männer in abenteuerlicher Aufmachung folgten ihm und versperrten den Flur. Der Hüne an der Sperre wurde bleich und duckte sich stumm.

„Was hat eine Ratte wie Du in meinem Bezirk zu suchen? Was ist, hat es Dir die Sprache verschlagen?"

Nic blieb einen kurzen Moment stehen. Schadenfreude kam in ihm hoch. Ihm war bewusst, dass die Sache nicht ungefährlich war, aber diesen Anblick wollte er sich nicht entgehen lassen. „Ich wollte doch nur...! Na ja, von Euch war keiner in der Nähe und ich wollte nicht, dass Ihr dadurch Verluste erleidet", stammelte der Angesprochene und lächelte unsicher. „Ich hätte auch jeden Dollar bei Dir abgerechnet, Blacky, ehrlich!"

„Nehmt dem Großmaul die Waffe ab. Und dann soll er uns doch mal vorführen, wie viel wir bereits verdient haben!" Eine Handvoll Scheine wechselten den Besitzer. „Ist das alles?" blaffte Blacky.

„Wirklich, mehr habe ich nicht! Kannst Du mir glauben!"

„Okay, das war es dann. Verschwinde aus meinen Augen und lass Dich nie mehr hier blicken!" Ungläubig schaute sein Widersacher erst auf seine Flinte in Blackys Händen, dann schob er sich mit dem Rücken an der Wand entlang und an den Männern vorbei. Bereitwillig machten sie Platz. Er hatte bereits die Tür erreicht, als Blacky den Lauf der Waffe ein wenig senkte und abdrückte. Die Kugel durchschlug erst den Kopf des Mannes und drang dann in die gegenüberliegende Wand ein. Blacky grinste: „Nehmt das Schwein gleich mit. Wenn Ihr fertig seid, wischt einer von Euch das Blut weg. Nun trollt Euch!" Damit ließ er die beiden Männer mit der Leiche durch.

„So, und nun zu Euch, Gesindel! Ab sofort wird die Gebühr erhöht. Ihr seht ja, wie unsicher die Gegend hier ist. Außerdem hatte ich größere Ausgaben...!" verkündete er unter dem Gelächter seiner Begleiter, die sofort mit dem Abkassieren begannen. Das war der Augenblick, in dem Nic still und heimlich hinter der nächsten Ecke verschwand. Sein Weg führte ihn vorbei an unendlichen Reihen von Regalen. Hier und da klebten noch die alten Preisschilder und Beschriftungen der Waren, die einst hier lagerten. An den leeren Kühltruhen hielt er kurz an. „Käse aus der schönen Schweiz", las er laut vor; allein der Gedanke daran ließ seinen Speichel im Mund zusammenlaufen. „Mann, habe ich einen Knast!" Sein Bauch begann wie ein Wolf zu knurren. Dann erreichte er jenen Teil der Halle, in dem die kläglichen Restbestände verkauft wurden. An einem provisorisch aufgebauten Stand erwartete ihn die nächste Schlange. Dem aufgeregten Getuschel seiner Vorgängerinnen war zu entnehmen, dass seine Ausdauer nicht umsonst gewesen war. „Guck doch mal, die haben sogar richtiges Brot. Ist zwar in Blechdosen gebacken, dadurch hält es aber auch bedeutend länger!" schwatzte seine Rivalin so laut, dass sie einen derben Stoß von ihrer Begleiterin bekam. Endlich war Nic an der Reihe. „Was kostet eine Brotdose?" erkundigte er sich. Der Verkäufer, ein grobschlächtiger Farbiger, knurrte ihn wütend an: „65 Dollar – kannst nicht lesen oder was?" Nic zuckte zusammen. „Bloß nicht aufregen – immer schön freundlich bleiben!" In Gedanken rechnete er nach, wie viel Geld ihm geblieben war. „Okay, drei Brote, eine Packung Tee und etwas Aufstrich bitte", bestellte er dann. Der Aufstrich war laut Schild eine Mischung aus Margarine und Schweineschmalz. Der Verkäufer packte alles zusammen und schob die Sachen über den Tisch. „Noch was?" Nic hüstelte verlegen und packte die Ware sorgfältig in den Wagen. „Meine Frau ist schwanger. Ich könnte etwas Milch gebrauchen. Oder ein Stück Schokolade – irgendetwas Süßes", bat er dann leise.

Der Mann hinter dem Tresen sah ihn fragend an. Für einen Moment schien es Nic, als würde ein Lächeln über sein Gesicht huschen. „Wirst also Daddy? Hast Dir einen schlechten Zeitpunkt ausgewählt, mein Freund. Warte einen Moment, für solche Fälle habe ich eine Kleinigkeit."

Nach wenigen Augenblicken kehrte der Verkäufer aus einem benachbarten Raum zurück und überreichte Nic mit einem freundlichen Grinsen ein kleines, in Packpapier eingehülltes Päckchen. „Mit netten Grüßen an die Frau Gemahlin. Sind einige Marsriegel drin. Meine Frau ist übrigens auch schwanger – im sechsten Monat. Also viel Glück!" Damit wandte er sich dem nächsten Kunden zu. Nic stand noch immer etwas verdattert da, das Päckchen in der Hand und konnte alles nicht so recht fassen. „Du störst!" ermahnte ihn der Schwarze und gab ihm durch Handzeichen zu verstehen, dass er endlich verschwinden solle.

„Danke – Freund!" Nic wusste nicht, ob er verstanden wurde. Wenn es auch nicht übermäßig viel war, was er für sein Geld bekommen hatte, so reichte es auf jeden Fall für die nächsten Tage. Danach würde er schon weitersehen!

An der Kasse ging es erstaunlicherweise recht schnell. Nic zahlte und verstaute das Erworbene in seinem Rucksack. Mit einem flauen Gefühl in der Magengegend schob er den Einkaufswagen zum Ausgang, um ihn dem nächsten Kunden zu übergeben. Blacky und seine Leute lümmelten sich dort noch immer herum und überprüften jeden, der rein oder raus wollte. Ein junges Mädchen eilte Nic entgegen: „Ist der Wagen jetzt frei?"

Nic hob seinen Rucksack heraus und schob ihr den Wagen zu. „Halt, keinen Schritt weiter!" donnerte es durch den Raum. Nic blieb wie erstarrt stehen. Blackys Befehl verhieß nichts Gutes, darüber war er sich sofort im Klaren. Doch Blacky meinte gar nicht ihn. Erleichtert ließ Nic die angehaltene Luft entweichen. Blacky lief achtlos an ihm vorbei, seinen Blick auf das Mädchen gerichtet. „Hoho, was haben wir denn hier für eine Schönheit. Lass Dich doch mal im Licht betrachten!" Er drehte ihr Gesicht zum Fenster und grinste unverschämt. „Jungs, hat die Kleine schon bezahlt?" fragte er seine Männer. Einer von ihnen nickte. „Klar, Boss, da machen wir keine Ausnahmen!" „Okay, gebt ihr das Geld zurück. Sie hat die große Ehre und darf in Naturalien bezahlen! Ich hatte heute noch keinen Morgenbums!"

Seine Männer lachten brüllend auf und klatschten sich vor Vergnügen auf die Schenkel. Das war ein Spaß so recht nach ihren Geschmack. Blacky presste das sich heftig wehrende Mädchen an sich und griff ihr ungeniert zwischen die Beine. „So ein Pech, man spürt ja überhaupt nichts. Alles gut verpackt, meine Kleine! Keine Angst, das werden wir sofort ändern!" Er zog einen Dolch aus seinem Stiefel und schnitt ihr nach und nach die Knöpfe vom Mantel ab. Verzweifelt schaute sich das Mädchen nach Hilfe um. Doch die graue Masse senkte das Haupt. Auch Nic brachte nicht den Mut auf, sich gegen die Männer zu stellen. „Einen kleinen Fick in Ehren kann niemand verwehren! Soll ich es Dir hier vor aller Augen besorgen, oder kommt Madame freiwillig mit nach nebenan!" schnarrte Blacky sie an und fetzte ihr den Pullover vom Leib. Nic sah noch die Tränen, die über die Wangen der jungen Frau rollten. Er fühlte sich beschissen und schuldig, als er den Laden verließ. Unablässig musste er an seine Frau denken. Diese Bestien nahmen auf nichts und niemanden Rücksicht. „Ab heute Abend habe auch ich eine Waffe!" entschied er für sich.

Die Schreie des misshandelten Mädchens begleiteten ihn bis an die nächste Ecke.

Am Abend ließ das Schneetreiben ein wenig nach.

Nic war erneut aufgebrochen, den Holzvorrat zu ergänzen. Er fühlte sich schlapp und müde, manchmal schüttelte ihn ein Hustenanfall. „Fehlt bloß noch, dass ich krank werde! Kann ich überhaupt nicht gebrauchen", brummte er verdrossen und kletterte über eine Schneewehe hinweg. Der Größe nach zu urteilen, musste mindestens ein Lastkraftwagen darunter verschüttet sein! Früher hatte er sich ab und an durch solche Berge gegraben, um an die Autos heranzukommen. Im Laufe der Zeit war der Schnee hart wie Eis geworden und man musste schon richtig ranklotzen, um überhaupt Erfolg zu haben. Die Ausbeute wurde immer geringer und lohnte schließlich kaum noch die Mühe. Nic stampfte durch eine ehemalige Parkanlage. Viele der Bäume, in deren Schatten sich einst Bewohner und Besucher erholten, waren der Axt zum Opfer gefallen. Hier und da lagen noch frische Späne auf dem Schnee, ein sicheres Zeichen dafür, dass er nicht der Einzige war, der hier sein Glück versuchte. Er erreichte eine Umzäunung, deren Spitzen aus dem Schnee ragten. Leise pfiff er durch die Zähne: „Muss ja einst ein toller Palast gewesen sein. Sogar einen Eisenzaun hatten sie. Die Villa schaue ich mir doch etwas genauer an!" Je näher er kam, desto mehr verlor das Haus von seiner Pracht. Ein Teil des Daches war unter der schweren Schneelast eingestürzt; die meisten Fenster besaßen keine Scheiben mehr, die schwarzen gähnenden Löcher erinnerten an ein Spukschloss. Nic trat in den verwehten Eingang. Quietschend öffnete sich die Tür, als er sich dagegen stemmte. „Echt stark, die Hütte!" staunte er. Obwohl nur noch ein Abklatsch der einstigen Schönheit spürbar war, strahlte das Haus noch immer eine gewisse Würde aus. Er schaute sich neugierig um: Teile der Wandtäfelung waren herausgerissen, an den Treppen ins Obergeschoss fehlte das Geländer. Alles, was irgendwie brennbar erschien, war bereits heraus geschleppt, sämtliche Türen waren mitsamt Rahmen entfernt worden; in einigen Räumen fehlte bereits das Parkett. Zerbrochenes Glas, Unrat und Bauschutt lagen überall herum. Enttäuscht gab Nic seine Suche auf. „Schade, aber hier ist nichts mehr zu holen!" Erschöpft ließ er sich auf der untersten Treppenstufe im Portal nieder. „Nur ein paar Minuten, dann bin ich wieder fit!" redete er sich ein „Ich darf nicht einschlafen, darf nicht...!" Er wurde träge, war kaum noch in der Lage, sich zu rühren. Nic befand sich im Zustand des Hinweggleitens in die ewige Ruhe. Ein Hilfeschrei erweckte ihn aus seiner tödlichen Lethargie. Doch die Füße versagten ihm den Dienst. Winselnd vor Schmerz sackte er zusammen, blieb für einen Moment betäubt liegen. „Los, Alter, steh auf! Beweg gefälligst Deinen Arsch – oder willst Du hier verrecken wie ein Hund!" trieb er sich selber an. Endlich rappelte er sich wieder hoch. Noch unsicher auf den Beinen, näherte er sich Schritt für Schritt dem Eingang. Von draußen war ein bösartiges Knurren zu hören. „Scheiße, der verdammte Schnee ist wie ein Leichentuch!" schimpfte Nic leise vor sich hin. Dann versuchte er sich zu orientieren. Instinktiv wählte er die richtige Richtung. Immer weiter drang er in den Park vor. Es klang wie ein Röcheln, aber Nic war sich nicht sicher. Aus kurzer Distanz sah er, wie sich ein riesiger weißer Schatten aufrichtete, brummend abdrehte und verschwand. Hatte er sich geirrt? „Fängst schon an zu halluzinieren! Reine Nervensache", beruhigte er sich, doch dann sah er das Blut: Im Umkreis von mehreren Metern sah es wie auf einem Schlachtfeld aus. „Oh Gott!" stieß er hervor, als er den blutbesudelten Körper des Mannes entdeckte. Nic biss in seinen Handschuh. Vor Ekel wagte er kaum, richtig nachzusehen. Aus einer Bauchwunde ragten zerfetzte Därme heraus, der rechte Arm des Toten fehlte offenbar völlig. Reste der Kleidung lagen weit verstreut in den Blutlachen. Nic drehte sich weg und übergab sich. Sein Magen würgte die kärglichen Reste des letzten Mahles hervor. Nic hatte den Alten von heute früh erkannt, der ihm die Zigaretten geschenkt hatte. Er griff sich eine Handvoll Schnee und rieb sein Gesicht ab. „Solch ein Ende hat niemand verdient!" Nic kauerte sich nieder und atmete tief durch. „Wer in Gottes Namen richtet so etwas an? Der kann doch nicht normal sein!?"

Allmählich wehte der Wind die blutige Stelle zu und bedeckte das Grauen. Nic entschloss sich, seine Suche vorläufig abzubrechen. Mit weichen Knien schleppte er sich bis zur Wohnung. Halbtot vor Erschöpfung und Schwäche, hangelte er sich die Treppe in sein Stockwerk empor. Dass er überhaupt

hierher gefunden hatte, erschien ihm nachträglich noch wie ein Wunder. Er
stürzte durch die Tür und sank zu Boden. Eine Berührung auf seiner Stirn
brachte ihn zu sich. „Was ist mit Dir geschehen? Du siehst krank aus!"
Ev beugte sich über ihn und schaute ihn besorgt an. Er zuckte nur mit den
Achseln. „Es ist nichts weiter, Liebling, das geht gleich vorbei. Ich bin nur etwas
müde", beruhigte er sie. Mit ihrer Hilfe richtete er sich auf und ließ sich zum
Bett bringen. Er schloss matt die Augen und fiel sofort in einen todesähnlichen
Schlaf. Er spürte nicht, wie sein Körper zitterte, hörte die eigenen Angstschreie
nicht.
Ev saß neben ihm auf dem Bettrand und streichelte seine Stirn. Nur langsam
löste sich der Krampf aus seinem Leib…

„Pass gefälligst auf, wo Du hintrittst, Arschloch!"
Obwohl Hawk sich behutsam durch die Reihen der Schlafenden tastete, konnte
er nicht verhindern, dass er auf die Hand eines Jungen trat. Erschrocken blieb
er stehen. In der Dunkelheit sah er nicht, wen er getreten hatte. „Tut mir leid",
entschuldigte er sich ängstlich. Zum Schutz vor eventuellen Schlägen fügte er
hastig hinzu: „Kid hat nach mir gerufen, ich muss weiter!" „Verpiss Dich!"
knurrte der Typ ihn verärgert an und drehte sich um. Hawk atmete tief durch.
Das war gerade noch einmal gut gegangen. Die nächsten Meter waren leichter
zu bewältigen. Bis hierher leuchteten die Lichter der Feuertonnen. Er tastete
sich an der Wand entlang, vorbei an stinkenden Haufen von Unrat und
Abfällen. Er erreichte die Schlafstelle seines Anführers. Hier war es warm und
trocken, eine Glutwelle strahlte vom flackernden Holzfeuer aus und brannte auf
seinem von Frostbeulen zerfressenen Gesicht. Der Elfjährige streckte beide
Hände der Wärme entgegen. Seine Finger waren starr vor Kälte, auf seinem
rechten Daumen blutete bis zum Nagel ein eingerissener Splitter. Hawk
überlegte eine Weile, ob er es wagen sollte, den Boss der Black Killer
aufzuwecken. Er zögerte nicht ohne Grund. Zu frisch war die Erinnerung an
den Tag, als Kid einen Mitstreiter wegen eines nichtigen Fehlers zu Tode
geprügelt hatte. Später fand man ihn, steif gefroren, mit zerschlagenem
Gesicht, nicht weit von ihrem Unterschlupf entfernt.

„Was mache ich nur?" sinnierte er laut. Gab er die Meldung nicht weiter und es kam irgendwann heraus, war er tot, hielt Kid diese aber für unwichtig, war er es auch! Hawk sah sich unsicher um. Hier, in der Tiefgarage eines einstigen Nobelhotels in der City von Los Angeles befanden sich zurzeit fast die gesamten Mitglieder der Gang. Bis auf wenige Posten an den Eingängen und die Beobachter oben schliefen alle tief und fest. Hawk konnte sich nicht entscheiden. Am liebsten wäre er für immer so stehen geblieben, hier war es warm und gemütlich. Sein schmächtiger Körper tankte sich allmählich mit Wärme voll. Doch dann trat das ein, wovor er sich am meisten fürchtete. Er versuchte zwar, den Hustenanfall mit Gewalt zu unterdrücken, aber es war wie eine Explosion. Einmal gezündet, war sie nicht mehr aufzuhalten! Sein krächzendes Bellen hallte durch die Garage. „Hawk, was willst Du denn hier? Kid erschlägt Dich, wenn er geweckt wird!" funkelte ihn Sandra, Kids Bettgefährtin, an. Ihr tat der Kleine leid, doch auch sie kannte den Jähzorn ihres Bosses. „Ich muss Kid etwas Wichtiges sagen", hustete dieser verzweifelt, in der Hoffnung, sie würde ihm helfen. „Du bist wohl lebensmüde! Ich werde einen Dreck tun. Seine Maulschellen tun mir genau so weh wie Dir!" ließ das Mädchen vernehmen. Hawk biss sich auf die Lippen, hustete aber weiter ohne Unterbrechung. Kid wachte auf und hob den Kopf. Bevor der Kleine etwas zu seiner Rechtfertigung vorbringen konnte, bekam er einen gewaltigen Fausthieb verpasst und flog in hohem Bogen in die nächste dunkle Ecke. „Du Scheißer, bist Du von allen guten Geistern verlassen, oder was?" Wütend starrte Kid den Störenfried an. Seine langen, ungepflegten Haare fielen ihm ständig ins Gesicht, so dass er stets vor sich hin pustete, um die Augen freizuhalten. Der fünfzehnjährige junge Mann war kräftig gebaut. Als Waisenkind aufgewachsen, hatte er schon früh lernen müssen, um seine Rechte zu kämpfen. Nur die Starken überleben und Kid gehörte zu den Starken! Er rekelte sich in seinem Bett und schaute sich um. „Komm schon her!" Die tiefe Stimme ließ Hawk zusammenzucken. Der Kleine hockte noch immer in seinem Winkel und weinte still vor sich hin. Seine Lippe war aufgeplatzt und tat mächtig weh. „Geh nicht so grob mit ihm um! Er ist doch noch so klein und außerdem krank", säuselte Sandra Kid zärtlich ins Ohr und schmiegte sich wie eine Katze an ihn. Sie streichelte sanft seinen muskulösen Nacken, wusste sie doch, dass er es so mochte. Und sie erreichte, dass sein Zorn verrauchte. „Also gut", lenkte Kid friedfertig ein, „erzähl mir, weshalb ich nicht weiter schlafen darf?"

Hawk spürte die gezügelte Ungeduld des Großen, schnell und wendig kroch er hervor. Während er berichtete, warf er Sandra einen dankbaren Blick zu. „Vorhin habe ich gesehen, wie drei Familien zum Shop aufgebrochen sind. Die wollen ganz bestimmt einkaufen. Ich bin ihnen gefolgt." „Wenn sie zum Shop sind, werden sie ganz gewiss einkaufen! Was sollten sie denn sonst dort wollen?" meinte Kid ärgerlich. „Deswegen musst Du mich doch nicht aus dem Bett holen! Brian hätte sich darum gekümmert!" Hawk zitterte vor Angst. „Aber Du hast doch ausdrücklich befohlen, dass wir Dir Bescheid geben sollen, wenn dieser Hudson auftaucht. Er ist nämlich auch dabei!"

Der Name elektrisierte den Boss der Black Killer. „Sagtest Du, der Hudson ist dabei! Du bist Dir völlig sicher?" Hawk nickte eifrig. „Absolut. Deshalb bin ich ihnen ja auch nachgelaufen! Es ist Hudson mit seinen drei Söhnen. Wer die anderen sind, weiß ich natürlich nicht."

Kid winkte ab. Sein Gesicht nahm einen teuflischen Zug an. „So, so. Dieser Hudson traut sich wieder aus seinem Rattenloch heraus. Dieses Schwein wird sein blaues Wunder erleben..." sprach er mehr zu sich.

„Waren sie bewaffnet?" wollte er noch von Hawk wissen.

Der zuckte die Achsel. „Weiß ich auch nicht. Sie sind so schnell gerannt, dass ich Mühe hatte, dran zu bleiben. Waffen habe ich allerdings keine gesehen. Aber vielleicht haben sie welche unter den Mänteln versteckt?"

Kid überlegte eine Weile. Seine Wut auf den Hausverwalter Hudson war unermesslich. Seit die Gang hier Unterschlupf gefunden hatte, versuchte dieser immer wieder, sie aus seinem Herrschaftsbereich zu vertreiben. Mehrmals hatte er Patrouillen der Bürgerwehr hier anrücken lassen und sie somit zur Flucht gezwungen. In den vergangenen Wochen war der Konflikt zu einer offenen Auseinandersetzung ausgeartet. Auf der Seite der Gang hatte es Tote gegeben... „Okay, Hawk. Das hast Du gut gemacht. Wir werden uns um die Burschen kümmern! Du siehst nicht besonders aus!" Hawk stand noch immer

mit fiebrig glänzenden Augen vor seinem Boss. „Für Dich ist erst einmal
Feierabend. Du legst Dich hin. Geh rüber zu Brian und wecke ihn. Sag ihm,
dass Du in seinem Bett schlafen darfst!" befahl Kid noch, dann zog er sich an.
Hawks Herz vollführte Freudensprünge. Er durfte in einem richtigen Bett
schlafen, musste nicht in seine zerlöcherte Decke kriechen! Geschwind eilte er,
Brian alles auszurichten. Ein greller Pfiff weckte die Meute.
„Packt Euch, Ihr Stinktiere, es gibt Arbeit!" brüllte Kid. Breitbeinig stand er in
seiner teuren, wenn auch mit der Zeit ein wenig heruntergekommener
Lederkluft und hob einen schweren Revolver zur Decke. „Raus aus den Federn
oder ich mache Euch Beine!" Seinen Worten folgte ein Schuss. Das Dröhnen,
durch das von den kahlen Betonwänden widerhallende Echo vielfach verstärkt,
jagte auch den letzten Schläfer aus seinen Träumen. Kid musste nicht sehr
lange warten, dann war er von seinen Getreuen umringt. Wie ein Feldherr ließ
er den Blick über seine Streitmacht gleiten. Erinnerungen an manche, meist
erfolgreiche Auseinandersetzungen mit den Gangs der Nachbarbezirke
schossen ihm durch den Kopf. Etwa siebzig zehn- bis sechzehnjährige Jungen
und Mädchen hatte der King um sich geschart; gemeinsam kämpften sie mit
allen Mitteln ums Überleben. Sie waren die größte und mächtigste Gang der
Stadt, ihr Territorium erstreckte sich über mehrere Magistralen. Dennoch
mussten sie in solch einem finsteren Loch hausen, immer auf der Flucht vor der
Nationalgarde und deren Helfern.
„Es wird Zeit, eine alte Rechnung zu begleichen!" grollte Kid finster und senkte
die Augen. Seine Fäuste schnellten zur Decke. Er musterte die erste Reihe.
Seine Krieger sahen müde und abgerissen aus, der Hunger hatte ihre
Gesichter gezeichnet. „Ja, meine Freunde, es wird Zeit, eine Rechnung zu
begleichen. Jemand, der noch Schulden hat, ist wieder aufgetaucht. Unser
guter alter Hudson hat seine schützende Burg verlassen und ist hier bei uns
eingedrungen. Interessant, diese Neuigkeit, oder?" Kid lächelte gelassen, war
ihm doch klar, welche Wirkung der Namen ihres Erzfeindes auf sein Gefolge
hatte. Mit einer Handbewegung ließ er jede Regung ersterben. „Und heute,
meine Getreuen, wird er zahlen für all seine Taten. Sein Leben für das unserer
toten Kameraden! Sein Leben und das seiner Nachkommen...!" In kurzen

Zügen erläuterte er seinen Plan. „Brian, kümmere Dich um die Vorhut. Sobald das Schwein auftaucht, gibst Du mir ein Zeichen", wies er seinen Vize zum Schluss an. „Alles klar, Kid. Ich hole Dich persönlich ab!" versprach dieser. Mit Gejohle stürmte die Truppe hinaus. Bevor Kid als Letzter ging, fiel sein Blick auf das Häuflein Mensch in Brians Bett. „Ruh Dich aus, Kleiner! Ich bringe Dir nachher eine Kleinigkeit zu essen." Als er den schützenden Gang verließ, fuhr ihm der eisige Wind durch das wirre Haar. Wenige Augenblicke genügten, und ein Schleier aus Schnee hüllte ihn vollständig ein. Für einen Moment schloss er die Augen. „Heute bist Du dran, Schweinepriester! Für jeden Toten wirst Du bezahlen, das schwöre ich Dir beim Grabe meiner Leute!" Ein bösartiges Lächeln entstellte sein sonst angenehmes Gesicht. Fast eine Stunde verging, ehe Brian vor ihm auftauchte. „Eine tierische Kälte ist das wieder!" fluchte er laut und stampfte mit den Füßen, so dass der Schnee von seinen Schultern rieselte. „Sie kommen, Kid, müssten jeden Augenblick eintreffen." Brian schüttelte sich wie ein nasser Köter. „Es sind neun oder zehn Mann, und sie schleppen große Taschen. Da gehen einem fast die Augen über, so haben die gehamstert." Er grinste Kid vergnügt an und ergänzte: „Auf jeden Fall eine lohnenswerte Beute!" Daran dachte Kid in diesem Augenblick weniger. „Okay, schließt den Ring und lasst die Falle zuschnappen", befahl er. Bevor Brian endgültig verschwand, hielt er ihn noch einmal an. „Solltet ihr Klamotten erwischen, sieh nach, ob vielleicht ein warmer Mantel dabei ist. Hawk hat es schwer erwischt, er wird ihn gebrauchen können", bat er, ohne den erstaunten Blick seines Gegenüber zu beachten. Brian nickte nur, dann verschluckte ihn der Schnee. Trockene Revolverschüsse und das Bellen von Maschinenpistolen zerhackten die schneegeschwängerte Luft. Der Lärm kam näher. Dann sah Kid eine pelzbekleidete Gestalt auf sich zu wanken. Das musste er sein! Der Mann hatte ihn offensichtlich entdeckt und änderte, so schnell er konnte, seine Richtung. Einige Schatten lösten sich aus dem Schnee und drängten ihn wieder zu Kid hin.

„Dich hat es wohl schwer erwischt, Hudson?" Der Hausverwalter erkannte erst jetzt, wer vor ihm stand. In seinem Blick lag Verzweiflung; er wusste, dass er

endgültig verloren hatte. Aus dem Hintergrund schoben sich die Mitglieder der Bande zusammen und schlossen den Kreis. Eine Flucht war damit unmöglich. „Schade um den teuren Pelz. Er ist ja völlig mit Blut beschmiert. Wie ärgerlich!" Kid umrundete sein Opfer. „Mister Hudson, es tut mir leid, dass man Sie angeschossen hat. Ich hatte extra angeordnet, Sie zu schonen. Wie ich sehe, hat man meine Befehle missachtet. Aber besser verwundet als tot – oder, Mister Hudson?" Wie ein gehetztes Tier blickte sich der Mann um. Mit vor Schmerzen verzerrtem Gesicht hielt er sich die rechte Seite, Blut tropfte zwischen seinen Fingern hindurch und färbte den Schnee unter seinen Füßen rot. Auf einen Wink von Kid wurden die Beutetaschen in den Kreis gebracht. „Schau her, schau her. Wir können uns nicht einmal einen trockenen Brotkanten kaufen und die Herrschaften bekommen sogar Sekt und Kaviar. So ein Leben in Saus und Braus soll recht ungesund sein! Aber keine Bange: Wir befreien Euch gern von diesem Zeug und vernichten es in unseren Mägen. Die halten einiges aus, sind ohnehin Hundefleisch und Dachhasen gewöhnt!" verkündete Kid nach einer kurzen Inspektion, begleitet vom schadenfrohen Gejohle seiner Leute. „Wenn Ihr nur das wollt, nehmt es Euch um Gottes Willen! Ich bin schwer verwundet, lasst mich gehen, bitte...!" begann Hudson zu jammern. Die Blutspur auf seiner Hand überzog sich allmählich mit Eiskristallen. „Wer wird es denn so eilig haben! Wollen Sie nicht wissen, was mit Ihren Söhnen geschehen ist? Das finde ich aber sehr traurig!" Kid kostete seinen Triumph voll aus. Brian warf einige Mäntel und Jacken zu Kids Füßen. An Hudson gerichtet, sagte er: „Erkennen Sie das? Sie brauchen es nicht mehr! Nie mehr! Den Rest holen wir uns nachher auch noch!" Hudson Gesicht wurde noch blasser. „Ihr seid Tiere, Gott wird Euch strafen!"
„Welcher Gott, bitte sehr? Der uns das alles beschert hat? Wir warten alle auf unsere Strafe, und sie wird auch irgendwann kommen. Das ist das Einzige, was sicher ist. Nur den Zeitpunkt kennt niemand von uns. Aber, Hudson, ich kenne den Zeitpunkt Ihrer Strafe!" Kids Gesichtszüge verhärteten sich. Der Verwalter wankte, so dass Kid ihn von seinen Leuten stützen ließ. Dann winkte er Brian heran und flüsterte mit ihm. „Alles klar, ich kümmere mich darum!", bestätigte der Vize und verschwand in Richtung ihrer Unterkunft. Voller Hass

erhob Kid nun seine Anklage. „Sie, Mister Hudson, sind schuldig am Tod von drei jungen Menschen, die in der Blüte ihres Lebens standen. Sie waren es, der uns die Bürgerwehr auf den Hals schickte, uns damit unser Heim raubte und der Gefahr des Kältetodes aussetzte. Ihretwegen wären einige von uns beinahe erfroren!" Dann wandte sich Kid seinen Gefolgsleuten zu. „Entscheidet Ihr, welche Strafe er zu erwarten hat!"

„Das Schwein soll hängen! Tod für den Mörder unserer Kameraden und Freunde!" Der Ruf pflanzte sich fort, erfasste schnell alle Jungen und Mädchen der Gang. „Tod,Tod,Tod!"

Erst auf ein Zeichen von Kid verstummten sie. „Okay, so sei es. Der Mann wird sterben!" Mister Hudson sank auf die Knie. „Das könnt Ihr doch nicht tun! Ihr seid doch noch Kinder...!" Schreiend klammerte er sich an Kids Füße.

„So? Das spielte doch vorher auch keine Rolle? Drei Kinder sind gestorben, weil Ihr es so wolltet!" Kid heulte vor Wut auf. Seine Rechte schmetterte wuchtig auf den Kopf des Mannes. Dieser wand sich wie ein Wurm und wimmerte vor Schmerz. „Wir sind keine Kinder! Wir sind die Erben der Hölle, Mister Hudson!" Kid stieß ihn verächtlich fort. Brian tauchte aus dem dunklen Viereck des Kellereinganges auf, in seiner Hand blitzte die schwere Klinge einer Machete. Sie hatten sie einst bei einem Überfall auf eine Millionärsvilla erbeutet. Ungläubig, mit weit aufgerissenen Augen, starrte der Verurteilte auf die gefährliche Waffe. „Gnade, ich flehe Dich an...!" stammelte er, doch niemand hörte ihm zu. Sein Schluchzen wurde vom Wind fortgerissen.

„Im Namen der Toten vollstrecke ich nun das Urteil!" Kid ließ sich das Langmesser reichen. Dann nahm er breitbeinig Aufstellung und fixierte sein Opfer. „Wir sehen uns in der Hölle wieder, Mister Hudson!" Er holte aus und schlug ohne Erbarmen zu. Mit gespaltenem Schädel sank Mister Hudson in den Schnee. Grauen lähmte die Kinder und Jugendlichen für einen Moment. In ihren Augen schimmerte Entsetzen. „So ergeht es jedem, der sich gegen uns stellt!" Der King hob die blutbefleckte Waffe über sein Haupt. Die Furcht vor ihm bekam an diesem Tag neue Nahrung!

Kid war mit der Wirkung seiner Demonstration durchaus zufrieden. Angst überschattete die kahle, düstere Betonhöhle. Brian und er saßen an der

Feuertonne, um die Aktionen der nächsten Tage abzustimmen. „Die Ausbeute der letzten Streifzüge ist zum Heulen. Brennmaterial ist kaum noch aufzutreiben, nicht einmal alte, vergammelte Reifen oder Lumpen", seufzte Brian und kratzte sich müde am Kopf. „Dann lass Dir was einfallen, Brian! Wenn wir nicht bald etwas zu fressen kriegen, gibt es eine Katastrophe. Die Stimmung ist ohnehin auf dem Tiefpunkt!" „Es gibt nur einen Weg, uns Fressereien zu besorgen: Wir räumen einen der Versorgungsstützpunkte aus!" Mit lauerndem Blick erwartete Brian Kids Reaktion. Der sprang auf und lief unruhig hin und her. „Du weißt, welches Risiko wir dabei eingehen?" Brian zuckte mit den Achseln. „Was bleibt uns denn? Wir können heute verrecken oder wir verrecken morgen. Was für eine Rolle spielt das noch?" Kid lauschte einige Minuten still auf die Geräusche aus der Dunkelheit. Das Schniefen, Husten und Krächzen wurde begleitet vom Scharren unzähliger Füße. Manchmal, wenn man genau hinhörte, konnte man sogar das Klappern von Zähnen vernehmen. „Ich denke, Du hast Recht! Letztendlich ist es völlig egal, ob wir heute oder morgen den Arsch zukneifen. Unsere Lage wird von Tag zu Tag schlimmer. Unser Paradies ist dieses Loch hier. Beschissener kann es kaum noch kommen. Besorge uns einen Lageplan und wir stimmen die Operation ab!" wies er Brian an. Dieser nickte. „Okay, ich besorge alle Informationen und einen Plan! Übrigens: Wir sollten dazu einige schwere Waffen auftreiben. Ich habe bereits unsere Leute in die Spur geschickt. Spätestens morgen haben wir mehrere Maschinenpistolen hier."
Kid lächelte zufrieden. „Die Jungs von der Armee werden sich sicher wundern, wer ihnen da solch eine Bescherung bereitet", freute er sich und rieb sich die Hände. „Da wäre noch etwas...!" Brian zögerte.
„Was?" „Hawk ist heute Morgen gestorben. Was soll ich mit ihm machen?" Kid schaute ihn einen Moment lang ungläubig an. „Scheiße!" Er hatte den kleinen Kerl gemocht, auch wenn er es nie offen zugegeben hätte. Er wandte sich dem Feuer zu. Als er sich wieder umdrehte, hatte er feuchte Wimpern. „Verdammte Glut! Treibt einem die Asche in die Augen", fluchte er. „Was macht man schon mit einem Toten? Schafft ihn raus und verbuddelt ihn irgendwo. Gott wird sich seiner Seele annehmen...!"

Kid war froh, als er endlich allein war.

Es war noch früh am Morgen, als die Gang vollzählig zur Schlacht ausrückte. Die vor Hunger geschwächten, mit schäbigen Stoffresten und Lumpen verhüllten Körper schwankten unter der Last der Waffen. Tief gebeugt kämpften die Jungen und Mädchen gegen den Sturm an. Trotz des Befehls ihres Anführers, absolute Ruhe zu bewahren, vermochte nicht jeder den quälenden Husten unter Kontrolle zu halten. „In genau einer Stunde lasse ich das Feuer eröffnen. Bis dahin musst Du mit Deinen Leuten die besprochene Position erreicht haben. Wir werden die Brüder in die Zange nehmen und den Shop ausräuchern." „Es wird schon schief gehen, Kid! Wir sind rechtzeitig dort!" versicherte Brian. Kid drückte dem Vize die Hand. „Falls wir uns hier nicht wiedersehen, treffen wir uns in einer anderen Welt. Halt die Ohren steif", verabschiedete er den Freund. Dann schulterte er hastig die Waffe und folgte seiner Gruppe. Es war noch dämmrig, man sah kaum die Hand vor Augen. Kid orientierte sich an den frischen Fußspuren im Schnee. Schnell holte er auf und setzte sich an die Spitze seiner Truppe. Nach einem längeren Marsch erreichten sie ein großes Rondell. In dessen Mitte glimmte spärlich ein einziges Licht wie ein Leuchtturm in der Brandung. Ihr Ziel lag jetzt greifbar nahe. „Jeder wie besprochen auf seinen Platz! Prüft Eure Waffen und haltet Euch bereit! Sobald Ihr einen Schuss hört, feuert aus allen Rohren! Sandra, Du nimmst solange mein Gewehr!" wies Kid an, lud seinen Revolver durch und schob ihn in seine Tasche. Dann brach er auf.

Langsam schlenderte er zu dem unförmigen Betonklotz, vor dem Hunderte von Leuten geduldig warteten. Lässig zündete er sich eine Zigarette an und drängelte sich durch die Menge. „Eine Frechheit! Was erlaubt sich dieser Schnösel?" schimpfte ein Mann und versuchte, Kid zurückzuhalten. „Nimm Deine Pfoten von meinem Körper, Alter!" schnauzte Kid gereizt und hielt die Glut seiner Zigarette bedenklich nahe an dessen Hand. Erschrocken zuckte der Mann zusammen. Unbeeindruckt schob Kid mehrere ältere Frauen zur Seite und näherte sich dem Eingang des Shops. Er registrierte genau, wie viele Bewaffnete zum Schutz des Versorgungsstützpunktes eingesetzt waren. Zwei Dutzend Leute zählte er. „Verdammter Mist, die haben ihre Wachen verdoppelt!

Das Ding ist ja wie eine Festung verrammelt", fluchte er lautlos. Er überlegte, ob es nicht besser wäre, die Operation abzubrechen. Einer der Posten war auf den Jungen aufmerksam geworden. Misstrauisch rückte er seine Waffe zurecht. Typen wie dieser waren ihm nur allzu gut bekannt. „Ich sehe mich ein wenig in der Gegend um! Haltet Ohren und Augen offen!" hörte Kid ihn seinem Partner zurufen, dann sah er ihn auf sich zukommen. Der Uniform zufolge gehörte er der Army an. Als Kid nach seinen Rangabzeichen sah, zuckte er innerlich zusammen. Er stand vor einem Sergeant der Nationalgarde. „Aus welchem Bezirk kommst Du? Bist Du allein hier?" herrschte dieser ihn an und musterte ihn mit verkniffenen Augen. Kid lächelte verkrampft. Diesem Brian würde er nachher einige Takte erzählen! Ausgerechnet Elitetruppen! Einen Scheißplan hatte er. Ihm war unwohl. „Klar bin ich allein – bis auf diese ehrenwerte Gesellschaft neben mir", gab er zur Antwort und versuchte, so unscheinbar wie möglich zu wirken. „Also! Woher kommst Du?" Kid wies mit dem Kopf nichtssagend nach hinten. „Mal von dort. Manchmal auch aus einer anderen Richtung, je nachdem!" Er spürte die Nervosität des Sergeanten, wusste, dass er sich keinen Fehler leisten durfte.

„Deine Eltern – leben die noch irgendwo?" setzte der Mann sein Verhör fort. Kid schüttelte den Kopf. „Weiß nicht, wo sie leben, weiß auch nicht, ob sie überhaupt noch leben! Wen interessiert dieser Scheiß. Die sollen machen, was sie wollen. Ist doch schlimm genug, dass sie mich in solch eine verhunzte Welt gesetzt haben, ohne mich zu fragen! Reicht Ihnen das?"

Irgendwie schien er den Sergeanten überzeugt zu haben „Ist schon okay, Junge! Stell Dich in die Reihe und warte, bis Du dran bist. Mach keinen Ärger, hörst Du...!" Dann setzte er seine Runde fort. In Kid arbeitete es. „Seit wann werden die Shops von der Garde gesichert? War doch sonst nicht üblich?" fragte er laut genug, dass es der Sergeant noch hören konnte.

„Damit solche Rotzlöffel wie Du auf keine dummen Gedanken kommen!"

Das war der Augenblick, in dem Kid seinen Revolver zückte. „Den Rotzlöffel nehme ich Ihnen schwer übel, Sergeant! Trotzdem vielen Dank für die nette Befragung!" Ein Schrei aus der Menge warnte den Sergeanten, der blitzschnell reagierte. Bevor Kid zum Abdrücken kam, leuchtete vor ihm Mündungsfeuer auf. Die Kugel zertrümmerte den Schädel des Jungen...

Der Schuss löste eine Panik aus! Kreischend flüchteten die Menschen, in wenigen Sekunden war der Platz leer. Nur der leblose Körper des King blieb liegen! Brian hatte schemenhafte Umrisse ausmachen können. Da er in unmittelbarer Nähe des Geschehens lag, hörte er jedes Wort, welches Kid und der Sergeant wechselte. Bei dem Wort Nationalgarde wurde ihm heiß. Er, der sonst keine Skrupel besaß und wie ein Killer ohne Gnade bereit war, jeden zu liquidieren, spürte plötzlich ein Gefühl der Angst. Es war wie eine Vorahnung...

„Den Rotzlöffel nehme ich Ihnen schwer übel, Sergeant...!"

Es war nicht Kid, der geschossen hatte, das war Brian sofort klar. Ohne zu zögern, eröffnete er das Feuer. Er sah, wie der Sergeant zu Boden stürzte. Niemand konnte danach den Hergang genau rekonstruieren. Es dauerte Stunden, bevor die Garde die Situation wieder unter Kontrolle hatte. Brian lag mit seltsam verkrümmten Gliedern im Schnee, die weit aufgerissenen Augen starrten in den grau in grau gefärbten Himmel. Um ihn herum verbluteten die Kinder – und mit ihnen starb der Traum von einer glanzvollen, segensreichen Zukunft der Menschheit! Der klägliche Rest der Gang traf sich später im Quartier. Mit stumpfen, gleichgültigen Blicken saßen sie am Boden. Die meisten von ihnen waren verletzt, auch Sandra lehnte mit dem Rücken am Bett und hielt sich heulend den blutverschmierten rechten Oberarm.

„Wie soll es jetzt weitergehen?" Tränen des Schmerzes und der Trauer benässten ihr Gesicht. Von achtundsiebzig Gangmitgliedern waren dreiundzwanzig übrig geblieben. Ein donnerndes Geräusch ließ sie hochschrecken. Bevor die Kinder merkten, was geschah, zerrissen mehrere Detonationen die düstere Stille des Kellers. Unter der Wucht der eindringenden Granaten wurden die zerfetzten Körper seiner Bewohner durch die Luft geworfen. Ein greller Blitz drang in Sandra ein und nahm sie mit auf eine lange, lange Reise...

...Wie viel Zeit vergangen war, wusste er nicht?

Er starrte an die Decke, in seinem Schädel drehten sich Mühlräder. Was war mit ihm? Verstört schaute Nic sich im Zimmer um. Im Dämmerlicht sah alles so fremd und ungewohnt aus. Die Schatten der wenigen verbliebenen Möbel fielen schräg an die Wand.

Schatten – wieso Schatten? Mit einem Ruck setzte Nic sich auf. „Das ist doch Mondlicht", flüsterte er. Staunend wie ein Kind schleppte er sich zum Fenster. Einen Augenblick lauschte er verzückt. „Du, Ev, hörst Du, es stürmt und schneit nicht mehr", rief er mit zitternder Stimme. Hastig kratzte er so lange an den Scheiben, bis er die silberne Silhouette des Mondes erkennen konnte.

„Ev, so komm doch mal. Es ist vorbei!" Das fahle Licht strahlte über tief verschneite Häuser und Straßen. Für einen Moment fühlte sich Nic in die Märchenwelt seiner Kindertage zurückversetzt. „Puh, das ist ja noch kälter geworden!" Er zog seinen Mantel über und rieb sich die Arme. Sein Blick streifte Evs Bettseite. Sie war leer! Nic fühlte Panik in sich aufsteigen. Er hob ihre Decke an und tastete sie ab. „Kalt, die Decke ist kalt! Mädchen, mach keinen Ärger! Wo bist Du denn?" Er riss sämtliche Türen zu den Nebenräumen auf, zuletzt sah er im Bad nach. Ohne sich zu besinnen, stürmte er dann ins Freie. Der Eiswind schnitt ihm die Luft ab, im Gehen stülpte er seine Mütze über und zog sie tief über beide Ohren. „Ev!"

Ungehört verhallte der Ruf. Nic lauschte angestrengt in die Nacht. „Vielleicht musste sie mal? Das ist es! Sie musste mal für kleine Mädchen", beruhigte er seine Nerven und strampelte sich durch eine Schneewehe hindurch. Allmählich näherte er sich der „Toilette". Wieder rief er Evs Namen, doch keine Menschenseele war zu sehen. Verzweifelt grub er einen Gang bis zum Flur des alten Hauses; der Gestank von Urin und Kot stach in seiner Nase. „Aber irgendwo muss sie doch sein?" Ein Knurren ließ ihn zusammenschrecken. Im Mondlicht sah er einen weißen Berg, der über den Schnee zu schweben schien. Ehe er verstand, womit er es zu tun hatte, richtete der sich auf und wuchs ins Unermessliche. Vor Nic stand drohend ein riesiger, ausgewachsener Eisbär. Erschrocken schrie der Mann auf.

Die pechschwarzen Augen des Tieres funkelten gefährlich im Mondlicht. Für einen Moment glaubte Nic zu träumen. Aber als der Traum direkt auf ihn zukam, mit den riesigen Pranken rudernd, besann er sich. Die Schnauze des Bären war blutverschmiert; Nic hatte ihn offenbar beim Fressen gestört. „Ein Eisbär in Kalifornien – das glaubt mir kein Schwein!" Ein höllischer Schmerz in seiner Schulter beseitigte seine letzten Zweifel: Das Tier war verdammt real und hatte ihn mit einem Prankenschlag erwischt! Mit einem Aufschrei ließ sich Nic rückwärts in den Schnee fallen. Er spürte den Luftzug des folgenden Hiebes, der ihn dadurch verfehlte. Sich mit Händen und Füßen abstoßend, schlitterte er aus der Gefahrenzone. Der Bär machte keine weiteren Anstalten, ihn zu verfolgen. Ächzend wankte Nic zur Wohnung zurück. Sein Mantel war oberhalb der linken Schulter total zerfetzt, ungehindert drang der Frost in die frische Wunde und ließ das Blut erstarren. Nic biss die Zähne zusammen; mühsam schleppte er sich bis zur Treppe und versuchte, sie zu erklimmen. Die wenigen Stufen kosteten ihn fast seine gesamte Kraft. Halb wahnsinnig vor Schmerzen rollte er sich schließlich über die Schwelle und blieb atemlos liegen. „Ev...!"

Nur der Gedanke an seine Frau rüttelte ihn wieder auf. Er wälzte sich bis vor das Bett und stützte sich mit der gesunden Schulter ab. Evs Hälfte war noch immer leer! Mit Tränen in den Augen stemmte er sich hoch, bis er auf wackligen Füßen zum Stehen kam. Er riss sich den Mantel vom Leib, angelte ein Tuch vom Tisch und deckte damit die Wunde ab. Für einige Sekunden wurde ihm schwarz vor Augen. Da er kein Gefühl mehr in der Schulter verspürte und den Arm nicht mehr bewegen konnte, musste er auf den Mantel verzichten. „Ev, ich komme!" stammelte er und tastete sich zum Küchenschrank vor. Das Brotmesser lag gleich obenauf. Mit dem glitzernden Stahl in der Rechten, stürzte er zur Tür.

„Ist denn niemand hier, der mir helfen kann?"

Nic ließ sich einfach die Treppe hinabgleiten. Der Schmerz drang mit tausend Nadeln in sein Hirn und wollte ihn lähmen, doch der Körper des Mannes reagierte wie eine Maschine, die sich nicht abschalten ließ.

Sein Blick nagelte sich an einem Stofffetzen fest, welcher etliche Meter vor ihm auf dem Schnee lag. Vor der Häuserfront ihm gegenüber erblickte er einen großen Blutfleck, Spuren eines Kampfes zeichneten sich ab. Sein Herz raste

und schlug bis zum Hals hinauf. Angstvoll sah er sich in den Resten des Bärenfraßes um. Vor ihm, auf einem wellenförmigen Eishügel, leuchtete eine graue Pelzkappe. Er riss sie an sich. „N e i n...!"
Sein Schrei brach sich an den Häuserwänden. Schluchzend sank Nic in die Knie. „Ev...!"
Auf allen Vieren schleppte er sich zum Blutfleck. Kleiderfetzen und Körperteile lagen herum. Im Wahn sammelte er die Reste seiner Frau zusammen, bevor er – betäubt von Schmerz und Kälte – in die Schlucht des Vergessens stürzte. Schnüffelnd näherte sich der Eisbär…

Noah-City

Jerry Hickmann, Vizepräsident der Vereinigten Staaten von Amerika, hob den Telefonhörer ab. Die Stimme des Präsidenten, Albert Magoni, ertönte in gewohnter Schärfe. „Veranlasse bitte sofort eine kurzfristige Sitzung des Krisenstabes. Sind die geforderten Unterlagen eingetroffen?" „Ja, Sir, das FBI hat den Bericht vor einer halben Stunde geschickt", bestätigte Jerry.
„Okay, dann sehen wir uns Punkt 14 Uhr in meinem Beratungszimmer. Lass den Bericht bitte sofort in mein Büro bringen. Und – Jerry", fuhr der Präsident in vertraulichem Ton fort, „vergiss nicht, Deine Frau von mir zu grüßen. Richte ihr aus, dass es mir leid tut, wenn wir beide heute Abend nicht zum Essen kommen können. Die Sitzung wird auf jeden Fall länger dauern. Also bis dann!"
Mit zwei, drei Telefonaten erledigte der Vizepräsident alles Notwendige, dann wandte er sich dem FBI-Bericht zu. Kopfschüttelnd las er Satz für Satz. „Mein lieber Schwan, hier rollt eine Lawine auf uns zu, die uns unter sich begraben wird." Das Klopfen hätte er beinahe überhört. Alice, seine getreue Sekretärin, kannte ihren Chef. Wortlos, um ihn nicht zu stören, trat sie auf leisen Sohlen ein und legte die Unterschriftenmappe auf seinen Schreibtisch. „Sie sehen blass aus, Alice. Sie sollten sich ein wenig Ruhe gönnen!" Erschrocken drehte sich die Frau um. Sie hatte nicht damit gerechnet, dass Mr. Hickmann ihre Anwesenheit doch registrierte. „Danke, es geht schon." Sie wollte sich wieder zurückziehen, doch Jerry war aufgestanden. „Alice, wenn Sie krank sind oder sich nicht wohlfühlen, sollten Sie nach Hause gehen und sich ausruhen. Ihre

Familie hat Sie doch bestimmt schon seit einigen Tagen nicht zu Gesicht bekommen, oder?" Unerwartet brach die Frau in Tränen aus.

Erschrocken und unbeholfen versuchte Jerry, sie zu trösten. „Setzen Sie sich doch. Ich hole uns schnell einen Kaffee und Sie erzählen mir, was passiert ist; einverstanden!?" Alice tupfte sich die Tränen ab. Sie nickte. Als Jerry mit den Bechern zurückkam, hatte sie sich wieder etwas beruhigt.

„Okay, ich habe leider nie viel Zeit für die Probleme meiner Mitarbeiter, aber das brauche ich Ihnen ja nicht zu erklären. Kann ich Ihnen vielleicht helfen?" Stumm schüttelte Alice den Kopf. Dann begann sie mit erstickter Stimme zu erzählen. „Vor vier Tagen hat es einen Unfall gegeben. Mein Mann und meine beiden Söhne – sie sind...!" Der Rest des Satzes ging in einem Tränenschwall unter. Jerry hatte auch so verstanden. Da war es wieder, dieses Gefühl der Hilflosigkeit! „Es tut mir leid, Alice, es tut mir von Herzen leid!" Er reichte ihr ein Taschentuch. „Sie waren unterwegs, um Lebensmittel zu besorgen. Der Sheriff fand ihre Leichen unmittelbar neben dem Shoppingcenter. Man sagte mir, es sei ein Unfall gewesen, aber das glaube ich nicht! Die Menschen sind böse geworden, seit diese Katastrophe uns heimgesucht hat, böse und niederträchtig. Ich weiß, dass das kein Unfall war, verstehen Sie!? Der Sheriff lügt!" Nachdenklich stützte der Vizepräsident seinen Kopf in die Hand. Alice hatte sich etwas gefangen, sprach jetzt fließender: „Seit Wochen ereignen sich gerade in unserem Viertel sogenannte Unfälle. Sie wissen, bei uns leben doch mehr vermögende Leute als anderswo. Bisher war alles nur Vermutung, aber seit dem Tod meiner Familie habe ich Gewissheit, dass der Sheriff und seine Leute dahinter stecken. Das sind keine Unfälle, das ist Mord!"

Alice schaute ihn mit geröteten Augen an. „Es ist Mord, ganz ohne Zweifel. Es gab einen Zeugen, der gesehen hat, wie es passiert ist!"

Jerry blies seine Backen auf und ließ die Luft pfeifend entweichen. „Das ist eine starke Beschuldigung – Sie wissen das!" Alice zuckte mit den Achseln. „Es ist die Wahrheit! Aber was hilft es mir? Meine Familie wird dadurch nicht wieder lebendig. Nur wird es Zeit, diesen Bestien das Handwerk zu legen. Sie nutzen die Notlage der Menschen schamlos aus, erpressen sie, und wer ihnen nicht hörig ist, wird erschossen. Ich habe nicht einmal mehr die Toten sehen dürfen.

Angeblich sind sie sofort verbrannt worden, auf einem der letzten großen Scheiterhaufen!" Jerry überlegte einen Moment. „Ich rede nachher mit dem Sicherheitschef, er wird sich die Sache genauer anschauen. Mehr kann ich Ihnen im Moment nicht versprechen. Sie legen sich einige Stunden in meinem Zimmer hin! Ich wecke Sie dann." Auf seinen Ruf hin kam ein Mann der Wache und führte Alice hinaus.

Jerry beugte sich erneut über die Papiere. Er war überzeugt, dass Alice mit ihrer Behauptung Recht hatte. Ihr tragisches Schicksal war nur eines von unzähligen. Dazu gab es im Bericht des FBI detaillierte Angaben. Immer mehr Mitarbeiter von Behörden und Sicherheitskräften nutzten ihre Stellungen aus, um persönliche Vorteile aus dieser für alle schwierige Situation zu ziehen. Und sie schreckten vor nichts zurück, nicht einmal vor Mord. „Ich werde dieser Sache auf jeden Fall auf den Grund gehen", nahm er sich fest vor. Das fortwährende Heulen des Windes lenkte ihn für einen Moment ab. Vergebens suchte sein Blick Abwechslung in der weißgrauen Eintönigkeit.

Er verschränkte die Arme hinter dem Kopf und lehnte sich in seinem Sessel zurück. Am liebsten hätte er für ein paar Minuten die Augen geschlossen. Einfach einmal wieder richtig ausschlafen, sich ins Bett kuscheln und an nichts mehr denken müssen! Der Gong der alten Uhr riss ihn aus seiner Dusselei. „Oh verdammt, so spät ist es schon?" Er vertiefte sich erneut in seine Unterlagen. Abgesehen von der kleinen Schreibtischlampe waren auch in seinem Büro alle elektrischen Anlagen und Geräte außer Betrieb – eine Sparmaßnahme, die Jerry als gerecht ansah, die aber nicht die volle Sympathie aller Senatoren und Kabinettsmitglieder fand. Eben so wie die Anordnung, die Raumtemperatur auf höchstens 15 Grad Celsius zu drosseln. Die Bürde der Verantwortung hatte Jerry Hickmann in den letzten Monaten altern lassen. Das einst straffe, wohlgefällige Gesicht mit den ewigen Lachfältchen, das von einem Wahlplakat auf ihn herabsah, war jetzt kaum wiederzuerkennen. Jerrys Augen schmerzten, immer öfter rieb er sie mit den Fingern. Schließlich klappte er den Ordner zu. „Schluss, aus! Es reicht! Wenn nicht bald ein Wunder geschieht, bringt uns dieser verdammte Winter alle um!" Er trank den Rest des kalten Kaffees und ordnete alle erforderlichen Unterlagen in seine Mappe. „Wenn sich die Lage weiter so rasant zuspitzt, werden diese Schwarzmaler von Wissenschaftlern doch noch Recht behalten!" Er sah auf die Uhr: es war kurz vor Zwei.

Die tiefe, markante Stimme des militärischen Beraters des Präsidenten übertönte sämtliche Anwesenden. „Wenn erforderlich, müssen wir eben härter durchgreifen! Gerade in solchen Zeiten können wir diese Raubrittermanieren nicht dulden. Und wenn die Nationalgarde nicht ausreicht, muss sie notfalls durch andere Spezialeinheiten ergänzt werden. Nur so bekommen wir die Sache überhaupt noch in den Griff!" Er erntete mehrheitlich Zustimmung.

Jerry betrat den Raum gemeinsam mit Albert Magoni. Sofort trat gespannte Ruhe ein. Die besorgten Blicke aller Mitglieder des eiligst herbeigerufenen Krisenstabes konzentrierten sich auf die zierlich wirkende Gestalt des Präsidenten. Magoni war seit kaum drei Jahren Präsident der Vereinigten Staaten von Amerika. Ihm war bewusst, dass die Schwere der Aufgabe alles übertraf, womit seine Amtsvorgänger je konfrontiert waren.

„Ladys und Gentleman! Der Anlass unserer Zusammenkunft ist äußerst delikat. Die heutige Tagung ist vermutlich entscheidend für den Fortbestand der Zivilisation auf unserem Planeten!" Unruhe entstand; es dauerte eine Weile, bevor der Präsident weitersprechen konnte. Es war das erste Mal, dass Jerry dessen Hände zittern sah. „Entsprechend der Ihnen zugegangenen Tagesordnung erlaube ich mir, Ihnen die Ergebnisse einer Untersuchung vorzulegen, die unsere Entscheidungen bezüglich der Zukunft unseres Landes – und nicht nur unseres – wesentlich beeinflussen dürften."

Albert Magoni schaute einen Moment über den Rand seiner Goldbrille hinweg. Er wusste, dass jetzt nicht mehr Zeit war, sich auf Debatten einzulassen. Es musste schnell gehandelt werden, sonst war es vielleicht zu spät.

„Wie Sie wissen", fuhr er fort, „wurde in allen Bundesstaaten der Ausnahmezustand ausgerufen. Mir liegen die neuesten Zahlen und Fakten über das tatsächliche Ausmaß der Katastrophe vor. Es übertrifft bei Weitem alles bisher Dagewesene. Ich will Ihnen nicht alle Punkte bis ins Detail vorlesen – wenn Sie es wünschen, erhalten Sie nach der Sitzung eine Kopie. Doch ich möchte Ihnen die wichtigsten Ergebnisse nicht vorenthalten."

Der Präsident atmete geräuschvoll durch, dann redete er mit monotoner Stimme weiter. „Wir müssen uns damit abfinden, dass bis zum heutigen Tag 12,3 Millionen Tote registriert wurden! 12,3 Millionen nur in unserem Land! Wie viele Menschen weltweit gestorben sind, können wir nur schätzen. Die Verbindung zu den meisten Regierungen ist nur noch über Satellit möglich und sehr instabil. Wie ich eben erst erfahren habe, ist es in Russland zu einem Aufstand der Militärs gekommen. Nach bisherigen, offiziell noch nicht bestätigten Meldungen soll über Moskau eine Atombombe gezündet worden sein." Albert Magoni wartete geduldig, bis sich alle wieder beruhigt hatten. „Über mögliche Folgen können wir derzeitig nur spekulieren. Ebenso darüber, wann sich die Lebensmittelproduktion wieder normalisieren wird. Ich verrate Ihnen sicherlich kein Geheimnis, wenn ich Ihnen mitteile, dass die Staatsreserven aufgebraucht sind. Alle Verhandlungen über den Ankauf von Getreide, Kartoffeln und anderen notwendigen Gütern sind erfolglos geblieben. Die gesamte Erde ist von dieser Katastrophe betroffen. Praktisch sind sämtliche Ernten über Nacht durch den Frost vernichtet worden. Die Auswirkungen brauche ich Ihnen nicht weiter zu erläutern!"
Nur die Stimme des Präsidenten, der, scheinbar unbewegt, Fakten zu Fakten fügte, durchschnitt die Totenstille des Raumes. „Und nun zu etwas, das jeden von uns unmittelbar betrifft." Der Präsident nickte seinem Vize unmerklich zu. „Wenn Sie gestatten, werde ich die näheren Ausführungen dazu übernehmen!" hakte Jerry sofort ein und erhob sich von seinem Platz. Es war eine alte Gewohnheit, während des Sprechens auf und ab zu wandern, die er aus der Zeit seiner Dozententätigkeit an den verschiedensten Universitäten des Landes beibehalten hatte. „Wir stehen vor einer Situation, die einer Bankrotterklärung der Regierung gleichkommt! Zu den psychischen und physischen Folgen des ewigen Winters ist inzwischen ein anderer wesentlicher Faktor getreten, der die Moral aller Volksschichten untergräbt und damit zur größten Gefahr unserer Jahrhunderte währenden Demokratie wird." In seiner Faust hielt er einige Seiten des FBI-Berichtes. „Jeder von uns trägt – direkt oder indirekt – ein Mandat des Volkes; wir alle besitzen das Vertrauen unserer Wähler. Aber es

verdichten sich die Anzeichen, dass nicht jeder diesem Vertrauen gerecht
wird!"

Unruhe entstand. „Wollen Sie etwa behaupten, dass wir unsere
parlamentarischen Pflichten nicht erfüllen? Das ist eine unerhörte
Unterstellung, Mr. Hickmann!" warf Senator Ken empört ein. Eine heiße
Debatte drohte sich zu entzünden. Nur die Autorität des Präsidenten beruhigte
die Szene. „Ich schlage vor, wir hören uns an, was Mr. Hickmann zu sagen hat.
Jeder sollte sich dazu sein eigenes Bild machen. Im Übrigen stehe ich voll und
ganz hinter diesem Bericht!" Jerry dankte ihm und fuhr fort. „Ich zweifle nicht
die Loyalität der hier anwesenden Personen an", betonte er ausdrücklich, „aber
wir haben berechtigten Grund zur Annahme, dass inzwischen auch höchste
Kreise der Administration von einer kriminellen Energie erfasst worden sind, die
das Handeln vieler unserer Angestellten und Mitarbeiter maßgeblich
beeinflusst. Übrigens gibt es Beweise dafür, dass sogar angesehene Vertreter
der Heeresführung mit der Unterwelt kooperieren."
Fast eine halbe Stunde lang referierte Jerry dann über die Art und Weise der
Verstrickung des organisierten Verbrechens mit den bundesstaatlichen
Organen. „...reicht bis zu genauestens geplanten und organisierten
Plünderungen der Staatsreserven mit Hilfe von gepanzerten Fahrzeugen der
Army, deren Kennung selbstverständlich vorher entfernt wurde. Inzwischen
haben sich einige Einheiten des Heeres aufgelöst und ziehen mordend und
raubend durch das Land. Die Gouverneure der einzelnen Bundesstaaten
haben uns zu verstehen gegeben, dass sie ihren Einfluss auf diese Truppen
endgültig verloren haben. Sie wissen, was das bedeutet!" Ohne weiteren
Kommentar setzte sich Jerry wieder. „Das war's dann wohl?" kam es dumpf
aus der Versammlung. Präsident Magoni runzelte die Stirn. Er hatte während
der Berichterstattung seine Fliege und den oberen Hemdknopf geöffnet, um
besser atmen zu können. Auch an ihm waren die Geschehnisse der letzten
Monate nicht spurlos vorübergegangen. Trotz intensivster Bemühungen seiner
Administration, doch noch Herr der Lage zu werden, musste er sich seine
Niederlage eingestehen. Dieser Feind war unbezwingbar! „Das war's dann

wohl!" wiederholte er leise die Worte. Sein Gesicht spiegelte die allgemeine Erschütterung wider.

„Möchte jemand der anwesenden Damen und Herren sich dazu äußern?" fragte er nach einer Weile. Er erntete bloß Kopfschütteln. Schließlich meldete sich Professor Kelley, Klimatologe und wissenschaftlicher Berater des Präsidenten, zu Wort. „Ich weiß, Sie erwarten jetzt von mir ein Wunder. Das kann ich leider nicht verkünden", brachte er stockend hervor, „doch gibt es einen winzigen Lichtblick für die nächsten Tage. Wir haben eine Beruhigung der oberen Luftschichten feststellen können. Wie gesagt, das hat nicht viel zu bedeuten, aber dadurch bekommen wir wenigstens eine kleine Atempause." Präsident Magoni horchte auf. „Wie lange kann die Beruhigung anhalten?" Prof. Kelley wog bedenklich den Kopf. „Ich schätze, maximal drei bis fünf Tage, vielleicht auch weniger. Wir haben dafür leider keine exakten Erfahrungswerte." Einen Augenblick lang sahen sich der Präsident und sein Stellvertreter an. „Also gut, Ladys und Gentleman, ich schlage vor, wir machen eine Pause. Mr. Hickmann und ich werden uns kurz beraten. Wir treffen uns in knapp zehn Minuten wieder hier!" verkündete Magoni und unterbrach damit die Sitzung. Allein im Büro des Präsidenten, saßen sich die beiden Männer gegenüber. „Was schlägst Du vor, Jerry? Ich hoffe, Du hast eine vernünftige Alternative!" Albert Magoni stand auf und streckte sich, dann schaute er seinen Vize fragend an. „Es gibt keine Alternative, Albert, das weißt Du genau so gut wie ich", antwortete Jerry, dabei jedes Wort betonend. „Wenn eintrifft, was Prof. Kelley andeutete, ist das ein Zeichen Gottes. Wir müssen es beachten. Aktiviere sofort das Projekt ‚Arche Noah'! Es ist unsere einzige Chance!" Die Wangen des Präsidenten röteten sich. „Du bist Dir bewusst, welche Entscheidung wir damit treffen?" Jerry blickte ihm fest in die Augen und nickte. „Gewiss; wir hätten sie schon früher treffen müssen! Viel, viel früher!" Präsident Magoni griff zum Telefon und beorderte den roten Koffer zu sich. Gebannt starrten die Mitglieder des Krisenstabes auf den Koffer. Enthielt er die Lösung? Steckte in ihm das ersehnte Wunder? Der Präsident erhob sich. Eine explosive Spannung erfüllte den Raum. Mit leiser, abgehackter Stimme begann Albert Maroni zu sprechen: „Die meisten von Ihnen erinnern sich bestimmt eines Ereignisses aus dem Jahre 1994. Damals wurde auf Beschluss des Kongresses der Regierungsbunker in den Rocky Mountains geschlossen, da die politische Entwicklung eines solchen Rudimentes des Kalten Krieges nicht mehr bedurfte. Er wurde offiziell versiegelt und geriet damit aus dem Gedächtnis der Öffentlichkeit."

Mr. Magoni wischte sich den Schweiß von der Stirn.

„Es formierte sich jedoch eine Gruppe von Fachleuten aus Wirtschaft und Politik, die seinen Fortbestand für notwendig und erforderlich hielten und deshalb keine Mittel scheuten, ihn ständig auf den neuesten Stand aufzurüsten. In einem geheimen Abkommen zwischen dem damaligen Präsidenten der Vereinigten Staaten und dieser Personengruppe wurden zudem alle Bedingungen festgeschrieben, die seine Aktivierung wieder zuließen. In diesem Koffer befinden sich alle Unterlagen sowie die Codeschlüssel für Noah-City. Er wurde bisher unter dem Siegel strengster Verschwiegenheit von einem Präsidenten an den Nachfolger weitergereicht. Jeder meiner Vorgänger war froh und glücklich, ihn nicht nutzen zu müssen. Dieses Glück ist mir offensichtlich nicht vergönnt!"

Die Knöchel seiner Hände wurden weiß, so fest krallte sich Albert Magoni an der Tischkante fest. Er sah in die Gesichter seiner Mitstreiter und Gefährten. Die Gewissheit, dass er in den nächsten Minuten ihr Schicksal entscheiden und über sie den Stab brechen würde, nahm ihm fast den Atem. „Noah-City ist eine Stadt, die in Notsituationen, wie wir sie im Moment erleben, 5000 Menschen aufnehmen kann. Ihre Versorgung ist über einen langen Zeitraum hinweg durch von der Oberfläche unabhängige Systeme gesichert. Sie haben alles, was sie zum Überleben brauchen!" Mr. Magoni sah die Hoffnungsschimmer, die in den Augen der Anwesenden aufflackerten.

„Für 5000 Menschen wird es also eine Chance geben, diesem Inferno zu entkommen. Doch leider ist es so, dass nicht wir darüber entscheiden werden, wer diese Personen sind, sondern eine Maschine – ein Computer!"

Wieder benötigte er eine Pause, um sich zu sammeln.

„Die Instruktionen und erarbeiteten Gesetzesgrundlagen sehen unter anderem folgende Regelungen vor: Anspruch auf Aufnahme in die Stadt haben nur

Personen, die im Zentralregister des Computers für den Fortbestand der
Menschheit als unentbehrlich eingestuft wurden. Ausnahmen bilden die Ämter
des Präsidenten und seines Vizepräsidenten. Ende der Ausführungen!"
Einige Sekunden herrschte betroffenes Schweigen. Tropfenweise sickerte das
eben Gehörte in die Hirne der Anwesenden. Es dauerte eine gewisse Zeit, bis
jeder den Inhalt der Meldung erfasst hatte. Dann brach Tumult aus. Wie
Seifenblasen zerplatzten Illusionen und vage Hoffnungen. Sie, die Mitglieder
des Krisenstabes gehörten nicht zu den Auserwählten...? Schlimmer noch: Sie
hatten nicht die geringste Chance, in die engere Wahl zu kommen? Immer
lauter und aggressiver wurden die Anfeindungen gegen die Bevorzugten.
„Das ist Amtsmissbrauch – ach, was sage ich da! Das ist das Schändlichste,
was ich bisher erlebt habe!" donnerte Senator Ken entrüstet los. „Wieso kann
diese Satzung nicht geändert werden? Schließlich sind wir doch diejenigen, die
bisher durch ihre Arbeit das Volk vor dem Untergang bewahrt haben?" Albert
Magoni hatte die Reaktionen seiner Zuhörer vorhergesehen. Er betätigte den
Knopf neben seinem rechten Knie. Die Türen öffneten sich und schwer
bewaffnete Soldaten der Nationalgarde erschienen. Auf Befehl des Präsidenten
wurde der Beratungsraum geräumt, die Tobenden wurden nach draußen
gebracht.
Das Projekt „Arche Noah" lief an.

Albert Magoni saß nachdenklich auf einem Stuhl und schaute verkniffen auf die
vielen flimmernden Monitore. Einige von ihnen blieben leer, auf den oberen
Reihen waren verschiedene Aufnahmen zu sehen. Alle Bilder wiesen eine
Gemeinsamkeit auf: Sie zeigten verschneite, tief versunkene Landschaften und
menschenleere Städte.
Hier, von der technischen Hochburg Noah-Citys, der Kommandozentrale aus,
konnte früher – vor der Katastrophe – Kontakt mit jedem Land der Erde
geschaltet werden. Per Satellit war es möglich, jeden Punkt und jede sichtbare
Bewegung zu überwachen. Unzählige Satelliten umkreisten seit Jahrzehnten
auf ihren Umlaufbahnen die alte Erde und ermöglichten eine lückenlose

Kommunikation. „Sir! Die aktuellen Zahlen. Ich schicke sie auf Ihren Bildschirm!" Mr. Magoni nickte kraftlos.

In den frühen Morgenstunden des gestrigen Tages war das Programm angelaufen. Inzwischen hatten sich die ersten zukünftigen Bewohner der Stadt eingefunden. Armselige Gestalten, die mehr tot als lebendig hereingetragen wurden. Auf dem Monitor erschien ein Zahlenspiegel:

Der Präsident kräuselte die Stirn. „Einhundert achtunddreißig Personen sind eingetroffen...?" Neben ihn summte sein Handy. „Jerry, gut dass Du anrufst! Ich hätte mich ohnehin gleich bei Dir gemeldet. Ich habe die aktuellen Belegungszahlen vor mir. Ehrlich gesagt, bin ich äußerst beunruhigt. Es sind mehr als 24 Stunden vergangen und bisher ist nur ein geringer Teil der Leute eingetroffen, die eigentlich kommen sollten", sprudelte es aus dem alten Mann heraus. Jerry Hickmann stoppte den Redefluss Magonis. „Sir, ich habe soeben die neuen Wettervorhersagen erhalten. Die Lage bleibt stabil, zumindest für die nächsten zwei Tage. Ich hoffe, dass sich dann ein großer Teil der Wissenschaftler eingefunden haben wird. Wir dürfen nicht vergessen, unter welch schwierigen Bedingungen die Anreise der meisten von ihnen erfolgt. Keine Bahn, keine Flugzeuge, nicht einmal Busse und Autos."

Auf einem der Monitore entstand Bewegung. „Jerry, versuch bitte noch einmal, mit der Hubschrauberstaffel Kontakt aufzunehmen. Die Jungs müssen durchhalten – wenn es sein muss, bis zum bitteren Ende. Sag ihnen das, hörst Du! Ich setze all unsere Hoffnungen auf sie." Mr. Magoni beendete das Gespräch. Auf dem Bildschirm zeichneten sich die gesicherten Zugänge Noah-Citys an der Erdoberfläche ab. Etwa ein Dutzend Personen auf Skiern bewegte sich direkt darauf zu. An der Spitze des Trupps sah der Präsident das Olivgrün der Uniformen der Nationalgarde. Norman Gordon, einer seiner jungen Offiziere, brachte die nächste Gruppe Ankömmlinge. Lieutenant Gordon hob grüßend einen Arm, dann dirigierte er die vermummten Gestalten in Richtung Schleuse. Dort wurden sie bereits erwartet und sofort in die schützende Tiefe geliftet. Major Hammer, Sicherheitschef der unterirdischen Stadt, prüfte die Liste mit den Daten der Neuen. Bislang waren ihm zwei Hochstapler ins Netz gegangen, die versucht hatten, sich unter falscher Identität einzuschmuggeln.

Beide hatten angegeben, dass ihnen die Pässe von den wahren Besitzern freiwillig zur Verfügung gestellt worden seien. Die Antwort auf seine Frage, weshalb sie das wohl hätten tun sollen, stimmte Hammer nachdenklich. „Sie wollen nicht ihre Familien verlassen! Wenn sie schon sterben müssten, so wollten sie gemeinsam sterben!"

Major Hammer grüßte den Posten und schaute aus der Ferne zu, wie die Ankömmlinge eingekleidet wurden. Soweit er von hier erkennen konnte, waren es vorwiegend Männer. „Major, Sir! Die neuen Bewohner sind zum Check vorbereitet. Bitten um Erlaubnis, damit beginnen zu dürfen!" meldete sich die erste Abteilung über Video. Major Hammer erteilte die Genehmigung. Die Eingetroffenen wurden einer strengen Überprüfung unterzogen; der Major selbst holte sich jeden Einzelnen auf den Monitor und verglich sein Äußeres mit den gespeicherten Bildern. Nach etwa dreißig Minuten kam die positive Bestätigung. „Sir! Das Ergebnis liegt vor. Alle gehören zu den registrierten Personen. Der Zustand bei allen ist den Umständen entsprechend nicht schlecht. Alles Weitere wird nachher von den Ärzten geklärt!" meldete der Diensthabende und wartete weitere Instruktionen ab.

„Okay, weist sie in ihre Quartiere ein und kümmert Euch um sie!" befahl der Major. Dann läutete das Telefon und er wurde mit dem Präsidenten verbunden. Auf dem Weg in die Kommandozentrale durchquerte er einen Teil der Stadt. Während er lief, schalteten sich für die nächsten Meter per Sensoren überwachte Lichter dazu, hinter ihm lag die Straße wieder im Dunkel. Obwohl er bereits vor der Katastrophe als Sicherheitschef hier eingesetzt war, staunte er immer wieder über die raffinierte und durchdachte technische Ausstattung der Anlagen und einzelnen Objekte.

„Mister Präsident, Sir! Wie befohlen zur Stelle!" meldete er vorschriftsmäßig und salutierte. Albert Magoni eilte ihm entgegen und schüttelte seine Hände. „Ich muss Ihnen sagen, dass Sie und Ihre Leute eine hervorragende Arbeit machen. Dafür möchte ich Ihnen herzlich danken", begrüßte er den Major und bot ihm einen Sessel an. Major Hammer dankte sichtlich verlegen. Ihm, als altem Militär, war der zivile Umgangston ein Gräuel.

„Möchten Sie rauchen?" Major Hammer lehnte dankend ab. Geduldig wartete er, bis sich der Präsident eine Zigarette angezündet hatte. „Sagen Sie mir bitte, wie der gegenwärtige Stand der Vorbereitungen ist! Sind alle Versorgungssysteme in Betrieb? Sind eventuell Hemmnisse zu erwarten?", fragte Präsident Magoni beiläufig. „Nein, Sir, alle Systeme laufen zur Zeit normal. Wir haben im Moment keine nennenswerten Probleme. Unsere Techniker prüfen gegenwärtig noch das Kraftwerk. Reine Routine! Die Lager sind voll, genau so die Kühlhäuser. Mit dem, was dort eingelagert und eingefroren wurde, können wir Jahrhunderte überleben", verkündete Major Hammer nicht ohne Stolz. „Mir wäre wohler gewesen, wir hätten niemals auf diese Möglichkeit zurückgreifen müssen. Leider zwingt uns die Realität zu diesem Schritt", antwortete Mr. Magoni leise. In Gedanken versunken, drückte er die Zigarette wieder aus. „Sobald ich etwas Zeit habe, würde ich Sie bitten, uns in Noah-City herumzuführen und alles zu erklären. Mir bleibt wenigstens der schwache Trost, hier das Richtige für unser Überleben getan zu haben!" Mit einem kurzen Nicken wurde der Major entlassen. Albert Magonis Blick verweilte auf der riesigen, die gesamte rückwärtige Wand bedeckende elektronische Karte der Erde. Sie war an das militärische Kontrollsystem gekoppelt: sämtliche Abschussrampen und Militärbasen der Vereinigten Staaten auf der Welt waren hier eingetragen. Beruhigend blinkten die grünen Bereitschaftslämpchen an mehr als zwölftausend Standorten, die sich wie ein Gürtel rund um den Globus erstreckten. Es war noch nicht allzu lange her – wie er sich erinnerte –, als die gleichen Lämpchen auf der Tafel im Pentagon in schrillem Rot aufleuchteten. Ein Computerfehler, der fast zu einem nuklearen Holocaust geführt hätte! Zum Glück wurde er rechtzeitig erkannt. Nun stand ein Holocaust ganz anderer Art ins Haus! Mr. Magoni starrte noch immer Gedanken versunken auf die Lämpchen. Eine aufgeregte Stimme drang an sein Ohr. „Mister Präsident! Sir! Melden Sie sich bitte!" Der Diensthabende schaute ihn auf dem Bildschirm fragend an. „Ja, was ist?" „Sir, wir haben soeben Funkkontakt mit einem unserer Hubschrauber bekommen. Der Sturm hat sich soweit gelegt, dass eine Staffel versuchen wird loszufliegen. Sie haben einige Hundert Leute an Bord. Weiterhin wurde uns bestätigt, dass sich Ihre Frau und die Familie von

Mr. Hickmann darunter befinden." „Endlich einmal eine gute Nachricht!" platzte
der Präsident erfreut heraus, doch als er das ernste Gesicht des Offiziers sah,
erstarb sein Lächeln. „Sir, noch etwas. Uns wurde außerdem gemeldet, dass
sich eine neue Schlechtwetterfront gebildet hat, die voraussichtlich noch heute
Nacht unsere Region erreichen wird. Außerdem liegen uns die letzten
statistischen Zahlen vor." Seine Stimme wurde leiser. „Mehr als 50 % der
Bevölkerung sind inzwischen verhungert oder erfroren. Mit einer
Wahrscheinlichkeit von 97,8 % wird der Rest in den nächsten vier Wochen vom
gleichen Schicksal betroffen sein!" Die beiden Männer schauten sich eine Weile
schweigend an.

„Tut mir leid, dass ich Ihnen keine angenehmeren Nachrichten übermitteln
kann", entschuldigte sich der Diensthabende verlegen. Der Präsident räusperte
sich, doch dann dankte er nur mit einem Kopfnicken. Wie war es ihm möglich
gewesen zu glauben, sich an das Grauen gewöhnen zu können?

„Mehr als die Hälfte elend verreckt! Womit haben wir das verdient?" Hastig
schaltete er seinen Monitor auf Satellitenverbindung um. Langsam formten sich
schwache Konturen auf dem Bildschirm heraus. Die Umrisse von New York
zeichneten sich ab. Er steuerte das Bild aus und holte einzelne Abschnitte der
Stadt näher heran. Dort, wo sonst buntes Leben gebrodelt, die Menschen sich
dicht an dicht durch die Straßen geschoben und gedrängelt hatten, herrschte
gähnende Leere. Meterhohe Eisbarrieren und Schneewehen bedeckten das
Land wie ein glitzerndes Leichentuch. Ihn fror. Er verschärfte das Bild noch
einmal, holte sich eine der Nebenflächen heran. Dunkle Flecken huschten über
den Bildschirm. Gab es dort noch Überlebende? „Diensthabender, bitte
melden!" Augenblicklich erschien dessen Kopf auf dem Nachbarmonitor. „Ich
habe hier einige Bewegungen in New York auf dem Schirm. Ist es möglich, das
Bild noch schärfer zu machen?" Der Diensthabende verschwand für einige
Augenblicke und kehrte dann zurück. „Es wird einige Zeit dauern. Ich versuche
es aber!"

Angestrengt, mit schmerzverzerrten Augen verfolgte der Präsident das
Geschehen auf dem Bildschirm. Langsam veränderte sich die Bildhöhe. Ihm
schien es, als sinke sein Körper langsam direkt auf die Stadt zu. „Noch weiter

heran komme ich nicht!" meldete die Stimme des Diensthabenden. Das war auch nicht nötig, denn was sich vor den Augen der Männer abspielte, war auch so erkennbar. Eine größere Menschengruppe kämpfte sich verzweifelt durch die Schneewüste. Ab und an leuchteten Blitze auf. „Die schießen ja...!" stellte der Präsident nach einer Weile überrascht fest. Doch auf wen? Am Rande des Bildschirmes tauchten unzählige Punkte auf. Sie ergossen sich wie eine Flut auf die Gruppe und kreisten die Menschen ein. „Wölfe, das sind doch Wölfe!" entfuhr es dem Präsidenten. Sie wurden Zeugen einer erbarmungslosen Jagd. Immer enger zogen die Räuber ihren Ring. Sie waren den Menschen zahlen- und vermutlich auch kräftemäßig weit überlegen.

Trotz heftiger Gegenwehr erreichten die ersten Wölfe sehr schnell die erschöpften Flüchtlinge und rissen sie zu Boden. Auch aus der großen Entfernung war zu erkennen, wie sich der Schnee blutrot färbte. Immer mehr Menschen fielen den gnadenlosen Bestien zum Opfer.

Fassungslos und erschüttert schaltete Präsident Magoni das Gerät ab. „Ist das unser Schicksal?" Stumm schaute ihn auf der Mattscheibe sein eigenes bleiches Antlitz entgegen…

Es klopfte an der Tür. Erst leise und verhalten, dann energischer. „Ist ja gut, ich komme doch schon!" polterte Professor Medleys durch den Flur. Der Atomwissenschaftler lebte bereits seit einigen Jahren in Oklahoma-City und bewohnte mit seiner Frau und den drei Kindern eine Appartementwohnung am Rande der Stadt. In einen warmen Jogginganzug gehüllt, öffnete er. Die beiden Störenfriede wiesen sich als Boten der Regierung aus. „Sind Sie Prof. Medleys? Prof. Frank Medleys? "„Ja, warum?"

„Wir haben Ihnen eine Order des Präsidenten der Vereinigten Staaten zu übergeben. Wenn Sie bitte hier den Empfang bestätigen würden!" Einer der Männer hielt ihm Stift und Quittungsblock entgegen. „Was soll das für eine Order sein?" brummte der Professor unwillig und unterschrieb schwungvoll. „Lesen Sie! Für Auskünfte dieser Art sind wir nicht zuständig!" Die Männer salutierten kurz und verschwanden wieder. „Ein unfreundliches Volk, die Leute von der Army! Na ja, sie haben es in solchen Zeiten sicherlich auch nicht

gerade leicht." Misstrauisch drehte der Professor das Papier in seinen Händen.
„Das bedeutet bestimmt nur Ärger", murmelte er und verriegelte die Tür. „Wer
war denn das, Frank?" fragte seine Frau Sally aus der Küche. „Oh, es war
nichts weiter. Ich habe einen Brief bekommen ...!" Ohne weiter auf sie
einzugehen, öffnete er das Kuvert und begann den Brief im Lichte einer Kerze
zu lesen. „Das ist doch wohl nicht möglich?" entfuhr es ihm.
„Was ist nicht möglich – wieso antwortest Du mir nicht?" keifte Sally und
schaute ihn vorwurfsvoll an. Wortlos hielt er ihr das Schreiben unter die Augen.
„Da, lies es selber!" Ihre Hände zitterten merklich, als sie die Lektüre beendet
hatte. „Soll das etwa heißen, dass Du mich und die Kinder verlassen sollst?"
Die Angst in ihrer Stimme war unüberhörbar. Die Formulierung des Briefes ließ
nur diese Schlussfolgerung zu. Vor allem der letzte Satz beunruhigte Prof.
Medleys: „Sollten Sie dieser Anweisung nicht Folge leisten und den
festgelegten Zeitpunkt an der Sammelstelle (siehe Anlage) versäumen, werden
Sie von einem Sonderkommando der Nationalgarde abgeholt und zur Erfüllung
Ihrer national patriotischen Pflicht nach Noah-City überstellt." „Das ist doch
Kidnapping – das dürfen die doch gar nicht machen!" entrüstete sich Sally. Am
liebsten hätte sie den Fetzen Papier in tausend Stücke zerrissen. „Was glaubst
Du, was die dürfen? In solch einer Situation darf sich die Regierung alles
erlauben – sogar Kidnapping. Ich verstehe nur nicht, weshalb ich allein dorthin
soll? Weshalb darf die Familie nicht mit? Die wissen doch ganz genau, dass sie
damit das Todesurteil der Angehörigen besiegeln. Das ist eine riesige
Schweinerei! Das kann niemand von mir verlangen!" Je mehr seine Erregung
wuchs, desto leiser wurde er. Trotzig knüllte er die Blätter zusammen und
schleuderte sie in die nächste Ecke. „Das mache ich nicht mit. Entweder wir
gehen gemeinsam oder keiner. Ich lass mich nicht zwingen!" Er nahm seine
Frau in die Arme und drückte sie fest an sich. „Sieh nach den Kindern, ob sie
schon schlafen. Ich rufe morgen in der Sammelstelle an und werde den
Burschen die Meinung geigen." Für sich fügte er in Gedanken hinzu: „Wenn
überhaupt die Telefone funktionieren!"
Es wurde die längste Nacht seines Lebens. Unruhig wälzte er sich neben
seiner Frau im Bett, Tausende Gedanken beschäftigten ihn. Wenn er sich

einfach weigerte, der Anweisung Folge zu leisten? Oder noch besser: Wenn er einfach von der Bildfläche verschwände – mit der Familie türmte? Doch wohin? Wer würde sie aufnehmen und verstecken können? Aber Geld hatte er schließlich mehr als genug! Leise stand er auf und begab sich ins Wohnzimmer. Er zündete den Kerzenstummel auf dem Couchtisch an. Sein Blick streifte seine nächste Umgebung: die exklusive Einrichtung, die wertvollen Möbel. „Was für ein Albtraum! Lieber Gott, wenn es Dich wirklich gibt – sag mir, was ich tun soll?"

Er sprang erneut auf und wanderte wie ein Tiger im Käfig unruhig umher. „Frank? Was machst Du hier?" In der Tür stand Sally und sah ihn besorgt an. „Entschuldige, Liebes, ich kann nicht schlafen. Ich zermartere mir das Hirn, wie wir aus dieser Situation herauskommen. Mir wäre am liebsten, wir würden einfach unsere Sachen packen und von hier verschwinden. Aber ich weiß nicht, wohin!" Hilflos zuckte er mit den Achseln. „Wenn wir wenigstens Deine Eltern erreichen könnten! Aber dann bliebe immer noch das Problem, wie wir dort hinkämen." Sally fröstelte, sie hauchte sich die Fingerspitzen. „Ich denke, auf gut Glück einfach aufzubrechen wäre zu riskant. Die Kinder halten das nicht durch. Tausend Meilen quer durchs Land – und das bei diesem Wetter! Keine Bahn, kein Flugzeug – nichts! Vielleicht kannst Du wirklich mit den Leuten reden und sie haben ein Einsehen. Du bist einer der bekanntesten Wissenschaftler auf Deinem Gebiet. Dein Wort gilt etwas, man hört auf Dich. Rede mit ihnen!" beschwor Sally ihren Mann. Frank Madleys starrte stumm vor sich hin. Er wusste, dass Sally Recht hatte. Die Strapazen würden die Kinder niemals aushalten. Und niemand konnte eine Garantie geben, dass sie überhaupt dort ankommen würden. Außerdem: Wer wusste schon, ob Sallys Eltern überhaupt noch lebten! Aber diesen letzten Gedanken behielt er lieber für sich. „Okay, versuchen wir unser Glück. Sobald der Morgen graut, werde ich anrufen. Wenn es keine Verbindung gibt, muss ich in den sauren Apfel beißen, mich zu dieser Sammelstelle durchschlagen und es vor Ort klären. Nach der Anschrift zu urteilen, kann sie nicht weit weg von hier liegen. Die Kerle werden schon keine Unmenschen sein!" beruhigte er sich selbst. „Dann lass uns wieder schlafen gehen. Die Nacht ist sowieso nicht mehr lang", schlug Sally vor.

Es war, wie er es erwartet hatte.

„Die Telefone sind tot. Ich werde eine Kleinigkeit zu mir nehmen und dann aufbrechen. Der Sturm hat nachgelassen; es scheint, als würde es nicht mehr schneien. Ich hoffe, dass ich bis zum Abend wieder hier bin", erklärte Frank seiner Frau, während er eiligst einige Cornflakes verschlang und sich nebenbei anzog. Endlich war er fertig und erhob sich. „Gib den Kindern einen dicken Kuss von mir. Sie sollen brav sein, bis ich wieder da bin. Und haltet die Tür gut verschlossen – Du weißt, was für ein Gesindel sich neuerdings in der Gegend herumtreibt!" Er küsste Sally leidenschaftlich. „Mein Revolver liegt im Nachtschrank. Er ist geladen. Wie man damit umgeht, weißt Du hoffentlich noch?" Sally kuschelte sich an ihren Mann. „Mach Dir mal keine Sorgen um uns, sondern kümmere Dich um Deine Angelegenheit. Wie man mit der Waffe umgeht, habe ich nicht vergessen, mein Schatz. Pass lieber auf Dich auf! Vielleicht wäre es besser, wenn Du den Colt mitnehmen würdest? Draußen ist es viel gefährlicher ..." Frank schüttelte energisch den Kopf. „Nichts da, die Waffe bleibt hier bei euch. Ich weiß mich schon im Notfall zu wehren – hiermit!" Er ballte seine kräftigen Fäuste und schüttelte sie im Scherz. Sally lächelte still vor sich hin. „Du wirst das schon machen! Trotzdem: ich habe Angst um Dich!" Die Augen des Paares trafen sich. Franks Hals war wie zugeschnürt, als er sich endgültig verabschiedete.

Gegen Mittag erreichte er den grauen Kasernenkomplex.

Prof. Medleys verglich noch einmal die Adresse, dann nickte er zufrieden. Ohne Hast schlug er den Trampelpfad zum Tor ein. Ein Posten mit vorgehaltenem Gewehr hielt ihn auf und sprach ihn an. „He, sie, was wollen sie hier?" „Ich habe gestern eine Order bekommen – einen Brief. Ich habe schon heute Morgen versucht, hier anzurufen, doch leider ohne Erfolg. Ich wollte nur Bescheid geben, dass ich nicht kommen kann!" Der Posten starrte ihn ungläubig an. „Was für ein Brief? Und wieso Bescheid geben?"

Prof. Medleys wurde ungeduldig. „Ist hier die Sammelstelle der Regierung für dieses Noah-City-Projekt oder nicht? Jedenfalls muss ich mit jemandem reden, der mir darüber Auskunft erteilen kann." Der Posten schob den Helm in den Nacken und kratzte sich an der Stirn. Dabei rutschte der dicke Schal zur Seite und gab ein freundlich grinsendes Gesicht frei. „Tja, Mister, da bin ich bestimmt keine große Hilfe für Sie. Gehört habe ich von diesem Projekt nichts. Ich habe auch keine Ahnung, ob hier eine Sammelstelle oder so etwas ist. Aber warten Sie einen Moment – ich frage in der Zentrale nach, okay?"

Der Professor brummte vor sich hin, doch was sollte er machen „Ist gut, ich warte hier! Wird es sehr lange dauern?" „Ich beeile mich!" versicherte der Posten und verschwand durch eine schmale Tür. Hinter der eisbedeckten Scheibe tauchte sein Schatten auf.

Frank Madleys begann auf der Stelle zu tanzen, um sich warm zu halten. In nicht allzu weiter Entfernung bemerkte er eine größere Gruppe von Menschen, die auf ihn zugeeilt kam. Ihr Tempo musste enorm sein, denn die Strecke bis zum Kasernentor legten sie in kürzester Zeit zurück. Er stutzte, als er die Waffen bemerkte. Da war doch etwas faul? „Hallo, Sie, kommen Sie mal!" rief er so laut er konnte und gab dem Soldaten Zeichen. Doch dieser schien ihn nicht zu bemerken. Als sich der Trupp bis auf hundert Schritte genähert hatte, wurde ihm die Lage zu brenzlig. Entschlossen riss er die Tür auf.

„Da kommen bewaffnete Männer...!" schrie er, dann schallten die ersten Schüsse durch das Tor. Der Posten reagierte augenblicklich. Er stieß mit dem Gewehrkolben die Scheibe des Fensters ein und erwiderte das Feuer. „Da, den roten Knopf drücken – schnell, Mann!" schrie er dem Professor zu, während er das leere Magazin wechselte. Prof. Madleys stierte auf den Knopf neben sich; um ihn herum pfiffen die Kugeln und schlugen in die Wand ein.

„Mach schon, meine Munition ist gleich alle!" brüllte der Posten und feuerte die nächste Salve auf die Angreifer. Für einen winzigen Augenblick trat eine Pause ein, der Professor hechtete hoch und erwischte den Knopf. Eine Sirene ertönte, der Alarm war ausgelöst. „Scheiße!" hörte Frank den Posten noch ausrufen, bevor er, von einem Schuss getroffen, zusammensank…

„Was ist mit den Männern am Tor?"

„Die Wache hat es böse erwischt, sieht nicht gut aus, Commander. Und dann liegt noch ein Zivilist auf der Sanitätsstation. Scheint einer der Wissenschaftler zu sein, die sich hier melden sollten. Hier sind seine Papiere und das Schreiben der Regierung. Der Mann ist sauber!"

Cornel Shmits, der Kasernenkommandant, nahm dem Lieutenant die Ausweise und das Schreiben ab und blätterte darin. „Hm, scheint ja eine wichtige Person zu sein, dieser Prof. Madleys. Ist er transportfähig?" wollte er wissen. „Ich denke, ja. Er ist noch bewusstlos, aber die Wunde ist halb so schlimm. Ein glatter Durchschuss der Schulter, er wird es überleben. Ich habe in der Sammelstelle Bescheid gegeben, dass der Mann hier ist. Wenn Sie grünes Licht geben, Sir, geht er mit der nächsten Hubschrauberstaffel auf Reisen. Ich denke, der wird uns noch einmal dankbar sein, dass wir seinen Arsch gerettet haben!" Der Cornel nickte nur kurz. „Also gut, übergeben Sie ihn der Sondereinheit. Sollen die sich weiter um ihn kümmern. Und sorgen sie dafür, dass die Toten am Tor weggeräumt werden, und besetzen sie die Wachen neu..."

In einem der wenigen Lokale von Nashville, die noch geöffnet waren, saß Dr. Jim Harper mit seinem Kollegen Tom Hugh an einem Ecktisch. Es war relativ ruhig an diesem Abend; die meisten Besucher hatten sich zu dieser fortgeschrittenen Stunde bereits verabschiedet und es vorgezogen, die halbwegs sicheren Unterkünfte aufzusuchen. Der Raum wurde nur schwach erhellt vom flackernden Licht einiger Petroleumlampen. Mochte der Teufel wissen, wie der Wirt zu diesem kostbaren Brennstoff kam! „Also, auf Dein spezielles Wohl, mein Alter. Wenn wir schon solch ein Glück haben und sogar richtiges Bier serviert bekommen, sollten wir es auch nicht allzu lange stehen lassen!" prostete Jim seinem Partner zu und nahm einen langen Zug. „Oh, Mann, wie ich das vermisst habe!" Tom lächelte still vor sich hin. „Du bist und bleibst ein alter Schlawiner. Ich staune nur, dass Du es Dir leisten kannst, diese Horrorpreise zu bezahlen. Na dann, auf Dein Wohl."
Als die Dosen leer waren, bestellte Jim eine neue Lage. „Was soll der Geiz – was wir heute versaufen, kann uns morgen keiner wegnehmen." „Da hast Du Recht. Wer weiß, wann wir jemals wieder die Gelegenheit dazu haben werden", bestätigte Tom und ließ sich das nächste Bier schmecken. Schon sah die Welt nicht mehr ganz so trübselig und beschissen aus.

„Weißt Du, was mich am meisten ärgert?" Jim stellte die Bierdose vorsichtig auf den Tisch und schaute seinen Freund an. Dieser grinste und schüttelte den Kopf. „Gehen Dir die Weiber auf den Senkel?" Jim winkte ab. „Ach, Du und Deine Weiber. Du weißt genau, dass ich dafür keine Zeit habe. Mal ernsthaft, Tom!" „Na ja, wenn es bei Dir nicht die Weiber sind, bleibt ja nur noch eines. Dann tippe ich auf Deine Arbeit. Bingo?"

Dr. Harper wollte aufbrausen, doch als er das verschmitzte Lächeln seines Freundes bemerkte, verkniff er sich die Bemerkung, die ihm auf der Zunge lag. „Na ja, das ist doch auch ärgerlich! Jahrelang haben wir im Trüben gefischt, hatten kaum Erfolge vorzuweisen. Seit einem Jahr aber klappen die Experimente – und dann dieses!"

„Eigentlich wollten wir heute nicht über unsere Arbeit reden. Aber gut." Tom leerte seine Dose. „Das Institut wird mit sofortiger Wirkung geschlossen, sämtliche Arbeiten sind einzustellen. Wir bekommen keinen Strom mehr – die haben ihn einfach abgestellt. Die wissen überhaupt nicht, was das für uns heißt!" ereiferte sich Jim. Tom konnte den Freund zu gut verstehen. Dessen Arbeit am Institut für Gentechnologie und Biologie war sein ganzer Lebensinhalt gewesen. „Die Zeiten sind denkbar schlecht für die Forschung, mein Alter. Wir kämpfen heute um das Überleben der Menschheit. Da fragt keiner mehr nach irgendwelchen Genen oder DNA, die ihr reproduziert habt. Sieh Dich doch um, Jim. Die Leute verhungern und erfrieren auf der Straße. Die meisten von ihnen haben schon seit Monaten keinen Strom mehr. Ihr durftet mit eurer Ausnahmegenehmigung trotzdem weitermachen. Nun ist nichts mehr da, was noch verteilt werden kann!" Aber es war nicht so einfach, den Freund auf den Boden der Realität zurückzuholen. „Alles schön und gut, Tom. Ich weiß das alles selber. Aber vielleicht sind gerade unsere Arbeiten ein Garant für das Überleben der Menschheit – gerade jetzt!"

Dr. Harper sah den Freund nachdenklich an. Er war sich nicht schlüssig, ob er ihm alles erzählen konnte und durfte. „Hast Du überhaupt eine Vorstellung, was wir im Institut für Projekte laufen haben? Welche geniale Gedanken dort in die Realität umgesetzt werden?" Tom lächelte ihn wieder an. „Ach so? Genial seid ihr also auch noch? Sicher habe ich eine Vorstellung von euren Arbeiten. Ist doch oft genug darüber berichtet worden." Tom hätte es gern damit auf sich beruhen lassen. „Was die Medien damals zu erfahren bekommen haben, war nur ein Bruchteil dessen, was in Wirklichkeit im Gange war. Es gab zu viele geheime Projekte, von denen kein Mensch bislang erfahren hat." Jim ließ den Blick misstrauisch im Raum schweifen. „Hier, sieh Dir diese Bilder an!" Entschlossen kramte er sein Handy aus seiner Jackentasche. „Überzeuge Dich selber, bitte!" Tom schaute erst belustigt, doch mit jeder weiteren Minute, das Video lief, wurde er ernster. „Ihr seid wirklich genial! Mein lieber Schwan!" entfuhr es ihm. „Oder doch eher verrückt, wer kann das schon sagen!" Dann saß er nur noch kopfschüttelnd da.

Dr. Harper fühlte einen Stich in seiner Brust. „Schon richtig: Wer genial ist, muss auch verrückt genug sein, dieses auszuleben. Aber das alles hier ist zum Untergang verurteilt. Und damit kann ich mich nicht abfinden – verstehst Du mich jetzt?" Tom nickte stumm. „In normalen Zeiten würdest Du dafür einen Nobelpreis bekommen, soviel ist sicher!" meinte er dann, während Jim das Handy wieder in der Tasche verschwinden ließ.

„Scheiß auf den Nobelpreis. Viel wichtiger ist doch die Frage, was wir machen können, um meine Arbeit zu retten, verstehst Du!?" Tom starrte noch immer in Gedanken versunken vor sich hin. „Wenn man bedenkt, dass ihr offenbar in der Lage seid, jedes Wesen, welches einmal die Erde besiedelte, wieder zum Leben zu erwecken – einfach unvorstellbar! Das war doch bestimmt nicht einfach, diese DNA zu entschlüsseln, oder?"

Harper grinste. „Mein Freund, daran haben Generationen von Forschern in allen Teilen der Welt gearbeitet. Jahrzehntelang, versteht sich. Wir hatten einfach Glück, das Geheimnis der Evolution entschlüsseln zu können. Glück und natürlich genügend Verstand."

„All diese Kreaturen, die Du aufgezeichnet hast, die gibt es wirklich? Oder hast Du mir bloß einen neuen Film gezeigt, um mich zu veräppeln?" Jim schüttelte sein Locken umhülltes Haupt. „Keine Verarschung, Tom. Das ist alles echt!", bestätigte er. Tom sinnierte vor sich hin. „Ich stelle mir gerade vor, was hier abgehen würde, wenn plötzlich solch ein Monster auftauchen würde. Zum Beispiel dieser Tiger mit den riesigen Hauern – brr. Ein scheußlicher Gedanke,

oder?" „Du meinst Bor, den Säbelzahntiger. Tja, der würde nicht lange fackeln und alles in Stücke reißen. Von den Sauriern ganz zu schweigen. Dabei haben wir bisher nur einige Arten produziert. Aber damit ist jetzt Schluss. Leider!"
Dr. Harper winkte den Kellner zu sich heran und bestellte eine weitere Ladung Bier. Sie schwiegen, bis die Dosen an den Tisch gebracht wurden. „Vielleicht habe ich die größte Dummheit meines Lebens gemacht. Aber ich habe sie einfach freigelassen!" Tom verschluckte sich und musste husten. „Was hast Du gemacht?" keuchte er, nachdem er endlich wieder Luft bekam. „Du hast...?" Die Miene seines Freundes ließ keinen Zweifel zu. „Ja, Mensch! Schrei nicht so herum. Muss ja nicht gleich jeder mitbekommen!" Jim riss sein Bier auf und trank. Dann stellte er es hart auf den Tisch. „Wir hatten den Auftrag, sämtliche Unterlagen und Aufzeichnungen zu vernichten. Und wir sollten all die wundervollen Wesen töten, die wir geschaffen haben. Wir sind in der Lage, die Evolution zu reformieren. Wir waren dabei, die Erde neu zu bevölkern. Und dann das! Ich sollte mein Lebenswerk vernichten, kapierst Du!?" Tom saß noch immer wie versteinert. „Ich konnte es nicht tun", erklärte Jim weiter und hob hilflos die Arme. „Ich konnte es einfach nicht."
„Ihr Wissenschaftler seid doch schlimmer als die Pest. Wer hat euch eigentlich das Recht eingeräumt, Gottes Stelle einzunehmen! Kannst Du mir diese Frage beantworten?" Toms Augen funkelten wütend. So hatte ihn Jim noch nie erlebt. „Leute wie Du tragen mit Verantwortung daran, dass die ganze Scheiße da draußen abläuft. Was nützt uns euer ganzer Kram, wenn wir vor Kälte und Hunger krepieren!" Der Vorwurf traf Jim härter, als er es zeigte.
„Ich bin für diese Umweltkatastrophe genauso wenig verantwortlich wie Du. Du bist sehr ungerecht..."
„Rede nicht so geschwollen. Statt sich um Unwesentliches zu kümmern – und das ist die Erschaffung von Tigern, Sauriern, Urmenschen und so weiter – wäre es besser gewesen, ihr hättet dafür gesorgt, dass unsere Luft und das Wasser sauber bleiben. Jede Erfindung, die uns Menschen mehr Luxus und Wohlstand brachte, bedeutete die Vernichtung eines Teils unserer Welt. Und jetzt stehen wir vor einem Scherbenhaufen. Der Mensch erreicht immer, was er will – sogar seinen eigenen Untergang!"

Tom hatte sich in Rage gesteigert. „Da kommst Du mir nun mit diesem sentimentalen Quatsch, Du müsstest Dein Lebenswerk vernichten. Dass ich nicht lache! Hattest Du nicht selbst manchmal Zweifel, wenn ihr mit euren Reagenzgläsern und Apparaten neues Leben geschaffen habt? Hattest Du nie Gewissensbisse?" Jim wollte antworten, doch Tom ließ ihn nicht zu Wort kommen. Er beugte sich vor und sah dem Freund tief in die Augen. „Es gibt so etwas wie einen Racheengel, mein lieber Jim. Niemand, auch Du nicht, kann sich um die Abrechnung herumdrücken. Irgendwann, früher oder später, kommt er und lässt uns bezahlen für all die Dinge, die wir auf Erden verursacht haben. Du wirst irgendwann an meine Worte denken...!"

Ihr Streit wurde durch einen heftigen Disput an der Tür gestört. Der Einlasser, ein kahlköpfiger Hüne, schaute sich suchend um. „He, Leute, ist ein gewisser Jim Harper unter Euch?" rief er laut. Als sein Name genannt wurde, zuckte Jim zusammen. „Wer will was von ihm?" meldete er sich schließlich.

„Kennst du ihn? Hier draußen stehen zwei Typen, die unbedingt mit ihm reden wollen." „Okay, dann sag ihnen, dass sie ihn gefunden haben!"

Zwei Uniformierte betraten das Lokal. Auf ein Zeichen des Einlassers steuerten sie auf den Tisch der Männer zu. „Mister Harper? Dr. Jim Harper – der bekannte Biologe?" fragte einer der Soldaten. Jim nickte.

Der Mann entschuldigte sich höflich für die Störung. „Ich habe Ihnen ein amtliches Dokument zu übergeben. Sie müssen bitte hier oben unterschreiben, gleich neben der Nummer 4356. Hier ist ein Stift."

Jim runzelte die Brauen. „Was steht da drin? Habe ich jetzt meinen Kopf unter das Fallbeil gelegt?" Sein Lachen klang gekünstelt. „Was drin steht, ist nicht meine Angelegenheit. Ich habe den Brief überbracht, damit ist meine Mission erfüllt. Unterschreiben Sie, wir müssen noch weiter!" reagierte der Mann kurz angebunden. Brummend unterschrieb Jim. Als die Kuriere das Lokal verlassen hatten, neigte er sich seinem Freund entgegen. „Was, glaubst Du, steht in diesem Schreiben?"

Tom zuckte mit den Achseln. „Weshalb fragst Du mich? Los, spann uns nicht länger auf die Folter. Mach ihn endlich auf, dann weißt Du, was die Regierung von Dir will!" „Regierung? Wie kommst Du auf Regierung?"

Tom riss ihm das Kuvert aus der Hand. „Wer kann sich heutzutage wohl einen privaten Postdienst leisten!? Außerdem trägt Dein Brief das Signet des Präsidenten – hier, schau genauer hin."

Jim drehte den Brief in seinen Händen. „Ein Brief vom Präsidenten persönlich! Hättest Du Dir so etwas jemals träumen lassen...?" Er streifte die Handschuhe ab und öffnete das Kuvert. „Die spinnen ja!" Lässig wedelte er sich mit dem Brief Luft zu. Offensichtlich verfehlte der lang entbehrte Alkohol seine Wirkung nicht. „Weißt Du, was unser verehrter Herr Präsident von seinem getreuen Untertan Dr. Jim Harper erwartet?" Jim lachte schrill auf. „Ha, er wünscht sich nichts Sehnlicheres, als dass ich ihn in seiner Villa Kunterbunt besuche. Eine Art Erholungsurlaub für die Ewigkeit, ein Abschied vom Erdendasein. Wie findest Du das?" Tom verstand die Reaktion des Freundes nicht.

„Los, wir hauen endlich ab von hier. Kein Schwein wird mich finden, das kann ich Dir versprechen!" Jim erhob sich schwankend, kramte umständlich die Brieftasche hervor und ließ eine Handvoll Scheine auf den Tisch fallen. Den Brief schob er achtlos in die Manteltasche.

Arm in Arm verließen sie das Lokal. Der Wind hatte die Straßen frei gefegt, so dass das Laufen nicht übermäßig anstrengte. Jim torkelte zwar, hielt sich aber tapfer auf den Beinen. „Eine schöne Regierung haben wir, das kann ich Dir flüstern", schimpfte er fortwährend vor sich hin, um seinem Ärger Luft zu machen. „Diese Feiglinge verkriechen sich in ihre Arche Noah und lassen das Volk einfach Volk sein. Diese Typen würde ich zu gern einmal kennen lernen."

An etlichen Stellen waren – zuvor vom dichten Schnee bedeckte – steif gefrorene Leichen zutage gefördert worden. Am Ende der Straße lag der mächtige Körper eines Pferdes. „Diese armen Teufel – nicht einmal ein vernünftiges Grab wurde ihnen beschert. Darum sollten sich die Leute von der Regierung kümmern, anstatt ihren eigenen Arsch zu retten", lallte Jim betrübt. Tom musste sich ins Zeug legen, um den betrunkenen Freund einigermaßen sicher auf den Beinen zu halten.

„Wen kümmert es schon, was mit den Toten passiert? Wenn wir eines Tages den Löffel abgeben, wird vielleicht niemand mehr da sein, der uns am Wegesrand liegen sieht und bedauert. Darüber solltest Du Dir viel mehr

Gedanken machen. Deine Regierung kann mir gestohlen bleiben", maulte Tom.
Obwohl es klirrend kalt war und der Wind sich mehrmals drehte, entging Jim
dieser eigenartige Geruch nicht. „He, Tom, riechst Du das auch oder bin ich
schon total besoffen?" Schnüffelnd wie ein Hund hielt er seine Nase hoch und
sog tief die Luft ein. Die Kälte trieb ihm die Tränen ins Gesicht. Tom atmete
ebenfalls kräftig durch.

„Du hast recht, es stinkt bestialisch. Erinnert mich an meinen letzten
Zoobesuch – ich glaube, im Raubtierhaus hat es ähnlich gestunken", stellte er
fest und hielt sich die Hand vor die Nase. Ein dunkler Schatten peitschte durch
die Nacht. Mit wuchtigen Bewegungen kam etwas auf sie zugesprungen, erhob
sich mit einem Satz in die Luft und landete direkt vor ihnen. Jim war mit einem
Schlag stocknüchtern. „Um Gottes Willen – beweg Dich nicht!" raunte er
seinem Freund zu, der sich an ihn gekrallt hatte. Das Tier kauerte sich tief in
den Schnee, sein langgezogenes Fauchen trieb den Männern eine Gänsehaut
über den Rücken. Tom stand zur Säule erstarrt und traute sich nicht zu
blinzeln. „Was ist das?", winselte er. Jim antwortete ihm nicht, er überlegte
fieberhaft, was sie tun könnten. Nirgendwo fand er etwas, was zur Abwehr
geeignet war. Der Schatten bewegte sich erneut, das Knurren wurde
drohender. Es gab nur einen einzigen Ausweg – die Flucht! „Lauf! Lauf um
Dein Leben", schrie Jim Tom zu und rannte los. Er spürte einen Windhauch,
dann wirbelte ein riesiges Knäuel um sie herum und riss den Freund um. Tom
schrie wie am Spieß und fiel rücklings in den Schnee.
Für einen winzigen Moment riss die Wolkendecke auf und ließ einige
Mondstrahlen durch. Jim stockte der Atem, sein Gehirn war leer. Unfähig, sich
zu rühren, stierte er auf den Angreifer, einen riesigen Tiger mit gefährlichen,
spitzen Hauern, die wie Dolche aus seinem Rachen stachen.
Tom schrie noch immer verzweifelt um Hilfe.
„Bor! Nein, Bor!!! Zurück!" Dr. Harper hob einen Eisbrocken auf und
schleuderte ihn auf das Tier. Das Biest fauchte auf und biss zu.
Die Schreie des Freundes verstummten. In panischer Angst rannte Jim die
Straße zurück. „Halt aus, Tom, ich hole Hilfe!" So schnell er konnte, stolperte
Jim den Pfad zum Lokal zurück. Die Tür war bereits fest verschlossen. Mit

beiden Fäusten hämmerte er wie wild an die Scheiben. „He, Mister, bitte! Wir brauchen Ihre Hilfe. Bitte öffnen Sie!" Es dauerte einige Zeit, bevor das Licht anging. Unwirsch schaute der Wirt durch das Fenster und gähnte. „Was soll der Krach? Wir haben bereits geschlossen, es gibt nichts mehr. Kommt morgen wieder!" „Mein Freund wurde von einem Tier angefallen, Sie erinnern sich doch – wir waren vorhin bei Ihnen. Bitte, ich brauche ein Gewehr oder eine andere Waffe!" Misstrauisch schaute ihn der Mann an. Er klang so ängstlich und verwirrt, dass der Wirt sich schließlich aufraffte und seine Waffe aus dem Schrank holte. „Ich komme sofort. Warten Sie, wir nehmen eine Laterne aus dem Lokal mit. Hier ist das Gewehr! Er stülpte seinen Hut über und im Laufschritt eilten sie zu der Unglückstelle. Tom war verschwunden. Eine tiefe Schleifspur wies ihnen die Richtung, welche das Tier mit seinem Opfer genommen hatte. Die Abdrücke im Schnee waren voller Blut.

„Konnten Sie erkennen, was für ein Tier ihren Freund angegriffen hat?" wollte der Wirt wissen, während er die Spuren ab leuchtete. Riesige Pfotenabdrücke wurden sichtbar. Jim schaute sich furchtsam um und presste das Gewehr fest an sich. „Ich glaube, dass es ein Tiger war. Ein gewaltiger Säbelzahntiger...", stotterte er. Der Wirt schüttelte ungläubig den Kopf. „Vielleicht ein Bär? Die Spuren wären jedenfalls groß genug dafür. Aber ein Tiger? Wo sollte hier so ein Vieh herkommen? Was sagten Sie – ein Säbelzahntiger? Was soll denn das sein?" Jim folgte ihm zögernd. „Ich weiß, es klingt sehr unwahrscheinlich. Aber es ist so, wie ich gesagt habe. Ich bin Biologe – ich müsste es eigentlich wissen. Aber vielleicht haben Sie Recht, immerhin war ich ganz schön beschwipst. Kann auch ein Bär gewesen sein!" meinte er, obwohl er nicht davon überzeugt war. „Ja, der Gevatter Alkohol!" entgegnete der Wirt ironisch, als der Tiger erneut angriff. Bei seinem Mahl gestört und durch die Laterne geblendet, sprang er mit lautem Gebrüll in den Lichtkreis der Lampe und stieß diese dabei um. Eine Stichflamme schoss hervor. Das ausströmende Petroleum entzündete sich für einen kurzen Augenblick, bevor es zischend im Schnee versickerte. Das Tier fauchte schmerzerfüllt auf. Seine angesengte Tatze zerfurchte die gefrorene Oberfläche, rasend vor Wut peitschte der Tiger seinen Schweif in den Schnee. Ohne sich zu besinnen, riss Jim die Flinte nach vorn und drückte blindlings ab. Irritiert machte der Räuber kehrt und flüchtete in die dunkle Nacht. Jim ließ sich einfach auf den Boden fallen. Mit seinem Handschuh kühlte er sein erhitztes Gesicht. Angstschweiß glänzte über seinen Augenbrauen.

„Das war echt knapp...", stammelte der Wirt. Mit schlotternden Knien setzte er sich neben Jim. „Das war ja wirklich solch ein Vieh, ein Säbelzahntiger. Gibt es die überhaupt noch? Ich denke, die sind längst ausgestorben!?" Noch immer geschockt, starrten beide in die Finsternis. „Du wirst irgendwann an meine Worte denken!" hörte Jim den Freund in seinem Kopf, verzweifelt schlug er mit den Fäusten in den Schnee. Der Racheengel war gekommen!

„Warum er? Warum nicht ich?" schluchzte er.

„Sie sollten die Nacht besser bei mir im Haus verbringen. Vielleicht kommt das Vieh wieder, man weiß ja nie", schlug der Wirt schließlich vor. Jim schüttelte den Kopf. „Ich muss doch Tom suchen, er muss doch irgendwo hier sein", jammerte er verzweifelt. Auf allen Vieren kroch er auf der Spur weiter. Einige Meter entfernt fand er ihn dann. Sein Kopf war völlig zerbissen...

Paul nahm sein Gewehr vom Haken und prüfte, ob die Spannhähne geölt waren. Ihn machten Sturm und Schnee wenig aus. In seiner massiven Blockhütte lebte er, fern von den Menschen, glücklich und zufrieden sein selbst gewähltes Einsiedlerdasein. Als das Institut wegen Energiemangels vom Netz abgeschaltet wurde, hatte er der Stadt den Rücken gekehrt und sich hier, in der Einöde, häuslich niedergelassen. „Einen wahren Naturfreund kann nichts erschüttern", mit diesem Slogan bereitete er sich intensiv auf den nächsten Streifzug durch den Wald vor.

„Wo haben sich denn wieder diese verdammten Schneeschuhe versteckt?" knurrte er und sortierte fast den gesamten Holzstapel um. Seit sein Hund vor etwa sieben Wochen durch einen Bären getötet worden war, hatte er es sich – in Ermangelung eines Gefährten – zur Gewohnheit gemacht, mit sich selbst zu sprechen. „Schau an, schau an, da sind wir also! Wollten uns also vor dem Ausflug drücken." Er tastete die grob geschnittenen Lederstreifen ab; zufrieden nickend band er die elastischen, geflochtenen Schneeschuhe zusammen. Paul ging bei diesem Schnee immer mit einem Reservepaar auf die Pirsch. Die Hütte war nicht sehr groß, aber nach Trapperart äußerst stabil gebaut. Alle Fenster waren durch feste Läden gesichert, zusätzliche Querriegel verstärkten die aus gehobelten Eichenbrettern gefertigte Tür. Der größere der beiden Räume wurde durch ein Kaminfeuer erwärmt und beleuchtet. Gleich daneben stand ein großes Holzbett voller Felle. Ein selbstgebauter Tisch und zwei kurze Bänke vervollständigten die karge Einrichtung des Hauses. An den Wänden hatte sein Bewohner Kleidung und sonstiges Inventar angebracht, ein Teil war säuberlich an Holzhaken befestigt.

Im Nachbarraum bewahrte Paul seine Vorräte auf. Auf einem Regal stand das alte Funkgerät. Es war bereits seit Tagen kaputt, doch bisher verspürte er weder das Verlangen noch das Bedürfnis, es wieder zu reparieren.

„Habe ich jetzt alles zusammen? Rucksack, Schneeschuhe, Wanderstock, Gewehr!" zählte er auf und packte die Sachen auf einen Haufen. Während er darüber nachsann, was er vielleicht vergessen haben mochte, setzte er sich aufs Bett. „Es ist alles da, nun fehlt uns nur noch ein bisschen Musik!" Er stellte das Radio an und drehte so lange am Regler, bis er einen kaum vernehmbaren Sender gefunden hatte.

Professor Paul Cain betätigte sich im normalen Leben als Dozent für Genforschung. Er galt seit jeher als skurriler Typ, der trotzdem oder gerade deswegen bei seinen Kollegen und Studenten beliebt war. Sein gesamtes Leben hatte er seinem Beruf und seinem Hobby, der Jagd, gewidmet. So verwunderte es niemanden, wenn er seinen Urlaub seit Jahren nur noch in den Wäldern verbrachte.

Quäkend klang eine verzerrte Schnulze aus dem Radio. „Einen Geschmack haben die Leute...!" Paul hielt es nicht länger aus und schaltete das Gerät wieder ab. Sein Blick streifte den glänzenden Lauf seiner Waffe. „Du bist das beste Stück, was ich habe. Meine Beschützerin und Vertraute in Freud und Leid!" flüsterte er und streichelte liebevoll über den Schaft seines Gewehres. Routiniert brachte er es in Anschlag und fixierte ein imaginäres Ziel. „Peng, peng – und du bist tot."

Hier musste er über sich selber lachen. „Fängst schon an herumzuspinnen wie ein übermütiger junger Bursche. Aus diesem Alter sind wir doch wohl schon eine ganze Weile heraus", schalt er sich sanft und schob das Gewehr in die Lederhülle. Als Schütze war er fast genauso unschlagbar wie als Wissenschaftler. Für einige seiner inzwischen weltbekannten Arbeiten hatten er und sein Team im vergangenen Jahr den Nobelpreis erhalten. Daran musste er kurz denken, als er die Schrotpatronen in seinem Gürtel gegen Stahlkerngeschosse austauschte. Was war wohl inzwischen aus den Kollegen und Freunden geworden? Er mochte nicht länger über das Schicksal der anderen nachgrübeln. Wie es auch ausgehen sollte, letztendlich war alles Fügung! „So, jetzt bin ich aber endgültig fertig. Diesmal erschreckt ihr mich nicht, meine lieben Brüder. Diesmal bin ich besser gerüstet!" Zufrieden musterte er sein Werk. Sein letzter Ausflug wäre um ein Haar zu einem Fiasko geworden. Der unverhoffte Zusammenstoß mit einem Rudel Wölfe endete beinahe in einer Katastrophe; nur mit knapper Not war er ihren Fängen entkommen. Tagelang hatten die Biester ihn in seiner Hütte belagert, um dann irgendwann in aller Frühe still und heimlich zu verschwinden. Damals hatte er dummerweise nur Schrotpatronen dabei gehabt. Paul zog sich in aller Ruhe an und hängte sich die Ausrüstung um. Bevor er aufbrach, schürte er das Feuer und legte einige Scheite nach. „So, das dürfte reichen, bis ich wieder hier bin." Nachdem er den Holzvorrat überprüft hatte, ließ er seinen Blick noch einmal in die Runde schweifen. In spätestens zwei oder drei Stunden wollte er wieder zurück sein. Sorgfältig versperrte er die Tür. Nach den Wochen des Sturmes und Schnees wirkte diese Mondnacht so unwirklich. Er band sich die Schneeschuhe um und stampfte los. „Nanu, was haben wir denn hier?"
Auf einer Lichtung, nicht weit von seiner Hütte entfernt, entdeckte er Spuren. Die tief gewühlten Bahnen zerfurchten die Schneise und verloren sich dann im Wald. Voller Neugier beugte er sich hinab und betrachtete die gut erhaltenen Abdrücke. „Merkwürdig, sieht fast so aus, als wäre eine Herde Büffel hier durchmarschiert?" Der Professor zerbrach sich noch eine Weile den Kopf, welche der ihm bekannten Tierarten diese Fährte gelegt haben mochte, ohne aber zu einem befriedigenden Ergebnis zu gelangen. „Auf jeden Fall sind das

riesige Kaliber, das ist sicher wie das Amen in der Kirche!" resümierte er
schließlich. Entferntes Brechen im Unterholz ließ ihn stutzen. „Klingt ja, als fege
ein Taifun hier querfeldein." Vorsichtshalber nahm er seine Waffe aus der
Lederhülle und hielt sie schussbereit. Der Krach näherte sich mit der Gewalt
einer Dampfwalze. Dazwischen hörte er den Schrei eines menschlichen
Wesens. Entschlossen schlug er diese Richtung ein. Mühsam arbeitete er sich
durch den meterhohen Schnee hindurch. Herabhängende Äste entluden bei
der geringsten Berührung ihre weiße Last auf den störenden Zweibeiner. Die
Geräusche verstummten allmählich, nur das Rauschen des Windes in den
Bäumen war zu vernehmen. Atemlos blieb Paul stehen und lauschte.
„Hallo, ist da jemand? So meldet euch doch!"
Er drehte sich in alle Himmelsrichtungen.
Nördlich von seinem Standort war ein Stöhnen zu hören. Mit entsichertem
Gewehr legte er Schritt für Schritt zurück. Im Lichte des Mondes lag vor ihm
eine Gestalt. Misstrauisch tastete er sich heran. Es gab keinen Zweifel mehr,
woher das Stöhnen kam. „Was ist mit Ihnen, brauchen Sie vielleicht meine
Hilfe?"
Auf dem Boden, halb in einer Schneewehe versunken, lag ein Mensch. Paul
stieß ihn vorsichtig mit dem Gewehr an. „He, können Sie mich hören?"
Der Mann reagierte nicht. Paul beugte sich über ihn und drehte ihn auf den
Rücken. „Großer Gott, wo kommt der denn her?" Vor ihm lag ein junger
Bursche in der Uniform der Army. Er musste unter starken Schmerzen leiden –
sein Stöhnen riss nicht ab. Paul hievte ihn behutsam aus der Kuhle und nahm
ihm Skier und Stöcke ab. Nach kurzem Zögern hängte er sich das Gewehr um
den Hals, lud sich den Ohnmächtigen auf die Schultern und wankte
schwerfällig zur Hütte.
Nach einer Weile wurde ihm die Luft knapp. „Oh, bist ein verdammt schwerer
Brocken", stöhnte er und war nahe daran aufzugeben. Die letzten Meter bis zur
Hütte zogen sich meilenweit hin. Schweißüberströmt klammerte sich Paul am
Rahmen fest und stieß die Tür auf. Ein Wärmeschwall schlug ihm entgegen.
Mit äußerster Anstrengung gelang es ihm, den Leblosen auf sein Bett
abzurollen. „Bin ich kaputt! Bin eben keine Zwanzig mehr – zu alt für solche

Späße. Morgen habe ich sicher Muskelkater!" Er pumpte wie ein Maikäfer in der Frühlingssonne, ihm schwanden die Sinne. Nach etlichen Minuten vermochte er sich wieder zu erheben. Ächzend befreite er sich von der warmen Kleidung, die ihn fast erstickt hatte, und wandte sich seinem 'Besucher' zu.

„Warst bestimmt längere Zeit unterwegs. Die Klamotten sind ja völlig vereist und zerrissen. Mich würde interessieren, was der Typ hier zu suchen hat!?"

Während Paul die verschmutzte Kleidung neben dem Kamin zum Trocknen auslegte, schaute er sich den jungen Mann genauer an. Die unnatürliche Lage des rechten Fußes fiel ihm auf. „Der sieht aus, als wäre er gebrochen! Verflixt aber auch!" Irgendwie musste er den verdammten Stiefel abbekommen! Schließlich ergriff er den Dolch und schnitt den Fuß frei. „Ich habe es doch geahnt – so ein Mist!" fluchte der Professor und schaute sich hilflos um.

„Schöne Bescherung unterm Lichterbaum! Was mache ich denn mit dir? Wir müssen das Bein schienen – aber womit?" Er kramte einige Stricke und Lederstreifen aus seinem Vorratslager, dann suchte er sich zwei flache Holzscheite aus dem Stapel. Mit der Axt schabte er jeweils eine Seite der Hölzer glatt. „Ich denke, so müsste es gehen." Der Gedanke, den Knochen richten zu müssen, behagte ihm überhaupt nicht, dennoch rang er sich dazu durch. Nach einer Viertelstunde intensiver Arbeit lag der Kranke mit geschientem Bein auf seinem Lager. „Nun können wir nur noch abwarten, bis er wieder aufwacht." Ab und an tupfte der Professor ihm den Schweiß von der Stirn. Sein Atem ging flach, aber gleichmäßig.

Irgendwann stand Paul auf und drehte die Kleidung des Kranken auf der Bank um. Hartgeld fiel aus der Tasche und rollte über den Fußboden. Paul winkte nur ab; zum Bücken würde ihn jetzt nicht einmal der Teufel bringen! Die Jacke des Fremden war ziemlich schwer, neugierig tastete der Professor die Taschen ab.

„Bist schlecht gerüstet für diese Tour durch den Wald, mein Freund!" Verächtlich musterte er die Pistole, in seinen Augen das reinste Spielzeug. Mehrere volle Magazine, eine aufgerissene Schokoladentafel und eine braune Brieftasche folgten. Zuletzt fand Paul einen in Folie verschweißten Brief, auf dessen Kuvert sein Name stand.

„Für mich?" Leise pfiff er durch die Zähne. Sollte der Junge wegen ihm dieses Wagnis auf sich genommen haben? Unwahrscheinlich – so verrückt konnte niemand sein! Paul überlegte eine Weile, ob er den Brief öffnen solle oder nicht. Schließlich siegte die Neugier. „Wenn er sowieso für mich bestimmt ist...!" Vorsichtig löste er die Folie und schlitzte den Brief mit dem Messer auf:

„Der Präsident der Vereinigten Staaten von Amerika
– Amtliche Order Nr. 2259 / Projekt ‚Arche Noah' –
An Professor Paul Cain
– Zustellung per Kurier –

Mister Cain,
hiermit werden Sie davon in Kenntnis gesetzt, dass Sie mit sofortiger Wirkung dem Projekt ‚Arche Noah' und damit mir, dem Präsidenten der Vereinigten Staaten, direkt unterstellt sind. Ihre bisherigen Tätigkeiten sind bis auf weiteres aufgehoben. Bis zum 20. 08. 2036 haben Sie sich bei folgender Kommandostelle der US-Army zu melden: Luftwaffenstützpunkt Denver.
Sie werden im Auftrag der Regierung der Vereinigten Staaten von Amerika an der Realisierung des Projekts ‚Arche Noah' mitwirken. Bitte bringen Sie nur die wichtigsten persönlichen Sachen sowie Ihren Pass mit. Sollten Sie dieser Anweisung nicht Folge leisten und den festgelegten Zeitpunkt an der Sammelstelle (siehe Anlage) versäumen, werden Sie von einem Sonderkommando der Nationalgarde abgeholt und zur Erfüllung Ihrer national patriotischen Pflicht nach Noah-City überstellt.
Dieser Brief wird persönlich überbracht.
Mit freundlichen Grüßen,
Albert Magoni
Präsident der Vereinigten Staaten von Amerika

„Ist denn die ganze Welt verrückt geworden? Schicken faktisch ein Kind mitten in die Wildnis, um mir solch einen Bären aufzubinden!" Fassungslos saß er da und schüttelte den Kopf, nicht wissend, worüber er sich am meisten ärgern oder wundern sollte. Über den Inhalt des Briefes, den er als bar jeder Realität empfand, oder darüber, dass es der Fremde geschafft hatte, ihn zu finden? Wie sollte er sich verhalten? Die Order des Präsidenten einfach negieren – so tun, als ginge ihn das alles einen feuchten Kehricht an? Paul stand auf und suchte eine Landkarte aus einem Stapel alter Illustrierter heraus. „Wenn ich nach Denver gehe, mache ich doch einen riesigen Umweg...! Ah, ja – besser ist, ich fahre gleich in Richtung Maria-Pass. Von dort ist es bis zu diesem Noah-City nur noch ein Katzensprung!" Er verglich noch einmal die Koordinaten auf der Anlage des Briefes. Paul gähnte herzhaft. „Morgen ist auch noch ein Tag", murmelte er schläfrig und richtete sich neben dem Feuer ein Nachtlager her. Er rüttelte noch einmal an der Türverriegelung, legte Holz auf und kuschelte sich dann unter seine Decke. Sanft kam der Schlaf und drückte ihm die Augen zu. Er vernahm nicht einmal mehr die Geräusche der berstenden Äste und Baumstämme...

Die Motoren der schweren Bulldozer verröchelten. Am Rande der frei geschobenen Landefläche türmten sich haushohe Schneeberge.
Auch die Zufahrten zu den Eingängen waren vom Schnee befreit worden. Ein Trupp Soldaten schippte noch die Reste zur Seite, als ein Dröhnen die Luft erfüllte. In der Ferne erschien eine größere Anzahl dunkler Punkte, die sehr schnell näher kamen. Präsident Magoni verfolgte auf dem Monitor den Anflug der Hubschrauberstaffel. Schnee wurde aufgewirbelt, als die Helikopter nacheinander auf die vorbereitete Fläche einschwenkten und landeten.
„Die Jungs verstehen ihr Handwerk – alles, was recht ist!" stellte er anerkennend fest, nachdem auch die letzte Maschine sicher aufgesetzt hatte.
Sobald alle Passagiere von Bord waren, starteten die Piloten erneut und verschwanden wieder in den aufziehenden Wolken. Aus den Luken quollen Knäuele von Menschen und verteilten sich auf der Landefläche.
„Mister Präsident, ich habe Captain Gonzales auf dem Monitor. Er möchte Sie sprechen", meldete sich der Diensthabende. „Rüber mit dem Mann, ich bin bereit!" Ein schwarzhäutiges Gesicht mit einem prächtigen Schnauzbart erschien auf dem Bildschirm, lebhafte Augen musterten den Präsidenten. „Sir,

wir fliegen sofort wieder los. Wir haben die ersten 400 Ankömmlinge
hergeschafft. Ich hoffe nur, dass sich das Wetter wenigstens noch so lange
hält, bis wir die nächste Fuhre sicher abgeladen haben. Es sind mindestens
noch mal so viele im Stützpunkt", meldete der Staffelkommandeur.
Albert Magoni betrachtete den Mann, der mit seinen Leuten das letzte
Bindeglied zu einer sterbenden Welt darstellte – vielleicht ohne es zu wissen.
Er spürte dessen prinzipielle Ablehnung gegenüber der Mission, bewunderte
aber – möglicherweise gerade deswegen – die Disziplin und
Einsatzbereitschaft dieser Leute. „Glauben Sie, dass Sie heute noch einen Flug
schaffen, Captain?" Der Offizier kräuselte die Nase. „Wir werden sehen, Sir. Ich
werde auf keinen Fall das Leben meiner Leute aufs Spiel setzen. Ich hoffe, Sie
verstehen und respektieren das", entgegnete er ruhig und schaute den
Präsidenten ernst an. „Sie und Ihre Männer sind sehr mutig, Commander. Ich
danke Ihnen sehr!" „Nichts zu danken, Sir. Ich weiß sehr wohl, wie es um uns
bestellt ist. Vielleicht werden sich unsere Nachfahren einmal an die verrückten
Kerle und ihre fliegenden Kisten erinnern, die bis zur letzten Sekunde
durchhielten und den Rest der Menschheit retteten. Wie auch immer, auf uns
können Sie sich verlassen!" Präsident Magoni hob grüßend die Hand und
erteilte Starterlaubnis. „Viel Glück, Jungs!"
Uniformierte Männer rannten durchs Tor nach draußen und übernahmen die
Führung der Gruppen. Zugweise rückten die Menschen in Noah-City ein. Die
ersten Minuten ihrer Anwesenheit waren bestimmt von der aufregenden
Aufnahmeprozedur: Identitätsüberprüfung, medizinischer Check, Übergabe der
Grundausstattung. Major Hammer überwachte alles mit Argusaugen. „Mann,
sehen Sie nicht, dass die Frau erst einmal einen Arzt benötigt?"
fauchte er einen seiner Soldaten an und kümmerte sich dann selbst um eine
Frau mittleren Alters, die zusammengebrochen und ohnmächtig geworden war.
„Rufen Sie sofort Dr. Summerfield her. Oder holen Sie wenigstens einen
Sanitäter", herrschte er den Soldaten noch einmal an, da dieser wie
angewurzelt stehen geblieben war. Die Frau sah abgemagert und bleich aus,
Wangen und Nasenspitzen glänzten wächsern.
„Sergeant, lassen Sie sofort einen Eimer Schnee herholen! Wir müssen das

Gesicht der Dame damit abreiben. Sie scheint einige Erfrierungen zu haben",
befahl er dann und legte den Körper der Leblosen in stabile Seitenlage.
Kurz darauf tauchte Dr. Summerfield auf und übernahm die weitere Betreuung
der Kranken. „Eindeutige Anzeichen hochgradiger Erschöpfung sowie
Erfrierungen an Händen und im Gesicht", diagnostizierte er nach dem ersten
Blick. Er rief einige Männer herbei und ließ die Frau ins Med.-Center bringen.
„Es gibt noch einige schwerere Fälle", erläuterte er dem Major auf ihrem
gemeinsamen Weg durch die Stadt. „Es bleibt abzuwarten, ob auch alle
durchkommen. Im Moment habe ich da ernsthafte Zweifel." Er klang sehr
besorgt und machte sofort Anstalten, sich wieder in Richtung seiner Patienten
zu entfernen. „Sie halten mich bitte auf dem Laufenden, Doc. Was machen die
Angehörigen unserer Präsidenten?"
„Zum Glück nur Erschöpfung nach den Strapazen. Einige Tage Ruhe und
genügend Essen, und sie sind wieder auf den Beinen!" Dr. Summerfield
verabschiedete sich und verschwand im Krankenhaus. Major Hammer lief noch
ein Stück. Am Park machte er kehrt. Auf dem Rückweg stoppte er an einer der
Wohnanlagen und schaute sich eine Einheit an. Die Appartements waren in der
Regel für zwei Personen ausgelegt. „Die haben wirklich das Beste und
Teuerste eingebaut. Frei nach dem Motto: wenn schon untergehen, dann
wenigstens im Luxus und nicht wie arme Schweine. Makaber...!"
Selbstvergessen betrachtete er die unzähligen modernen Geräte in Küche und
Wohnzimmer. Vor der Tür traf er auf zwei Männer, die neuen Bewohner. Einer
von ihnen lächelte erschöpft, aber freundlich, der andere lief mit leerem Blick
an ihm vorbei. „Guten Tag! Äh, Verzeihung – in Dienstgraden kenne ich mich
leider nicht gut aus. Mein Name ist Peer Shneyder, Dr. Peer Shneyder", stellte
sich der junge Mann förmlich vor. „Sehr angenehm, Dr. Shneyder. Major
Hammer – Chef der Sicherheitsgruppe von Noah-City. Ich heiße Sie und ihren
Kollegen recht herzlich willkommen und hoffe, dass Sie sich schnell hier
einleben werden." Die beiden Männer schüttelten sich die Hände.
„Auch Ihnen ein herzliches Willkommen!" Major Hammer wandte sich dem
anderen Neuankömmling zu. Doch dieser nahm keinerlei Notiz von ihm.
Enttäuscht zog der Major die dargebotene Hand zurück und wollte sich schon

abwenden, als der Mann zu schwanken begann und lautlos zusammenbrach.

„Verdammt, der ist ja schwer verletzt! Wieso hat das keiner bemerkt? Sieht mir nach einer Schussverletzung aus – der Verband ist völlig durchblutet!"

Major Hammer handelte entschlossen; per Videotelefon ließ er Kontakt zur Zentrale herstellen.

„Ich bin im Appartement 134 in der 2. Ebene. Wir haben einen verwundeten Mann hier. Scheint viel Blut verloren zu haben. Wir brauchen sofort einen Arzt. Der Mann heißt... – Moment, ich muss erst nachsehen..." Umständlich nestelte er die Kennkarte aus der Brusttasche des Ohnmächtigen. „Also: es ist ein gewisser Prof. Frank Medleys aus Oklahoma!" „Der wird schon überall gesucht. Verstehe überhaupt nicht, wie er es bis in die Ebene 2 geschafft hat?" wunderte sich der Diensthabende.

„Ich muss weiter. Falls es Fragen gibt, wenden Sie sich an Dr. Shneyder. Er wird sich um den Professor kümmern. Und etwas Tempo – wenn ich bitten darf!" verabschiedete sich der Major mit Nachdruck. „Alles klar, Sir. Ein Kommando ist bereits auf dem Weg", bestätigte der Diensthabende, dann schaltete er sich kurzfristig aus der Verbindung. „Major Hammer!" erschall es erneut. Dieser wollte gerade den Raum verlassen. „Was ist denn nun noch?" brummte er, als die Alarmsirenen durch die Hallen heulten. „Tut mir leid, aber ich muss...", entschuldigte sich der Major und eilte zur Zentrale.

Präsident Magoni war gerade dabei, seine Frau zu begrüßen, als er vom Diensthabenden gestört wurde. Zeitgleich mit dem Anruf begann auch der Alarm zu schrillen. „Das ist eine toller Willkommensgruß, oder, Liebling? Da kann man nichts machen. Ich muss sofort in die Zentrale. Du legst Dich erst einmal schlafen. Danach sehen wir weiter." Er gab ihr noch einen flüchtigen Kuss und brach auf. Gleichzeitig mit ihm traf auch Jerry Hickmann in der Kommandozentrale ein.

„Was ist geschehen? Kann nicht irgendwer diesen Lärm abstellen?" fragte der Präsident und hielt sich demonstrativ die Ohren zu. Major Hammer erwartete ihn bereits. „Wird sofort erledigt, Sir!" Nach einigen Sekunden trat Ruhe ein. „Wenigstens kann im Notfall niemand behaupten, dass er den Alarm nicht gehört hat. Der Krach füllt ja jeden Winkel aus. Was ist passiert?" wiederholte

Mr. Magoni ungeduldig. „Ich habe den Alarm ausgelöst, Sir!" meldete sich Lt.
Gordon, der gerade seinen Posten als Diensthabender bezogen hatte.
„Sie haben das äußere Tor geschlossen!?" stellte Jerry nach einem
Kontrollblick auf den Monitor überrascht fest.
„Ja, wegen der Wölfe!" bestätigte Lt. Gordon, „Ich habe alles auf Video
aufgezeichnet. Einen kleinen Moment, bitte, ich überspiele Ihnen sofort die
entscheidenden Passagen." Die Männer schauten sich erstaunt an.
„So, es geht los!" ließ der Lieutenant vernehmen. Die ersten Bilder flimmerten
im Zeitraffertempo über den Monitor. Er schaltete auf normale Geschwindigkeit.
„Sie sehen jetzt den Zeitabschnitt unmittelbar nach dem Start der Helikopter. In
der rechten unteren Ecke können Sie unsere Posten auf dem Landeplatz
erkennen. Sie sind gerade dabei, die restlichen Arbeitsgeräte einzusammeln.
Und nun beobachten Sie die Schatten in der oberen Ecke. Erst dachte ich, es
seien Nebelfetzen, doch dann kam mir die Idee, auf Infrarot umzuschalten.
Sehen Sie jetzt die Wärmequellen?" kommentierte der Lieutenant das
Geschehen.
„Und wie kommen Sie auf Wölfe? Soviel ich weiß, sind in der hiesigen Gegend
seit unzähligen Jahren keine mehr gesichtet worden...", fragte Jerry.
„Ich habe schlicht und einfach die Technik für uns arbeiten lassen. Der
Computer hat mit beinahe hundertprozentiger Sicherheit die Quellen als Tiere,
genauer: als Wölfe, identifiziert", erklärte der Diensthabende. „Hm, das grenzt
ja an Zauberei!" brummte der Vize und starrte ungläubig auf den Schirm. „Sind
wenigstens alle Männer in Sicherheit?" erkundigte sich Präsident Magoni.
„Habe ich veranlasst. Es sind nur noch zwei Leute draußen – und diese
müssten sich jeden Moment zurückmelden", bestätigte Lt. Gordon. „Da
draußen tut sich etwas. Es sind wirklich Wölfe – und wie viele das sind!!"
Major Hammer winkte die Männer zu sich. Präsident Magoni musste
unwillkürlich an die Bilder aus New York denken. Wenn einmal die Spuren der
Zivilisation auf der Erde ausgelöscht waren, wer würde dann ihr Erbe antreten?
Planet der Affen – Planet der Wölfe!?
„Achtung, Lieutenant – hören Sie uns?" dröhnte es aus den Lautsprechern.

Lt. Gordon meldete sich sofort. „Was ist los bei Euch da draußen – seid Ihr in Sicherheit?" „Es gibt leider Schwierigkeiten, Sir. Die Biester haben uns in die Enge getrieben und den Weg zum Tor abgeschnitten. Wir brauchen dringend Verstärkung!" meldete der Außenposten. Schüsse waren zu vernehmen. Das Rudel auf dem Bildschirm zog zielstrebig in eine bestimmte Richtung. „Hilfe kommt sofort, Jungs!" Ohne seines Vorgesetzten zu achten, befahl Lt. Gordon eine Kompanie Soldaten auf das Plateau. Major Hammer nickte zustimmend und billigte damit die Entscheidung des Offiziers. Sergeant Moos, der die Rettungsoperation leitete, meldete sich kurz darauf über Funk. „Lt. Gordon, wir haben sie. Einen hat es schwer erwischt. Die Viecher müssen seit Wochen nicht gefressen haben, so ausgehungert sind die. Wir ziehen uns jetzt durch den Noteingang zurück. Ich melde mich dann bei Ihnen!" „Na, Gott sei Dank, dass nichts Schlimmeres passiert ist", flüsterte der Präsident erleichtert.
Die Tiere hatten indessen begonnen, ihre toten und verwundeten Artgenossen zu reißen und aufzufressen. „Dieser Bande möchte ich nicht einmal im Traum begegnen..." stellte Lt. Gordon schaudernd fest. „Die sind doch völlig im Blutrausch!" Einer der Wissenschaftler, die sich inzwischen in der Zentrale eingefunden hatten, wies auf eine zweite Gruppe von Tieren. „Da kommt noch ein Rudel – das wird ja ein richtiges Familientreffen."
„Irrtum, das sind keine Wölfe, dafür sind die viel zu groß", widersprach der Lieutenant und regelte die Schärfe der Bilder nach: Gemächlich näherte sich eine Herde von etwa dreißig riesigen, lang behaarten Fleischbergen der tief verschneiten Zufahrt, welche ins nächste Tal führte.
Alle starrten sprachlos auf den Monitor. „Da brat mir doch einer einen Storch. Das sind ja Elefanten!" entfuhr es dem Major. „Sie haben leider Unrecht, Major. Das sind keine Elefanten – das sind ihre Vorfahren. Elephos primigenius – das Mammut!" erklärte einer der Wissenschaftler selbstvergessen. Niemand der Anwesenden vermochte sich dem Anblick zu entziehen Die Wölfe waren auf die Herde aufmerksam geworden und formierten sich. Ein tödliches Spiel zweier verschiedener Welten nahm seinen Lauf. Die Mammutherde stutzte, als die Raubtiere unverhofft vor ihnen auftauchten. Ein riesiger Bulle hob drohend den Rüssel in die Luft: Sofort bildeten die Körper einen mächtigen,

undurchdringbaren Halbkreis. Ihr graubraunes Haarkleid fiel beinahe bis zum Boden herab. Dazwischen wurden die Köpfe kleinerer Tiere sichtbar.

„Die haben Junge bei sich, sehen sie doch...?" Lt. Gordon war von dem beginnenden Drama gefesselt. Die Rüssel aufgerollt, die mächtigen Stoßzähne wie Speere auf die Angreifer gerichtet, erwartete die Burg die erste Welle, die – vierpfötig – heranrollte.

„Bedauerlich, dass wir keine Tonaufnahmen machen können", bemerkte einer der Herren. „Diese Bilder hier würden jedem Horrorfilm gerecht werden."

Der erste Angriff der Wölfe verpuffte an der geschlossenen Mauer der Herde. Von der Wucht der Stoßzähne getroffen und teilweise durchbohrt, flogen etliche von ihnen durch die Luft und blieben zerschmettert am Boden liegen.

Ein grauweiß gefleckter Vierbeiner versuchte, wieder auf die Pfoten zu kommen. Er sackte mit den Hinterläufen weg und fiel um. „Wahrscheinlich das Becken gebrochen...", hörte der Präsident jemanden flüstern.

Das Rudel änderte seine Taktik. Es begann, die Festung einzukreisen und von mehreren Punkten gleichzeitig anzugreifen. Damit hatte es mehr Erfolg.

Bevor sich die Mammutherde auf die neue Situation eingestellt hatte, brach ein Dutzend Wölfe gleichzeitig in ihre Reihen ein und attackierte ein Jungtier. Als es panikartig den Kreis der Alten verließ, war sein Schicksal besiegelt. Bevor sie ihm zur Hilfe eilen konnten, stürzten sich weitere Graupelze darauf und bissen sich an ihm fest. Der Rumpf des halbwüchsigen Mammuts sackte unter der Last zusammen; aus unzähligen Wunden verlor es immer mehr Blut. Sofort eilte der Rest des Rudels herbei und beteiligte sich gierig am großen Fressen.

Die Herde zog sich eiligst vom Kriegsschauplatz zurück und verschwand in den Bergen. Präsident Magoni ließ die Monitore abschalten. Verwirrt schauten sich die Männer um. „Nun, meine Herren, was halten Sie von diesem Phänomen? Sie sind sich absolut sicher, dass wir es hier mit einer Mammutherde zu tun hatten?" fragte er und sah jeden Einzelnen durchdringend an. Die meisten zuckten mit den Achseln. Professor Jonath kratzte sich verlegen am Hinterkopf.

„Sicher bin ich mir nicht, aber alle äußeren Anzeichen sprechen dafür. Wenn wir Glück haben und die Biester dort lassen uns wenigstens ein paar Knochen und Fellreste übrig, könnte ich Genaueres sagen."

„Überprüfen Sie bei der Gelegenheit gleich mit, woher eine Tierart kommen könnte, die bekanntlich vor zigtausend Jahren ausgestorben ist. Oder betrachten Sie es als normal, dass sie jetzt bei uns auftauchen, als wären sie schon immer da gewesen?" Noch immer erregt, begann sich die Menge zu verteilen. „Jerry, warte einen Moment, bis alle weg sind", hielt Mr. Magoni seinen Vize zurück. „Wir müssen in den nächsten Tagen beginnen, die Arbeiten zu organisieren, damit kein Leerlauf entsteht und die Leute auf irgendwelche dummen Gedanken kommen. Bereite bitte alles Notwendige vor und stelle eine Liste der Kader zusammen, die als Chefs einzelner Abteilungen in Frage kommen." Präsident Magoni erhob sich von seinem Stuhl.
„Ich kümmere mich mit Major Hammer um die Eingliederung der nächsten Gruppen. Hoffentlich schaffen es die Hubschrauber...", setzte er noch hinzu und verließ ebenfalls die Zentrale...

Dr. Jim Harper lehnte sich auf dem Ledersitz zurück und schloss die Augen. Er hatte es wirklich geschafft...?
Die Freude darüber gewann langsam die Oberhand über die Qualen und Schrecken der vergangenen Tage, die nun von ihm abfielen und sich in einem Fluss verschämter Tränen entluden. Während das eintönige Summen der Rotoren jede Faser seines Körpers durchdrang, ergriff die Sehnsucht nach Ruhe und Geborgenheit Besitz von ihm. Der böse Traum war endgültig vorüber – so hoffte er zumindest und wischte sich heimlich die Tränen vom Gesicht. Es war eng und stickig, doch das störte Jim wenig. Wichtig war nur, dass er auf direktem Wege nach Noah-City unterwegs war. Das allein zählte!
Die Gestalten neben ihm sahen ebenso abgerissen und verhungert aus wie er. Einige schliefen trotz des Lärms, die meisten schauten trübsinnig zum Fenster hinaus. „Freut Euch doch – wir werden leben, wir haben es geschafft!" hätte er ihnen am liebsten zugerufen, doch seine Lippen blieben verschlossen.
Über seinem Kopf knarrte ein Lautsprecher. „In etwa drei Minuten erreichen wir das Plateau. Bitte achten Sie beim Aussteigen auf den Wirbel, den der Rotor verursacht. Ich wünsche Ihnen viel Glück!" ertönte die Stimme des Piloten.
Neugierig reckte Jim den Hals, um besser sehen zu können. Nach einer

scharfen Rechtskurve schwebte die Maschine eine Zeitlang fast reglos in der
Luft, dann setzte sie mit hartem Ruck auf.

Eisiger Wind fegte ihn fast von den Beinen; nur durch den festen Halt einer
helfenden Hand konnte er stehen. Als sie einen langen Tunnel erreichten, sah
Jim, dass er von einem Soldaten geführt wurde. „Danke, mein Freund. Es geht
schon wieder." Verlegen versuchte er, die schäbigen Sachen zu ordnen. „Keine
Bange, das Zeug wird sowieso gleich verbrannt", beruhigte ihn der Soldat. Er
dirigierte ihn und den Rest der Gruppe in einen gewaltigen Lastenfahrstuhl.
Kahler Fels umgab sie wie ein grauer Mantel. Das war sie also, die berühmt-
berüchtigte Bastion, die letzte Zuflucht der Menschheit! Jim atmete tief durch.
So also sah seine Zukunft aus? Er fühlte einen Stich in seinem Herzen.
Rumpelnd schoss der Fahrstuhl in die Tiefe. „Bitte folgen Sie mir, ich begleite
Sie in den nächsten Minuten zu den einzelnen Stationen", verkündete der
Soldat. „Zuerst können Sie duschen und Ihre Sachen wechseln. Bitte, dort sind
einzelne Kabinen. Frische Kleidung hängt an den Haken. Bitte behalten Sie
nur, was unbedingt erforderlich ist wie Dokumente und persönliche Papiere. Sie
werden alles andere neu bekommen", versicherte er und öffnete eine der
Türen.

Als der erste heiße Wasserstrahl auf seine nackte Haut niederprasselte, weinte
Jim vor Glück. Die folgende Prozedur ließ er willig über sich ergehen.

„Willkommen in Noah-City. Damit Sie uns in der Zentrale jederzeit erreichen
können, bekommen Sie einen Videotimer an ihr Handgelenk. Wie er
funktioniert, dürfte Ihnen bekannt sein. Die Reichweite der Geräte beschränkt
sich auf Noah-City. Und das ist Ihre Chipkarte. Sie wird Ihnen mit dieser Kette
um den Hals gelegt, damit sie nicht verloren geht. Sollten Sie sie einmal
entfernen wollen: In Ihren Quartieren liegen Zangen wie diese hier; einfach die
Enden einfädeln und zusammendrücken! Umgekehrt funktioniert es ähnlich",
erklärte die junge Frau und lächelte ihn freundlich an. Jim war indes zu müde,
noch länger Konversation zu betreiben. Er sehnte sich nur noch nach einem
warmen Bett. Vor dem Gebäude versammelte sich die Gruppe wieder. Jim
nutzte die Zeit, seine neuen Mitstreiter näher in Augenschein zu nehmen. In
den Mienen der wenigsten war freudevolle Erwartung zu erblicken. Die meisten

unter ihnen wirkten ausgesprochen verschlossen und traurig. Der weiße Tod als ständiger Begleiter hatte schmerzvolle Lücken in die Familien und Freundeskreise gerissen, manche vollständig ausgelöscht.

„Ich teile Ihnen die Nummern Ihrer Appartements mit. Sie brauchen dann nur die kaum fünfzig Meter bis zum Park zu gehen und sind zu Hause", erläuterte ihr Begleiter und gab paarweise die Nummern bekannt. Dr. Harper wurde allein aufgerufen: „Mister Harper – Appartement Nr. 114, 2. Ebene!" Endlich war die Verteilung abgeschlossen. „Sie finden alles, was Sie brauchen, in den Räumen. Sollten Sie Fragen oder besondere Wünsche haben: Im Timerverzeichnis stehen alle wichtigen Ansprechpartner mit Ihren Rufnummern. Außerdem können Sie über Videotext weitere Auskünfte einholen. In schwerwiegenden Fällen melden Sie sich bitte in der Zentrale. Das wär's für heute. Ruhen Sie sich aus. Dr. Summerfield wird sich sicherlich noch einmal bei Ihnen melden." Damit waren sie in ihr neues Heim entlassen.

Bevor es richtig hell wurde, wachte Prof. Paul Cain auf.

Er hatte sich im Schlaf von seiner Decke befreit – nun zitterte er wie Espenlaub. Das Feuer im Kamin lag in den letzten Zügen und drohte zu verlöschen. Mit einigen Kniebeugen brachte Paul sich in Schwung, dann kümmerte er sich um das Feuer. Er sammelte die Späne von den Holzschienen zusammen und legte sie vorsichtig in die Glut. Sanft begann er zu blasen. Das Holz färbte sich dunkel, dann tiefschwarz. Rauchwolken stiegen auf und kitzelten seine Nase.

Eine Flamme brach knisternd hervor. Sofort schob er dickere Äste nach. Wärme und Licht breiteten sich aus. Leise summend hängte er einen Kupferkessel voller Wasser über das Feuer, dann sah er zu dem Kranken.

„Schläfst Dich gesund, mein Junge..." Die Atemzüge des Soldaten gingen regelmäßig, er war fieberfrei.

Der Professor zog sich an und ging hinaus, um neues Holz zu holen. Wie vom Blitz getroffen, blieb er auf der Schwelle stehen. „Donnerwetter, welcher Schneepflug hat denn hier seine Spuren hinterlassen? Und ich habe geschlafen wie ein Toter!" Eine tief eingedrückte Fährte verlief wenige Meter

von seiner Hütte entfernt in Richtung der Berge. Misstrauisch schaute er sich um, kehrte ins Haus zurück und holte sein Gewehr. Erst dann begann er, die nähere Umgebung zu untersuchen. Der kleine, schon etwas baufällige Schuppen an der Stirnseite war an einer Ecke stark beschädigt. „Ein Glück, dass er nicht vollends eingestürzt ist. Hoffentlich hat der Schlitten nichts abbekommen!" Der Motorschlitten und der Anhänger waren unversehrt. „Ein Glück aber auch! Es ist wohl besser, sie da wegzunehmen."
Behutsam, ohne irgendwo anzustoßen, zog er sie unter dem Dach hervor. Auch die fünf vollen Benzinkanister brachte er aus der Gefahrenzone. „So, nun kann die Hütte einfallen." Zufrieden rieb er sich die Hände. Er bückte sich, um das Gewehr aufzuheben. Mitten in der Bewegung verhielt er. Vor seinen Augen, an einem Stützpfahl, baumelte ein Büschel langes, braunes Haar. „Das ist ja interessant...!" Aufmerksam beäugte er den ungewöhnlichen Fund. Sein Blick pendelte zwischen der Spur und dem Haar, verständnislos schüttelte er den Kopf. „Habe ich noch nie gesehen!" Er roch daran und nahm ein Haar in den Mund. „Pfui Teufel aber auch. Das stinkt ja erbärmlich!" Was auch immer hier entlang gekommen war – es war nichts von dem, was er als Jäger je vor seiner Flinte hatte. Sorgfältig sammelte er die Haare ab und nahm sie mit in die Hütte. Dort schob er sie in eine Plastiktüte. Dann bereitete er das Frühstück.
„He, junger Freund, aufwachen!" Sanft rüttelte er den Schlafenden wach. Schwerfällig schlug dieser die Augen auf. Er starrte verständnislos auf den Professor. „Wo bin ich? Was ist geschehen?"
„Erst einmal im Warmen und in Sicherheit", wurde er beruhigt. Erschöpft schloss er wieder die Augen. „Ich habe Durst. Kann ich bitte etwas Wasser haben?" „Sie bekommen sofort frischen Tee – dauert nur einen kleinen Moment." Paul holte eine verbeulte Kanne aus dem Regal, rieb eine Handvoll aromatisch duftender Kräuter hinein und goss heißes Wasser auf. „Wie fühlen Sie sich?" „Ziemlich beschissen; mein Bein tut furchtbar weh. Ich kann mich an nichts mehr erinnern", stöhnte der junge Mann und versuchte, sich aufzurichten. „Warten Sie, ich helfe Ihnen. Ihr Bein ist hin, ich habe es provisorisch geschient. Bin leider kein Fachmann auf dem Gebiet", entschuldigte sich Paul, während er ihn aufsetzte.

„Trotzdem: danke! Wenn Sie mich nicht gefunden hätten, wäre ich heute Nacht bestimmt erfroren." Paul nickte gelassen. Er wäre natürlich erfroren! „Oder die Wölfe hätten Sie gefressen", setzte er scheinbar gleichmütig hinzu und schmunzelte über das erschrockene Gesicht des Mannes. „So, und jetzt bekommen Sie einen großen Topf Tee. Trinken Sie vorsichtig, er ist noch sehr heiß!" Während sein Patient genüsslich das Getränk schlürfte, holte Paul einige Scheiben Zwieback und öffnete eine Fleischkonserve. „Auf jeden Fall haben Sie Ihren Lebensmut wieder gefunden", stellte er fest, als er sah, mit welchem Heißhunger sich Michael Fox – unter diesem Namen stellte sich der junge Mann vor – über das Essen hermachte. Dabei erfuhr der Professor, wie dieser hergekommen war. „Der Hubschrauber setzte mich weiter östlich von hier auf einer großen Lichtung ab. Dabei verlor ich dummerweise mein Gewehr. Um ehrlich zu sein, hatte ich die Absicht, mich davonzumachen. Irgendwohin, wo mich keiner mehr finden würde. Aber dann reizte es mich, den Mann kennen zu lernen, von dem erzählt wird, dass er als Einsiedler hier sein Leben fristet. Sie sehen, es war ein Fehler, nicht dem ersten Instinkt zu folgen." „Oder er hat Ihnen das Leben gerettet. Mit dieser Ausrüstung wären Sie keine zwanzig Meilen gekommen, das kann ich Ihnen schriftlich geben!" Paul hob die Waffe und den geöffneten Brief an.

„Dieses Ding hier ist im Wald Schrott. Den Brief habe ich schon mal geöffnet, da er seinen Adressaten erreicht hat!" erklärte er. Michael sah ihn mit großen Augen an. „Sie sind der verrückte Professor?" Paul lachte herzhaft. „Das ist ja eine ganz neue Version. Verrückt – so hat mich bisher noch keiner genannt. Aber was soll's!?" Michael bekam einen roten Kopf. „Verzeihung, so meinte ich es natürlich nicht", entschuldigte er sich verlegen, doch dann stimmte er ins Gelächter ein. „Wie ist das mit dem Bein passiert?"

Michael zuckte mit den Schultern. Daran konnte er sich in keinster Weise mehr erinnern. Nur der Schmerz, der ihn bis in die Ohnmacht verfolgte, war in seinem Gedächtnis haften geblieben. „Auf jeden Fall müssen Sie in ein Krankenhaus, zumindest müsste sich ein Arzt Ihrer annehmen. Wie gesagt, ich bin nicht Fachmann genug, einen komplizierten Bruch zu flicken", stellte Paul nachdenklich fest. Die Situation war verfahren.

„Leider haben wir nicht die gleiche Richtung, ich muss in Richtung Norden zu diesem Stützpunkt oder was immer diese Noah-City sein mag. Also in die Berge. Das nächste Krankenhaus liegt aber östlich von hier. Was machen wir denn nun?" grübelte er laut.

„Vom Krankenhaus ist nicht mehr viel übrig. Es ist vor ein paar Wochen abgebrannt. Das Einfachste für alle Beteiligten wäre, wenn Sie Ihres Weges zögen und mir erlaubten, in Ihrer Hütte zu bleiben. Zumindest solange, bis ich wieder laufen kann", schlug der junge Mann vor und trank seine Tasse leer.

Paul fühlte den erwartungsvollen bangen Blick. „So funktioniert das aber nicht!", entgegnete er. „Ich sehe aber keinen anderen Ausweg. Sie müssen laut Befehl nach Noah-City. Ich kann Sie aber dorthin nicht begleiten. Lassen Sie mich ruhig hier liegen. Was soll schon geschehen?" Die Sturheit des jungen Mannes regte Paul auf. „Von wegen hier liegen bleiben! Los, versuchen Sie aufzustehen, versuchen Sie es schon!" schnauzte er ihn an. Michael stemmte sich mit schmerz verzogenem Gesicht auf dem Bett ab.

„Weiter, weiter! Nicht schlappmachen!" befahl Paul.

Schließlich kippte Michael einfach um und wurde leichenblass. „So, und das passiert Ihnen spätestens dann, wenn kein Holz mehr da ist oder Sie frisches Wasser brauchen. Glauben Sie allen Ernstes, ich könnte mein Gewissen für immer und ewig mit einer Ausrede beruhigen, wenn ich Sie hier dem Tod überlasse. So wird es nichts." Energisch schüttelte er den Kopf. „Wir fahren zusammen und damit basta!" entschied er. Michael schaute ihn bekümmert an.

„Wollen Sie mich etwa tragen? Das schaffen weder Sie noch ich. Das kann ich nicht zulassen! Die Strecke und dann die Kälte...?"

„Warten Sie es ab, ich mach das schon!" beruhigte ihn der Professor. Dann begann er mit den Vorbereitungen für eine lange und beschwerliche Reise. Paul überprüfte sämtliche Vorräte und verstaute die nötigsten Dinge in mehreren Taschen. Einen Teil des Gepäcks lud er auf den Motorschlitten, den Rest schnürte er auf den Anhänger. Die Reservekanister und der Kessel mit dem Dreigestell vervollständigten die Ausrüstung. Schließlich schleppte er aus dem Verschlag Fellstiefel und zwei Anzüge heran. „Probieren Sie bitte diesen hier!" Er stützte Michael während des Ankleidens. Dann rückte er ihm die

Kapuze zurecht und zog den Reißverschluss bis unters Kinn. „Passt ja wie angegossen! Damit wäre das Problem Kälte vorerst erledigt!"

Zufrieden schnalzte Prof. Cain vor sich hin. Danach zog er sich den anderen silbern glänzenden Overall über.

„Was ist das für ein Material – es fasst sich sehr weich an und wird eigenartig warm?" wollte Michael wissen.

„Eins meiner letzten Forschungsergebnisse für die NASA, ein sogenannter Sensorenstoff. Das Zeug haben wir eigentlich für unsere Astronauten entwickelt. Solange nur ein Quäntchen Licht irgendwo ist, zieht dieser Stoff sämtliche Energie aus ihm und wandelt sie in Wärme um", gab er zur Antwort, dann zogen sie die Stiefel an. Es dauerte seine Zeit, bis der gebrochene Fuß halbwegs vernünftig verpackt war. „So, wir können!" Vorsichtig half der Professor Michael auf und brachte ihn zum Schlittengespann. „Ich verpacke Sie jetzt wie einen Säugling. Wenn es Probleme gibt, müssen Sie laut genug brüllen. Der Motor von dem Ding macht ein bisschen Krach." Voller Interesse schaute Michael zu, wie der Professor die Maschine noch einmal überprüfte, bevor er sie startete. „Das ist doch Marke Eigenbau, oder?", fragte er schließlich neugierig. Paul bestätigte es ihm. „Ich habe die Kufen verbreitert und den Antrieb modifiziert. Bei diesen Schneemassen kommt man mit der Standardausführung nicht besonders weit. Wollen nur hoffen, dass uns das Ding keinen Strich durch die Rechnung macht. Ich bin so weit; von mir aus können wir aufbrechen!" Mit einem letzten, wehmütigen Blick nahm der Professor Abschied von seiner geliebten Blockhütte. Dann ließ er den Motor an und die Fahrt in ein ungewisses Abenteuer begann...

Den zweiten Tag bereits quälten sie sich durch die tief verschneiten Wälder. Schwer drückten die Kufen der Schlitten ihre Spuren in den glitzernden Schnee. Manchmal bockte die Maschine und drohte auszugehen. Das war der Augenblick, in dem Paul flink wie ein Wiesel von seinem Sitz sprang, einen Gang tiefer schaltete und mit vollem Einsatz seines Körpers zu schieben begann. Die meiste Zeit fuhren sie im Schritttempo. Tief gebeugt hinter der vereisten Windschutzscheibe, die ein Minimum an Schutz bot, kauerte sich

Paul zusammen. Bisher war ihnen der Wettergott hold gewesen; bis auf einige geringe Schneefälle waren sie von starken Wetterveränderungen verschont geblieben. Das würde nicht immer so bleiben – Paul war sich dessen durchaus bewusst. Der Motor heulte auf. Bevor sein Fahrer reagieren konnte, neigte sich der Schlitten gefährlich nach links und blieb stecken. „Verfluchte Scheiße aber auch – immer, wenn man denkt, es kann einem nichts mehr passieren, dann passiert es doch!" Sein Fluch weckte Michael. „Mr. Cain, ist etwas passiert? Soll ich Ihnen helfen?"

Paul lächelte nur grimmig und stieß mit dem Fuß gegen die Kufe. „Ist nichts Schlimmes, Michael. Wir sitzen nur fest. Mir fehlt Schlaf, da macht man Fehler. Es geht sofort weiter." Der Motor tuckerte noch immer im Leerlauf.

Paul rückte die Kufen zurecht und überprüfte, ob sie eventuell Schaden genommen hatten. „Ein Glück, ist nur eine Schramme im Lack", murmelte er und legte erneut den ersten Gang ein. Die Maschine leistete Schwerstarbeit, doch dann stabilisierte sie sich und glitt gemächlich weiter. „Michael, wir werden heute etwas früher unser Lager aufschlagen. Ich muss mit meinen Kräften haushalten. Alles klar?" Michael reagierte nicht auf seinen Anruf, entweder hatte er ihn nicht verstanden oder er schlief. „Du hast es gut, mein Junge. Kannst in Ruhe dein Nickerchen machen und musst Dir nicht den Kopf zerbrechen, wie wir in diese verdammte Noah-City kommen. Na ja, was soll's, hast es ja selber so gewollt!" sprach er zu sich selbst und konzentrierte sich wieder auf die Wegstrecke. Prof. Cain spürte die Müdigkeit in jedem Knochen. Die letzte Nacht in dieser stinkenden Bärenhöhle hatten sie zwar einigermaßen geschützt verbracht, doch sie war sehr kurz gewesen.

Eine Bewegung vor ihm ließ ihn stutzen. Er hielt sofort an und griff zur Waffe. Drohendes Fauchen schlug ihm entgegen, keine zwanzig Meter entfernt tauchte ein Berglöwenpärchen auf. „Hoho, das wäre etwas! Ich hoffe nur, ihr schafft es!" murmelte er vor sich hin. Da der Wind ungünstig stand, hatten sie noch nicht seine Witterung aufgenommen. Er gab einen Warnschuss in die Luft ab. Die erschreckten Tiere zuckten zusammen und verschwanden von der Bildfläche. Ächzend rückte er die schwere Maschine wieder in Fahrtrichtung und startete durch. Am späten Nachmittag erreichten sie endlich ihr Tagesziel, ein altes Holzfällercamp. Er kannte die kleine Siedlung noch aus der Zeit vor dem ewigen Winter. Damals war er öfter Gast der Holzfäller und ihrer Familien gewesen. Vier zweistöckige Hütten duckten sich unter den hohen Stämmen der Kiefern; der Schnee auf ihren Dächern war mit einer dicken Eisschicht bedeckt. „Für heute hätten wir's damit geschafft, den Göttern sei Dank!" Je näher sie der Siedlung kamen, desto ungewöhnlicher erschien ihm die Stille. „Irgendwie kommt mir die Sache nicht ganz geheuer vor", murmelte Paul in seinen Bart und hielt an. Das Tuckern des Motors hallte von den Wänden wider. Kein Laut war sonst zu hören!

„Wo sind denn die verdammten Hunde abgeblieben? Oder sind inzwischen alle krepiert? Die Geschichte schmeckt mir nicht!" Er legte sich die Waffe griffbereit auf die Oberschenkel und ließ den Schlitten langsam vorwärts gleiten. Die Hütten waren in einer Reihe gebaut, die Eingänge wiesen alle nach Süden. Eine der Türen knallte mit voller Wucht gegen die Wand; die Eingangstür der Nachbarhütte stand ebenfalls offen. Mit entsicherter und geladener Waffe näherte sich Paul den Häusern. Nirgendwo entdeckte er die geringsten Anzeichen, die auf den Verbleib ihrer Bewohner hinwiesen. Matt blinkten die vereisten Scheiben der winzigen Fenster. Das erste Haus war schon längere Zeit nicht mehr betreten worden. Durch die offene Tür war Schnee bis ins Innere der Wohnräume gelangt. Langsam schritt er durch die Räumlichkeiten und sah sich um. Die Zimmer machten insgesamt einen ordentlichen Eindruck: Abgesehen von einigen Eichhörnchen und Vogelspuren konnte er nichts Ungewöhnliches entdecken. Dennoch schrillte sein sechster Sinn ohne Unterbrechung.

„Irgendetwas ist hier faul – sogar oberfaul!" Es war eine Ahnung, die ihn zum nächsten Haus geleitete. Er tastete sich mit vorgehaltener Waffe zur Tür. Hier bot sich ihm ein ähnliches Bild: Dieses Haus war ebenfalls seit langem nicht mehr bewohnt. Der Wind trieb ihm einen schwachen Geruch zu. „Bär? Hier war ein Bär!" Seine jahrelange Erfahrung mahnte ihn zur äußersten Vorsicht. Im fahlen Licht des vergehenden Tages entdeckte er an den Wänden der dritten Hütte die Blutspuren. Mit glitzernden Kristallen überzogen, flammten tiefrote

Flecken an mehreren Stellen des Eingangsbereiches. „Oh, oh, das sieht aber echt böse aus. Pass bloß auf Dich auf, mein lieber Paul!"
Der Professor packte sein Gewehr fester. Die Blutspuren zogen sich bis in die Innenbereiche. Schritt für Schritt ging er auf den Eingang zu. Sein Blick streifte das Ende eines Knüppels, der aus dem Schnee ragte. Mit einem Ruck zog er ihn heraus und schleuderte ihn gegen die Hauswand. Es blieb totenstill.
Er traute dem Frieden noch immer nicht. Mit einer Hand öffnete er die Tür und presste seinen Fuß dagegen. Sofort mischte sich die klare Luft mit einem scharf stechenden Geruch, der aus der Hütte zog. Prof. Cain schnüffelte. Es waren die Ausdünstungen eines Bären, dessen war er sich nun absolut sicher. Und der Geruch war keinen Tag alt! Sein Jagdinstinkt erwachte vollends. Er überprüfte noch einmal seine Waffe. Dann trat er ein.
Schon im Vorraum fand er ein wüstes Chaos vor. Überall lagen zerfetzte und zerrissene Kleidungsstücke. An einigen Haken hingen noch die zerfransten Streifen eines Mantels. Holzwände und Türen zierten tiefe Kratzspuren, Splitter und zerbrochene Möbel bedeckten den Fußboden. „Großer Gott, hat der hier gehaust!" entfuhr es ihm. In einer Ecke fand er den zerstückelten Leichnam eines Hundes. Vorsichtig drehte er den steifen Körper um. „Mein lieber Schwan, der Bursche hat aber mächtig zugelangt!" Der Körper des Hundes war auf einer Seite wie mit einem Rasiermesser aufgetrennt. Schweiß stand dem Professor auf der Stirn, leise pfiff er vor sich hin. Er wusste sehr wohl, in welche Gefahr er sich begab. War der Bär wirklich noch drin, konnte er sich nur auf seine Schnelligkeit und die Zuverlässigkeit seines Gewehres verlassen. Der geringste Fehler war mit Sicherheit absolut tödlich...
Er presste sich schutzsuchend noch enger an die Wand. Durch die Türöffnung hatte er nun Einblick in den großen Wohnraum. Der Raubtiergeruch wurde stärker, doch nicht dieser trieb ihm die Tränen in die Augen.
Der Anblick war furchtbar! „Allmächtiger Gott...!"
Voller Entsetzen starrte er auf die zerfleischten Körper von fünf Menschen. Etwas Ähnliches hatte er in seinem gesamten Leben noch nicht gesehen. Den Kleidungsresten nach konnte es sich um zwei Frauen und drei Männer gehandelt haben. Glassplitter von zerschmetterten Spiegeln knirschten unter

seinen Stiefeln; unzählige leere Patronenhülsen klirrten und kündeten von einem schweren Kampf gegen das Ungeheuer. Er fand noch einen weiteren verstümmelten Körper – halb auf der Treppe liegend. Das Blut war die Stufen hinabgeflossen und erstarrt zu ewigem Eis. „Großer Gott", stieß Paul noch einmal hervor. Ihm wurde schlecht. Er fühlte sein Herz tuckern – nur mit äußerster Beherrschung gelang es ihm, sich wieder einigermaßen unter Kontrolle zu bringen. Noch immer bleich wie eine Wand, stieg er die blutverschmierten Stufen zum Obergeschoss empor. Ein kehliges Knurren ließ ihn entsetzt herumfahren. Da stand er, der Grizzlybär! Monströs, fast bis zur Decke reichend, versperrte er den einzigen Weg nach draußen. Das Geräusch des splitternden Holzes, als er seine Krallen wetzte, ging dem Professor durch Mark und Bein. Fauchend stieß der Riese einen Kampfschrei aus und rückte bedrohlich näher. Paul stolperte rückwärts die Stufen hinauf und fiel über den Leichnam. Einen winzigen Moment sah er sich Auge in Auge der verzerrten Fratze des Toten gegenüber. Im Fall löste sich ein Schuss und fuhr röhrend in die Decke. Der Bär griff unbeeindruckt davon an. „Du bekommst mich nicht, Mistvieh!" fauchte Paul zornig und zielte sorgfältig. Das rechte Auge des Tieres erfassen und abdrücken war eins! Von der tödlichen Wucht des Projektils getroffen, bäumte sich der Bär auf. Schwer sank er zu Boden.
Paul lud sofort nach; keuchend rappelte er sich auf und drängte sich an das Geländer. „Los, komm – ich warte auf Dich, verfluchter Killer!"
Der Bär lag reglos da und gab keinen Laut von sich. Paul beobachtete ihn einige Minuten. Da es zunehmend dunkler wurde, musste er eine Entscheidung treffen. Langsam tastete er sich die Stufen hinab; den Lauf auf den Bären gerichtet, schob er sich an dem massigen Rumpf vorbei.
An der frischen Luft lehnte er sich erschöpft an die Wand und ließ die letzten Minuten Revue passieren. „Michael!" blitzte es in seinem Hirn. Hoffentlich war dem Mann nichts geschehen! Die Panik trieb ihn voran. So schnell er konnte, stakte er durch den Schnee zum Schlitten zurück. Die Spuren des Grizzly führten direkt an ihm vorbei; er war aus einem Gebüsch gekommen und hatte einige Male das Gespann umrundet.

„Michael, Michael...?" Am Schlitten angekommen, riss Paul die Abdeckplane
herunter: Michael war unversehrt!

„Sind wir schon da?" murmelte er verschlafen und gähnte herzhaft. Das
hysterische Lachen seines Partners nahm er mit Verwunderung zur Kenntnis.
„War irgendetwas? Sie sehen ziemlich abgekämpft aus?"

„Ist schon okay, Michael, ist schon okay. Wir haben eine Siedlung erreicht – die
Bewohner leben nicht mehr. Wir werden die Nacht hier verbringen. Ich besorge
uns Holz und mache erst einmal Feuer. Dann hole ich Sie. Sie übernehmen
das Gewehr – wie man damit umgeht, hat Ihnen die Army hoffentlich
beigebracht. Halten Sie die Augen offen, ich habe Bärenspuren gesehen",
ermahnte er den jungen Mann und drückte ihm das Gewehr in die Hand. „Ist
geladen, seien Sie also vorsichtig!"

Im Umkreis der Siedlung lag mehr als genügend Bruchholz, so dass Paul ohne
Mühe einen ausreichenden Vorrat für die Nacht sammeln konnte. Die
Vorbereitungen für ein Lager waren schnell beendet: Paul brachte ihre Sachen
in die erste Hütte und fuhr den Schlitten bis an die Hauswand heran. Er zog
eine Plane über das Gefährt und band sie fest. „Das dürfte für eine Nacht
reichen", nickte er vor sich hin. Prüfend sah er sich um. Der Bär fiel ihm ein.
Der Gedanke, dass vielleicht noch mehrere von diesen Bestien hier ihr
Unwesen trieben, war nicht sehr beruhigend. Morgen in aller Herrgottsfrühe
würden sie wieder aufbrechen. Das Feuer im Kamin strahlte eine wunderbare
Wärme aus; die Männer hatten sämtliche Teppiche, Läufer und Felle, die sie im
Hause gefunden hatten, zu einer Matte aufgestapelt und darauf ihre
Schlafsäcke ausgerollt. Ihr Gespräch drehte sich um die Aufteilung der
Nachtwache, die Paul für unbedingt erforderlich hielt.

„Ich übernehme den ersten und letzten Teil", schlug Michael vor, „ich kann
morgen im Schlitten wieder schlafen. Sie müssen sich schonen. Überlassen
Sie mir das Gewehr, ich mache das schon. Auch das wurde uns bei der Army
zur Genüge eingebläut: Ich habe nicht gezählt, wie viele Nächte ich das
Vergnügen hatte, mir sinnlos die Beine in den Bauch zu stehen."

Paul überlegte, ob er ihm die Sache mit dem Grizzly erzählen sollte, doch dann
ließ er es bleiben. Er war nur noch müde. Die Stunden zogen ins Land. Obwohl

Michaels Wache eigentlich schon längst beendet war, wagte er es nicht, den Professor zu wecken. „Er braucht den Schlaf nötiger als ich – soll er bis morgen liegen bleiben", entschied er und richtete sich für den Rest der Nacht ein. Unruhig wälzte er sich auf seinem Lager, warf ab und an einige Äste ins Feuer. Irgendwann schreckte er auf.

„Verdammt, jetzt bin ich doch eingenickt!" schimpfte er leise und zog sich die Decke bis unters Kinn. Es war kühl geworden. Michael rappelte sich auf, um neues Holz nachzulegen. Geschwind packte er einen Armvoll Reisig und Äste auf die Glut. Es dauerte einige Zeit, bis das feuchte Material Feuer fing. Ein leises Schaben ließ ihn aufhorchen. Michael richtete sich auf und zog die Waffe zu sich heran. Der Wind frischte auf, die Tür an der Nachbarhütte klapperte regelmäßig gegen die Wand. Michael lauschte mit geschlossenen Augen auf die Geräusche seiner Umgebung. Schon wollte er sich wieder hinlegen, als er das Schaben erneut vernahm. Ihm wurde unheimlich. „Vielleicht ist es nur ein Ast, der vom Wind an die Wand gedrückt wird", versuchte er sich zu beruhigen. Ein gewaltiger Schlag ließ die Hütte erzittern.

„Professor Cain, wachen Sie auf!"

Paul hatte den Ruf wohl vernommen. Verwirrt schaute er sich um; in seinem Traum war er gerade noch in seiner Blockhütte gewesen. Hier sah alles so fremd aus...? Eine Folge von Schlägen brachte ihn zur Besinnung. Mit einem Satz war er auf den Beinen. „Was ist mit dem Feuer, Michael? Weshalb brennt es nicht?"

Er sah sich erneut um. „Suchen Sie sich etwas zum Wedeln und sehen Sie zu, dass das Feuer zum Brennen kommt, aber mit Tempo, wenn ich bitten darf!"

Trotz der Schmerzen wälzte sich Michael auf dem Boden entlang und bekam ein Stück Teppich zu fassen. Wie ein Besessener fächelte er der Glut Luft zu. Kleine Flämmchen fraßen sich durch die Fichtennadeln und gewannen sehr schnell an Kraft. Ein Beben rüttelte an den Stämmen des Hauses, Schnee rieselte durch die Holzschindeln des Daches herab.

„Was ist denn das?" brüllte Michael.

„Still! Ich vermute, das wird ein alter Bekannter von mir sein...!" Paul prüfte das Gewehr. Den Geräuschen nach befand sich der nächtliche Störenfried genau vor der Tür. Im selben Moment ächzte diese auch schon unter seiner Last. „Er versucht durchzubrechen. Machen Sie einige Fackeln fertig – Beeilung!"

Ohne abzuwarten, rannte Paul zur Tür und stemmte sich dagegen. Bei jedem Aufprall erzitterte er bis ins Innerste. „Wo bleiben die Fackeln...? Oder willst Du als Abendbrot enden?" Michael riss einige dicke Äste aus dem brennenden Haufen und humpelte zu Paul. Stille trat ein.

Krachend splitterte ein Fenster; der Schopf des Bären wurde sichtbar. Paul reagierte fast automatisch. Er nahm Michael die Fackeln weg und wedelte damit dem Tier vor dem Gesicht herum. Der Grizzly knurrte wütend auf. Die Männer sahen, dass seine rechte Gesichtshälfte blutverschmiert war.

„Hat Dir also nicht gereicht, Satansbraten! Ich werde Dir einheizen, dass Dir Hören und Sehen vergeht – bei Gott, das schwöre ich!" schrie der Professor. Michael stand wie versteinert. Der Bär war aus ihrem Blickfeld verschwunden, nur sein Schnauben kündete von seiner bedrohlichen Nähe. Prof. Cain ging gedanklich alle Möglichkeiten zur Flucht durch. Viele blieben ihnen nicht...

„Wenn wir uns nicht die gesamte Nacht um die Ohren schlagen wollen, müssen wir uns etwas einfallen lassen." Er sah Michael in die Augen. „Wir haben nur eine Chance: Wir locken ihn hier herein!"

Michael wurde merklich blass. „Hier herein? Das ist Selbstmord – blanker Wahnsinn!" „Wir haben keine Zeit zum Palavern – los, die Treppe rauf! Ich öffne die Tür." Paul umfasste den Kranken und stützte ihn bis zur Treppe.

„Versuch es allein weiter, ich hole noch schnell die Anzüge..." Weiter kam er nicht. Mit lautem Krachen zerbarst die Tür. „Oh, Scheiße...!"

Wie ein Rammbock prallte der Bär in die Stube und richtete sich in voller Größe auf. „Nun schieß doch schon, Mann, schieß doch!" Michael hechtete sich, allen Schmerz vergessend, die Treppe hinauf. Ein Schuss dröhnte durch die Nacht...

„Die Planungsphasen für die einzelnen Abteilungen sind abgeschlossen. Ich schlage vor, alle Personen, die Führungspositionen übernehmen werden, in den nächsten 24 Stunden zusammenzuholen. Die Zeit arbeitet gegen uns, zumal wir nur über knapp die Hälfte der eigentlich notwendigen Kräfte verfügen. Es ist auch nicht damit zu rechnen, dass wir noch wesentlichen

Zuwachs erhalten – das wäre purer Zufall, Sir!" Jerry Hickmann, der Vizepräsident, unterbrach seine Wanderung. Sein besorgter Blick fiel auf die in sich versunkene Gestalt des Präsidenten. Dieser sah krank und übermüdet aus. Die Anspannung und Ungewissheit der letzten Tage hatten ihn endgültig zum alten Mann werden lassen. „Außerdem müssen wir das gesamte Konzept noch einmal überprüfen und neu durchdenken", fuhr Jerry fort, „ich habe alle möglichen Varianten durch kalkulieren lassen. Tja – da haben unsere Wissenschaftler einen Haufen Geld verballert, um herauszubekommen, wie ein Leben nach solch einer Katastrophe funktionieren könnte. Nun ist sie eingetreten und alles wird in Zweifel gezogen." „Wie meinst du das, Jerry?" fragte Albert Magoni kraftlos. Der Vizepräsident nahm einen Bogen Papier und einen Stift zur Hand. „Das ist eigentlich ganz plausibel. Der ursprüngliche Zweck dieses Projekts bestand darin, das Wissen der Menschheit in eine neue und, wie ich hoffe, bessere Zukunft zu retten. Nur wurde dieses Programm unter der Prämisse einer vorwiegend militärischen Lösung betrachtet. Ich habe eindeutige Hinweise darauf gefunden, dass der Organisationsstab in erster Linie mit Militär besetzt war. Entsprechend wurde das Projekt konzipiert. Es hätte mir auffallen müssen, dass wir schon hinsichtlich des Auswahlprinzips einen großen Fehler gemacht haben."

Präsident Magoni verstand nicht. Worauf wollte Jerry hinaus? „Um der Menschheit eine Chance zum Überleben zu geben, bedarf es sicherlich Wissens. Aber in erster Linie benötigt sie dafür die Kopulation, natürliche Vermehrung – Kinder! Darum hätten wir uns kümmern müssen – verstehst Du, Albert!? Wenn doch nicht so ein emotionsloser Blechkasten die Auswahl getroffen hätte, sondern ein menschliches Wesen aus Fleisch und Blut, mit richtigen Gefühlen! Oder könntest Du Dir vorstellen, hier ohne Deine Frau leben zu müssen?" Der Präsident straffte sich. „Mit ‚wenn' und ‚hätte' ist uns in keiner Weise geholfen. Sicher; wenn mehr Zeit gewesen wäre – aber so? Wir sollten versuchen, das Beste aus dieser Situation zu machen. Einen anderen Weg sehe ich nicht. Ich denke, Jerry, wir haben uns verstanden. Den entscheidenden Ansatz – aus Fehlern lernen, das Richtige zu tun – haben wir gefunden. Ich gebe Dir Recht: Uns hilft nur die eigene Menschlichkeit, zu uns selbst zu finden." „Okay, Albert. Ich denke, wir haben uns wirklich verstanden. Und ich stimme Dir zu: Jammern und Klagen bringt uns nicht weiter ..."

Der Anruf des Diensthabenden unterbrach Jerry. „Ja, was liegt an?"

„Major Hammer hier. Mr. Hickmann, ist der Präsident bei Ihnen?" „Ja, Major, er ist hier. Warum?" Major Hammer räusperte sich, bevor er weiter sprach. „Ich habe den Herren eine angenehme Nachricht zu überbringen. Soeben haben wir einen Funkspruch von der Basis empfangen. Captain Gonzales ist auf dem Weg hierher. Sie bringen noch 138 Leute. Ist das nicht großartig!" Major Hammer strahlte wie ein Honigkuchenpferd. „Das ist wirklich eine angenehme Nachricht, Major", bestätigte Präsident Magoni. „Informieren Sie uns, wenn die Hubschrauber eintreffen. Übrigens: Wann werden die Tore verschlossen?"

„In genau 8 Stunden und 34 Minuten beginnt die endgültige Versiegelung aller Einfahrten, Sir!" lautete die Antwort. Jerry schaltete den Monitor ab.

Dr. Jim Harper saß an seiner neuen Arbeitsstätte.

Er hatte per Computer alle Daten über das Projekt „Arche Noah" abgefordert und die wichtigsten Passagen ausdrucken lassen. Kopfschüttelnd las er die Auszüge einer streng geheim gehaltenen Forschungsarbeit über mögliche Folgen von Langzeiteinschlüssen und Isolierungen, die vorwiegend auf der Grundlage von Gefängnisstudien entstanden war.

„Aber die Ergebnisse widersprechen doch völlig dem eigentlichen Ziel des Projektes. Was soll dieser Blödsinn? Ich verwette meinen Kopf, dass sich bisher kein Mensch damit grundlegend auseinandergesetzt hat. Und wie sind diese Dokumente eigentlich in das Programm gelangt?"

Er begann, auf der Tastatur herumzuhämmern. „Erbitte Auskunft über Verfasser der Studie 93–8795–Iso."

Geduldig wartete er, bis die Angaben auf dem Monitor erschienen. „Verfasser Studie 93–8795–Iso: Dr. Jeffrey Gratz, geb. Atlanta, 31.03.56..." Dr. Harper studierte die vollständige Datenliste. „Okay, mein Junge, dann wollen wir mal prüfen, zu welchen Schlussfolgerungen du in Bezug auf unsere Situation kommst!" Er gab die nächste Frage ein. „Analysiere gegenwärtigen Personalbestand von Noah-City und berechne die Entwicklung für einen

Zeitraum von 10 Jahren, 20 Jahren, 30 Jahren und darüber hinaus!" Diesmal musste er sich eine Weile gedulden. Schließlich spuckte der Computer etliche Bögen Papier mit Zahlen und Texten aus. Jim stürzte sich darauf. „Genau so habe ich mir die Geschichte vorgestellt. Das wird ein Schuss in den Ofen – besser noch, wir werden ein Schuss in den Ofen!"

„...mit 58%iger Sicherheit treten in den ersten 10 Lebensjahren unter den Bedingungen der absoluten Isolierung in Noah-City schwere Depressionen und sonstige psychische Schädigungen bei 30% der weiblichen und 48% der männlichen Bewohner auf. Die Auswirkungen auf die nachfolgende Generation sind nicht reparabel.

...in 20 Jahren sind ca. 85% aller Bewohner direkt von den Auswirkungen betroffen...

...in 30 Jahren treten grundlegende Änderungen der Genstruktur bei Neugeborenen auf. Verstärkte physische und psychische Rückbildungen sind zu erwarten; die Lebenserwartung dieser Mutanten sinkt auf ein Minimum. Die Erwartungen für einen weiteren Zeitraum sind spekulativ, doch die Überlebenschance einer Zivilisation ohne natürliche Umwelt liegt bei ca. 7%..."

Betroffen schaute Dr. Harper auf. Demnach war das gesamte Projekt völliger Schwachsinn. „Darüber werde ich bei dieser Tagung mit den Herren Präsidenten diskutieren!" Er überlegte einen Moment. „Zeige mögliche Alternativen auf!" tippte er ein und lehnte sich zurück. „Jetzt bin ich echt gespannt!" Er musste nicht lange warten. „...mögliche Alternativen ergeben sich wie folgt:

Variante 1: Aufhebung der Isolation nach einem Zeitraum von 4 bis 5 Jahren

Variante 2: Aktivieren Sie Zusatzprogramm unter Codewort ‚Future'"

Irritiert las Dr. Harper den letzten Teil noch einmal. Dann wiederholte er seine Frage nach den Alternativen. Die Antwort blieb die gleiche.

„Die Hubschrauber kommen, sie kommen!"

Der Diensthabende schrie es ihnen förmlich entgegen, als die beiden Präsidenten den Kontrollraum betraten. Verstümmelte Wortfetzen drangen aus den Lautsprechern; auf den Monitoren war nur eine dichte Schneewand zu sehen. Irgendwo da draußen kämpften sechs Piloten um das Leben ihrer Passagiere. „Sind schon... he, bitten u..." Immer wieder zerrissen atmosphärische Störungen die Funksprüche. Verzweifelt fragte der diensthabende Offizier immer wieder an, ohne stabilen Kontakt zu erhalten. „Sind sie schon auf Radar zu sehen?" wollte Jerry wissen. Kopfschütteln war die Antwort. Der Sturm hatte in den letzten Stunden an Gewalt zugenommen und fegte teilweise mit Orkanstärke über die Berge. „Aktivieren Sie alle Außenkameras. Nach meinen Berechnungen müssten sie schon fast hier sein. Kann sich nur noch um Minuten handeln!" Major Hammer ließ die metergroßen Schirme zuschalten. „Mikrofone an, vielleicht sind sie schon zu hören!" befahl er. Sofort heulte der Sturm wie eine Furie durch die Zentrale.

„Leiser! Ich glaube, da kommen sie!" Dunkle Schatten geisterten durch die Schneelandschaft und näherten sich dem Landeplatz. „Sie sind da, ich sehe sie!" Die verschwommenen Konturen der großen Maschinen schoben sich allmählich ins Zentrum der Monitore. Der Sturm warf die Hubschrauber wie Federbälle umher; die Piloten mussten ihr gesamtes Können aufbringen, sie halbwegs stabil zu halten. Eine Maschine sackte plötzlich ab, wurde von einem Wirbel erfasst und wie ein Spielzeug nach oben getrieben. „Die schmieren gleich ab!" schrie einer der Männer, dann drehte sich die Maschine um die eigene Achse, stürzte kopflastig ab und prallte auf den Boden. Eine Stichflamme blendete die Zuschauer an den Bildschirmen. „Großer Gott...!" Die übrigen Maschinen setzten nacheinander zur Landung an. Immer wieder mussten die Piloten ihre Hubschrauber aussteuern und stabilisieren, um sie einigermaßen sicher auf die Landebahn zu bringen. Der Wind griff unter die Rümpfe der Helikopter und zerrte an ihnen. Als die Türen geöffnet wurden, fielen dunkle Knäuel auf die Piste, die auf allen Vieren in Richtung Tor zu kriechen begannen. „Schicken Sie jeden verfügbaren Mann hinaus. Die Leute schaffen es nicht allein", wies Präsident Magoni seinen Stab an. In den folgenden Minuten bangten die Zuschauer an den Bildschirmen mit den gegen Wind und Wetter kämpfenden Menschen. „Stellen Sie eine Verbindung zum Torposten her. Fragen Sie, ob alle in Sicherheit sind!" bat Jerry den Diensthabenden. Auf dem Monitor erschien der Posten des Tores. „Wir holen gerade die letzten Ankömmlinge vom Platz. Ich denke, in ein paar Minuten haben wir alles überstanden. Die Absturzstelle haben wir kontrolliert – da ist nichts mehr zu machen", meldete er. „Wer hat den Hubschrauber geflogen, der abgestürzt ist?" fragte der Präsident. „Ich werde es sofort nachprüfen!" Der Posten nickte und verschwand. Kurz darauf meldete er sich erneut. „Es war ein Captain Gonzales, der Staffelcommander, Sir!" Mit traurigen Augen schaute Präsident Magoni auf die schwarz gefärbte Unglückstelle. Später wurden 87 Neuzugänge sowie 5 Piloten registriert.

Im Beratungsraum trafen mehrere Männer und Frauen ein.

Präsident Magoni begrüßte jeden persönlich mit einem kräftigen Händedruck. Er wartete, bis jeder einen Platz gefunden hatte.

„Es wäre sicherlich falsch, zu sagen, ich freue mich, Sie unter diesen Umständen hier begrüßen zu dürfen. Denn es ist wahrlich kein freudiges Ereignis, das uns zusammengeführt hat. Dennoch bin ich froh, dass ich es kann", begann er seine Ausführungen. „Ich möchte Ihnen die Administration des Projektes vorstellen: Zu meiner Rechten hat Mr. Hickmann, bisheriger Vizepräsident der USA, Platz genommen; ihm gegenüber sitzt Major Hammer, Chef der Sicherheitsgruppe in Noah-City. Die beiden Herren werden auch in der nächsten Zukunft Ihre unmittelbaren Ansprechpartner bleiben. Ich selbst wurde einst zum Präsidenten der Vereinigten Staaten gewählt...!" Dem Nicken der Anwesenden war zu entnehmen, dass zumindest seine Person bekannt war. Nach einigen allgemeinen Informationen zu Art und Umfang des Projektes kam er zur Sache. „Wir erwarten von Ihnen, dass Sie sich im Rahmen Ihrer fachlichen Qualifikation an der Realisierung des Überlebensprogramms beteiligen. Sie wurden von uns ausgesucht, um als Teamchefs zu fungieren. Das heißt im Klartext: Von Ihrer oder besser unserer gemeinsamen Arbeit wird es abhängen, ob es von Erfolg gekrönt sein wird. So, wie sich die Lage entwickelt hat, wird nur ein geringer Teil der Menschheit überhaupt eine Chance haben, dieses Inferno zu überleben..."

Jim Harper saß auf seinem Stuhl und hörte den Ausführungen zu. Das waren sie also – der Präsident und seine Leute, die ihn unter Androhung von Strafe an diesen Ort geholt hatten. Ihn und all die anderen! „Von welchem Teil der

Menschheit wird hier eigentlich gesprochen, doch nicht etwa von uns?"
unterbrach er schroff den Präsidenten. Er verwirrte den Mann, zumindest verlor
dieser durch den Einwurf den Faden. „Junger Mann, ich rede sehr wohl über
uns, über Sie, mich und jeden, der in Noah-City angekommen ist. Ich rede
davon, dass Tag für Tag da draußen Tausende und aber Tausende verrecken.
Es ist unsere heilige Pflicht, ich betone: heilige Pflicht, dafür zu sorgen, dass
unser Wissen nicht verloren geht. Vielleicht wird es in einigen Jahren Leute
geben, die darauf angewiesen sind...!" „Alles Quatsch – und Sie, verehrter Herr
Präsident, sollten das wissen! Dieses Projekt wird niemals seinen Zweck
erfüllen, denn es wurde nicht für solch einen Notfall entwickelt", entgegnete Dr.
Harper schärfer, als er wollte. Die Aufmerksamkeit der Versammelten richtete
sich nun auf ihn.
„Es tut mir leid, Mr. Magoni, dass ich nicht mit Ihnen einer Meinung sein kann.
Ich bin überzeugt, dass Sie im Grunde Ihres Herzens das Richtige wollten.
Aber zu meinem äußersten Bedauern muss ich sagen, dass es nicht
funktionieren kann und wird. Wenn Sie gestatten, werde ich dazu noch einige
Worte verlieren?"
Präsident Magoni hob beide Arme. „Bitte, sprechen Sie ruhig weiter. Es gibt
viele Dinge, die wir zu bereden haben. Je früher wir beginnen, umso besser.
Also bitte!" Dr. Harper stand auf und konzentrierte sich. „Meiner Ansicht nach
treffen mehrere Komponenten zusammen, die sich negativ auf das Projekt
„Arche Noah" auswirken. Punkt 1 ist, dass die erforderlichen Planungen dafür
nur theoretisch und in erster Linie durch die Army und Geheimdienste erstellt
wurden. Und diese Leuten hatten schon immer einen sehr beschränkten
Blickwinkel." Major Hammer plusterte sich auf und wollte dem Redner ins Wort
fallen. „Lassen Sie ihn, Major. Wenn es auch hart ist – er hat Recht!" raunte
ihm der Präsident zu und erstickte den Protest vorerst.
„Der Mensch ist ein komplexes Wesen, welches in gesellschaftlichen und
natürlichen Bindungen existiert und auch nur in ihnen zu existieren vermag. Ich
habe hier einige Zahlen, die sicherlich nicht unbedingt für meine Augen
bestimmt waren. Doch sie belegen eindeutig, welche Auswirkungen Isolation
und damit das Fehlen der genannten Voraussetzung auf den Menschen haben.

Es ist zu beachten, dass diese Studien unter fast normalen Bedingungen stattfanden. Die Natur war zu diesem Zeitpunkt noch in Ordnung. Uns hier unten fehlen die sozialen und naturellen Bindungen. Die Familien und Freunde sind irgendwo da draußen geblieben. Der Umstand, dass ich – im Gegensatz zu ihnen – hier überleben soll, macht mich in keinster Weise froh. Ich denke, es geht den meisten hier so. Nun dazu, wie der Computer unsere Überlebenschancen beurteilt." Er las die Ausdrucke vor. Bisher hatte Jim den Eindruck verspürt, er spräche zu Puppen. Erst jetzt registrierte er erste Reaktionen unter den Anwesenden „Ich sehe, ich habe mich geirrt – es ist Ihnen offensichtlich doch nicht egal, was mit uns geschieht. Welch ein Glück aber auch!" kommentierte er sarkastisch, aber zufrieden mit seinem Erfolg. Ein älterer Herr mit Brille meldete sich. „Wenn Sie all diese Fakten bereits so detailliert zusammengetragen haben, haben Sie sicherlich auch Alternativen berechnen lassen, oder?" „Sicher, ich habe sie machen lassen", bestätigte Dr. Harper, „nur ist dabei leider nicht sehr viel herausgekommen. Um unser Problem zu klären, bedarf es meiner Ansicht nach einer kompletten Überarbeitung des Konzeptes. Und darüber müssen wir uns heute und hier verständigen. Übrigens: Wer kann Angaben zu einem Programm namens „Future" machen?"

Jerry Hickmann horchte erstaunt auf. „Die Zentrale hat registriert, dass jemand versucht hat, das Programm abzurufen. Liege ich mit der Vermutung richtig, dass Sie es waren?" Jim nickte lächelnd. „In der Tat, das war ich! Ich gebe zu, dass ich wahrlich kein Fachmann im Umgang mit dem Computer bin."

Für einen Moment suchte Jerry Blickkontakt zum Präsidenten. Dieser zwinkerte ihm zu und stellte dann betont fest: „Wir sollten mit der Geheimniskrämerei Schluss machen. Ich denke, der junge Mann hat den Nagel auf den Kopf getroffen. Vielleicht ist dieses Programm sogar die einzige Chance, die uns bleibt!" Mr. Magoni forderte Jerry auf, die Daten auf den Monitor zu rufen. Gespannt schaute Dr. Harper auf die schmalen, gepflegten Finger des Mannes, die über die Tastatur jagten. „Hier haben Sie das Programm „Future". Wenn Sie es wünschen, lasse ich Ihnen eine Kopie vorbereiten."

Inzwischen hatten sich alle Wissenschaftler um den Vizepräsidenten geschart. „Wir sollen doch nicht etwa eingefroren werden? Da mache ich auf keinem Fall mit! Da hätten wir doch gleich oben bleiben können; das wäre einfacher gewesen!" meldete eine Frauenstimme im Hintergrund scharfen Protest an. Dr. Harper las aufmerksam Zeile für Zeile mit. „...sichert im Kriegsfall mit und ohne nukleare Waffensysteme das Überleben der Stadt. In Tests konnte der Beweis erbracht werden, dass die technischen Prozesse beherrschbar sind. Folgende Risikofaktoren wurden ermittelt: Parameter-Abweichungen: Temperaturschwankungen dürfen nicht mehr als 0,0023% betragen. Eine stabile Energieversorgung ist – angesichts eines angenommenen Zeitraums von 100 Jahren – nur mittels Atomkraft zu sichern. Alternativversorger weisen ein kalkuliertes Ausfallrisiko von 85% auf. Psychische Veränderungen durch eintretenden Gefrierschock sind bei 24% der Testobjekte eingetreten..."

„Also – wenn ich die Liste der Risiken so sehe, wird mir gleich schlecht. Welche Art von Testobjekten wurde hier eigentlich eingesetzt? Gibt es dazu eine Übersicht?" hakte Dr. Harper sofort nach. „Richtig die Frage! Wurden überhaupt schon Experimente mit Menschen gemacht oder begnügte man sich mit Lurchen und zog daraus seine Schlüsse?" mischte sich der ältere Mann wieder ein.

Mr. Hickmann ließ die einzelnen Posten durchlaufen. „Hier ist Ihre Übersicht – ich hoffe, Sie sind zufrieden!" gab er etwas patzig zur Antwort. „Ich hoffe, Sie nehmen diese Geschichte nicht persönlich, Mr. Hickmann. Aber über eines müssen Sie sich im Klaren sein – wir haben es in unserem Fall mit einer Art des Titanicsyndroms zu tun. Ich nehme an, Sie können damit etwas anfangen", erklärte der ältere Mann und stellte sich schließlich den Anwesenden vor. „Verzeihung, aber wir wissen im Moment ja nicht einmal, wer wer ist! Mein Name ist Ole Nelson – Doktor der Psychiatrie. Ich glaube schon, dass die Fragen von Dr. ...?" „Jim Harper!" ergänzte Jim. „ ...also von Dr. Harper einige Probleme berühren, an denen wir sehr schnell scheitern können und – ehrlich gesagt – höchstwahrscheinlich auch scheitern werden. Und das sind äußerst trübe Aussichten." „Was meinen Sie mit Titanicsyndrom, Dr. Nelson? Ich kann in der Tat mit diesem Begriff wenig anfangen." Jerry drehte sich dem Sprecher zu. Dr. Nelson stützte sein Kinn nachdenklich in die rechte Hand. „Das ist nicht so einfach zu erklären, weil wir dazu in die Tiefen des menschlichen Denkens vorstoßen müssen. Ich versuche es mal so: Das Schicksal der Titanic ist sicherlich allen Anwesenden geläufig. Nun stellt sich für jeden normalen Bürger die Frage: Hätte der Untergang des Schiffes verhindert werden können? Die Antwort darauf lautet: Sicher hätte er vermieden werden können, wenn...? Es scheint so simpel und ist dabei so vielschichtig: Die Stimmung auf dem Schiff war, wie wir den Berichten der Überlebenden entnehmen, eine Mischung aus Überheblichkeit, Prunksucht und Ignoranz. Obwohl der Kapitän genau wusste, dass sich in dem Gebiet gefährliche Eisbergen befanden, ließ er das Tempo nicht drosseln. Musikalisch begleitet von der Bordkapelle fuhr die feuchtfröhliche Gesellschaft auf den Eisberg auf. Nun rätseln Sie sicherlich immer noch, worauf ich eigentlich hinaus will?" Jerry nickte still, auch Harper war etwas verwirrt.

„Gut, klären wir das auf: Der unberechenbarste Faktor ist immer der Mensch selber. Was wäre wohl passiert, wenn der Kapitän das Tempo gedrosselt hätte, wenn er die Warnung seiner Offiziere ernst genommen hätte? Das Schiff wäre sicherlich wohlbehalten im Zielhafen angekommen. Ohne das begehrte blaue Band, aber sie wären angekommen! Oder?" Das leuchtete allen Anwesenden ein. „Ja, und?" drängte Dr. Harper ungeduldig. Dr. Nelson lächelte düster. „Und nun übertragen Sie alle Überlegungen, die wir hinsichtlich der Titanic angestellt haben, auf unser großes Schiff mit dem Namen 'Erde'." In den Gesichtern konnte man lesen, dass sie endlich verstanden. „Tja, so verhält es sich mit dem Titanicsyndrom. Überheblichkeit, Prunksucht und Ignoranz, die schon in Dummheit ausartet, hat auch unser Schiff versinken lassen. Wir sind mit vollem Bewusstsein und bei Strafe des eigenen Unterganges mit unserem Schiff umgegangen wie mit einem Haufen Fliegenscheiße." Die Diskussion über Sinn und Unsinn des Projektes, Schuld und Unschuld an der Katastrophe währte bereits mehrere Stunden, ohne zu einem Konsens unter den Beteiligten zu führen. Schließlich wurde es dem Vizepräsidenten zuviel. „Albert, brich die Geschichte ab. Wir vergeuden nur unsere Zeit und kommen keinen Schritt vorwärts. Wir müssen uns etwas anderes einfallen lassen", flüsterte er dem Präsidenten zu und gab ihm durch eine Geste zu verstehen, dass er handeln solle. Doch Magoni zögerte; zu tief trafen ihn die Vorwürfe gegen die Administration, die Zeichen der Zeit nicht erkannt und deshalb zu spät oder zu zögernd gehandelt zu haben. Es dauerte eine Zeit, bis alle Anwesenden registrierten, dass er aufgestanden war. „Meine Damen und Herren! Es geht mir nicht leicht von den Lippen, was ich Ihnen jetzt zu sagen habe. Doch einmal muss ich es tun – denn ich kann nicht auf Dauer mit dem Vorwurf der Schuld leben, wie er in dieser Runde – deutlich genug – formuliert worden ist."

Er räusperte sich verlegen, Jerry, der ihn lange genug kannte, bemerkte, dass Magoni seine Erregung nur schwer unterdrücken konnte. Der Klang seiner Stimme änderte sich merklich. „Es ist schwer, sich selbst eine Schuld einzugestehen, aber noch schwerer wiegt diese Schuld, wenn ich sie anderen gegenüber zu verantworten habe. Sie, und ich schließe alle Landsleute ein, die sich in dieser Anlage aufhalten, sind zu Recht der Meinung, dass die Regierungen für dieses Desaster verantwortlich sind. Aber: Sie tragen an dieser Schuld nicht allein. Gesetze zu erlassen und ihre Durchsetzung zu kontrollieren, ist das Eine, wofür ich bereit bin, mich vor dem Herrn zu verantworten. Demgegenüber weise ich auf die Mitverantwortung jedes einzelnen Menschen auf diesem Planeten hin, die im Interesse des Wohlstands und der Bequemlichkeit allzu oft und allzu gern vergessen und verdrängt wurde. Wurde nicht bei jeder passenden Gelegenheit die Einengung der persönlichen „Freiheit" durch zu viele Gesetze und Anordnungen angeprangert und teilweise auf das Schärfste kritisiert? Wo – so frage ich Sie, die sie uns heute anklagen –, wo waren Ihre Stimmen, als noch wenige zur Vernunft mahnten und den Schreihälsen Paroli boten?"

Mr. Magoni musterte die Anwesenden mit einem langen Blick. „Ich bin ein Mensch wie Sie, mit Fehlern wie Sie. Wenn ich die Macht eines Gottes besessen hätte – wahrlich, ich hätte sie ohne Pardon angewendet. Doch sich darüber jetzt weiter auszulassen, ohne die richtigen Schlussfolgerungen zu ziehen, halte ich für eine ebenso große Verfehlung. Wir müssen das Titanicsyndrom umkehren – eine andere Alternative sehe ich nicht. Deshalb bitte ich Sie: Überlegen Sie genau, was Sie tun wollen! Noch steht es jedem frei, seinen Weg zu suchen. Doch sobald die Tore verschlossen sind, wird eine lange Zeit vergehen, ehe Sie dazu wieder Gelegenheit haben werden."

Er wischte sich den Schweiß von der Stirn.

„Darf ich einen Vorschlag unterbreiten?" meldete sich Dr. Harper.

„Bitte, es steht Ihnen frei!"

„Ich gebe Ihnen Recht, Mr. Magoni, dass es keinen Sinn macht, diese Diskussion zum gegenwärtigen Zeitpunkt fortzusetzen. Zumal wir jetzt andere Sorgen haben. Ich bin dafür, ein Meeting aller einzuberufen und abstimmen zu lassen, was werden soll. Jedem muss das Recht zugestanden werden, über sein eigenes Schicksal zu entscheiden. Und wer Noah-City verlassen möchte, sollte dazu die Gelegenheit erhalten." In der folgenden Abstimmung sprachen sich alle für diesen Vorschlag aus. Als sie den Raum verließen, konnten sie auf den Monitoren lesen: „Die Schließung der Tore erfolgt in exakt 4 Stunden, 34 Minuten und 21 Sekunden…"

Michael hielt sich krampfhaft am Treppengeländer fest; seine Augen starrten auf den unförmigen Berg, der sich neben ihren Schlafsäcken auftürmte. „Jetzt war die Kacke aber mächtig am Dampfen – er hätte uns beinahe erwischt!" Benommen strich er sich eine Locke aus der Stirn, ohne den klebrigen Angstschweiß darauf zu bemerken. Paul musste sich setzen. Er lächelte etwas schief. „Na, so schlimm war es doch gar nicht! Bislang konnte ich meiner Büchse immer vertrauen und habe noch nie mein Ziel verfehlt." Michael schüttelte noch immer den Kopf. „Das sah eben aber überhaupt nicht so aus. Ich hatte schon mit allem abgeschlossen, ehrlich. Solch einem Burschen bin ich persönlich noch nie über den Weg gelaufen. Möchte ich auch nicht mehr!" „Genug geschwafelt. Wir sollten uns lieber überlegen, wie wir den Rest der Nacht verbringen. Hier hat es ja wohl keinen Sinn mehr. Die Tür ist hin, außerdem kriegen wir dieses Monster kaum an der Uhrkette hinausgetragen." Die Hütte war wüst zugerichtet. Schlimmer noch: Der Bär hatte bei seiner Attacke auch einen Teil ihres Gepäcks erwischt. Paul schwang sich auf die Beine. „Ich zünde in der Hütte nebenan ein Feuer an. Schaffen Sie es, wenigstens einen Teil der Sachen einzusammeln?"

Michael nickte zaghaft. „Ich werde mir Mühe geben. Ist das Vieh jetzt auch wirklich tot? Nicht dass wir eine weitere Überraschung erleben." Prof. Cain näherte sich vorsichtig dem Bären und feuerte noch einen Schuss ab. „Alles klar, der ist endgültig hin! Ich sehe mir die Nachbarhütte genauer an. Ich glaube zwar nicht, dass ich noch schlafen kann – aber was soll's!" seufzte er und griff sich einen brennenden Ast. „Es wird bald wieder schneien. Ich hoffe, dass wir morgen gegen Mittag in Noah-City eintreffen", fügte er nach einem prüfenden Blick gen Himmel hinzu und verschwand.

Michael hörte ihn nebenan rumoren, bald darauf drang gedämpftes Licht durch die eisbedeckten Fenster. Mühsam humpelte er zum Lager. Ohne seinen Blick von dem Grizzly zu wenden, begann er, die verstreuten Sachen einzupacken. Er versuchte sich vorzustellen, was geschehen wäre, wenn der Professor sein Ziel nicht getroffen hätte. „Na, immer noch nicht von dem Schrecken erholt?" Prof. Cain stand breit grinsend in der Tür. „Jetzt bloß nicht den Fehler machen und das berühmte Spiel ‚was wäre wenn' spielen. Man wird nie fertig damit, mein junger Freund!" Es vergingen etliche Minuten, bis die Männer ihr neues Quartier bezogen hatten.

Trotz der Kälte wurde Paul schnell müde. Michael zog sich die Reißverschlüsse seines Schlafsackes bis zum Bauch. „Schlafen Sie ruhig noch eine Runde! Sobald es hell wird, wecke ich Sie." Paul streckte sich und gähnte herzhaft. Er warf noch einige Äste in den Kamin, dann verkroch auch er sich im Schlafsack. „Okay, sobald es hell wird. Bevor wir morgen abhauen, werde ich uns zum Frühstück ein saftiges Steak aus dem Burschen nebenan schneiden – Strafe muss sein! Dann brennen wir die Hütten nieder, damit die Toten endlich ihren Frieden finden." Übergangslos fiel er in einen tiefen Schlaf.

Die Siedlung hinter ihnen brannte lichterloh.

Bevor die Männer ihre letzte Etappe antraten, schauten sie zu, wie die Flammen gierig die Häuser umzüngelten, um sie dann endgültig in Asche zu verwandeln. „Die Zeit läuft, wir müssen weiter. Nach den Angaben in diesem

Brief erfolgt zu einem bestimmten Zeitpunkt die Schließung der Haupttore. Ich hoffe nur, dass wir rechtzeitig eintreffen. Ansonsten sehen wir mächtig alt aus!" Prof. Cain startete den Motor des Schlittens.

Der Wind hatte an Heftigkeit zugenommen; dunkle Wolken trieben dicht über den Baumwipfeln und begannen, ihren weißen Ballast abzuwerfen. Die Sicht wurde schlechter. Doch das bereitete Paul weniger Sorgen. Viel mehr beunruhigte ihn die Tatsache, dass der Sprit zur Neige ging. Die Tankanzeige stand nur noch auf halbe Füllung, sämtliche Kanister waren leer. Er hatte in den Häusern ohne Erfolg nach Benzinvorräten gesucht. Die Siedler besaßen nur einen Hundeschlitten. Sie hatten bereits die Ausläufer der Berge erreicht, als der Motor zu husten begann. „Scheiße aber auch! So kurz vor dem Ziel...!" Wütend stieg der Professor ab und hämmerte auf den nutzlos gewordenen Schlitten. Michael schob fragend den Kopf durch die Plane.

„Tut mir leid, die Fahrt ist vorbei. Ab hier geht es zu Fuß weiter. C'est la vie!" Damit band Paul den Anhängerschlitten ab und schlang das Seil um seine Schultern. „Das schaffen wir nie. Laufen Sie allein los, damit wenigstens Sie eine Chance haben!" Der Blick des Professors ließ Michael verstummen. Paul schnallte sich die Schneeschuhe unter, verstaute das Gewehr neben dem Verletzten und begann den Schlitten zu ziehen. „Wenn wir in Noah-City angekommen sind, werde ich den Leuten empfehlen, Ihnen eine Diät zu verpassen", versuchte Paul zu scherzen, der Rest des Satzes ging in seinem Keuchen unter. In Michaels Brust kämpften zwei Seelen, zwei Stimmen tönten in seinem Kopf. „Steig aus und versteck dich irgendwo. Sonst lässt er nicht ab und ihr verreckt beide!" nervte die eine. Die andere riet: „Der Mann ist stark, eine Kämpfernatur. Er wird uns beide retten, vertraue ihm!"

Schließlich schrie Michael auf. „So geht das nicht. Lassen Sie mich hier liegen. Es ist doch sowieso zu spät – warum also noch diese Quälerei! Lassen Sie mich liegen und bringen Sie sich in Sicherheit. Vielleicht treffen Sie schon bald auf dieses Noah-City und können Hilfe herschicken."

Der Gedanke war verlockend: sich in Sicherheit bringen und trotzdem dem Jungen eine Chance zur Rettung offen lassen... „Halt gefälligst den Schnabel. Ich habe schon einmal gesagt: Wir gehen zusammen oder wir krepieren

zusammen. Also störe mich nicht – ich habe genug mit mir zu tun!" fauchte
Paul wütend und kämpfte sich verbissen durch eine hohe Schneewehe. Er
keuchte, die Anstrengung ließ seine Stirnadern anschwellen. Kurz darauf hörte
Michael ihn unflätig fluchen. Sein rechter Schneeschuh war zerbrochen.
„Haben Sie meine Reserveschneeschuhe gesehen?"
Paul begann fieberhaft unter der Decke zu suchen.
„Mist! Ich weiß, wo die Dinger abgeblieben sind. Sie liegen noch unter dem Sitz
des Schlittens. Scheiße aber auch!" Verzweifelt kramte er in den wenigen
verbliebenen Sachen herum. „Tja, da hilft alles nichts. Dann muss es halt ohne
gehen!" Er warf den zerbrochenen Schuh weg und stampfte, auf dem linken
Bein balancierend, die nächsten Meter weiter. Nachdem er das dritte Mal
umgefallen war, riss er wütend den linken Schneeschuh ab und schleuderte ihn
von sich. Wie ein Maulwurf baggerte er sich durch den Schnee hindurch.
Es war ein Alptraum, der nie zu enden schien. Paul wusste nicht mehr, wie
lange er so vor sich hin gekrochen war. Irgendwann spürte er einen Ruck:
seine Last erschien ihm plötzlich viel leichter. Er erwachte aus seinem
Trancezustand. In seinen Augen spiegelten sich graue Wolken wie in einem
klaren See. Dicke Flocken wirbelten umher, ließen sich vom Winde treiben, der
die bergige Landschaft durchtoste und alle anderen Geräusche erstickte. Doch
die geschulten Sinne des Mannes nahmen die kaum spürbaren Schwingungen
auf, die allmählich zu einem durchdringenden Heulen anwuchsen. Wölfe!
Der Schlitten war leer.
„Michael, wo sind Sie? In Teufels Namen – so melden Sie sich doch!" Paul
versuchte, sich im Schneetreiben zu orientieren. Er rutschte in seiner eigenen
Fährte etliche Meter zurück, bis er auf die Stelle stieß, wo Michaels Spur von
seiner wegführte. „Michael...!" Der Junge muss verrückt sein; allein schafft er
es nie! Fetzen ihres letzten Gespräches fielen ihm ein. Jetzt wurde ihm richtig
bewusst, dass Michael das seinetwegen tat.
Im Windschatten eines Felsens verschnaufte Paul. Seine Hoffnung, Michael zu
finden, schwand mit jeder Minute. „Michael! Verdammt noch mal, wo sind Sie
denn? Ich habe keine Lust, mir den Tag mit sinnloser Sucherei um die Ohren
zu schlagen." Aus der unmittelbaren Nähe drang leise ein Hilfeschrei zu ihm

durch. „Michael...?! Wo sind Sie?" Vor ihm pirschte sich ein grauer Schatten in Richtung eines Felsdaches voran. Ein langgezogenes Heulen setzte ein.

„Professor Cain, ich bin hier – kommen Sie schnell! Es wimmelt hier vor Wölfen!" Unter dem Vorsprung, direkt neben dem schmalen Eingang zu einer Höhle, entdeckte Paul die Umrisse seines Begleiters. Michaels heftige Bewegungen und das angestrengte Krächzen seiner heiseren Stimme trieben ihn zur Eile.

„Hau ab, verdammtes Miststück...! Professor – Hilfe!!" Bösartiges Knurren wies Paul die Richtung. Nur wenige Meter vor Michael duckte sich ein Wolf und setzte zum Sprung an. Paul riss die Waffe hoch und drückte ab.

„Pass auf, hinter Ihnen ist noch einer!" brüllte Michael, bevor er selbst Schutz im Eingang der Höhle suchte.

Im Augenwinkel nahm Paul ein dunkles Etwas wahr, das auf ihn zustürzte. Im Fallen feuerte er automatisch. Das getroffene Tier jaulte auf. Wie auf ein Signal setzte das Heulen wieder ein; diesmal von allen Seiten.

„Schnell, Professor – hierher! Es sind zu viele. Was können wir bloß tun?" Paul hatte in seinem Leben schon manch außergewöhnliche Lage gemeistert. Doch so verfahren war ihm der Karren noch nie erschienen. „Fang an zu beten, mein Sohn. Wenn die Patronen alle sind, wird es ernst!" Mehrere Wölfe tauchten vor ihnen auf. Prof. Cain traf mit jedem Schuss. Doch für jedes Tier, welches im Schnee versank, erschienen zwei neue. Ihr Geifern und Bellen glich Kriegsgeheul; die ausgehungerten Bestien waren bereit, jeden Preis für einen Bissen Fleisch zu zahlen. Leer klickte es im Lauf des Gewehres. Pauls Hand suchte vergebens nach Patronen am Gurt.

Ein riesiges, graues Tier schlich sich heran und fiel blitzartig über Michael her. Er wehrte sich verzweifelt, doch mit bloßen Händen hatte er keine Chance. Paul drehte kurz entschlossen das Gewehr um, stürzte mit einem Schrei auf den Angreifer los und drosch mit dem Kolben auf ihn ein. Michael sackte zusammen. Der Professor bemerkte die blutende Verletzung an seinem Bein kaum, da er sich der nächsten Welle erwehren musste. Wie ein Berserker prügelte er auf die grauen Rücken ein. Er spürte den Schmerz in seinen

Beinen, sah den aufgerissenen Kiefer voller scharfer Reißzähne, die fletschend nach seiner Kehle griffen, ehe es Nacht um ihn wurde...

Prof. Paul Cain schlug die Augen auf.

Es war angenehm warm. Blinzelnd drehte er den Kopf aus dem Licht. So hatte er sich schon immer den Himmel vorgestellt – so weiß und warm.

„Ich glaube, er kommt zu sich. Ich werde Dr. Summerfield rufen...!" Die Worte drangen wie durch Watte an seine Ohren. Ein Gesicht schob sich in sein Blickfeld; für einen winzigen Augenblick nahm er den Duft dezenten Parfüms wahr.

„Prof. Cain, können Sie mich hören? Wie fühlen Sie sich?" Paul hörte und sah, doch sein Hirn war noch nicht bereit zu reagieren. Ein weiterer Schatten beugte sich über ihn. „Schalten Sie bitte die Lampe aus! Ich glaube, sie blendet ihn."

Wohltuende Dämmerung senkte sich über Paul... Als er das nächste Mal zu sich kam, war er bei vollem Verstand. „Geschafft, wir haben es geschafft!" jubelte es in ihm. Schwerfällig glitten seine Augen über die makellos weißen Wände des Zimmers, fanden kurz Halt an einem Spiegel. Das Licht brach sich darin und strahlte wie ein Sternenkranz bis zur Decke hinauf.

„Professor, Professor!"

Langsam drehte er den Kopf nach rechts. Diese Stimme kannte er doch?

„Ich dachte schon, Sie kommen überhaupt nicht mehr aufs Trapez. Willkommen im nächsten Leben!" Grinsend schaute ihn Michael ins Gesicht. „Siehst nicht gerade aus wie das blühende Leben, Söhnchen – mit deinem Kopfschmuck!" röchelte Paul kaum vernehmbar. „Solltest Dich selber mal im Spiegel betrachten, Väterchen", gab Michael zurück. Die Freude darüber, dass der Gefährte endlich das Schlimmste überstanden hatte, ließ den jungen Mann aus seinem Bett hochfahren. Vergessen waren Schmerz und Leid.

„Wird Zeit, dass Du aus dem Knick kommst. Hast lange genug faul im Bett herumgelegen. Aber warte nur, wenn die Schwester kommt. Die wird Dich schon auf Vordermann bringen!" Es tat so gut, die Stimme des Jungen zu hören! Glücklich und entspannt fiel Paul wieder in Schlaf.

„Habe ich einen Hunger!"

Michael ließ überrascht die Zeitschrift sinken. Er angelte nach seinen Krücken, humpelte herüber und setzte sich zu dem Professor aufs Bett. Der spitzbübische Ausdruck in seinen Augen verwandelte sich unerwartet in Ernst. „Paul – ich darf doch Paul zu Dir sagen...?" Er wusste, dass er die Antwort nicht abwarten musste. „Ich möchte mich bei Dir bedanken. Immerhin hast Du mir das Leben gerettet. Ich glaube, wenn Du nicht ständig Deinen Kopf durchgesetzt hättest, wäre ich elendig vor die Hunde gegangen." Michael nahm die Hand des Freundes vorsichtig in seine und drückte sie sanft.

Paul schaute den jungen Mann eine Zeitlang stumm an. „Okay, damit wäre diese Geschichte geklärt. Als Dein Lebensretter habe ich hoffentlich Anspruch auf ein vernünftiges Frühstück! Oder doch schon Mittagessen? Was ist denn gerade dran?"

„Ich kümmere mich darum und rufe die Schwester. Es ist übrigens Mittagszeit." Er hatte noch nicht ausgesprochen, als sich lautlos die Tür öffnete. Ein hochgewachsener junger Mann in weißem Kittel betrat in Begleitung einer Krankenschwester den Raum.

„Na, aus dem Reich der Toten auferstanden? Ich freue mich, Sie endlich persönlich begrüßen zu dürfen. Mein Name ist Dr. Summerfield; ich bin der Chefarzt dieser Station", stellte er sich dem Professor vor. Michael begrüßte er mit einem flüchtigen Kopfnicken. Der Duft von frisch gebrühtem Kaffee breitete sich aus, schnuppernd schaute sich Prof. Cain um. Die Schwester schob einen Servierwagen herein und stellte auf Michaels Schränkchen einige abgedeckte Platten ab. „Guten Tag, Prof. Cain! Ich bin Schwester Marina. Auch Sie erhalten selbstverständlich Ihre erste Mahlzeit. Warten Sie, ich helfe Ihnen." Sie betätigte die Fernbedienung. Als der Oberkörper des Professors beinahe die Vertikale erreicht hatte, stoppte sie die Bewegung. „Reicht Ihnen das?"

„Danke. Jetzt fängt der Verband an zu spannen." Schwester Marina senkte ihn wieder ein Stückchen ab.

„Jetzt ist es hervorragend", bestätigte der Professor. Konsterniert blickte er auf die Tasse mit Haferschleim. „Ich wollte richtiges Essen und nicht solch ein...!" Der Arzt und die Schwester sahen sich verschmitzt an.

„Ich habe es Ihnen ja gesagt, Herr Doktor: Damit wird sich der Professor nie und nimmer zufrieden geben", seufzte Schwester Marina theatralisch.

Dr. Summerfield lachte laut auf. „Sie sind mir ein schöner Patient. Wo kommen wir hin, wenn die Kranken dem Arzt sagen, was er zu tun oder zu lassen hat. Ich mache Ihnen aber einen Vorschlag zur Güte: Sie genießen Ihre Haferschleimsuppe und ich verspreche Ihnen, dass Sie zum Abendessen eine reichhaltigere Mahlzeit erhalten. Sind Sie damit einverstanden?"

Wohl oder übel musste Paul sich fügen. „Aber wehe, Sie halten Ihr Wort nicht; dann lernen Sie mich erst richtig kennen!" drohte er augenzwinkernd, bevor er sich die Suppe von Schwester Marina einflößen ließ. Michael hatte feixend den Disput verfolgt. „Sehen Sie Doc, wie Recht ich hatte. Wenn der seinen Dickkopf nicht durchsetzen kann, wird er brummig wie ein Bär. Aber dafür mag ich ihn."

Dr. Summerfield überprüfte den Sitz der Verbände und nickte zufrieden. Er wandte sich Michael zu. „Die Bisswunde am Bein ist soweit abgeheilt, dass wir es morgen noch einmal brechen können. Ich habe Ihnen ja bereits erklärt, warum das nötig ist!" Michael hörte auf zu kauen. „Morgen schon...? Können wir nicht noch ein paar Tage damit warten?"

„Könnten wir, aber es hilft Ihnen nicht! Je früher wir eingreifen, umso weniger Komplikationen treten ein. Außerdem: Jeder Tag Verzögerung bedeutet, dass Sie später von der Krankenstation entlassen werden..."

„Er wird es morgen tun. Oder?" mischte sich Paul, sich ebenfalls Michael zuwendend, ein. Ausdruckslos starrte dieser auf seine Bettdecke. Prof. Cain nickte dem Arzt unmerklich zu. Dr. Summerfield verstand und verabschiedete sich. „Im Übrigen hast Du Recht mit Deiner Meinung. Die Schwester ist ein niedliches Ding. Schon deshalb kannst Du morgen nicht kneifen!" nahm Paul nach einer Weile des Schweigens das Gespräch wieder auf. „Und nun erzähl mir, wie wir gefunden wurden? Ich kann mich nur noch an diese Bestie erinnern, die mich ansprang und mir den Hals durchbeißen wollte."

Michael reagierte zunächst nicht, dann ging ein Ruck durch seinen Körper. „Ich tue es – ich muss es tun!" Paul nickte zustimmend. „Also, nun rede schon!" drängelte er ungeduldig, um den Freund abzulenken.

Michael gab das Grübeln auf. „Soweit ich erfahren habe, war es reiner Zufall, dass wir entdeckt wurden. Ein Trupp Soldaten war auf Befehl des Präsidenten aufgebrochen, Knochen und Fellreste von irgendwelchen Mammuts einzusammeln. Sie folgten den Spuren des Wolfsrudels und stießen dabei auf uns. Als wir von den Wölfen angegriffen wurden, waren wir nur noch knapp eine Meile von Noah-City entfernt..." „Moment mal, sagtest Du wirklich ‚Mammuts'?", unterbrach ihn Paul aufgeregt. „So habe ich Dr. Summerfield verstanden." Dem Professor war der rätselhafte Fund an seiner Blockhütte eingefallen. Das wäre natürlich eine Erklärung. Aber: Das ist doch unmöglich! Eine Tierart, die vor mehr als 10.000 Jahren ausgestorben ist, taucht schließlich nicht – entgegen allen bekannten Naturgesetzen – urplötzlich wieder auf...?

„Liebling, bist Du da?"
Cindy Hickmann zog ihre Schuhe aus, lief barfuss durch das Appartement und suchte ihren Mann.
„Komme sofort, bin noch im Bad", hörte sie ihn rufen.
„Beeil Dich. Ich muss mit Dir reden. Du glaubst gar nicht, was mir eben geschehen ist", ereiferte sich die Frau und konnte sich offenbar nur schwer beruhigen. „Mein Schatz, hier bin ich. Was ist denn los?" Jerry kam, ein Handtuch um die Hüfte geschlungen, aus der Badzelle und rubbelte sich das feuchte Haar. „Du siehst ja völlig verstört aus!" Cindy war den Tränen nahe. In einer Mischung aus Trotz und Wehklage erzählte sie ihm von ihrem Erlebnis in der Parkanlage. „Du weißt doch, wie gerne unsere Kinder an diesem kleinen Teich spielen, Jerry. Wir waren vorhin wieder dort, als wir von mehreren Männern und Frauen angesprochen wurden! Du glaubst nicht, wie feindlich und aggressiv sie mir gegenüber waren. Sie haben uns aufgefordert, den Park zu verlassen. Mit welchem Recht? Wir haben ihnen doch überhaupt nichts getan! Weshalb sind sie so wütend auf uns?"
„Ich habe es fast geahnt!" kam es tonlos von Jerrys Lippen. „Was hast Du geahnt? Du musst es mir sagen! Haben die Kinder und ich irgendetwas falsch gemacht?" Jerry schüttelte bekümmert den Kopf. „Tut mir leid, Schatz. Nicht ihr

habt einen Fehler gemacht, sondern wir. Einen Fehler, der durch nichts wieder gutzumachen ist." Jerry sah auf eines der Familienbilder, die Cindy mitgebracht hatte. „Du hast diese Leute vorher noch nie gesehen und hattest mit ihnen zuvor nichts zu tun?" fragte er schließlich nachdenklich.

„Nein, ich kenne sie überhaupt nicht."

„Wie viele Kinder hast Du in Noah-City bisher zu Gesicht bekommen?" Cindy überlegte einen Moment. „Soweit ich mich erinnern kann, nur Tom und Lee!" „Und glaubst Du, dass all diese Menschen hier keine Kinder hatten?" Cindys Augen zogen sich zu einem Schlitz zusammen.

„Willst Du damit sagen, dass die Leute ohne ihre Angehörigen, ohne Frau, Mann und Kind hierher gerufen wurden...?"

Jerry nickte wortlos. „Vielleicht ist es besser, wenn Du in der nächsten Zeit die Kinder in ihren Zimmern spielen lässt und jeden unnötigen Ausgang vermeidest. Ich will kein Risiko eingehen. Der Park wird vorläufig auch nicht mehr betreten – oder zumindest nur in Begleitung eines Postens!" erklärte er dann und stand auf, um sich anzukleiden.

„Du glaubst, dass diese Leute in der Lage wären, unseren Kindern etwas anzutun?" Jerry zuckte mit den Schultern. „Cindy, ich weiß es nicht. Man muss mit allem rechnen. Sei also bitte vorsichtig. Und informiere mich, wenn Dir irgendetwas auffällt oder Dich beunruhigt!"

Das Stimmengewirr erstarb, als Präsident Magoni das Podium betrat und das Mikrofon richtete. „Meine sehr verehrten Damen und Herren, ich begrüße Sie alle im Sport-Center von Noah-City zu unserem Meeting!"

Er schaute in die Runde. Das kleine Sportstadion war bis zum letzten Platz besetzt; einige hundert Bewohner hatten sich darüber hinaus auf dem künstlichen Rasen niedergelassen. „Sie alle wissen, dass wir – dem Ergebnis unseres Referendums entsprechend – die Schließung der Haupttore zur Außenwelt aufgeschoben haben. Ich denke, wir müssen uns heute darüber verständigen, wie unser Leben weiter verlaufen soll. Diese Entscheidung wollten wir nicht per Monitor herbeiführen, sondern jeder von uns soll, sofern er das Bedürfnis dazu verspürt, öffentlich seine Meinung kundtun können. Ich

denke, dass wir auf diesem Wege Missverständnisse vermeiden werden. Ich
möchte Ihnen mitteilen, dass bisher 17 Forscher von unserem Angebot
Gebrauch gemacht und Noah-City verlassen haben. Ich hoffe und wünsche,
dass sie ihr Ziel erreichen. Möge Gott ihnen auf ihrem schweren Weg zur Seite
stehen!" Albert Magoni bekreuzigte sich. „Die Situation auf der Erde hat sich in
den letzten Tagen dramatisch verschlechtert. Es besteht momentan noch
Satellitenverbindung zu den Regierungen Spaniens und Deutschlands. Über
dem alten Kontinent liegt ebenfalls ein Leichentuch. Der Tag des Jüngsten
Gerichts steht uns bevor; die Prophezeiung der Bibel wird sich erfüllen. Wir
werden die letzten Vertreter der Menschheit sein!"
Unruhe brandete auf. Hier und da wurde Schluchzen laut.
„Meine lieben Freunde! Ich weiß, dass es sehr hart ist. Doch wir müssen uns
der Geschichte stellen, sie im Glauben an Gott in die eigene Hand nehmen.
Unser Planet Erde darf keine Stätte des Todes werden und wir sind auserwählt,
das Leben weiterzutragen!"
„Wie denn? Indem wir hier wie Tiere dahinvegetieren und warten, bis uns das
Schicksal ereilt?" rief eine hohe Stimme aus den hinteren Bankreihen. „Nein,
danke! Dann folge ich lieber denen, die den Tod vorgezogen und die Stadt
verlassen haben!" Die Menge wurde unruhig, zustimmende Rufe wurden laut.
„Diese Möglichkeit steht uns allen offen. Was Mr. Magoni Ihnen aber sagen will,
ist, dass wir uns nicht gehen lassen sollten. Wir haben eine reale Chance,
dieses Inferno zu überstehen. Es liegt an uns!" Dr. Harper war von seinem
Platz aufgestanden, so dass ihn alle sehen konnten.
„Mein Name ist Dr. Harper. Ich bin Biologe und Genforscher und habe wie Sie
in den letzten Wochen und Monaten voller Grauen den Untergang unserer
Zivilisation erlebt. Ich habe, wie Sie, mir täglich die Frage nach dem ‚Warum'
gestellt, habe den Tod meiner Familie, der Freunde und Bekannten erlebt –
ohnmächtig, nur das Geringste dagegen tun zu können. Um ehrlich zu sein: Ich
war mehrfach fast so weit, mich einfach in den Schnee zu legen...! Doch mein
Wille zum Überleben war letztlich immer stärker. Die Projekt-Administration hat
in den vergangenen Tagen, unterstützt von vielen fleißigen Helfern, alle
verfügbaren Materialien gesichtet und Konzepte geprüft. Es wird sich

herumgesprochen haben, dass die Ergebnisse nicht besonders ermutigend waren. Aus gutem Grund haben wir uns zuletzt auf das Programm „Future" konzentriert. Denn – und darin stimme ich mit meinem unbekannten Vorredner überein – wir haben keine realistische Chance, wenn wir uns dauerhaft auf ein Leben in Noah-City einrichten wollen." Suchend schaute sich Dr. Harper um. Sein Blick begegnete nur wenig Interesse, in den meisten Gesichtern las er Stumpfsinn und Gleichgültigkeit. Wie sollte man mit diesen Leuten ein neues Leben aufbauen? Doch es gelang ihm, seine Zweifel zu unterdrücken. „Die anderen sind tot. Für sie müssen wir keine Entscheidung mehr treffen. Doch für uns, die wir noch am Leben sind, muss es doch mehr als den Tod geben. Ich stimme für das neue Projekt, das Projekt: Mensch und Leben!" Verhaltener Beifall erklang. Dann geschah etwas Unerwartetes: Die Zustimmung der Wenigen erstarb nicht, sondern wurde wie durch Geisterhand von Reihe zu Reihe getragen und erfasste auch die Zweifelnden, die Pessimisten, riss die Gleichgültigen aus ihrer Lethargie, wurde immer stärker und ergoss sich schließlich wie ein Gewitter über die dürstende Wüste.

Ein Jahr war seit diesem denkwürdigen Tag vergangen.
Leise und eintönig summten die Geräte im Labor, wo sich die Nachhut Noah-Citys eingefunden hatte, um den Abschlussbericht für den Präsidenten zu besprechen und zu bestätigen. Dr. Harper führte den Vorsitz.
„...sind alle notwendigen Maßnahmen abgeschlossen. Die Programmierung der Kältekammern wurde nochmals gecheckt – nach menschlichem Ermessen dürfte nichts passieren. Die Energieversorgung ist mit einer Sicherheit von 350% gedeckt, das heißt, im schlimmsten Fall und bei Erwägung aller Negativfaktoren könnten die Kammern 400 Jahre betrieben werden."
„Danke, Ron. Mir graut es genug vor den nächsten hundert Jahren. Also male gefälligst nicht den Teufel an die Wand. Trotzdem möchte ich Dir und Deinen Männern danken. Ihr habt saubere Arbeit geleistet." Dr. Harper nickte dem Chef der Techniker freundlich zu, der über das unerwartete Lob sichtlich verlegen war. „Hat jemand der Anwesenden dazu noch Fragen? Wenn nicht,

bleibt es dabei: Team Dr. Lennert – Treffpunkt morgen um 7 Uhr in den Kammern der Zone 3.

Dr. Summerfield – Sie übernehmen dort die Gruppe und leiten den Gefrierprozess ein. Mein Team und die Präsidenten sind 12 Stunden später dran. Kommen wir nun zu den Abschlussberichten. Die Vorlagen haben alle erhalten. Gibt es dazu irgendwelche Einwände oder Ergänzungen?"

Die 25 Wissenschaftler begannen in ihren Papieren zu blättern. Harper wartete geduldig. „Aha, Dr. Ferrow hat doch noch eine Frage!"

Er mochte diese Frau; sie war etwa im gleichen Alter wie er, schlank und stets gepflegt. Ihre grauen, ausdrucksvollen Augen faszinierten ihn. Sie galt als Kapazität auf dem Gebiet der Mikrobiologie und war äußerst klug. In den letzten Monaten war sie ihm bei verschiedenen Tätigkeiten behilflich gewesen. Manchmal hatte er sich heimlich gewünscht, ihr näher zu kommen, doch dann stets die Arbeit in den Vordergrund geschoben.

Dr. Linda Ferrow zog eine Doppelseite aus ihrem Stapel. „Mein lieber Jim, ich habe Deine These zur Herkunft der bisher als ausgestorben geltenden Tierarten studiert. Ich muss zugeben, sie hat mich zugleich irritiert und belustigt. Wenn ich Dich nicht kennen würde, würde ich meinen, Du treibst Deinen Scherz mit uns! Du bestehst doch nicht weiterhin auf diesen absurden Behauptungen!?" Linda blinzelte verwundert, als er ihr geheimnisvoll lächelnd zunickte. „Selbstverständlich hatte ich nie die Absicht, hier irgendjemanden für dumm zu verkaufen! Es sind ja auch nur Thesen!" entgegnete er und lehnte sich mit verschränkten Armen zurück. „Aber wie kommt ein Wissenschaftler wie Du zu solch einer haarsträubenden Hypothese? Du schreibst: ‚Seit Bestehen der Menschheit und ihres Strebens, sich über die Natur zu erheben, sie sich dienstbar zu machen, sind wir stets aufs Neue an unüberwindbar scheinende Grenzen gestoßen. Doch nun, mit Hilfe modernster Techniken, sind wir in der Lage, eine Umkehrung der Evolution herbeizuführen. Sicher: Wir haben gerade im Bereich der Gentechnologie ungeahnte Fortschritte realisiert. Aber dass das ausreichen würde, die Erde quasi neu zu beleben, möchte ich bestreiten!" Dr. Ferrow strich sich das Haar aus der Stirn und sah ihren Kontrahenten herausfordernd an. Dr. Harper saß noch immer reglos und lächelte friedfertig.

113

„Ich hatte erwartet, vielleicht sogar gehofft, dass Sie so reagieren würden. An Ihrer Stelle würde ich ebenso denken. Doch nichtsdestoweniger beharre ich auf meiner Behauptung. Zumindest solange niemand eine plausiblere gefunden hat. Ich erlaube mir, Ihnen einen Ausschnitt aus einem Videofilm vorzuführen, den ich vor etwa einem Jahr aufgenommen habe. Wie Sie vielleicht wissen, war ich Leiter eines Forschungsbüros, das vorwiegend mit Arbeiten zur Gentechnologie befasst war. Unmittelbar vor der großen Katastrophe war es uns gelungen, den Code der DNA zu entschlüsseln. Welche Ergebnisse wir aus dieser Entdeckung ziehen konnten, sehen Sie jetzt.“

Auf einem Wandmonitor begann es zu flimmern. „Wie Sie unschwer erkennen, handelt es sich hier um die Reproduktion verschiedenster Tierarten aus fast allen Entwicklungsepochen der Erde“, erläuterte Dr. Harper und beobachtete seine Kollegin, die wie alle anderen gebannt das Geschehen verfolgte. „Die Krönung unserer Arbeiten war die Wiedergeburt des Homo Sapiens und seiner Unterspezies. Hier sehen Sie eine Horde in einem eigens für sie geschaffenen Umfeld. Betrachten Sie bitte dort rechts das Weibchen – es ist schwanger!“

Dr. Ferrow ließ pfeifend die Luft aus den Wangen. „Die Überraschung ist Dir gelungen, Jim.“ Sie nickte ihm anerkennend zu. In diesem Augenblick betraten die beiden Präsidenten den Raum. Die Männer und Frauen erhoben sich von ihren Plätzen. „Setzen Sie sich bitte wieder und machen Sie ruhig weiter. Jerry und ich hören Ihnen gern zu“, bat Präsident Magoni und nahm auf einem freien Stuhl am Tisch Platz. Mit einem Seitenblick auf die Neuankömmlinge übernahm Jim Harper wieder die Leitung. „Danke, Linda. Leider war ich nicht in der Lage, alles zu filmen.“ Lächelnd sah er den Präsidenten an. „Natürlich unterlagen sämtliche Projekte der höchsten Geheimstufe. Im Prinzip mache ich mich allein durch den Besitz dieses Filmes bereits strafbar. Ist es nicht so, Jerry?“ Der Vizepräsident zuckte mit den Schultern, rang sich ein kurzes Grinsen ab. „Die Zeiten ändern sich!“

Es war allen offensichtlich, dass beide Männer einander nicht sonderlich sympathisch waren. Präsident Magoni hatte Jim Harpers besondere Qualitäten schnell erkannt und ihn inzwischen mit den wichtigsten Leitungsaufgaben betraut. Das schmeckte seinem Vize nicht. „Wie dem auch sei: Wir hatten

Leben geschaffen. Dann kam der Tag, an welchem es wieder vernichtet
werden sollte..."

Jim räusperte sich und fuhr nervös mit der Hand durch die Luft. „Ich weiß nicht,
ob jemand unter Ihnen schon einmal eine vergleichbare Situation erleben
musste. Ich für meinen Teil hatte große Probleme damit, all diese Wesen dort
dem Tod zu überlassen. Na ja – und da musste ich mich eben entscheiden. Ich
denke, dass wir alle eine große Überraschung erleben werden, wenn wir
wieder aufwachen..."

Die Geburt der Götter

Surrend schnellte der Pfeil von der Sehne und bohrte sich tief in sein Ziel.
„Getroffen, ich habe ihn!" jubelte Bobak und lief, seine Jagdbeute zu holen. Der
Vierzehnjährige tanzte und sprang vor Freude um das erlegte Tier herum.
Heute war wirklich sein Glückstag. Schon der dritte Hase, den er zur Strecke
gebracht hatte! Er band die Hinterläufe mit einer schmalen Lederschnur
zusammen und holte die übrigen Beutestücke aus dem Versteck. Stolz, mit
geschwellter Brust, hob er grüßend die Hand und neigte sich in Richtung
Sonne. „Hab Dank, du Göttliche, Spenderin des Lichtes und der Wärme. Wir
werden dir ein Opfer bringen und uns die Beute schmecken lassen." Lachend
winkte er noch einmal, dann rannte er ohne Unterbrechung zur Siedlung
zurück. Schon von weitem sah er die grauen, aus Felsstein geschichteten
hohen Mauern von Kilbaal. Rauch stieg kerzengerade aus den Schornsteinen
der Steinhütten empor. Bobak, der Sohn des Ältesten Miriam, verschnaufte im
Schatten einer mächtigen Ulme. Er ordnete seine Sachen, rückte den ledernen
Köcher und die Jagdtasche zurecht und hängte sich die Hasen gut sichtbar
über die Schulter. Laut pfeifend setzte er seinen Weg fort. Gespannt erwartete
er die Reaktion seiner Familie. Miriam Merenes, der Stammesälteste der Pikos
– der Sonnenanbeter –, trat vor seine Hütte, hob die Hand schützend vor die

Augen und blickte zur Sonne. Vage waren die Umrisse des Glutballes durch den dunstverhangenen Himmel zu sehen.

„Es wird Zeit, Mutter Sonne, dass Du Deine Herrschaft wieder mit voller Kraft ausübst. Vertreibe Kälte und Feuchtigkeit, lass uns teilhaben an Deiner göttlichen Erscheinung und von Deiner Kraft schöpfen", murmelte er und berührte mit der rechten Handfläche Stirn und Kinn. Verstohlen rieb der alte Mann sich die Hände und hüllte sich fester in seine Toga ein. Sein Blick wanderte über das Anwesen hinweg. Zwischen den Hütten, entlang der Wege sah man schon die winzigen Sprossen der Gräser hervorlugen. Vereinzelt trieben sich herrenlose Ziegen umher, um diese frühen Leckerbissen zu zupfen.

Miriam wandelte ein Stück durch die Siedlung. Wo immer er auftauchte, wurde er respektvoll begrüßt und empfangen. „Der Sonne Kraft wächst jetzt mit jedem Tag, bald werdet ihr die Vorräte erneuern können und müsst euch nicht mehr in den Hütten verstecken", verkündete er pathetisch. Die Menschen freuten sich über diese Vorhersage und begannen fröhlich zu singen:

Oh, Sonne, du Mutter – steig zu uns herab,
schick uns deine Wärme in unser Kilbaat.
Wir warten voll Sehnsucht, auf dass der Tag beginnt,
Lass weichen den Winter und mach, dass er zerrinnt...

Miriam segnete die Sänger und zog weiter.

Als er seine eigene Hütte wieder erreichte, wurde sein Gesicht durch ein Lächeln erhellt: Sein Sohn durchschritt schwungvoll das Tor. Jetzt erst fiel ihm auf, wie groß und kräftig die Gestalt des Jungen geworden war.

„Aldia, komm schnell vor das Haus. Bobak kehrt von der Jagd zurück. Wie ich sehen kann, war er erfolgreich und hat uns einen Festschmaus mitgebracht!"

Aldia, Bobaks Mutter, kam, mit einem schlichten Leinengewand bekleidet, aus dem Innern der Hütte. Im Laufen trocknete sie sich die Hände an einem Stück Fell ab. Voller Stolz schauten die beiden Alten auf den Jäger. „Unser Sohn wird ein Mann", stellte Miriam fest, „bald wird er nicht mehr auf Hasen schießen, sondern seinen ersten Wolf erlegen. Dann wird er die Höhle der Ahnen aufsuchen, um mit den Göttern zu reden. Er muss sich gründlich auf diese Prüfung vorbereiten!" Mit leuchtenden Augen trat Bobak vor die Eltern. „Seht, Mutter Sonne war mir wohlgesonnen. Wir sollten ihr zu Ehren einige Tropfen Blut dem Boden spenden, auf dass sie davon nippen kann", schlug er vor und machte sich sogleich ans Werk. Mit einem Schnitt trennte er die Kehle eines Tieres auf und zeichnete mit dem auslaufenden Blut die Form der Sonne nach. „Hab Dank, Du Spenderin des Lichtes und der Wärme. Wirf ein wachsames Auge auf meinen Sohn!" murmelte Aldia vor sich hin. Dann übernahm sie die Beute aus den Händen ihres Sohnes.

„Ich bin bei Goli!" verabschiedete sich der Junge.

Auf Zehenspitzen näherte er sich dem anliegenden Schuppen und stieß einen schrillen Pfiff aus. Leises Fauchen war die Antwort.

„Komm, Goli, komm zu mir!" lockte er und öffnete die Holzpforte einen Spalt breit. Eine gefleckte, mit scharfen Krallen besetzte Pfote angelte sanft nach seinem Arm und hielt ihn fest. Bobak lachte auf und öffnete die Tür vollends.

„Wo ist denn mein Goli? Nun komm schon her, Du alter Racker!" Flink wie ein Blitz kam Goli hervorgeschossen, sprang seinem Herrn entgegen und riss ihn um. Eine Staubwolke umhüllte die Balgenden. „Und aus!" Allein das scharfe Kommando des Jungen genügte, den ungleichen Kampf zu beenden. Goli reagierte sofort und setzte sich brav auf die Hinterläufe.

„So ist es fein", lobte Bobak das Tier. Mit seinen gelb leuchtenden Augen schaute er auf seinen Herrn. Nur der verhalten zuckende Schweif verriet, dass in seinem Innern ein Vulkan bebte, bereit, jeder Zeit das Spiel zu wiederholen.

„Ist schon gut, mein Goli." Beruhigend kraulte Bobak das mächtige Haupt. Allmählich löste sich die Spannung des Tigers. Er streckte sich der Länge nach hin und schnurrte wie ein Kätzchen. Der Junge betrachtete seinen Schützling mit Vergnügen. „Weißt Du noch, wie ich Dich als Säugling in der alten Höhle am Fluss gefunden habe. Zwei Sommer ist es her. Du warst noch so klein, fast winzig, einsam und hungrig. Ich schlich mich jeden Tag zu Dir, um Dich zu füttern. Das erste Mal hast Du mich gebissen, so gewaltig war Dein Hunger. Die Narbe habe ich immer noch." Bobak strich über das etwa daumenlange

Wundmal am rechten Unterarm. „Danach hast Du mich nie mehr gebissen, bis heute nicht. Und Du wirst es auch nie wieder tun!" Er schlang seine Arme um den Hals des Säbelzahntigers und presste ihn fest an sich, bis er den dröhnenden Herzschlag hören konnte. Welche Aufregung hatte damals dieses Knäuel in Kilbaat verursacht! Die Kinder hatten vor Freude geschrien, die Erwachsenen waren dem Tiger vom ersten Tage an mit Respekt und versteckter Furcht begegnet. Sie kannten den Mut und die Ausdauer, aber auch die Gerissenheit dieser Tiere, wenn sie erbarmungslos ihre Opfer zur Strecke brachten. Als Bobak erklärt hatte, dass er das Tier behalten und großziehen wollte, war ihm eine Welle der Empörung entgegengeschlagen. „Schlagt das Vieh tot, solange noch Zeit dafür ist!" gellte es in seinen Ohren. Schützend hatte er den kleinen Tiger mit seinem eigenen Körper vor dem sicheren Tod gerettet. Schließlich hatte sich sein Vater, der Stammesälteste, persönlich eingemischt, um den Streit zu schlichten. „Unter den Strahlen der Mutter Sonne haben alle Wesen ein Recht auf Leben. Weshalb wollt Ihr Euch an einem Winzling vergreifen? Verhaltet Euch diesem Tier gegenüber, wie Ihr von ihm behandelt werden wollt. Der Tiger hat seine Mutter verloren. Unser aller Mutter, die heilige Sonne, hat entschieden, dass er bei uns lebt. Sonst hätte sie nicht die Schritte meines Sohnes in die Höhle gelenkt. Nun: So soll er bleiben, bis er selber jagen und sich ernähren kann. Danach entscheiden wir neu! So sei es!" Inzwischen war Goli – der Mächtige – wie ihn sein Beschützer nannte, beinahe erwachsen. Bei jeder Bewegung seines Kopfes blitzten die starken Hauer beiderseits des Maules wie Dolche im Licht. Wenn er sich aufrichtete, konnte er dem Jungen gerade in die Augen sehen. Obwohl Goli zahm wie ein verspieltes Kätzchen war und alle Kinder ihn abgöttisch liebten, wuchs mit seiner zunehmenden Körpergröße das Misstrauen der Alten. „Komm, wir laufen ein Stück durch den Wald", ermunterte ihn Bobak. Sofort war das Tier auf den Beinen und folgte dem Jungen mit raumgreifenden Sätzen. „Wir laufen heute die große Runde; es dauert ohnehin noch eine Weile, bis Mutter das Essen zubereitet hat" rief der Junge ihm zu, als sie die Siedlung verlassen hatten.

Dann begannen sie ihr tägliches Spiel. Bobak befahl Goli zu warten. „Ich renne los und verstecke mich. Diesmal findest Du mich nicht, mein Freund, das verspreche ich Dir!" Solange der Tiger den Jungen im Blickwinkel hatte, blieb er ruhig. Doch dann verschwand dieser im Dickicht. Ohne auf weitere Kommandos zu warten, spurtete das Tier los, folgte den kaum sichtbaren Spuren seines Herrn und tauchte ebenfalls in die Dämmerwelt des Urwaldes ein. Bobak hatte sich hinter einem dicken Baumstumpf nieder gehockt und schaute nach Goli aus. Frohlockend sah er, wie der Tiger etliche Meter vor ihm in einem Busch verschwand. „Diesmal findet er mich wirklich nicht", feixte der Junge und spähte suchend durch die Blätter. Ein Prankenhieb auf die Schulter warf ihn um.

„Du Satansbraten, wie oft muss ich Dir noch sagen, dass ich das nicht fair finde. Ich habe keine Augen im Hinterkopf. Also reiß Dich gefälligst ein bisschen zusammen", maulte Bobak und betastete die schmerzende Stelle. Goli rieb sich maunzend am Oberkörper des Jungen – es war seine Art, um Verzeihung zu bitten. „Ist schon okay, es tut nicht mehr weh. Außerdem habe ich nur Spaß gemacht – oder glaubst Du ernsthaft, solch ein Schlag haut mich um? Und dass Du mich so schnell gefunden hast, war doch nur, weil ich es...!" Ein gellender Schrei unterbrach ihn. Der Tiger ließ die Ohren spielen, unruhig schaute er sich um. „Da war es schon wieder? Wer mag das wohl sein?" Bobak fiel ein, dass eine Schar Kinder vor ihm aufgebrochen war, um Holz zu sammeln. Waren sie in Schwierigkeiten? „Such, Goli! Los voran!" Bobak hielt sich am Schwanz des Tigers fest und ließ sich von ihm führen.

„Hilfe!" klang es wieder. Goli stoppte im vollen Lauf und stieß ein kurzes Fauchen aus. Bobak kannte ihn lange genug, um zu wissen, dass er damit höchste Gefahr signalisierte. Er duckte sich neben das riesige Tier und lauschte mit geschlossenen Augen auf die Geräusche der Umwelt.
Golis Flanken bebten. Wenn Bobak seine Hand auflegte, konnte er spüren, wie hart die Muskeln vor Anspannung geworden waren. „Ruhig, Goli. Wir müssen erst herausbekommen, was geschehen ist!" Goli knurrte verhalten, das Spiel seiner Lauscher wurde hektischer.

Vor ihnen preschte eine Gestalt durch die Büsche, stürzte hilferufend zu Boden. Bevor Bobak reagieren konnte, stürmte der Tiger vorwärts und brach mit lautem Getöse in die Böschung ein. Der Junge hörte sein zorniges Knurren, dann zerrissen die Geräusche eines heftigen Kampfes die Luft. Vorsichtig, den Dolch in der Rechten, schlich sich Bobak zu dem Gefallenen. „Jeni, was treibst Du hier? Ich denke, Du bist mit den anderen Kindern Holz sammeln?" „War ich doch, aber dann sind wir von Wölfen angegriffen worden. Ich weiß nicht einmal, wo die anderen abgeblieben sind", presste er schluchzend hervor und versuchte, sich aufzurichten. Mit einem Aufschrei sackte er wieder zusammen. „Du blutest ja! Sieht aus wie eine Bisswunde. Hat Dich etwa ein Wolf erwischt?" Bobak untersuchte die Verletzung an Jenis Unterschenkel.

„Das war ein junger, noch unerfahrener Wolf. Einem alten wärst Du nicht entkommen, mein Freund!" stellte er daraufhin fest und suchte in seiner Tasche nach einem geeignetem Verband. Der Zehnjährige nickte verstört und wies in das Gebüsch, wo es inzwischen ruhig geworden war. Bobak verstand. Mit einem langen Pfiff rief er den Tiger zu sich. „Goli, such weiter! Hier in der Nähe sind noch die anderen Jungen. Mach, beeil Dich!"

Ein wehmütiger Blick folgte dem Tiger, als er zwischen den Bäumen verschwand. „Du kletterst jetzt auf diesen Baum und wartest dort, bis ich Dich wieder abhole! Hast Du verstanden?" befahl Bobak dem Jüngeren, nachdem er den Leinenstreifen fest um die Wunde gewickelt hatte. Er stützte ihn und schob ihn bis zur nächsten Astgabelung hinauf. „Du rührst Dich nicht vom Fleck – ist das klar!"

Bobak folgte der Spur seines vierbeinigen Gefährten und erreichte binnen kurzem ein von unzähligen Himbeerhecken bewachsenes Waldstück, in dem ein Kampf auf Leben und Tod tobte: Dem Tiger standen fünf oder sechs ausgewachsene Wölfe gegenüber. Wo waren die Freunde geblieben? Bobak sah sich suchend um. Die Wölfe versuchten inzwischen, den Tiger einzukreisen; doch dieser ließ sich nicht beirren. Er beantwortete jeden Angriff mit einer Gegenattacke.

Erstmals konnte Bobak beobachten, wie geschickt Goli mit seinen mächtigen Hauern umzugehen verstand. Blitzschnell stieß er in das Rudel hinein und

rammte dem nächsten Wolf einen Hauer in die Flanke. Jaulend zog dieser sich
zurück. Als der Tiger einem weiteren Graupelz eine schwere Fleischwunde im
Nacken zufügte, stockte der Angriff des Rudels. „Zeig es ihnen, Goli! Mach sie
fertig!“ Bobak schäumte vor Freude. Dass er mit seinem unbedachten Ruf die
Aufmerksamkeit der Wölfe auf sich lenken würde, kam ihm erst in den Sinn, als
sich ein schwarzbraun geflecktes Tier vom Rudel absetzte und seine Richtung
einschlug. „Mist aber auch!“ fluchte Bobak und schaute sich nach einer
Fluchtmöglichkeit um. „Bobak, schnell hierher!“ hörte er es rufen. Vor ihm
bewegten sich die Zweige einer Hecke und gaben einen schmalen Spalt frei.
Ohne Rücksicht auf die Dornen, die ihn zerkratzten, stürzte er sich hindurch.
„Hier habt Ihr Euch also versteckt!“ Angstvoll kauerten die fünf Jungen am
Boden. Vor der Hecke heulte der Angreifer enttäuscht auf und versuchte,
ebenfalls in den Gang zu kriechen. Da erhob sich ein mächtiger Schatten in die
Luft. Unter dem Gewicht des Tigers krachten die Knochen des Wolfes, der ein
letztes Mal aufheulte, bevor Golis Hauer den Rest besorgten.
„Wir können raus – es ist vorbei. Goli hat sie alle vertrieben!“
Die Kinder zitterten noch immer wie Espenlaub und es bedurfte einigen
Zuredens, um sie aus dem dornigen Versteck hervorzulocken.
„Sie haben Jeni erwischt“, brachte Soma, der Älteste, unter Tränen hervor. „Wir
haben ihn gerufen, aber er war zu weit weg – und jetzt ist er tot!“
„Aber nicht doch, er ist gesund und munter!“ beruhigte Bobak die aufgeregte
Schar. Freude überzog die Gesichter der Jungen. Dann richteten sie die Blicke
auf ihren Retter, der auf dem Boden lag und sich die Wunden leckte.
„Schaut doch: Goli ist verwundet – er blutet ja überall!“ rief Oom, der Jüngste
unter ihnen und streichelte dem Tiger mitfühlend das Fell. Goli ließ es,
scheinbar unbeteiligt, geschehen. Erst als Bobak sich zu ihm herabbeugte und
ihn lobte, maunzte er wie ein Kätzchen. „Gut gemacht, mein Freund. Ich bin
sehr stolz auf Dich!“ Nach einem Blick auf den sich verdunkelnden Himmel
wandte sich der Junge dann den anderen zu: „Und jetzt schnell nach Hause!
Die Eltern werden sich bestimmt schon Sorgen um uns machen.“ Jeni war
heilfroh, als die Meute endlich auftauchte und ihn vom Baum hob. Sein
Verband war durchnässt; das Blut floss ihm bis zu den Knöcheln hinab. Da er

nicht laufen konnte, half Bobak ihm auf den Rücken des Tigers. So schnell sie konnten, verließen sie den Wald. Bevor sie die Siedlung erreichten, wurden sie von einem Trupp Krieger empfangen, der ausgesandt worden war, sie zu suchen…

„Alarm, Alarm!" tönten die mächtigen Trommeln am Tor.

Der Ruf der Wachen gellte über Kilbaat; in kürzester Zeit waren sämtliche Positionen von den Kriegern auf der breiten Mauer eingenommen.

„Tore sichern, Tore verschließen!" befahl Miriam mit scharfer Stimme. Innerhalb weniger Augenblicke wurden meterhohe Dornen wie ein Schutzwall vor das Haupttor der Siedlung gezogen und die schweren Torflügel von innen verriegelt. Aufgeregt tanzten die Krieger mit schussbereiten Bögen auf der Mauer umher. „Sie kommen, da sind sie schon!" jubelten sie und starrten mit freudigen Gesichtern auf die riesige Staubwolke, die auf Kilbaat zueilte. Auch Miriam war die Freude anzusehen. Mutter Sonne hatte, wie jedes Jahr um diese Zeit, ihre Boten zu den Pikos gesandt.

„Haltet die Bögen bereit! Die Herde wird gleich in Schussweite sein", hörte Bobak den Vater rufen, als er sich entschloss, ebenfalls auf die Mauer zu steigen. Vorsichtig schaute er sich um, ob ihn jemand beobachtete. Flink huschte er dann die Leiter hinauf und versteckte sich in einem Winkel. Er wusste, dass es Ärger geben würde, wenn man ihn entdeckte. Doch er hatte sich geschworen, in diesem Jahr seinen ersten Büffel zu erlegen.

Eine unübersehbare braune Flutwelle brandete heran. Es mussten zig tausend Tiere sein, die den Boden zum Erzittern brachten. Wie ein Damm teilten die Mauern von Kilbaat die riesige Herde; zu beiden Seiten der Siedlung galoppierten die Büffel mit unverminderter Geschwindigkeit voran, um sich in der Steppe dahinter wieder zu vereinen. Niemand hatte zuvor solch eine Herde gesehen! „Hei, hei, hei, hei…!" Bobak stimmte in den Jagdschrei ein; ein Pfeil nach dem anderen verließ seinen Bogen und bohrte sich in einen der dunklen Leiber. Die Gesichter der Männer glänzten im Licht der Sonne. Für den Stamm der Sonnenanbeter war dieser Tag ein Freudentag, denn die Körper der Büffel versorgten das kleine Volk mit allem Notwendigen, mit ihrem Eintreffen begannen die Monate der Mutter Sonne. Auch Miriam konnte sich dem Zauber nicht entziehen. Wie versteinert stand er auf dem Schutzwall.

„So viele Büffel waren es noch nie! Sie fegen über die Steppe wie eine Gewitterwolke – das ist kein gutes Omen! Gib mir ein Zeichen, Mutter Sonne, was soll das bedeuten?" Flehend hob er die Arme gen Himmel. Das Beben wurde merklich schwächer. Miriams Augen suchten den Horizont ab. Eine Windhose erhob sich und wirbelte Staub empor. Aus dem Nichts erschien plötzlich ein greller Blitz, zuckte am Himmel entlang und schlug krachend in einen uralten Ahornbaum ganz in der Nähe ein. Miriam erbleichte bis unter die Haarwurzel. „Mutter Sonne, weshalb zürnst Du? Wir leben nach Deinen Geboten und den Traditionen unserer Vorfahren. Weshalb dieser Groll?" Nachdenklich stieg der Älteste von der Mauer, ohne seinen Sohn zu bemerken, der sich im Schatten eines Vorsprunges vor ihm versteckte. „Böses Vorzeichen, böses Omen...", murmelte der Alte unablässig und verschwand in der Beratungshütte.

Das Getöse verzog sich mit der schwindenden Herde. Nur der herbe Geruch tausender Tierleiber und die gewaltige Staubwolke kündeten noch von der ersten Jagd des neuen Jahres. Der Boden vor den Mauern war zerpflügt; tiefe Furchen glänzten feucht braun im Licht. Die wenigen Sträucher und Bäumchen der Umgebung waren in der Flut ebenso untergegangen wie die Dornenhecke. „24 Büffel haben wir erlegt – damit kommen wir bis zum Beginn der großen Jagdsaison aus. In fünf Tagen von heute an feiern wir das Fest der Sonne. Sputet euch, auf dass bis dahin alle Vorbereitungen abgeschlossen sind!" verkündete Miriam seinem Volk, welches sich vor der Beratungshütte versammelt hatte. „Jede Familie erhält einen Büffel zur Bearbeitung. Vergesst nicht, die Knochen der Tiere auf den Scheiterhaufen zu ordnen, damit die Seelen der Büffel mit dem Rauch zu ihren Ahnen fliegen können. Zuvor muss ich Euch jedoch um Rat bitten." Miriam sah nachdenklich über die Köpfe seiner Leute hinweg. „Bevor das Fest der Sonne stattfindet – so ist es Sitte und Brauch, müssen alle Probleme und Streitigkeiten unter uns ausgeräumt sein, damit sie im neuen Jahr kein Unglück bringen. Mir wurde vor einigen Monden angetragen, über das Schicksal von Goli zu befinden. Damals entschied ich:

Wenn er selber jagen kann, werden wir erneut beraten, ob er bleiben darf oder nicht. Nun: Er ist inzwischen erwachsen und kann selbst für sich sorgen. Was mit ihm geschieht, liegt in Eurer Hand!" Bobak stand wie erstarrt. Die Tatsache, dass heute über Golis Schicksal entschieden würde, traf ihn völlig unerwartet. „Sprecht frei heraus! Wie wollen wir mit dem Tiger verfahren?" fragte Miriam noch einmal, da sich niemand zu Wort meldete. Bobaks Ohren begannen zu glühen. Er fühlte, wie seine Hände feucht wurden. Die vielen Blicke, die sich nun auf ihn richteten, vergrößerten seine Unsicherheit. Beinahe hätte er los geschrien: Das dürft ihr doch nicht! Goli ist mein Freund!

„Der Tiger darf nicht länger in Kilbaat bleiben. Er wird zu einer großen Gefahr. Raubtier bleibt Raubtier, auch wenn es wie ein Kätzchen schnurrt!" keifte die alte Nendra. Sie lebte seit Jahren allein in ihrer Hütte und wurde von den Nachbarn versorgt, seitdem ihr Mann und ihr Sohn bei einer Auseinandersetzung mit einem feindlichen Stamm ums Leben gekommen waren. „Hat der Tiger dir Böses getan, ist er Dir zu nahe gekommen?" fragte Miriam erstaunt. „Ei, gewiss doch, er hat mir meine Ziege getötet. Du selber hast mir dafür eine von Deinen Ziegen gegeben!" klagte die Frau. Miriams rechte Augenbraue zuckte. „Es waren zwei Ziegen, die Du von mir erhalten hast, denn sie war trächtig! War Dein Schaden damit nicht behoben, Nendra?" Bevor die Alte sich weiter beschweren konnte, schob sich Ryno, ein großer, kräftig gebauter Mann und Angehöriger der Sonnengarde, nach vorn. „Schweig still, Weib, es gibt Wichtigeres als Deine blöde Ziege. Goli hat vor vier Tagen meinem Sohn und weiteren fünf Jungen das Leben gerettet. Das zählt für mich. Er gehört zu unserem Volk wie ich, ohne ihn würden wir jetzt das Fest der Toten feiern. Ich spreche mich für ihn aus. Soll er bleiben, bis er selber die Pikos verlassen möchte. Ich glaube, Miriam, Du musst nicht weiter fragen. Wir sind alle einer Meinung: Goli soll bleiben!"

Bobak traute seinen Ohren nicht. Ausgerechnet Ryno, der damals am lautesten gefordert hatte, dass der Tiger getötet werden solle, sprach sich jetzt zu seinen Gunsten aus!? „Sind alle damit einverstanden?" fragte Miriam in die Menge. Es meldete sich kein Widerspruch. Auch die alte Nendra wagte nicht, auf ihrer Forderung zu bestehen. Da trat Bobak zu seinem Vater. „Darf ich sprechen?"

bat er unsicher. „Sprich, mein Sohn! Jeder darf sprechen – Mutter Sonne kennt keine Ausnahmen."

Bobak sah die Augen der Kinder, die ihm aufmunternd zuzwinkerten, das mürrische Gesicht der alten Nendra, die stolze Haltung der Sonnenkrieger. „Ich weiß, dass viele von Euch Furcht vor Goli haben und wie Tante Nendra glauben, dass eines Tages das Raubtier in ihm erwacht. Ich weiß aber auch, dass dies nie geschehen wird! Sicher, die Ziege hat er gerissen, aber da war er noch zu jung, um zu verstehen, dass bestimmte Gesetze nicht übertreten werden dürfen. Seitdem ist nie wieder etwas Derartiges geschehen. Ist Euch noch nie in den Sinn gekommen, dass Mutter Sonne vielleicht einen bestimmten Zweck verfolgen könnte?" Auch Miriam runzelte voller Erstaunen die Stirn über die ungewöhnlichen Worte seines Sohnes. So sprach kein Kind! „Bisher galt der Wolf als das heilige Tier unseres Stammes. Doch, so frage ich Euch, wieso fallen Wölfe unsere Kinder an? Haben wir uns das falsche Tier erwählt? Sollte nicht der starke, mächtige Tiger für unseren Stamm stehen statt des Wolfes? Hat uns Mutter Sonne vielleicht ein Zeichen geben wollen, darüber nachzudenken?" Die Menge teilte sich, als Bobak mit erhobenem Haupt an seinen Platz zurückkehrte. Ein Raunen erhob sich.

Was wäre, wenn der Junge Recht hätte?

„Mein Sohn hat klug gesprochen. Doch es ist nicht die Sache eines Kindes, uralte Traditionen in Frage zu stellen", rügte Miriam.

Die Stimmung, welche die Worte seines Sohnes unter den Stammesangehörigen erzeugt hatte, war ihm jedoch nicht entgangen. Als er schließlich über die Zukunft des Tigers abstimmen ließ, waren die Pikos sich einig: Goli durfte bleiben, solange er wollte!

Die nächsten Tage vergingen wie im Flug.

Es wurde gebraten und gekocht. Fleisch musste in Streifen geschnitten, Holzgerüste zum Trocknen mussten errichtet werden – die Arbeit der Halbwüchsigen. Die Kleinsten sammelten Abfälle und Reisig für das Feuer. Man konnte den Pikos die Vorfreude von den Gesichtern ablesen!

Den Vormittag des Feiertages verbrachten Bobak und seine Gefährten mit dem Aufbau der langen Festtafeln. „Hier fehlen noch Tücher und Zweige. Ich laufe schnell zur Beratungshütte, um welche zu holen", rief Bobak den anderen zu und rannte, so schnell ihn die Beine trugen, zur großen Hütte. Dort hatten sich die Krieger der Sonnengarde eingefunden, um sich für die Zeremonie zu schmücken. Sie waren der wirkliche Grund für den plötzlichen Eifer des Jungen. Wie er träumten alle Burschen davon, einmal selbst das Zeichen der Sonne zu tragen. Doch nur die allerbesten Krieger des Stammes erhielten es. Bobak schlich sich an eines der Fenster.

„Wen haben wir denn hier? Ich habe Burschen wie Sich gekannt, denen sind vor Neugier die Nasen aufgequollen!" dröhnte Rynos Stimme in seinem Rücken. Erschrocken drehte sich Bobak um. „Ich wollte... – ich wollte doch nur noch einige Sachen holen", stammelte er verlegen und strich sich unauffällig über die Nase. Ryno grinste, dann gab er dem Jungen einen derben Schlag auf die Schulter, dass es krachte. Bobak machte, dass er davonkam. „Wo sind denn nun die Sachen, die Du holen wolltest?" empfing ihn Soma, der Holzteller auf den Tischen verteilte.

„Sind keine mehr da. Ich muss noch einmal weg. Macht allein weiter!" verabschiedete sich Bobak und rannte los.

Erst im Schuppen bei Goli gelang es ihm, sich zu entspannen. Der Tiger schnurrte leise, als der Junge den Kopf auf seiner Flanke niederlegte.

„Eines Tages – das verspreche ich Dir hiermit – werde ich ein großer Krieger sein. Noch größer und mächtiger als Ryno. Und ich werde das Symbol der Sonne tragen!"

Kurz bevor die Sonne ihren niedrigsten Stand erreichte, strömten die festlich geschmückten Stammesangehörigen auf den Festplatz.

„Beeil Dich, Bobak. Wir kommen sonst zu spät. Die anderen sind bereits alle auf dem Platz", drängelte Aldia und raffte ihre Bluse über dem Rock zusammen.

„Geh schon, Mutter. Ich sehe nur noch einmal nach Goli und komme sofort nach", versprach Bobak und schob die Mutter zur Tür. „Trödle aber nicht mehr solange, hörst Du!" ermahnte sie ihn. Dann entschwand sie.

Der Tiger lag schwer auf dem Boden seines viel zu klein gewordenen Stalles
und blinzelte Bobak entgegen. „Du bist traurig, weil Du nicht mitkommen darfst.
Aber das musst Du verstehen, Goli. Wir feiern heute das Fest der Mutter und
die Leute haben noch immer Angst vor Dir." Bobak versuchte den Tiger zu
trösten, doch das Tier schien ernsthaft verstimmt. „Ach, was soll's! Vater betont
doch immer, dass Mutter Sonne keine Ausnahmen duldet. Ich nehme Dich
einfach mit!" Der Tiger schien den Inhalt der Worte genau verstanden zu
haben, denn er sprang sofort auf.

„Einen Moment – so geht das nicht! Wir müssen Dich vorher ein bisschen
schmücken, schließlich ist heute ein Festtag." Bobak löste einige rote Bänder
aus seinem Haar und flocht sie in das Nackenfell des Tigers ein.

„Siehst Du, so wirst Du den Leuten schon gefallen. Und mach bloß keinen
Blödsinn – hast Du verstanden? Sonst bekomme ich wieder den Ärger."

Er zottelte Goli an den Ohren ins Freie. „Immer schön bei Fuß bleiben!"

Sie näherten sich dem inzwischen feierlich geschmückten Zeremonieplatz.
Ryno führte heute die Sonnengarde an. Als er das ungewöhnliche Paar
kommen sah, lief er ihm entgegen. „Komm, Bobak. Ich bringe Dich und Deinen
Freund Goli auf Eure Plätze." Verwundert folgte der Junge dem Mann. Es war
ungewöhnlich, dass sich ein Sonnenkrieger zu einem Halbwüchsigen
herabließ. Noch ungewöhnlicher schien, dass sich sämtliche Angehörigen des
Stammes von ihren Plätzen erhoben, als Bobak unter sie trat. Hatte dieses
Verhalten mit ihm oder dem Tiger zu tun? Er rätselte noch immer darüber,
während er sich an die Stirnseite des ihm zugewiesenen Tisches setzte und
Goli an seine Seite rief. Da kündigte ein dumpfer Wirbel den Auftritt des
Stammesältesten an. Miriam trug ein langes, weißes Gewand; Brust und
Rücken zierten glänzende Sonnen aus gediegenem Gold. Seine langen,
grauen Haare ringelten sich auf den Schultern. Sein Haupt bedeckte ein
schwerer Stirnreif, in dessen Mitte ein taubeneigroßer Rubin funkelte. In seiner
Rechten hielt er eine lodernde Fackel; die Linke schwenkte den heiligen Stab
mit dem Sonnensymbol. Die Pikos erstarrten in ehrfürchtigem Schweigen –
sogar die Säuglinge hörten auf zu greinen.

Miriam blieb mitten auf dem Platz neben dem Scheiterhaufen aus Holz und den Knochen der erlegten Büffel stehen, das Gesicht den letzten Strahlen des allmählich versinkenden Tagesgestirns entgegengestreckt.

Just in dem Augenblick, als der Strahlenkranz glutrot die Spitze des Berges entflammte, senkte Miriam die Fackel in den Holzstoß und entzündete ihn. Während die Flammen immer mächtiger wurden, entschwand das Sonnenlicht und die Nacht breitete sich aus. Mit lauter Stimme rezitierte der Älteste der Sonnenanbeter die Geschichte ihres Stammes:

„Einst war die Erde voll von Wesen, die sich Menschen nannten und uns sehr ähnlich waren! Doch sie trugen dort, wo wir ein lebend Herz haben, einen Stein! Ihre Seelen waren starr im Hass, die Freude ertrank im Fluss der Tränen. Sie sahen aus wie wir, ja, aber sie liebten nicht die Mutter Sonne – sie liebten nur sich! Die Steppen, Täler und Wälder wurden schwarz und verbrannten durch das Feuer des Bösen und niemand hatte mehr Luft zum Atmen. Das Wasser in den Bächen und Flüssen wurde trüb und bitter. Wer davon trank, wurde krank und starb. Und das nannten diese, die nur sich liebten ‚Leben'! Seht doch, seht, riefen sie, wir sind stark und unbezwingbar! Mutter Sonne gab jenem einen Zeichen, auf dass sie Vernunft annähmen, Einhalt geböten der drohenden Verwüstung. Doch sie gaben nur Spott darüber und schickten ihre fliegenden Metallleiber in die Lüfte, um zu zeigen, dass kein anderes Wesen der Mutter so nahe käme! Sie trieben Frevel ohne Unterlass und ihr Geist ward krank und verwirrt."

Obgleich Bobak diese Geschichte der Ahnen schon so oft gehört hatte, hing er wie gebannt an den Lippen des Vaters und saugte jede Silbe in sich auf. Die Alten saßen schweigend mit gesenktem Kopf; mancher sprach Wort für Wort mit. *„Mutter Sonne zürnte ihnen und verdeckte ihr Antlitz auf immer, um zu strafen die, die sie verhöhnten! Sie senkte den Mantel aus Eis und die Haube aus Schnee auf sie herab und schenkte ihnen den ewigen Schlaf."*

An dieser Stelle hob Miriam den Stab über sein Haupt, so dass sich das Feuer darin spiegelte. Er ließ das Licht durch die Menge wandern. Geblendet schloss Bobak die Augen. *„Dieser Schlaf währt eine Ewigkeit und löschte aus das Böse für immer! Als nun Mutter Sonne ihr Werk besah, lächelte sie zufrieden. Da* *hörte sie eine Stimme, die ihr zurief: Willst Du nicht auch mich vernichten? Ich allein bin übrig! Was soll ich ohne Gefährtin auf dieser bitterkalten Welt? Mutter Sonne dachte nach und beschied dann die Kreatur: Es sei Dir eine Gnade gewährt. Erscheint Dir eine Gefährtin, so halte sie fest die folgende Nacht, auf dass ein neues Geschlecht aus Euch entstehe!*

Das Wesen verstand den Spruch der Sonne nicht. Es zog sich tief zurück in die Höhlen der Ahnen, um sich zu wärmen an der Wand des toten Feuers. Und als es dunkel ward zur Nacht, zogen dahin die Gefährten der Finsternis, um sich zu ergötzen an seinem Blut. Doch es geschah, wie die Sonne prophezeit hatte: Die Kreatur spürte den warmen Leib, hielt ihn fest, auf dass ein neues Geschlecht entstehe! Als das Licht wieder ihre Augen traf, sah sie entweichen eine schmächtige Gestalt. Es war die Wölfin!

Warte, bis ich komme und bringe Dir die Frucht! Dein Geschlecht mag dann auch das Meine sein', sprach sie und verschwand. Und als das Wesen erwachte nach der Monde drei, ward ihm geschenkt ein Bub und ein Mädchen. Und so begann, was einst verödet, neu! Das Geschlecht der Pikos wuchs fortan; die Kraft des Trotzes wandelte sich in die Kraft der Liebe. In unserem Volke lebte die Seele des Wolfes!"

Noch lange, nachdem Miriam verstummt war, saßen die Pikos andächtig und lauschten den längst verklungenen Worten nach. „So war es bisher", fuhr das Oberhaupt schließlich fort, ohne den ahnungsvollen Blick vom Feuer zu nehmen. „Doch nichts bleibt, wie es ist! Die Zeichen der vergangenen Tage deuten auf eine merkliche Änderung hin – wir werden die Seherin befragen müssen."

Bobak wurde hellhörig. Die Seherin befragen? Er hatte die geheiligte Stätte bisher nur ein einziges Mal aus der Ferne betrachten dürfen. Orona – die Seherin – war das Mysterium der Sonnenanbeter. Die Höhle der Orona und die Höhle der Vorfahren wurden von den Pikos als Heiligtümer vergöttert. In ihnen ruhten die Gebeine aller bisherigen Oberhäupter; hier wachten die Geister der Ahnen über das Schicksal der Pikos...

Die Zeremonie nahm nun ihren gewöhnlichen Verlauf. „Lasst uns den Tanz der Jäger tanzen zu Ehren der Geister der erlegten Büffel! Auf dass sie in Frieden einziehen in das Tal der Ewigkeit", verkündete Miriam und zog eine winzige Glocke aus dem Ärmel. Ein heller Klang ertönte; die schweren Schläge der Trommler fielen ein:

Wum bum, wum wum bum...

Die Körper der Menschen wurden vom Rhythmus der Musik erfasst. Im gleichmäßigen Takt stampften die Krieger der Sonnengarde heran und eröffneten den Reigen der Jäger. Staub wirbelte unter den flink dahin gleitenden Füßen auf. Die nackten Oberkörper drehten und wanden sich. Nach jeder Runde um das lichterloh brennende Feuer beschleunigten die Trommler den Takt.

Die Zuschauer waren aufgestanden. Der Zauber des Tanzes begann sich auf sie zu übertragen; der Reigen zog sie scheinbar magisch an. Immer mehr Frauen und Männer verließen die Tische und reihten sich in den Kreis ein. Binnen weniger Minuten lief ihnen der Schweiß in Strömen, durchnässte die Festkleidung. Es graute bereits der Morgen, als der letzte Trommler erschöpft über seinem Instrument einschlief.

„Ryno hat um die Ehre gebeten, Dich für die Mannesweihe ausbilden zu dürfen. Er erwartet morgen meine Antwort!" Bobak hielt in seiner Arbeit inne und legte Messer und Pfeil vor sich auf den Schemel. „Er hat um die Ehre gebeten, mich ausbilden zu dürfen? Tja, was sagt man denn dazu? Der beste Krieger des Stammes möchte mein Lehrer werden...?" Bobak blickte noch immer ungläubig auf den Vater. „Hast Du ein Problem damit?"

Bobak verneinte, zuckte mit den Achseln. „Bisher hatte ich eher den Eindruck, Ryno mag mich nicht."

Miriam schaute seinen Sohn prüfend an. „Du wirst mich außerdem in die Höhle der Orona begleiten. So hat es gestern der Rat der Alten beschlossen. Ich hoffe, mein Junge, Du weißt, welche Bedeutung das für Dich haben wird?"

Bobak schluckte. „Ich soll...?"

Aldia trat herein. Sie hatte die letzten Worte ihres Mannes gehört. „So habt ihr euch im Rat entschieden? Wann beginnt die Mannesweihe?", fragte sie, während sie den gefüllten Wasserkrug auf seinen Platz stellte.

„Wenn der Mond zweimal seine volle Größe erreicht haben wird, muss er seinen Wolf erlegen. So wie auch die anderen drei Jungen in seinem Alter. Nur wird unser Sohn dann noch eine besondere Aufgabe erhalten – doch das erfährt er morgen von der Seherin! Du solltest heute zeitig schlafen gehen, Bobak. Ich wecke Dich kurz nach Mitternacht!" Aufmunternd zwinkerte er seinem Sohn zu.

„Das ist also Dein Sohn? Schau an, schau an! Als ich ihn das letzte Mal gesehen habe, war er noch ein Knirps – gerade so groß wie mein Daumen", krächzte Orona. Bobak war überrascht, wie klein und schmächtig die Seherin war. Er hatte sich die mächtigste Frau seines Stammes anders vorgestellt. Orona kicherte vor sich hin. „Hast gehofft, eine muntere Schönheit hier vorzufinden. Glaub mir, mein Junge: Schönheit vergeht; was bleibt, ist der Geist!" Konnte diese Frau seine Gedanken lesen, wie die Menschen im Dorf behaupteten? Sie erstiegen über künstlich in den Fels getriebene Stufen eine gigantische Terrasse, die das Herz der riesigen Höhle bildete.
„Setzt Euch zu mir an das Feuer! Es befreit die Träume und weckt Wünsche – man muss nur lange genug hineinschauen. Darf ich Euch nach dem langen Marsch einen Tee anbieten?" Die Männer nickten; auch Bobak ließ sich eine Schale mit gesüßtem Tee reichen.
„Wir brauchen Deinen Rat und Beistand, Orona. Ich habe in der letzten Zeit über viele Dinge nachdenken müssen, ohne zu einem befriedigenden Ergebnis zu kommen. Was geht um uns herum vor? Mutter Sonne ist voller Groll. Liegt es an uns?" eröffnete Miriam das Gespräch mit der Seherin. Sie hob ihre Schale zum Mund und pustete bedächtig. Ihre Stimme klang dumpf wie das Echo der Höhle. „Es liegt nicht an Euch! Die Ereignisse der Zukunft kann die Gegenwart nur bedingt beeinflussen. Ihr könnt nichts machen!"
Der letzte Satz kam so bestimmt über ihre Lippen, dass sich Miriam und Ryno erschrocken ansahen. „Es ist gut, dass Ihr zu mir gefunden habt. Auch ich habe lange Gespräche mit den Geistern der Ahnen geführt. Auch sie sind beunruhigt über das, was unseren Stamm erwarten wird. Doch ich habe nicht die Kraft, klare Bilder zu sehen."

„Gibt es nicht wenigstens einen Hinweis auf das, was uns erwartet? Damit wir nicht völlig von den Ereignissen überrannt werden...", mischte sich Ryno in das Gespräch. Orona schien die Frage nicht vernommen zu haben. In sich gekehrt, ergriff sie ein Stück glühende Holzkohle und legte es in ihre Handfläche. Bobak schaute ihr mit offenem Mund zu. „Gib mir Deine Hand, kleiner Häuptling. Wir wollen doch einmal sehen, wie Dein Geist beschaffen ist!" bat sie nach einer Weile sanft. Bobak reagierte wie in Trance. Er öffnete willig die Faust seiner rechten Hand und bot der Seherin die Innenfläche dar.

Orona lächelte ihn an. „Empfange das Feuer der Ahnen! Es möge brennen in Deinem Geist und in Deinem Herzen."

Bobak sah das leuchtende Kohlenscheit, spürte die Glut auf seiner Haut. „Es tut so weh", schrie sein Hirn, „es verbrennt mich!" Die Augen der Seherin zogen sich zu Schlitzen zusammen, ihre Blicke drangen in ihn ein. „Suche den Geist der Ahnen in ihrer Höhle oben am Berg! Wer das Rätsel der Wand des toten Feuers löst, wird werden der Herrscher des Tales." Er spürte eine sanfte Berührung auf seiner Stirn. „Wach auf, Bobak!"

Suchend schaute sich der Junge um. Hatte ihn ein Spuk genarrt? Was war mit dem Feuer in seiner Hand? Orona strich über die Handfläche und wischte die Asche ab. „Merke, kleiner Häuptling – der Geist herrscht über den Körper. Schau auf Deine Hand! Du bist stark, Dir ist nichts geschehen." Bobak starrte ungläubig auf die Reste der Glut. Die geschwärzte Haut war unverletzt.

Die Seherin schmunzelte; der Knabe gefiel ihr. „Hier, nimm diese Fackel und geh hinunter zum Gang. Dort warte, bis Tara Dich abholt und nach draußen bringt. Lauf nicht allein, Du würdest nie mehr zurückfinden. Lass Dir von der Alten ein Stück Fleisch für Deinen Goli geben. Er wartet schon auf Dich!" Damit reichte sie ihm einen brennenden Ast. „Gib auf Dich Acht, mein junger Häuptling! Wir werden uns bald wiedersehen. Nun geh!"

Nachdem Bobak die Runde verlassen hatte, schenkte Orona Tee nach. „Und nun zu Euch. Es gibt Dinge, die noch nicht für Deinen Nachfolger bestimmt sind, Miriam", betonte die Seherin und machte es sich auf den Fellen bequem.

„Der Rat der Alten hat entschieden, Bobak als meinen Nachfolger auszubilden. Ryno wird sich um ihn kümmern und ihn für die große Prüfung vorbereiten", erklärte Miriam. „Ein kluger Beschluss. Er kommt dem, was ich Euch nun sagen werde, entgegen. Also hört mir zu und bedenkt es dann für Euch! Dein Sohn wird die Höhlen der Ahnen aufsuchen – darin wird der eigentliche Teil seiner Prüfung bestehen. Die Geister der Ahnen wünschen Zwiesprache mit ihm, denn – so steht geschrieben – es wird kommen ein Tag, an dem ein blonder Knabe trifft auf die Geister der Vergangenheit, um eins mit ihnen zu werden. Ihre Kraft wird seine Kraft, ihr Verstand wird der seine! Ich kenne den Inhalt dieser Prophezeiung seit vielen Jahren, doch ich wusste erst, als dein Sohn geboren wurde, dass er dieser Knabe ist. Er ist der Einzige unter Euch mit blondem Haar!"

Ryno stand neben dem Tor. Unablässig schaute er in die Richtung, aus der sein Schützling kommen musste.

Die letzten Wochen waren sehr schnell vergangen. Bobak hatte sich als äußerst gelehriger und fleißiger Schüler entpuppt. Endlich tauchte der Tiger zwischen den Bäumen auf; kurz darauf erschien die Gestalt des Jungen.

Ryno sah auf den Schatten der Sonnenuhr. „Der Junge ist schnell, sehr schnell! Kein Läufer, den ich kenne, wird ihn jemals überholen!" murmelte der Krieger vor sich hin, dann verwischte er die Zeichen im Sand.

Bobak setzte zum Schlussspurt an, doch gegen den Tiger hatte er keine Chance. Nur leicht verschwitzt erreichte er schließlich das Ziel.

„Ruh Dich aus, Bobak! Ich bin sehr zufrieden mit Dir!" empfing ihn Ryno und reichte ihm den Krug mit Wasser. Bobak bespritzte sich nur das Gesicht, den Rest stellte er Goli zum Trinken hin. „Das war heute unser letzter Tag. Ich habe Dir alles beigebracht, was ich kann – nun liegt es an Dir, was Du daraus machst!" „Ich weiß, Ryno. Ich möchte Dir danken. Ich habe viel gelernt und ich verspreche Dir, dass ich Dir keine Schande bereiten werde." Der Mann und der Knabe standen sich gegenüber wie Vater und Sohn.

„Ich wünsche mir, dass mein Jeni einmal so wird wie Du. Auf den Tiger würde ich allerdings verzichten wollen", fügte Ryno scherzend hinzu und überreichte Bobak eine Kette. „Ein kleines Abschiedsgeschenk von mir. Ich hoffe, es gefällt

Dir!?" „Ein Zahn der Donnerechse – was für ein wertvolles Geschenk!", strahlte
der Junge und hängte sich das Lederband um den Hals.
„Möge er Dir Kraft und Ausdauer verleihen, mein Sohn!"

„Hast Du auch wirklich alles eingepackt? Die Nächte sind kühl in den Bergen,
nimm noch eine Decke mit...!"
„Mutter, ich bin doch kein Lastenträger!" stöhnte Bobak und sortierte seine
Tasche noch einmal um. „Nur was da drin ist, nehme ich mit. Wenn es kalt
wird, kann ich mir ein Feuer machen. Außerdem habe ich Goli, der mich
wärmen kann", entschied er und schwang sich die Tasche über.
„Ich muss jetzt gehen, Mutter. In einigen Tagen bin ich wieder hier!"
verabschiedete er sich. Als sie ihn an sich drückte, machte er sich steif. „Ich bin
doch kein Kind mehr!" Die Abschiedstränen der Mutter rührten ihn, doch er
brach jetzt auf, um seine Prüfung zu absolvieren. Miriam wartete vor der Hütte
auf ihn. „Du bist wirklich groß geworden, fast einen halben Kopf mehr als ich!"
stellte er lachend fest, als er ihn umarmen wollte.
„Pass auf Dich auf, mein Junge. Überall lauern Gefahren, trau nur Dir selber!
Und bedenke, wenn Du Deinen Wolf triffst – wir tragen ihre Seele in uns. Töte
ihn und trinke von seinem Blut! Dann wird auch seine Kraft auf Dich übergehen.
Sei vorsichtig, mein Sohn!" Er boxte ihn leicht gegen die Schulter.
„Mach ich. Ich muss jetzt los. Also bis dann." Bobak verneigte sich förmlich vor
dem Stammesältesten, dann rief er Goli und brach auf. Der Tiger bestimmte
von Beginn an das Tempo. Leichtfüßig richtete sich Bobak auf die lange
Strecke ein und passte sich dem Rhythmus des Tieres an. Mit einer Hand hielt
er sich im Nackenfell des Tigers fest und ließ sich von ihm führen. Dunkelheit
umhüllte die beiden Gestalten wie ein schützender Mantel. Bobak überließ sich
ganz dem Instinkt seines Freundes.
Ihr Ziel waren die großen Berge, die alte Heimat seiner Vorfahren. Er sollte in
den Höhlen der Ahnen meditieren und Kontakt zum Großen Geist aufnehmen.
Und wenn die Seherin Recht hatte, sollte er dort seinen Wolf treffen und mit
ihm kämpfen, so wie es die Regeln vorschrieben! Damit würde er eintreten in
die Reihen der Männer und Krieger. Geschmeidig und ausdauernd zog das

ungleiche Paar durch die Nacht. Sicher wichen sie jedem Hindernis aus. Erst als sie die ersten Anhöhen erreichten, warf der Junge einen letzten Blick auf Kilbaat. In der Ferne flackerten die Wachfeuer auf der Mauer.

Er verspürte ein Ziehen in der Magengegend, doch ohne sich davon unterkriegen zu lassen, trieb er seinen Gefährten an: „Vorwärts, nicht so faul! Wir verlieren nur unnötig Zeit." Gleich ihm rannten in dieser Nacht drei andere Jungen durch die Finsternis, um ihren Wolf zu finden.

Das Grau des herannahenden Morgen fand den Jungen und seinen Tiger bei einer kurzen Rast an den Ufern eines rauschenden Baches.

„Oh, tut das Wasser gut!" stöhnte Bobak und tauchte sein Gesicht hinein.

Die Augenlider brannten; der fehlende Schlaf und die Anstrengungen der Nacht machten sich bemerkbar. Er trank einige Züge und tauschte das Wasser in seiner Feldflasche aus. Goli nutzte die Minuten der Ruhe zur Entspannung. Hechelnd legte er sich auf dem Rasen lang und ließ den Kopf auf die Vorderpfoten sinken. Er war müde und hungrig! Als er Bobaks prüfende Blicke bemerkte, sog er die Luft tief ein, um die Gerüche des Umfeldes zu sondieren. Beruhigt schloss er für einige Augenblicke die Augen. Es drohte keine Gefahr, nur der verlockende Duft von Bergziegen reizte ihn.

„Tut mir leid, mein Alter. Noch ist keine Zeit zum Schlafen. Wir müssen ein gewaltiges Stück schaffen! Wenn Mutter Sonne ihren höchsten Stand erreicht hat, sind wir an den Höhlen. Dann können wir ausruhen!" Als Goli sah, dass sich sein Herr erhob, schnellte er wie eine Feder empor und streckte seinen herrlichen Körper. Die Ziegen mussten also warten...

Zur vorgesehenen Zeit erreichten sie das Plateau.

Vor ihnen lagen die Höhlen der Ahnen!

Die oft gehörten Schauermärchen spukten im Kopfe des Jungen. Würde er hier jemals wieder herauskommen? Goli verharrte wie versteinert. Auch Bobak schnupperte verwirrt. Fremde, unbekannte Düfte entstiegen dem Felseninnern – der alten Heimat seines Volkes, der letzten Zuflucht vor dem kalten Tod. Schaurigen Mäulern eines Fabelwesens gleich, klafften vor ihnen die Eingänge zu den heiligen Höhlen. Goli spürte das Zaudern seines Herrn; misstrauisch schmiegte er sich an ihn und versuchte ihn von den Höhlen wegzuschieben.

„Was ist denn?“ erzürnte sich Bobak, doch als er die aufgerichteten Nackenhaare des Tigers bemerkte, folgte er dessen Drängen. „Okay, ruhen wir uns aus und schlafen erst einmal. Danach hältst Du mich aber nicht mehr auf. Ist das klar, mein Freund?“ Der Tiger schielte schuldbewusst zu Seite. Bobak kraulte ihm die Flanken. „Einer von uns beiden muss Wache halten! Ich hoffe, Du weißt, wer!“

Bobak ließ sich auf einem kargen Grasfleck nieder und schlief ein. Sein getreuer Freund drehte einige Runden auf dem Plateau. Nachdem er sicher war, dass keine unmittelbare Gefahr drohte, verschwand er in der nächsten Schlucht. Kurz darauf hallte das Todeslied einer Bergziege von den Hängen wider.

Ein kühler Luftzug ließ Bobak erschaudern.

Die Sonne stand bereits sehr tief, als er erwachte. Gähnend rieb er sich die Augen. Neben ihm lag der Tiger träge und satt und putzte sich das Blut aus dem Fell. Bobak öffnete seine Tasche, um sich ein Stück getrocknetes Fleisch zu genehmigen, als Goli plötzlich laut jaulend aufsprang. Der Junge sah die gewaltigen Hauer auf sich zurasen. „Jetzt passiert es“, dachte er bei sich und schloss erschüttert die Augen. Der Tiger erwischte den Jungen im vollen Lauf mit dem Maul, riss ihn etliche Meter durch die Luft und beförderte ihn auf den Rand des Plateaus. Bobak hielt noch immer die Augen geschlossen; dann spürte er, wie sich der Felsen unter ihm bewegte. Hilflos auf dem Rücken liegend, versuchte er krampfhaft, Halt zu finden. Goli stieß ein heiseres Brüllen aus, drehte sich im Stand und stürzte ebenfalls nieder. Das Tosen der herab fallenden Steine wurde immer lauter und das Vibrieren des Bodens erregte eine ekelhafte Übelkeit in Bobak. Schließlich wurde ihm schwarz vor Augen...

Ein großer feuchter Lappen wischte über sein Gesicht.

„Wie oft muss ich Dir noch sagen, dass ich kein Kind mehr bin, Mutter!“ stöhnte der Junge. Da seine Mutter nicht hören wollte, öffnete er die Augen. „Du hast vielleicht eine raue Zunge, Goli! Danke, es reicht, ich bin jetzt wach!“ Scherzend wehrte er den Versuch des Tigers ab, ihm erneut die Stirn zu lecken. „Ich freue mich ja auch, dass wir es heil überstanden haben!“ beruhigte er das Tier und schaute sich besorgt um.

Das Erdbeben war vorüber; die Vögel zwitscherten auf ihrem Flug, als wäre nichts geschehen. Nur die frischen Bruchstellen an den Felsen und tiefe Eindrücke am Hang zeugten noch von der Katastrophe. Dort, wo er geschlafen hatte, zog sich eine zerscharte Spur entlang. Bobak tastete sich vorsichtig zum Hang hin. „Muss ja ein mächtiger Brocken gewesen sein!" Irgendwo da unten in der Tiefe war er zerschellt. Dort wäre auch er zerschellt. Sein Blick suchte den Tiger. „Goli, komm zu Herrchen!" Der Tiger trabte an und ließ sich die Liebkosungen des Jungen gern gefallen. „Und ich Dummer habe geglaubt, Du wolltest mich töten, das Raubtier wäre erwacht! Dabei hast Du mich nur schützen wollen. Du hast einiges gut bei mir, mein Freund!" Dann suchte er die Reste seiner Sachen zusammen, atmete tief durch und stieg in die Höhle der Ahnen ein.

Dr. Jim Harpers Augen standen offen.
Sein starrer Blick war auf die durchsichtige, beschlagene Abdeckung des Sarkophages gerichtet. Zischend strömte Sauerstoff ein, leise surrten die Elektromotoren der Herz-Lungen-Maschine. Der nackte Brustkorb des Mannes hob und senkte sich unter dem Druck des Gasgemisches. Das Herz begann zu arbeiten und trieb den Saft des Lebens in jede Zelle des Körpers.
Stunden später regte sich Jim und erwachte endgültig aus dem eisigen Schlaf.
Es dauerte einige Zeit, bis sich seine Augäpfel an das dämmrige Licht gewöhnt hatten und imstande waren, die Umgebung wahrzunehmen. Er fühlte den kühlen Luftzug, fröstelte, bekam eine Gänsehaut.
„Wo bin ich?" Staunend glitt sein Blick über einen schneeweißen Körper.
Seinen Körper? Nach und nach stellten sich die Erinnerungen ein: der ewige Schneesturm, das große Sterben der Menschheit...
Er versuchte sich aufzurichten. Noch benommen, griff seine Hand ins Leere.
Während der ersten unkontrollierten Bewegungen lösten sich automatisch die Injektionsschläuche von seinen Armen.
„Oh, tun mir die Knochen weh!" stöhnte er leise und drehte sich schwerfällig um. Dabei berührte er zufällig die kalte Wand seines gläsernen Sarges und der Verschluss des Deckels öffnete sich zischend. Dr. Harper richtete sich ächzend

auf. Zu seinen Füßen befand sich die Truhe mit seiner Kleidung und den persönlichen Unterlagen. Er zog den gefütterten Overall heraus und zog ihn an, dann streifte er die Stiefel über. Während der ersten Schritte noch unsicher schwankend, gewöhnte er sich schnell an die Situation.

„He, he! Hört mich hier jemand?" krächzte er. Sein Hals schmerzte. Aber nur das eintönige Summen der Geräte war zu vernehmen. Staksig lief er durch den Saal, vorbei an unzähligen Kühlcontainern, deren Kontrolllämpchen alle in sattem Grün leuchteten. Taumelnd erreichte er die Schleuse. Als sich endlich die Tür öffnete, musste er sich entkräftet auf den Boden setzen. Wieso hörte ihn niemand? Vor dem Eingang in einen riesigen Stollen standen mehrere Elektromobile. Erleichtert kletterte Jim auf eines von ihnen und startete. Doch nichts geschah!

„Verfluchte Schlamperei! Diese Idioten haben doch tatsächlich vergessen, die Kabel anzuschließen. Denen werde ich nachher etwas erzählen", fluchte er wütend und schaute sich die übrigen Fahrzeuge an. Erst beim dritten Wagen wurde seine Suche belohnt. Sanft ruckte der Karren an, schnurrend zog er in die Kurve; gleichzeitig erstrahlten die Deckenleuchten des Ganges. Elektronische Wegweiser und Schilder nahmen, wie von Geisterhand aktiviert, ihre Tätigkeit auf. Noah-City erwachte zu neuem Leben! „Bei Gott, sieht das überall schlimm aus!" murmelte Jim angesichts des Gerölls und Staubs, welche die Straßen der Stadt bedeckten. Auch schalteten sich etliche Lampen nicht ein. Er steuerte sein Fahrzeug vorsichtig um einige Hindernisse herum. Während er über die Ursachen des ungewöhnlichen Defektes nachdachte, meldete sich energisch sein Magen.

„Zuerst eine Kleinigkeit essen, dann ab zur Zentrale", legte er einen Zeitplan fest und änderte seinen Kurs. Vor einem Appartement hielt er an. „Ein Dreck ist das hier! Irgendein Idiot hat die Tür offen stehen lassen", fluchte er leise vor sich hin und trat in die kleine Wohnung ein. Sämtliche Möbel waren von einer dicken Staubschicht bedeckt; jeder seiner Schritte hinterließ deutliche Spuren. Auch die Abdeckfolien auf den Betten waren voll davon.

„Das wird eine Heidenarbeit, alles wieder sauber zu bekommen", seufzte er und suchte in den Schränken nach Essbarem. „Hartes Brot? Man müsste sich beim Bäcker beschweren...!" Schmunzelnd stöberte er alle Fächer durch. Da er nichts Brauchbares auftreiben konnte, entschloss er sich, nach dem Besuch der Zentrale ein Kühlhaus anzufahren. Bevor er den Raum verließ, schaute er sich noch einmal um. Die Folie auf einem Bett war verrutscht. Die Oberfläche wölbte sich in der Mitte leicht nach oben. Zögernd trat Dr. Harper zur Schlafstätte und zog die staubige Plane herab.

Für einen Moment stockte ihm der Atem. Vor ihm, auf dem Bett, lag eine Mumie. Sie war mit einem silbergrauen Anzug bekleidet; auf der Brusttasche leuchtete ein Namensschild: Prof. Frank Medleys, Atomphysiker, Abteilung V/331. Jim starrte einige Minuten reglos auf die Überbleibsel seines Leidensgefährten. Er erinnerte sich, dass dieser zu den wenigen Bewohnern der Stadt gezählt hatte, die sich rigoros geweigert hatten, in die Kältekammern zu gehen. „Hast es also doch geschafft, uns zu überlisten, alter Gauner", raunte er traurig. Offensichtlich hatte es einen Fehler im Kontrollsystem gegeben, denn nach vorliegender Meldung waren alle Kammern belegt gewesen, als er und sein Team als letzte eingeschläfert worden waren. In einer Hand hielt die Mumie eine gläserne Röhre. Jim löste sie vorsichtig heraus und öffnete den Verschluss. Ein dicht beschriebenes Stück Papier kam zum Vorschein.

„Ein Brief an mich?" stellte Jim überrascht fest und begann zu lesen:

Jim, mein einziger Freund in dieser Hölle!

Wenn Du, wie ich für Dich hoffe, eines Tages diese Zeilen lesen wirst, werde ich schon lange zu Staub zerfallen sein. Doch ich sterbe mit der Gewissheit, wenigstens nach meinem Tod wieder mit den Meinen vereint zu sein. Du weißt, dass ich nie verwinden konnte, meine Frau und meine Kinder dem sicheren Tod überlassen zu haben. Das Gefasel unserer Herren Präsidenten von der heiligen Mission zur Errettung der Menschheit ist mir unerträglich. Was nützt mir die Menschheit, wenn die, die ich liebe, nicht mehr dazugehören? Sicher gibt es immer noch einen zweiten Weg – um mit Deinen Worten zu sprechen – und ich bin Dir auch von ganzem Herzen für Deinen Trost und Dein Mitgefühl dankbar. Und ganz sicher wäre auch meine Entscheidung anders ausgefallen, wenn meine Familie eine Chance in Noah-City gehabt hätte.

Mein lieber Jim!

Jim wischte sich die Tränen vom Gesicht.

Er rückte die Folie wieder zurecht. Schleppenden Schrittes verließ er den Raum. Nahm das denn niemals ein Ende?

Nur seine eigenen Geräusche hallten von den Wänden wider, als Jim die Kommandozentrale erreichte. Ihm wurde bewusst, dass irgendetwas nicht stimmte! Wieso war niemand in der Zentrale? Waren die anderen noch nicht wach? Sie werden doch nicht etwa...? Sein Herz pochte so laut, dass es in seinen Ohren dröhnte. „Das darf nicht sein!" Ein Eismantel kroch über sein Hirn; ihn fror plötzlich. „Nur keine Panik, mein Junge! Es kann alles Mögliche passiert sein!" versuchte er die in ihm aufsteigende Furcht zu beschwichtigen. Licht flammte auf. Auch hier war alles voller Staub – absolut unberührt! „Hier war jedenfalls seit Urzeiten kein Mensch!" Maschinen liefen an; Kontrollleuchten begannen ihr vielfarbiges Spiel und flackerten im ungleichen Rhythmus. Jim überflog die Anlage. Er stutzte, als sein Blick die Zeitanzeige des Zentral-Computers streifte. „7. Mai 2337 / 14.37 Uhr", prangte es auf der leuchtenden Skala in tiefem Rot. „7. Mai 2337", wiederholte er leise und es traf ihn wie ein Keulenschlag. Hektisch hämmerte er auf der Tastatur des Computers herum. Auf dem Monitor erschienen in großen Lettern die gewünschten Daten. ‚Projekt „Future': Beginn am 1. Februar 2037; Belegung der letzten Kammern am 15. August 2037; Einschalten der Weckautomatik am 1. Februar 2125".

Bestürzt raufte er sich die Haare. „Mann, wir haben verschlafen...!" Ein dicker Klumpen schien sich in seinem Magen zu formen; der Eismantel war wieder da. „Zweihundert zwölf Jahre verschlafen! Das gibt es doch gar nicht!" Noch immer fassungslos starrte Dr. Harper auf die Bildfläche des Kontrollschirmes. Wie von Sinnen stürzte er aus der Zentrale. Außer Atem erreichte er den Elektrokarren, schwang sich auf den Sitz und fuhr los.

Mit Maximalgeschwindigkeit donnerte er die leeren Straßen von Noah-City entlang; in seinem Hirn hämmerte nur ein Wort: allein, allein, allein...!

Die Angst schnürte ihm die Kehle zu. In höchstem Tempo erreichte er die Zufahrt zu den Gefrierkammern, sauste in den Stollen hinab und brachte mit Mühe den Wagen vor dem Eingang zum Stehen. Wie hypnotisiert starrte Jim auf die Tür. Endlich konnte er sich entschließen. „Lieber Gott, gib mir die Kraft, das durchzustehen. Lass alles gut gehen – und mich hier nicht allein!"

Er betätigte den Öffnungsmechanismus und trat mit weichen Knien ein. Gespenstische Dämmerung empfing ihn. Die Notbeleuchtung war zwar eingeschaltet, gab aber gerade soviel Licht, dass er die Umrisse der Sarkophage erkennen konnte. Schnell rief Jim sich die Funktionsweise der Kammern in Erinnerung. „Grüne Lämpchen bedeuten: Es ist alles okay, Kühlprozess verläuft nach Plan! Rot – nicht darüber nachdenken!" Er begann, den Komplex zu überprüfen. „Gott sei Dank, hier ist alles in Ordnung!" stellte er erleichtert fest, nachdem er nirgendwo ein rotes Licht entdecken konnte. Vor einem der Sarkophage verweilte er nachdenklich einen Moment. „Dr. Linda Ferrow" stand auf der Belegungsanzeige. Er wischte den durchsichtigen Deckel frei. Bleich und friedlich schlummerte die junge Frau in ihrer eisigen Hülle. Sein Herz beruhigte sich allmählich, die Angst legte sich. Er durchquerte die Halle, schritt an den tausend Körpern, die ihrer Erweckung harrten, vorüber und erreichte schließlich die Schleuse zum nächsten Trakt. Fünf dieser Komplexe waren einst zur Unterbringung der Bewohner von Noah-City errichtet worden. Nicht einmal die Hälfte der Plätze war schließlich belegt worden! Über der Schleuse flammte fortwährend ein rotes Dreieck auf. Ahnungsvoll ließ Jim die Tür aufpendeln. Ein eigenartiger, stechender Geruch hing in der Luft. Er spürte sofort den Temperaturunterschied. Er rannte die Reihen der Sarkophage entlang. Wohin er auch blickte: Überall waren die Deckel geöffnet; die Lämpchen leuchteten in drohendem Rot. Er konnte es nicht fassen. „Tot, sie sind alle gestorben..." stammelte er, als er die teilweise mumifizierten Skelette sah.

Erschüttert lehnte er sich gegen die Wand. „Tausend Menschen voller Hoffnungen und Bangen – und alles umsonst! Wie soll das mit uns bloß weitergehen!?"

Tränen in den Augen, raffte er sich schließlich auf. Bange näherte er sich dem dritten Saal, in dem sich der Rest der Mannschaft befand. „Grün, es ist alles grün!" registrierte er. Apathisch ließ er sich auf dem kalten Betonboden nieder und die Zeit verstreichen, bis die Kälte durch den Overall drang. Unzählige Gedanken gingen ihm durch den Kopf. „Hast Recht behalten mit Deiner Prognose, mein lieber Frank!" stieß er endlich grimmig hervor und erhob sich. Fast 50% der verbliebenen Weltbevölkerung hatten aus bisher unbekannten Ursachen das Experiment der Zeitreise nicht überlebt! „Für die andere Hälfte werde ich jetzt den Wiederbelebungsprozess einleiten."

Je tiefer Bobak in die Höhle eindrang, umso mehr Zeugnisse ihrer einstigen menschlichen Bewohner entdeckte er. In einer in den Stein getriebenen Nische lagen Dutzende – noch nicht sehr alte – Fackeln aus stark harzenden Kiefernhölzern. Bobak suchte sich einige heraus. Daneben fand er Feuersteine, trockenes Moos und Schwamm. Er hockte sich hin, und begann, auf althergebrachte Weise mit Hilfe der Steine Funken zu schlagen, bis sich ein Moosbällchen entzündete. Der Junge streute Schwammkrümel in die Glut und blies sanft. Als endlich eine offene Flamme hervor schlug, legte er einige Späne nach. Jetzt reichte die Kraft des Feuers, eine Fackel zu entzünden. Der Abstieg in das Reich der Ahnen konnte beginnen. In einem Seitenflügel fand Bobak eine Pyramide aus Menschenschädeln, daneben lagen, säuberlich aufgeschichtet, die Gebeine seiner einstigen Vorfahren. Der Anblick erschreckte den Jungen, doch die Worte des Vaters fielen ihm ein: „In den Höhlen ruhen die Gebeine unserer Häuptlinge und Stammesfürsten. Ihre Geister sind uns wohlgesonnen. Sie wachen über das Schicksal unseres Volkes und vertreiben jeden Fremden aus ihren geheiligten Hallen. Du bist erwünscht und wirst erwartet!"

Vor der Gruft befanden sich Opferschalen und Krüge, in die einst Speisen und Getränke für die hungernden Seelen gefüllt worden wurden. Bobak kniete nieder und goss frisches Wasser in einen Krug. Aus seiner Tasche zog er ein Stück geräuchertes Büffelfleisch und legte es in eine Schale. „Ihr, die Ihr aufgestiegen seid zu den Höhen der Mutter, ich grüße Euch voller Ehrfurcht! Ich, Bobak, Sohn des Ältesten Miriam Merenes, Häuptling und Stammesfürst der Pikos, bin Eurem Ruf gefolgt und erbitte mir Euren Schutz. Ich bin gekommen in das Reich der Ahnen, um meinen Wolf zu erlegen, auf dass ich in die Reihen der Krieger meines Stammes aufgenommen werde. Ich werde Euren Frieden nicht stören!" betete er still. Dann entzündete er ein Talglicht und streute einige duftende Kräuter über die kleine Flamme. „Damit Ihr, Götter meines Volkes, besser sehen und riechen könnt, wenn Ihr Euch an Speis und Trank labt", flüsterte er und verneigte sich mehrmals. Dann winkte er dem Tiger zu, nahm die Fackel auf und setzte den Weg ins Innere der Höhle fort. Aufmerksam betrachtete der Junge jede Kleinigkeit, drehte jeden Stein um, beschnüffelte jedes Ästchen. Der Gang wurde breiter. Die erste Höhle eines weiten Labyrinths nahm die beiden Suchenden auf. Von irgendwo drang das Glucksen eines Baches zu ihnen herüber. Einige abgeschlagene Steinsplitter erregten die Aufmerksamkeit Bobaks. Bei näherer Betrachtung stellte er fest, dass sie als Pfeilspitzen Verwendung gefunden haben mussten. Er nahm einen Splitter in die Hand und strich behutsam über die messerscharfe Schneide. „Die Dinger sind genauso gefährlich wie unsere heutigen Eisenspitzen, nur dass sie leichter abbrechen. Sei also vorsichtig, Goli, und pass auf, wo Du hintrittst! Ich habe keine Lust, Dich zu tragen!" belehrte er seinen Freund. Bobak überlegte, ob die Ahnen es ihm verübeln würden, wenn er einen Stein mitnehmen würde. „Ach, lieber nicht! Ich lasse alles dort, wo es seit Menschengedenken liegt", entschied er dann. Den Zorn der Ahnen wollte er nicht herausfordern. Das Plätschern des Wassers war lauter geworden. Der kleine, wilde Bach war, so wusste er aus den Erzählungen der Alten, einer der wichtigsten Gründe für die Menschen gewesen, sich ausgerechnet hier anzusiedeln. Wasser war Leben, fast noch wichtiger als Essen. Der zweite

Grund war die Wand des toten Feuers – ein Phänomen, das bisher niemand erklären konnte. Nicht einmal die Seherin Orona!

Sie sollte sich sehr glatt anfühlen, diese Wand, und so hoch sein, dass fünf übereinander stehende Männer nicht den oberen Rand erreichten. Und sie war so warm, dass die Ahnen ihre Schlafplätze daneben einrichteten und auch im tiefsten Winter nicht frieren mussten!

Bobak und sein treuer Gefährte folgten dem Lauf des Gewässers. Am sandigen Ufer fanden sie eine große Anzahl alter Feuerstellen. Verkohlte Holzstücke und Aschereste hatten sich mit feinem Sand vermischt.

„Siehst Du, hier brannten einst die heiligen Feuer, entzündet durch den glühenden Strahl der Mutter Sonne." Gedankenverloren hockte Bobak sich hin und ließ die Hände durch das Gemisch gleiten. „Was hältst Du davon, wenn wir genau hier unsere Rast einlegen und die nächsten Stunden bis zur Nacht verbringen?" schlug er schließlich vor, sammelte die Reste der Äste und Kohle zusammen und entzündete mit der Fackel ein Feuer. „Manchmal treiben die Geister der Ahnen ihren Schabernack mit unerwünschten Besuchern der Höhle. Dann reden sie mit tiefen Stimmen und erschrecken die Leute. Ich hoffe nur..." Er wurde unterbrochen. Ein dumpfes Grollen kam aus der Tiefe der Höhle und wuchs zu einem ohrenbetäubenden Geräusch an, so dass sich der Junge beide Hände auf die Ohren presste. Es schien ihm, als durchbohrte ein spitzer Pfeil seinen Kopf. Der Lärm verstummte ebenso schnell, wie er aufgekommen war. Furchtsam schaute der Junge in die Finsternis. „Goli, das waren die Stimmen der Ahnen. Sie sind bestimmt böse, weil ich die Steine berührt habe." Ängstlich umschlang er den Körper des Tigers und suchte Schutz bei ihm. Es blieb still. „Vielleicht ist es doch besser, wir gehen weiter! Komm, Goli, lass uns aufbrechen!" Mit schlotternden Knien machte er sich auf den Weg. In der nächsten Grotte erlebte der Junge eine Überraschung.

„Die Bilder der Ahnen! So sehen sie also aus? Vater spricht oft von ihnen. Schau Dir nur diese Pracht und Schönheit an, Goli!"

Im Lichte der flackernden Fackel schienen die Bilder zu leben; Tausende von ihnen bedeckten die Felsen bis zur Decke hinauf. Vor Staunen blieb Bobak der Mund offen stehen. „Siehst Du hier die vielen Hütten? Vater sagt, dass es früher Städte gab, in denen alle in solchen Hütten gewohnt haben – Hütten, die bis in den Himmel reichten!" Die Vorstellung behagte ihm nicht. „Vater sagt auch, dass ein Stockwerk solch einer Hütte alle Bewohner von Kilbaat mitsamt den Tieren hätte aufnehmen können. Klingt verrückt, was?"

Bild für Bild studierte der Junge; die meisten der darauf dargestellten Dinge waren ihm fremd und unbekannt. Dann fiel sein Blick auf ein Kind. „Der sieht ja aus wie ich!" Goli rollte sich zu Füßen seines Herrn nieder und schielte ebenfalls auf das Abbild. Der Junge war in Lebensgröße dargestellt. Sein langes, strohgelbes Haar fiel ihm in Wellen bis auf die Schultern, die blauen Augen strahlten im Licht. Er trug eine lange Hose, der Oberkörper war nackt. In seiner rechten Hand trug er einen Speer. „Natürlich bin ich das! Aber wie kommt mein Bild hierher? Wann wurde das gemalt? Und wer hat es gemalt?" rätselte Bobak und schüttelte den Kopf. Es war ihm unerklärlich, was sein Bild in der Höhle der Ahnen zu suchen hatte. Goli drängelte, er wollte weiter.

„Es gibt Dinge zwischen Himmel und Erde, die kann man nicht erklären!" zitierte Bobak den Lieblingsspruch seines Vaters. „Das muss ich Vater unbedingt erzählen. Der wird vielleicht Augen machen. Komm, wir gehen!"

Als sie nach ein oder zwei Stunden des Suchens endlich die Wand des toten Feuers erreicht hatten, vergaß Bobak sofort alle Anstrengung und Furcht. Voller Bewunderung und Neugierde betastete er die glatte Metallhaut, in der sich das Licht seiner Fackel spiegelte.

„Es kitzelt, wenn man sie berührt!" stellte er fest. „Sie ist genau so, wie Vater sie immer beschrieben hat – so warm und glatt, so eigenartig..."

Goli schnupperte misstrauisch; ihm war die ganze Geschichte nicht geheuer. Bobak leuchtete mit der Fackel den Rest der Höhle aus. Sie war wesentlich kleiner als die anderen und endete in einem Blindgang. „Angenehm warm ist es hier. Kein Wunder, dass unsere Vorfahren hier dem Winter trotzen konnten." Der Tiger gähnte und schnurrte leise.

„Ich bin auch müde. Komm, lass uns einen Schlafplatz suchen!" In unmittelbarer Nähe der Wand konnte der Junge zahlreiche Überbleibsel der Ahnen ausmachen: Lederstreifen, Fellreste, Berge von Knochen und die Asche eines Feuers. „Hier werden wir schlafen. Direkt an der Wand, so wie es die

Ahnen machten!" entschied Bobak und schlug sein Lager auf: Er breitete ein Fell aus und machte es sich darauf bequem. Goli wartete, bis sein Herr tief und fest schlief. Dann stahl er sich – seiner eigenen Müdigkeit ungeachtet – davon, um für seinen hungrigen Magen zu sorgen.

Ein schmerzhafter Stoß weckte Bobak. Benommen versuchte er sich zu orientieren. Eben hatte er noch von Vater und Mutter geträumt, von seinem kuscheligen Lager in der Hütte. Missmutig rieb er sich die schmerzende Schulter, als er einen erneuten Schlag erhielt.

Blitzartig wurde er munter. Als er mit einem Aufschrei hochsprang, sah er sich drei mit langen schweren Holzkeulen bewaffneten, dunkel behaarten Tiermenschen gegenüber: Ungis, wie sie sich selbst nannten. Ihre schmalen Augen blitzten ihn tückisch an. Bobak schaute sich unruhig um: Wo war Goli? „Was wollt Ihr von mir? Wisst Ihr nicht, dass Ihr die Höhlen unserer Ahnen betreten habt? Die Götter werden Euch strafen!" stieß er hervor. Der Junge wartete darauf, dass ein Blitz niederfahren oder eine Stimme sich erheben würde, um die Eindringlinge zu verjagen. Doch nichts dergleichen geschah. Ein unverständliches Grunzen war die Antwort. Bobak wusste, dass sein Volk einst Frieden mit den Tiermenschen geschlossen hatte und sie nicht mehr bedrängte. Aber das war viele Sommer her. In letzter Zeit hatte es verstärkt Angriffe der Ungis gegeben, wobei auch Angehörige von Bobaks Stamm verletzt worden waren. Nur die Vernunft des Ältestenrates stand den Rachegelüsten der Sonnenkrieger entgegen. Bobak verhielt sich ruhig, betrachtete aber voller Unbehagen die ihm durch die Erzählungen der Männer bekannten Kreaturen. Einen Kopf größer als Ryno waren sie, so schätzte er; langes rostbraunes Haar bedeckte ihren gesamten Körper. Dazu ein gewaltiger Schädel mit flachem Gesicht und ausgeprägter Kinnpartie. Wenn sie sprachen, sah der Junge ihre scharfen Zähne aufblitzen; bei jeder Bewegung spielten ihre enormen Muskeln. Bobak hatte gehört, dass ein einziger Schlag ihrer Faust genügte, einen Krieger zu töten. Ihn fror plötzlich. Wo war nur Goli? Die Ungis starrten ihn weiter an, während sie sich mit knarrender Stimme verständigten. Bobak entnahm ihren Gesten, dass sie über ihn berieten. Eines der Wesen stieß fortwährend drohende Laute aus und wies mit seiner Keule auf den

Jungen. Der Disput wurde lauter. Bobak stand mit dem Rücken an der Wand des toten Feuers. Er war schweißnass vor Angst und Hitze. Heimlich tastete er nach seinem Dolch, doch als er ihn zücken wollte, erhielt er einen derben Schlag auf den Arm. Bobak heulte auf. Er versuchte den Arm zu bewegen, der ihm wie gelähmt erschien. Zudem blutete er aus einer tiefen Fleischwunde. „Ihr verfluchten Bestien!" Die Tiermenschen lachten schrill und schüttelten dabei die dichten Mähnen.

„Oh, Ihr Götter der Ahnen – wie könnt Ihr zulassen, dass diese Unholde hier ihr böses Spiel treiben? Soll das meine Prüfung sein?"

Voll Trotz und Zorn fuhr er die Ungis an: „Ich frage Euch noch einmal: Was habt Ihr in den heiligen Höhlen unserer Ahnen zu suchen?" Dabei wusste er nicht einmal, ob sie ihn überhaupt verstanden. Offenbar machten sich die Tiermenschen nur aufs Neue über ihn lustig. Dass sie keine freundschaftlichen Absichten verfolgten, war unschwer zu erkennen. Wieder schaute Bobak sich hilfesuchend um. Endlich erblickte er zwei phosphoreszierende Punkte im Hintergrund der Höhle. Erleichtert atmete er durch. Auf leisen Pfoten, unhörbar für die Angreifer, schlich sich der Tiger an. Er hatte sie schon lange zuvor bemerkt und war ihnen in die Höhle gefolgt. Nun wartete Goli auf ein Zeichen seines Herrn. „Verschwindet endlich, Ihr stinkenden Bastarde, bevor die Geister unserer Ahnen Euch so kräftig in den Arsch treten, dass Euch Hören und Sehen vergeht!"

Das Lachen der Ungis erstarb. Bobak registrierte, dass mindestens einer von ihnen seiner Sprache mächtig sein musste. Sie hatten seine Worte sehr genau verstanden. Einer von ihnen trat auf den Jungen zu – offenkundig in der Absicht, seine rauen Späße fortzusetzen. Doch Bobak schaute dem Ungi furchtlos in die Augen. „Nun komm schon, Du Stinktier! Noch einen Schritt weiter – und ich befördere Dich in die ewigen Jagdgründe Deiner verlausten Sippe! Hast Du mich verstanden!?" fauchte Bobak, um sein Gegenüber zu reizen. Der Ungi hob die Waffe. Sein grimmiges Lächeln wurde eine Spur bösartiger. Er schniefte: „Du großer Schreihals. Ich stopfe Dein Maul, Kahlhaut!" Einige unverständliche Laute folgten, begleitet vom Gekicher seiner Gefährten. Wiehernd schlugen die Ungis mit ihren Keulen in den Sand. Sie wollten ihr Opfer schreien hören, bevor es starb. Bobak schnalzte laut mit der Zunge. Darauf hatte der Tiger nur gewartet. Ohne einen Laut von sich zu geben, sprang Goli ab und setzte genau neben seinem Herrn auf. Blitzschnell packte er den Angreifer an der Kehle. Es knirschte kurz und der Ungi sank zu Boden.

Seine beiden Gefährten standen derweil wie versteinert. Erst als Goli drohend auf sie zuschritt, erwachten sie zum Leben. Sie ließen ihre Keulen fallen und drängten sich rückwärts an die Felswand.

„Goli, steh!" Verständnislos gewahrten sie, wie der Junge auf den Tiger zuging und ihn kraulte. Diese gefährliche Bestie kuschte vor einer Kahlhaut, einem Kind? „Eh, Du da! Du verstehst doch, was ich sage?" Bobak wies auf den Sprecher. Dieser bejahte, ohne dabei den Tiger aus den Augen zu lassen. „Ich habe Euch gewarnt! Das ist die Strafe der Götter für Euer Eindringen. Hast Du mich verstanden?" Der Ungi nickte verstört.

„Woher kommt Ihr, was habt Ihr in unserem Gebiet zu suchen?"

Der Angesprochene zeigte hinter sich in Richtung Ausgang. In seinem schwer verständlichem Dialekt erklärte er dann: „Wir sind gekommen aus Tal für Wölfe. Suchen Futter hier!" Zornig unterbrach ihn der Junge. „Die Höhlen sind heilig; niemand darf sie betreten. Das ist Eurer Sippe seit langem bekannt!" Goli stieß einen schaurigen Kampfschrei aus, als er die laute Stimme seines Herrn vernahm. Nur mit Mühe konnte Bobak ihn zurückhalten. Die beiden Ungis zitterten wie Espenlaub.

„So höret und berichtet jedem in Eurem Stamm, was ich Euch zu sagen habe! Die Höhle unseres Volkes wird von unseren Göttern bewacht. Der Tiger wird jeden töten, der ihre Ruhe stört. Nehmt also Euren Toten, verschwindet und kehrt nie wieder hierher zurück!"

Bobak wartete noch, bis die Ungis verschwunden waren. Schließlich konnte er sich nicht länger auf den Beinen halten. Eine Weile lag er still auf dem Rücken und lauschte seinem Herzschlag. Stolz erfüllte ihn. Er und der Tiger hatten die heiligen Höhlen verteidigt! Sein Jubelschrei erhob sich zur Decke, kam als Echo vielfach gebrochen zurück. Dann entnahm er seiner Tasche einen weichen Lederstreifen und verband die blutende Wunde. „So wird es schon gehen", flüsterte er sich zu. Von Schmerz und Erschöpfung geschüttelt, legte er den Kopf auf den weichen Körper seines Freundes. Der Tiger sorgte dafür, dass der Schlaf des Jungen nicht noch einmal gestört wurde…

Stimmengewirr drang aus der Kommandozentrale, als Dr. Harper zum Termin bei Präsident Magoni erschien.

Die letzten Tage und Stunden waren ein Alptraum für ihn gewesen. Der Schock über den Verlust von tausend Bewohnern Noah-Citys saß tiefer, als er wahrhaben wollte. auch wenn er gering wog im Vergleich zur Vorstellung, für immer allein in diesem Bunker leben zu müssen. Und diese Angst hatte zwischenzeitlich mehr und mehr Besitz von ihm ergriffen! Seine verzweifelten Versuche, die Tore der Stadt zu öffnen, waren am komplizierten Mechanismus gescheitert. Es bedurfte der gleichzeitigen Bedienung von mindestens zwei Personen, um alle Verschlüsse aufzuheben. Auch das war ein unentschuldbarer Fehler... Nur das erste, innere Tor hatte sich unter ohrenbetäubendem Lärm öffnen lassen. „Ich bin für immer eingeschlossen..." Doch der plötzlichen Verzweiflung folgte ebenso rasch die Ernüchterung: Energisch schob er alle Zweifel zur Seite und leitete die Wiederbelebung seiner Mitbewohner ein.

„Wo bleibt der Abschlussbericht von Dr. Summerfield? Muss ich denn alles allein machen?" dröhnte Jim die Stimme des Präsidenten entgegen. Er rauschte in die Zentrale. „Oh, guten Tag, Dr. Harper! Schön, dass Sie gleich gekommen sind. Wenn Sie bitte eine Minute warten wollen? ich muss noch schnell einige Dinge mit dem Arzt abstimmen. Danach stehe ich Ihnen zur Verfügung!" entschuldigte sich Albert Magoni und verschwand in seinem Büro. Dr. Harper blieb in der Tür stehen und bekam so einen Teil des Gespräches zwischen dem Präsidenten und Dr. Summerfield mit.

„...liegen die Ursachen für den Ausfall des Komplexes 2 klar auf der Hand. Nach bisherigen Erkenntnissen hat vor etwa 200 Jahren ein Erdbeben den Defekt eines Hauptstromkabels verursacht. Es war auch für den Zeitfehler verantwortlich. Ich muss gestehen, dass ich selbst erstaunt bin, dass wir die

Situation einigermaßen unbeschadet überstanden haben. Ich konnte bisher keine beunruhigenden Symptome feststellen: Kopfschmerzen und ein paar Erkältungen, das ist alles!"

„Ist die Kammer versiegelt worden?" fragte der Präsident.

Dr. Summerfield nickte. „Ja Sir, für immer versiegelt. Mögen die Toten in Frieden ruhen." Albert Magoni saß grübelnd in seinen wuchtigen Ledersessel versunken. „Das Leben muss irgendwie weitergehen, mein lieber Doktor, auch wenn uns das Schicksal arg mitgespielt hat. Sobald Sie alle Untersuchungen abgeschlossen haben, werden wir die nächsten Schritte beraten. Halten Sie mich auf dem Laufenden!" bat der Präsident traurig. Im Vorbeigehen nickte der Doktor Jim freundlich zu. Der Präsident blieb sitzen, als Dr. Harper eintrat und hinter sich die Tür schloss. „Für jemanden, der dreihundert Jahre Schlaf hinter sich hat, fühle ich mich ziemlich beschissen!" beklagte er sich kraftlos, „Kein Wunder, wir sind schließlich alle nicht jünger geworden." Das Lächeln misslang und sein Gesicht verzog sich ungewollt zu einer Fratze. „Das Titanic-Syndrom hat uns wieder!" Dr. Harper ließ sich vom Galgenhumor seines Gegenübers nicht irritieren. „Sir, hier ist die Aufstellung aller Personen, die im Komplex 2 gelegen haben. Es sind exakt 992; die fehlenden 8 haben wir inzwischen auch entdeckt. Einer von ihnen war mein früherer Zimmernachbar, Prof. Medleys. Offenbar haben alle den Freitod gewählt!" Präsident Magoni starrte auf den Stapel Papier. „Das ist also alles, was von diesen prächtigen Menschen übriggeblieben ist: eine Zeile auf einem Blatt und die Erinnerung, dass sie mit uns aufgebrochen waren, eine neue Welt zu entdecken." Der Präsident erhob sich und goss sich und seinem Gast einen Drink ein. „Bester Whisky, garantiert dreihundert Jahre gelagert. Das einzig Gute an dieser Geschichte!" Sein Zynismus wirkte verfehlt. „Ich erhebe mein Glas auf diejenigen, die auf dem Feld der Ehre ihr Leben ließen. Und ich stoße auf die an, denen die letzte Schlacht noch bevorsteht. Zum Wohl, mein lieber Jim!" Er stürzte das goldbraune Getränk in einem Zug herunter. Jim nippte nur. Das Zeug brannte wie Feuer. Schließlich überwand er sich und trank seinen Schnaps bis zur Neige. Dann stellte er das Glas hart auf den Tisch zurück.

Präsident Magoni musterte ihn eine Zeitlang. „Sie wissen, dass Jerry Hickmann und seine Familie im Komplex 2 waren! Insgeheim hatte ich gehofft, dass er den Laden schmeißen würde, wenn es soweit ist. Doch nun ist alles anders gekommen!" Harper fühlte sich unbehaglich unter den Blicken des Mannes. „Ich bin alt, meine Tage sind gezählt! Es ist der Zeitpunkt gekommen, dass junge Leute das Zepter in die Hand nehmen. Mir fehlt die Kraft, ich bin müde."

„Ich bin ein Wissenschaftler, nicht geeignet fürs Regieren. Habe solche Dinge nie gelernt", wehrte Dr. Harper erschrocken ab. Der Präsident lachte grimmig. „Glauben Sie vielleicht, der Sohn eines texanischen Farmers hatte viel Gelegenheit, das Regieren zu erlernen. Manches erlernt sich von selbst! Wichtig ist, wie man mit Menschen umgehen kann. Und: Um ehrlich zu sein, ich sehe unter uns keinen Geeigneteren! Ebenso wie ich leiten Sie ein Team. Auch wenn mein Team zugegebenermaßen ein wenig größer ist! Worin besteht also Ihr Problem?" Jim druckste herum. „Sicher bin ich bereit, Ihnen zu helfen. Aber ich gebe keinen guten Präsidenten ab. Wissenschaftliche Arbeit ist das eine, das kann ich; da fühle ich mich in meinem Element. Auf meine Zuarbeit unter Ihrer fachmännischen Anleitung können Sie jedoch jederzeit rechnen."

Präsident Magoni kniff die Augen zusammen und nickte zufrieden. „Okay, das ist besser als nichts. Fangen wir mit kleinen Aufgaben an, der Rest wird sich dann schon ergeben. Zunächst werden Sie Ihr künftiges Arbeitszimmer beziehen. Es liegt gleich neben meinem."

Benommen stand Jim bereits seit einer Viertelstunde vor diesem mit Fotografien der Hickmanns übersäten Schreibtisch: die Familie komplett, Jerry mit seinen Söhnen, Porträts der Kinder – immer strahlende Augen, Lachen. Die Chronik einer amerikanischen Familie, der Stolz einer versunkenen Nation!

Er berührte den Ledersessel. Es war ein wertvolles Stück, welches die Zeit gut überstanden hatte. Jim wischte mit der Hand den Staub ab, dann öffnete er entschlossen die Tür und rief nach einer Ordonnanz. „Besorgen Sie mir bitte Lappen, Eimer und Wasser. Und dann sehen Sie zu, dass die Bilder eingepackt und zu Mr. Magoni gebracht werden. Das wär's, danke!"

„Sir, die Überprüfung der Technik ist in fünf Stunden abgeschlossen. Wir werden zwar noch einige Zeit mit Provisorien leben müssen, aber ich denke, dass die wesentlichen Schäden in maximal drei Monaten beseitigt sein werden. Einige Straßenzüge haben ganz schön gelitten. Wo sich das Flicken nicht mehr lohnt, haben die Reparaturtrupps damit begonnen, neue Leitungen zu verlegen", meldete Lt. Gordon müde.

„Danke, Lieutenant. Sie und die Männer haben Übermenschliches geleistet. Gönnen Sie sich einige Stunden Ruhe, ich werde persönlich nach dem Rechten sehen!" bot Dr. Harper dem Offizier an. Dieser schüttelte energisch den Kopf. „Zum Ausruhen haben wir später noch genügend Zeit. Ich bin mit den Jungs im Kraftwerk verabredet. Zu dumm, dass niemand beim Einfrieren daran gedacht hat, die Spezialisten mehr zu mischen. Die Computerexperten und das Personal für das Atomkraftwerk hat es alle erwischt. Meine Techniker sind zwar in der Lage, kleine Schäden zu beseitigen, aber bei einer Havarie...?"

„Sie malen den Teufel an die Wand, Lt. Gordon. Was ist mit den Toren?"

Lt. Gordon rieb sich die Augen. „Die Tore bekommen wir schon wieder hin. Heute Nacht sprengen wir einen Steinbrocken zwischen Tor 2 und 3 weg, womit das größte Hindernis beseitigt wäre. In den nächsten Stunden erwarte ich Meldung hinsichtlich der Satellitenverbindungen. Wenn der Aufbau funktioniert, können wir endlich Kontakt mit der Außenwelt aufnehmen. Ich bin echt gespannt, wie es da draußen aussieht!" „Nicht nur Sie, wir alle sind sehr gespannt. Wir haben Ihnen und Ihren Männern einiges zu verdanken."

Die Expedition

„Mr. Präsident, wir sind so weit! In wenigen Minuten beginnen wir mit der Übertragung. Die Verbindungen zu sieben Satelliten stehen. Damit können wir den größten Teil der Erde überblicken. Unsere Leute warten auf Sie!"

Dr. Harper ahnte, was in dem alten Mann vor sich ging. Magoni räusperte sich. „Ich habe die halbe Nacht zu Gott gebetet, dass er uns gnädig sei. Ich hoffe und wünsche, dass meine Gebete erhört wurden."

Jim nickte ihm aufmunternd zu. Er sah in das ernste Antlitz des Präsidenten, das bleicher denn je schien. Punkt 14 Uhr Stadtzeit flammten die Bildschirme sämtlicher Monitore auf, die Direktübertragung begann. Verlegen und unsicher

begrüßte Albert Magoni seine Landsleute. „Wir werden in wenigen Augenblicken Kontakt zur Außenwelt aufnehmen. Die Verbindungen sind geschaltet und stabil. Ich kann mir vorstellen, wie Sie sich fühlen. Wir wissen nicht, was auf uns zukommen wird. Aber eines sollten wir nicht vergessen: Wir haben eine schlimme Zeit hinter uns gelassen! Im Vertrauen auf Gott und auf die Gewissheit, eine neue Zukunft aufbauen zu können, haben wir unser Leben der Wissenschaft gewidmet!" Er holte tief Luft. „Wir haben überlebt – nur das zählt jetzt! Wir sind der Keim einer neuen Zivilisation... Beginnen wir mit der Übertragung!" Die Bildschirme wurden heller, Streifen rollten ab. Der Präsident und die Mitglieder seines Stabes starrten mit brennenden Augen auf die Monitore. Das Rauschen verschwand, erste Konturen wurden sichtbar. Jim spürte, wie sich sein Körper verkrampfte. Er presste die Hände aufeinander, um das Zittern zu verbergen. Blauer Himmel zeichnete sich ab. Bizarre Wolken wurden von heftigen Winden getrieben. Eine kalte, weiße Landschaft schob sich ins Zentrum. „Das war's dann wohl?" flüsterte irgendjemand.
Tränen liefen über Jims Wangen. Eine tiefe Enttäuschung ergriff Besitz von ihm: Der Kampf ums Überleben war noch nicht vorbei! Totenstille breitete sich aus. Plötzlich erklang die aufgeregte Stimme eines Technikers: „Diese Aufnahmen sind vom Satelliten 4! Er befindet sich über der früheren Arktis. Wir schalten jetzt auf Nummer 37 um!" Wieder flackerten die Bildschirme, dann stabilisierte sich das Bild. „Großer Gott, es ist vorbei!" entfuhr es dem Präsidenten. Grüne Wälder rauschten im Wind. Bunte Wiesen mit Blumen, Schmetterlingen und Vögeln erschienen. Dahinter tauchten hohe Berge auf. Und die Sonne strahlte wie eh und je! Mit einem Schlag fiel die Anspannung von den gequälten Gesichtern ab und wandelte sich in fassungsloses Glück. Man fiel sich gegenseitig in die Arme, schrie und tanzte.
„Da, seht doch! Das ist eine Stadt...?" Eingestürzte Bauten, von Pflanzen überwucherte Häuser, Bögen und Gerüste wanderten an ihnen vorbei.
„Können Sie feststellen, wo das ist?" fragte Dr. Harper.
„Wenn die Daten stimmen, ist das Spanien - Madrid."
Nach und nach bauten sich die Kontakte zu weiteren Satelliten auf. Immer mehr Daten kamen an. Erneut erklang die Stimme des Technikers.

„Das gibt es doch gar nicht? Da sind Menschen!

Wir sind jetzt auf Nr. 42. Der steht direkt über uns. Das sind Bilder von unserer unmittelbaren Umgebung..."

Dr. Harper krallte sich in seinem Sessel fest, fiebernd verfolgte er die Szenerie. Eine mittelalterlich anmutende Siedlung schälte sich aus der Umgebung.

„Ich fahre näher heran." Sturzflugartig raste das Bild auf die Erde zu, Schwindel erfasste die Zuschauer. Dann stabilisierte sich die Lage wieder. Was sie sahen, verschlug ihnen den Atem. Rauch kräuselte aus den Schornsteinen der Hütten. Kurz darauf sahen sie den ersten Bewohner auftauchen, dann weitere, ganze Familien... Die Menschheit hatte überlebt!

„Insgesamt registrieren wir inzwischen 23 Siedlungen unterschiedlichster Bauart, verstreut auf dem gesamten Erdball", informierte der Techniker. „Die Daten sind gespeichert und liegen zur Auswertung vor. Ich werde berechnen lassen, wie lange wir noch auf diese Verbindungen zurückgreifen können. Vielleicht haben wir auch die Möglichkeit, die Umlaufbahn des einen oder anderen Satelliten neu zu justieren. Dass die Dinger überhaupt noch da Oben sind grenzt an ein Wunder..."

Diskussionen wurden laut: Sollte man nicht sofort Kontakt zu den Menschen da draußen aufnehmen? Und auf welche Art sollte man ihn herstellen? In ein stilles Lächeln versunken, saß ein kleiner alter Mann in seinem Sessel. Für einen Moment schloss Albert Magoni die Augen in der Gewissheit, dass nun alles wieder gut werden würde.

„Mr. Präsident, sehen Sie doch auf die Analyseergebnisse! Was für eine Vielfalt der Tierwelt! Sogar Saurier soll es wieder geben." Fasziniert blickte Dr. Harper auf die Daten, die der Computer auswarf.

„Dann hatte Deine Mission wohl doch Erfolg, mein lieber Jim. Denn Du meinst doch sicher auch, dass diese Kreaturen Nachfahren der von Dir geschaffenen Wesen sind?" Dr. Linda Ferrow hatte sich über ihn gebeugt und verfolgte so das Geschehen auf dem Bildschirm. „Das ist schwer zu sagen. Vielleicht hat Mutter Natur noch andere Reserven, die sie aktiviert hat. Wir sind zwar sehr klug, meine liebe Linda, aber wir sind nicht allwissend!" Ihre Augen trafen sich und Jim fühlte wieder dieses eigenartige Kribbeln in der Magengrube. Sie lächelte ihn verschmitzt an, als wüsste sie, was in ihm vorging. Dann wurde sie wieder ernst. „Wenn es so ist, Jim, dann bist Du ein Gott!" Das Lachen blieb ihm im Halse stecken, als er in ihr Gesicht sah. „Jetzt übertreibst Du aber!" wehrte er ein wenig verlegen ab. „Wieso? Wir haben einen Zeitsprung von dreihundert Jahren hinter uns. Welche Menschen haben Deiner Meinung nach die Katastrophe überlebt – doch wohl nur solche, die schon immer im Einklang mit der Natur lebten und sich schnell anpassen konnten. Und das war bestimmt nicht unsere so genannte Zivilisation, das kannst Du glauben." Linda zog sich einen Stuhl heran und setzte sich neben Dr. Harper. Dann fuhr sie fort. „Ich gehe sogar so weit zu behaupten, dass diese Völker da draußen einen geistigen Stand erreicht haben dürften, der dem einstiger ‚Ureinwohner' sehr nahe kommt. Wenn diese Menschen begreifen, dass Du sie erschaffen hast, werden sie Dich verehren oder verfluchen – wie einen Gott!" Jim war den Gedankengängen seiner hübschen Kollegin mit sichtlichem Staunen gefolgt. Verlegen kratzte er sich die Stirn. „So habe ich das noch gar nicht betrachtet." Präsident Magoni hatte voller Interesse gelauscht. Nun unterbrach er das Gespräch. „Lasst uns den heutigen Tag mit einer kleinen Party beschließen. Morgen wartet ein riesiger Berg Arbeit auf uns. Wie froh und glücklich ich darüber bin, kann ich kaum ausdrücken. Ich ziehe mich jetzt zurück und erwarte Euch alle in – sagen wir: zwei Stunden. Okay?" Ohne auf Antwort zu warten, wandte er sich ab und verließ lächelnd die Zentrale. In der folgenden Nacht schliefen die Bewohner von Noah-City erstmalig in der Geschichte der Stadt froh und glücklich ein.

Zwei Tage nach dem Überfall der Ungis durchstreifte Bobak noch immer die Höhlen der Ahnen und suchte nach den Zeichen der Götter. Sein Arm hing steif herab, bei jeder Bewegung stöhnte der Junge auf. Die Wunde war entzündet und eiterte. Der Tiger schmiegte sich an ihn, um ihn zu stützen; aufmerksam beobachtete er jede Regung seines Herrn. Goli maunzte unruhig und versuchte, den apathisch vor sich hin starrenden Jungen zum Weiterlaufen zu bewegen. Doch Bobak ließ sich am Ufer des Baches niedersinken; die Fackel fiel aus seiner Hand und drohte zu verlöschen. Schüttelfrost packte ihn, seine Zähne schlugen laut klappernd aufeinander.

„Wasser! Goli, hilf mir! Ich brauche Wasser!" Er hielt den Kopf kraftlos in das rauschende Nass, verschluckte sich und wäre erstickt, wenn Goli ihn nicht zurückgezogen hätte. Bewusstlos lag Bobak im hohen Fieber.

Hilflos greinend lief der Tiger auf seinen riesigen Pranken um ihn herum. Noch war keine Zeit zum Schlafen! Er stupste Bobak mit dem Kopf sanft in den Rücken. Der Tiger war hungrig und wollte jagen. Unschlüssig schaute er auf den Liegenden, schielte dann zum Ausgang der Höhle. Die Entscheidung fiel dem Tier nicht leicht. Sorgfältig beschnupperte er Bobaks Körper. Jede Nuance seines Duftes hatte er sich eingeprägt, seitdem der Junge ihn damals vor dem sicheren Hungertod bewahrt und ihm die Mutter ersetzt hatte. Er war ihm Mutter und Vater zugleich gewesen, Goli würde sein Leben für ihn riskieren. Unter Millionen Wesen würde er den Jungen an seinem Duft erkennen! Ihn beunruhigte der säuerliche, kalte Schweißgeruch und der ekelhafte Gestank, der sich aus der Wunde verbreitete. Der Tiger brüllte laut auf. Das Echo verstärkte Golis Hilferuf um ein Vielfaches und warf ihn in der Höhle umher. Wieder und wieder stieß er Bobak an, um ihn zum Aufstehen zu ermuntern. Endlich kam der Junge für einen Moment zur Besinnung. Sein Mund war ausgetrocknet, die Stirn brannte wie Feuer und vor seinen Augen tanzten tausende kleine Sternchen.

„Ist das kalt! – Goli, hilf mir! Bring mich zur Wand des toten Feuers!" Der Tiger schob sich an ihn heran. Bobak krallte sich mit der gesunden Hand in seinem Fell fest, zog sich hoch und ließ sich auf Golis Rücken fallen. „Bring mich zur warmen Wand...!" flüsterte er und schloss erschöpft die Augen.

Goli trabte, jeden Tritt ausbalancierend, los und trug den Kranken zur Mauer. Dort, in der alten Schlafhöhle der Ahnen, ließ er ihn vorsichtig zu Boden gleiten. Ermattet drehte sich Bobak mit dem Rücken an die Wand. Wärme durchflutete den ausgezehrten Körper; sein Durst steigerte sich zur Pein. Im Fieberwahn nestelte er den Verschluss seiner Trinkflasche auf, versuchte, sie an den Mund zu führen. Doch ihm fehlte die Kraft, die Flasche länger zu halten, und sie fiel ihm aus der Hand. Das kostbare Wasser versickerte im Sand. Bobak versank

in eine tiefe, lang währende Ohnmacht. Goli machte kehrt, schlich sich zum
Ausgang und stieg hinaus ins Freie. Mit langen, wuchtigen Sätzen überquerte
er das Plateau und begann den Abstieg ins Tal der Fruchtbarkeit, hin zu
Miriam, Bobaks Vater.
Sein Freund und Gefährte brauchte dringend Hilfe.

„Schau sich einer diesen Prachtburschen an. Der würde eine hervorragende
Trophäe abgeben!" schwärmte Prof. Cain. Begeistert klatschte er in die Hände.
Dr. Ferrow vermochte seine Faszination nicht zu teilen. „In der Tat ein
prachtvolles Tier. Aber ich wünschte, dass er nicht vor Ihre Flinte käme."
Der Tiger überquerte gerade das Plateau und verschwand in den Bergen.
Mit Bedauern sah Paul Cain das Tier entschwinden. „Wir sollten uns um
wichtigere Dinge kümmern!" grollte seine Kollegin. „Okay, wenden wir uns
wieder den Fragen des Alltags zu", gab Prof. Cain nach und schaltete den
Außenmonitor ab. Auf Bitten des Präsidenten sollten er und Dr. Ferrow eine
Analyse hinsichtlich der Möglichkeiten einer Kontaktaufnahme zu den hier
lebenden Stämmen erstellen.
„Die Geschichte der Menschheit lehrt uns: Das Zusammentreffen so
unterschiedlicher Zivilisationsformen führt – scheinbar gesetzmäßig – zur
Katastrophe. Die technisch höher Entwickelte bezwingt die Niedere. Haben Sie
die Stimmung unter unseren Leuten bemerkt? Für unsere Männer sind die da
draußen nichts als ‚Wilde'! Das erscheint mir sehr bedenklich."
Dr. Ferrow gab ihm Recht. „Richtig, doch genau deshalb sollten wir uns einer
Kontaktaufnahme nicht verschließen. Letztendlich werden wir sie ohnehin nicht
verhindern können. Bis sich die Tore von Noah-City öffnen, müssen wir eine
geeignete Strategie entwickelt haben. Wir sollten unseren Leuten bewusst
machen, dass diese so genannten Wilden den Exitus der Menschheit – auf sich
selbst gestellt und ohne ein künstliches Refugium wie Noah-City – erlebt und
überlebt haben." Leise fügte sie hinzu: „ Ich beneide diese ‚Wilden'. Ich würde
zu gern mit ihnen tauschen, ein Leben in frischer Luft und in der Sonne dem
unseren vorziehen."

Ein dumpfes Grollen unterbrach sie. „Sollte nicht um diese Zeit Tor 3 geöffnet werden? Wir sitzen hier und reden uns die Köpfe heiß, während draußen Tatsachen geschaffen werden. Ich würde ungern den Augenblick unserer endgültigen Freilassung aus diesem Bunker versäumen. Kommen Sie!"
Schwach widerstrebend gab Linda dem Drängen ihres Kollegen nach. Wohin sie auch kamen, überall herrschte hektisches Treiben. Sie schwangen sich auf ein Elektromobil und fuhren zum Transportlift. Davor hatte sich bereits eine Menschentraube gebildet. Sie blickten in strahlende Gesichter.
„Ich befürchtete schon, Ihr würdet über der Arbeit diesen Augenblick verpassen. Gerade wollte ich mich auf den Weg machen, um Euch zu holen", empfing sie Dr. Harper und half seiner Kollegin beim Absteigen.
Der Lärm verstummte. Für einen winzigen Moment schien es, als hätten die Menschen ihre Sprache verloren. Doch dann setzte lauter Jubel ein. Die ersten Bewohner bestiegen den Lift und ließen sich nach oben bringen.
Zum ersten Mal seit langem sah Prof. Cain wieder schwer bewaffnete Soldaten, die mit der nächsten Tour zu den oberen Eingängen fuhren. „Wir wissen ja nicht, welche Überraschungen uns erwarten!" beantwortete Dr. Harper den fragenden Blick des Professors.
Sie kamen mit der siebenten Gruppe auf der Erdoberfläche an. Schon im Gang wehte ihnen eine frische Brise entgegen und brachte den Geruch von Erde und Gras. Verzückt blieben auch sie am Eingang stehen, als sie das Licht der Sonne erblickten. Tränen in den Augen, die Arme hoch über den Kopf gestreckt, lief Prof. Cain hinaus. „Ist das ein Gefühl! Einfach irre, sage ich Euch!" brüllte er und drehte sich wie ein Kind um die eigene Achse. Auch Jim und Linda konnten sich der Euphorie nicht entziehen. Es war herrlich, wieder in die Weite schauen zu können, die Wärme der Sonne auf der Haut zu spüren und sich den Wind durch das Haar streichen zu lassen. Einige besonders Ausgelassene hatten begonnen, sich die Kleidung vom Leibe zu reißen. Sie reckten die Körper hungrig den Sonnenstrahlen entgegen und begannen einen wilden Reigen. Die Erde hatte sie wieder – endlich!

Währenddessen schlich sich Prof. Cain unbemerkt an die in unmittelbarer Nähe befindlichen Höhleneingänge heran. „Hier irgendwo ist der Tiger herausgekommen? Ach ja, da ist ja die Fährte…"

Er kniete nieder und untersuchte sie. Die Spuren waren frisch; neben der Tigerfährte erkannte er Abdrücke menschlicher Füße. Ohne Waffe in die Höhle zu gehen, erschien ihm zu riskant. Kurz entschlossen kehrte er zurück. Gleich neben dem Tor stand achtlos an die Wand gelehnt die Waffe eines Soldaten, der irgendwo in der Menge sein Sonnenbad nahm.

„Eine Disziplin haben die Kerle. Wenn der man keinen Ärger bekommt?" brummte der Professor und nahm die Waffe mit. Vor der Höhle prüfte er das Gewehr; mit tausendfach geübtem Griff brachte er es in Anschlag, lud es durch und entsicherte es. „Dann wollen wir mal!"

Schritt für Schritt tastete Paul sich in die zunehmende Dunkelheit. Dann blieb er überrascht stehen. Vor ihm glimmte in einer primitiven Tonschale ein Docht, daneben stand irdenes Geschirr. Entsetzt fuhr er zurück, als er die Knochen entdeckte. Unzählige Totenschädel lagen aufeinander gestapelt – die Szenerie erinnerte ihn an ein Horrorkabinett aus einem dieser alten Filme. Er packte die Waffe fester. „Haben hier Menschenfresser gehaust? Sieht ganz danach aus." Dann kam ihm jedoch der Gedanke, dass es sich um eine Grabstätte handeln könnte. Beruhigt wollte er seine Erkundung fortsetzen, doch die Dunkelheit hielt ihn ab. „Egal, wer hier wann entlanggekommen ist – er muss sich Gedanken über dieses Problem gemacht haben. Schauen wir uns doch einmal um." Sein sicherer Instinkt ließ ihn die in einer Felsennische verborgenen Fackeln schnell finden.

„Mal sehen, ob wir eine zum Brennen bringen?" Er suchte sich einen kräftigen Ast heraus. Anerkennend stellte er fest, dass er seiner Bestimmung entsprechend hervorragend präpariert war. Die Fackel entzündete sich sofort. Er folgte dem strengen Geruch des Raubtieres und stieg immer tiefer in die Höhle hinab. Leises Plätschern war das einzige Geräusch, das ihn begleitete. Wie ein Wolf reckte er die Nase in die Luft und schnupperte. Es war nicht nur der Geruch des Tigers, der ihn zur Vorsicht mahnte. „Irgendetwas stinkt erbärmlich. Möchte nur wissen, wer sich sonst noch hier herumtreibt?" Er stieß auf die Überreste der Feuerstätten, fand die einst von Menschenhand gefertigten Pfeilspitzen und Steinmesser. Ein riesiger Berg Tierknochen erregte seine Aufmerksamkeit. Der Schädel eines ausgewachsenen Bären lag obenauf, doch bei genauerem Hinsehen musste Paul feststellen, dass er sich offenbar geirrt hatte. Seine Form ähnelte zwar der eines Bärenschädels, er war aber voluminöser und sein Gebiss wies lange, äußerst spitze Zähne auf. „Das wäre ein gefundenes Fressen für meinen Freund Dr. Collyns gewesen. Hier hätte er sich dank seiner archäologischen Kenntnisse austoben können!" Er schluckte die aufsteigende Trauer hinunter: Dr. Collyns befand sich im Sektor 2 der Kühlanlagen – in der Gruft.

Paul klaubte sich einige Steinspitzen aus einem Haufen heraus und steckte sie in seine Hosentasche. Er versuchte sich vorzustellen, wie die Menschen hier vor der Katastrophe Zuflucht gesucht und sich für ein Leben unter der Erde eingerichtet hatten. Dabei folgte er einer Fußspur, die sich an einigen Stellen im fein gemahlenen Geröll abzeichnete. Sie war erst wenige Stunden alt; parallel dazu verlief die Fährte des Tigers. „Wenn der Dich erwischt hat, mein lieber Freund, dürfte nicht mehr viel von Dir übrig sein", murmelte der Professor. Am Bach verschwand die Fußspur plötzlich; nur die Tigerfährte führte ab hier weiter. Doch nirgendwo waren Blutspuren oder Hinweise für einen Kampf zu sehen. „Das ist aber merkwürdig?" Ratlos kratzte Prof. Cain sich am Kopf. Dann entschloss er sich, der Tigerspur zu folgen. Irgendwo musste er ja seine Beute abgelegt und zerrissen haben. Ein dumpfes Geräusch tönte zu ihm herüber. Obwohl nicht ängstlich, hielt er doch die Waffe schussbereit im Anschlag. Das Röcheln wurde lauter. Das vielfache Echo irritierte den Professor. Schließlich erreichte er einen Seitenarm, aus dem der rasselnde Atem eines Menschen drang. Prof. Cain war auf das Schlimmste vorbereitet. Nach Jägerart pirschte er sich Schritt auf Schritt voran. „Großer Gott, da liegt doch jemand!" Im Lichte seiner Fackel sah er den Jungen zusammengekrümmt am Boden liegen. Dahinter glänzte die metallene Wand des Reaktorkühlturms. Auf den ersten Blick erkannte er, dass es sich nicht um einen Bewohner von Noah-City handeln konnte. Vor ihm lag ein ‚Wilder'!

Er stieß ihn mit dem Lauf seiner Waffe an. „He, Kleiner – was ist mit Dir?" Der Knabe reagierte nicht. Prof. Cain beugte sich zu ihm herab und berührte ihn. „Seine Stirn glüht ja wie ein Backofen!" Erschrocken zog er die Hand zurück. Neben dem Kranken lag eine offene, aus Fell gefertigte Flasche. Er schüttelte sie; es war noch ein Rest Wasser darin. Er goss es auf die Hand und kühlte damit die Stirn des Jungen. „Tja, da wird mir wohl nichts anderes übrigbleiben, als Dich vorerst mitzunehmen. Ich kann Dich doch nicht einfach hier liegen lassen. Dass immer ich so ein Glück haben muss!" Entschlossen hängte er sich das Gewehr über und hob den Jungen auf.

Nachdem er mit seiner ungewöhnlichen Last im Freien angekommen war, legte er sie schnaufend ab und schoss in die Luft. Grollend zog der Schall über das Plateau. Eilig kamen einige halbnackte Soldaten angerannt, die verblüfft auf den Jungen starrten. „Gafft nicht so blöd! Fasst lieber mit an – der Bursche ist schwerkrank! Er muss sofort zum Arzt gebracht werden."

Bobak erwachte.

Zuerst glaubte er, noch immer zu träumen. Er kniff die Augen zusammen und blinzelte erst durch das rechte, dann durch das linke. Als er es endlich wagte, beide Augen zu öffnen, blendete ihn grelles Licht. Das war kein Traum! Verängstigt zog er die Decke über den Kopf und lauschte dem Schlag seines Herzens. „Bum-bum-bum", schlug es kraftvoll. Das Blut rauschte in seinen Ohren. „Oh, Ihr Götter der Ahnen! Niemals wieder werde ich Eure Stätte der Ruhe betreten, das schwöre ich. Doch macht, dass der Spuk ein Ende findet!" betete er leise, während er sich wie ein Igel zusammenrollte. Einige Zeit lag er unbeweglich. Dann siegte die jugendliche Neugier in ihm über die Furcht. Entschlossen lüftete er die Decke.

„Ich grüße Dich, Beschützerin der Pikos. Ich erflehe Deinen Beistand und Schutz, Mutter Sonne. Gib mir ein Zeichen, denn ich weiß nicht, was ich tun soll", sprach er das Licht über sich an. Er ließ die Decke zu Boden gleiten und erhob sich. Wo war er, was war mit ihm geschehen? Ein Blick auf den schmerzenden Arm ließ ihn erschrecken: Er war in weißes Tuch gewickelt und fühlte sich hart an. Bobak versuchte, es mit den Zähnen abzureißen, doch es gelang nicht. Er lag auf einem schneeweißen Bett. Es war warm und weich, obwohl er nicht ein einziges Fell entdeckte. Sanft strich er mit der gesunden Hand über das Kopfkissen. Es fasste sich gut an! Sein Blick blieb an dem Spiegel über dem Waschbecken hängen. Wasser, das nicht an der Wand hinab lief. „Wozu dient den Göttern dieser Zauber?" Neugierig erhob sich Bobak von seinem Lager und näherte sich dem Spiegel. Verwirrt betrachtete er sein Konterfei. Ein Lächeln überzog sein Gesicht, als er sich erkannte. Übermütig schnitt er sich selbst Grimassen. Er tippte den Spiegel mit dem Zeigefinger an. Dieser war fest wie Eis. „Das Wasser ist also gefroren – deshalb kann es sich an der Wand halten!" Zufrieden mit der Erklärung begann er, sein Umfeld zu erkunden...

Hinter dem Spiegel standen, für Bobak nicht sichtbar, Präsident Magoni, Dr. Harper, Dr. Summerfield und Prof. Cain. Gespannt hatten sie die ersten Schritte des Jungen in der ihm fremden Welt beobachtet. „Eines muss man dem Bengel bescheinigen: Er hat Mut!" stellte Dr. Harper nach einiger Zeit fest. „Wenn ich mir vorstelle, was in ihm vorgehen muss... Wie er seine Umgebung unter die Lupe nimmt – das zeugt von einer wachen Intelligenz. ,Wild' erscheint er mir jedenfalls nicht. Was meinen Sie?" Prof. Cain nickte beifällig. Der Kleine war ihm in der kurzen Zeit seiner Anwesenheit ans Herz gewachsen. Zudem fühlte er sich für ihn verantwortlich, hatte er ihn doch aus seiner vertrauten Welt gerissen. „Erstaunlich, wie gelassen er das alles aufnimmt. Es fasziniert mich, die Begegnung eines Urmenschen mit modernster Technik zu beobachten", meinte er, während er lächelnd den Gesichtsverrenkungen des Jungen zusah. „Was ist mit seinem Arm, Dr. Summerfield?" wollte der Präsident wissen. „Er ist gebrochen. Außerdem hatte er eine böse Fleischwunde. Einen oder zwei Tage später wäre der Junge an Wundbrand gestorben. Daher das hohe Fieber. Er hatte Glück, dass wir ihm nicht den Arm abnehmen mussten."
Mit einem Blick auf Paul fügte er schmunzelnd hinzu: „Ich hoffe, er weiß zu würdigen, was Prof. Cain für ihn getan hat."
„Was hat die Wunde verursacht? Ein Biss des Tigers?" erkundigte sich dieser.
„Ich glaube nicht, Professor. Angesichts der von Ihnen beschriebenen Größe des Tieres wäre wohl von dem Jungen nichts übriggeblieben. Ich denke, er hat

einen derben Schlag erhalten – wir haben einige Holzsplitter gefunden, die
darauf hindeuten", erklärte Dr. Summerfield. „Jedenfalls müssen wir uns keine
Sorgen mehr um ihn machen. Er ist über den Berg, seine urwüchsige Natur
lässt die Wunde schneller heilen als erwartet!" fügte er hoch hinzu. „Was soll
mit ihm geschehen, wenn er wieder völlig gesund ist? Wollen wir ihn hier
behalten, quasi als Versuchskaninchen?" Die Frage des Professors stimmte sie
nachdenklich. So weit hatte noch keiner von ihnen gedacht. „Wir können ihn
doch nicht einfach hier einsperren wie ein Tier! Er wird Angehörige, eine
Familie haben. Dass das Schicksal den Jungen in unsere Hände gespielt hat,
sollten wir als Ermutigung betrachten, mit seinem Volk Verbindung
aufzunehmen", meinte Dr. Harper schließlich und erntete die Zustimmung der
anderen Männer. „Gut. Da alle einverstanden sind, wird er bis zu seiner
vollständigen Genesung bei uns bleiben. Danach versuchen wir, mit seiner
Hilfe Kontakt zu seinem Stamm herzustellen", beendete Präsident Magoni das
Gespräch und wollte gehen. „Einen Moment noch, bitte!"
Fragend sahen die Männer auf Dr. Summerfield.
„Wir sollten ihm den Start erleichtern. Der Junge braucht eine Bezugsperson,
die sich um ihn kümmert und ihn allmählich in unsere Welt einführt. Mein
Vorschlag wäre, Prof. Cain zu bitten, diese Rolle zu übernehmen."
Paul nickte nur. Der Arzt hatte seine eigenen Gedanken ausgesprochen. „Ich
kümmere mich um den Jungen."

Laut gellte das Alarmsignal durch die Räume.
Bobak sprang erschrocken ins Bett und zog wieder die Decke über den Kopf.
Hatte er die Götter doch verärgert?
„Ich habe das äußere Tor geschlossen! Die Einsatzgruppe ist gefechtsbereit
und steht Gewehr bei Fuß", meldete der diensthabende Offizier, als die Männer
in die Zentrale stürmten. Auf ihre fragenden Blicke hin wies er in Richtung
Monitor. „Wir bekommen Besuch!" informierte er den Präsidenten und schaltete
eine weitere Reihe Bildschirme dazu. Am Rande der alten Landebahn erschien
etwa ein Dutzend kupferhäutiger Menschen

„Der Alte in ihrer Mitte sieht aus, als ob er das Oberhaupt wäre. Die jungen Kerle neben ihm sind bestimmt seine Leibwächter", kommentierte Dr. Harper das Geschehen. In der Tat schritt der Alte sehr würdevoll über den Platz, in seiner rechten Hand einen langen Stab, an dessen oberem Ende sich die Sonne in bizarren Strahlen spiegelte.

„Da ist wieder der Tiger! Jetzt wird mir einiges klar!"

Die Bemerkung des Professors stieß auf Unverständnis. „Was meinen Sie? Was ist Ihnen klar?" drängte Dr. Harper. „Der Tiger muss zahm sein. Schaut doch! Er flüchtet nicht. Im Gegenteil: Er führt die Leute an. Und er führt sie genau zur Höhle – dort, wo der Junge war!"

Prof. Cain runzelte die Stirn. „Deshalb habe ich auch keine Spuren des Jungen mehr gefunden. Ich bin mir fast sicher, dass der Tiger ihn zur Wand des Kühlturmes gebracht hat. Dort ist es warm und trocken. Dann ist er los, um Hilfe zu holen. So fügt sich das Puzzle zu einem Bild!"

Die Gruppe verschwand in den Höhlen. Nach einer Weile kehrten die Männer zurück. Sie waren erregt und diskutierten heftig gestikulierend. „Sie haben bemerkt, dass der Junge verschwunden ist. Sie wissen aber nicht, wer dahintersteckt! Schaut Euch den Tiger an! Er hat unsere Spur aufgenommen. Er wird sie zum Tor führen", schilderte Prof. Cain den Ablauf.

„Was ist, wenn die Eingeborenen das Tor entdecken?"

„Das äußere Tor existiert ja schon länger. Sie dürften es kennen. Mal sehen, wie sie darauf reagieren, dass unsere Spuren am Tor verschwinden!" meinte der Professor. Der Tiger näherte sich der Einfahrt; seine angelegten Ohren signalisierten höchste Wachsamkeit.

„Wirklich ein Prachtexemplar, dieser Säbelzahntiger!" bestätigte Dr. Harper, der an seine letzte tragische Begegnung mit dieser Spezies denken musste.

„Sie hauen ab!" hörte er Prof. Cain sagen. Der Zug formierte sich, ohne den Tiger zu beachten, und brach auf. Goli blieb noch kurze Zeit vor dem Tor stehen. Seine gelb leuchtenden Augen blinkten auf dem Monitor. Schließlich folgte er der Gruppe. „Können wir nachprüfen, woher der Zug gekommen ist. Es kann sich doch nur um einen in der Nähe lebenden Stamm handeln", bat Dr. Harper den Diensthabenden. Dieser ließ die Kontakte zu den nächsten

Satelliten peilen. „Tut mir leid, Mr. Harper. Für unsere Region haben wir im Moment keine stabile Verbindung zur Verfügung!" meldete er kurz darauf. Der Präsident verabschiedete sich und übergab Dr. Harper das Kommando. Müde verließ er die Zentrale. Nachdenklich starrte Jim auf den Bildschirm. Es war die Zeit für wichtige Entscheidungen! Jeder Schritt musste genau durchdacht und abgewogen werden, um die Chance auf eine dauerhafte Verbindung zu den Völkern der neuen Welt nicht aufs Spiel zu setzen.

„Dr. Harper!" Der Ruf des Diensthabenden holte ihn in die Wirklichkeit zurück. Wortlos zeigte der Offizier auf den Bildschirm. Der Zug war erneut aufgetaucht. Es schien, als wären die Männer auf der Flucht. Der alte Mann hing kraftlos zwischen zwei Kriegern, die ihn mehr trugen als stützten. „Was ist denn hier passiert?" Dr. Harper rückte näher an den Bildschirm heran. Mehrere Männer waren verletzt, bluteten. Einer von ihnen konnte nicht mehr mithalten und stürzte zu Boden. Der Tiger tauchte auf, sichtlich erregt. Immer wieder umkreiste er die Flüchtlinge, ließ sich zurückfallen, um die Gruppe dann mit langen Sätzen wieder einzuholen. Sie erreichten gerade die Höhlen, als ihre Verfolger auf der Bildfläche erschienen.

Dreißig bis vierzig lang behaarte Wesen erklommen behände die Steigung und sammelten sich auf dem Plateau. „Die sehen nicht gerade freundlich aus", stellte Dr. Harper fest und fügte hinzu: „sind sie offensichtlich auch nicht!" nachdem sich eines der Zottelwesen auf den gefallenen Krieger gestürzt und ihm mit einem gewaltigen Schlag seiner Keule den Schädel zertrümmert hatte.

„Mein Gott, müssen die eine Kraft haben. Die schwingen ihre Baumstämme wie ich eine Schachtel Streichhölzer. Lassen Sie sofort eine Eingreiftruppe ausrücken! Die Biester bringen sonst alle um", befahl Dr. Harper.

Die Wesen waren so groß wie ausgewachsene Männer. Dichtes dunkelbraunes Fell bedeckte äußerst muskulöse Körper. Ihre krummen Beine erlaubten ihnen, überraschend große Sprünge zu machen, womit sie die erste Gruppe bald einholten. Kleine bewegliche Augen gaben den haarlosen Gesichtern einen fast menschlichen Zug. „Die könnten direkt von der Gruppe abstammen, die wir damals in der Station hatten...", murmelte Jim.

Einige Verfolger rissen ihre Mäuler drohend auf und gaben ein gefährliches Gebiss frei. „Denen möchte ich nicht im Dunkeln begegnen. Das sind auf keinen Fall Pflanzenfresser!" Die Situation der Flüchtlinge wurde immer bedrohlicher. Sie hatten sich vor dem Eingang der Höhle der Ahnen postiert und erwarteten mit erhobenen Speeren den Angriff. „Verdammt, wo bleiben denn unsere Leute? Treiben Sie die Männer an, bevor es zu spät ist!" schnarrte Dr. Harper den Diensthabenden an. Die Pelzwesen formierten sich inzwischen zu einem Halbkreis und rückten vor.

„Sir, hier ist die Wache am Tor 4", meldete sich kurz darauf der Posten. „Unsere Männer stehen bereit. Öffnen Sie das Tor!", befahl Lieutenant Gordon, der die Eingreiftruppe persönlich kommandierte. „Beeilen Sie sich! Menschen sind in Gefahr. Von gezielten Schüssen ist jedoch nur im äußersten Notfall Gebrauch zu machen. Konzentrieren Sie Ihren Angriff auf die Pelzwesen und versuchen Sie, sie mit Schreckschüssen zu vertreiben!" wies Dr. Harper die Soldaten noch an, bevor der Trupp hinausströmte. Das Gemetzel war inzwischen im vollen Gange. Mit ihren schweren Keulen droschen die Wesen auf die Menschen ein und fegten ihnen die Speere aus den Händen. Immer mehr Krieger sanken unter den wuchtigen Schlägen ihrer Gegner leblos zu Boden. Eine Gruppe von vier Kriegern scharte sich um den Alten, die versuchten, ihn mit ihren Leibern vor den Schlägen zu schützen. Sie wichen immer tiefer in die Höhle zurück. In diesem Augenblick erschienen die Männer der Eingreifgruppe auf dem Plateau. Dr. Harper sah Lt. Gordon mit einem Revolver in die Luft schießen. Er konnte das Geräusch nicht hören, sah aber das Mündungsfeuer und den Schmauch. Für einen Moment schienen die Wesen wie versteinert, dann flüchteten sie, wobei die meisten ihre Keulen fallen ließen. Zurück blieben mehrere tote und einige schwerverletzte Kämpfer beider Kriegsparteien. „Ein Glück, der Spuk ist vorbei!"
Dr. Harper atmete auf, während die Männer den Ungis bis zum Abhang folgten. „Lt. Gordon, rufen Sie die Leute zurück!" Jim ließ sich die Verteidiger auf den Bildschirm holen. Er hatte das fassungslose Gesicht des Alten gesehen, als die Soldaten unverhofft auftauchten und den übermächtigen Feind in die Flucht

schlugen. Jetzt knieten er und seine verbliebenen Kämpfer nieder, um ihrem Gott zu danken.

„Sir! Wir haben die Lage im Griff! Es gibt Tote und mehrere Verletzte, die dringend ärztliche Hilfe brauchen. Ich schicke einige Männer ins Med.-Center und lasse Transportmaterial und Decken holen. Benachrichtigen Sie bitte Dr. Summerfield!" meldete sich Lt. Gordon. Dr. Harper bestätigte den Empfang. „Ich schicke Ihnen sofort den Doktor und alle verfügbaren Kräfte hoch. Dr. Summerfield wird Ihnen sagen, was er braucht! Ich bin in wenigen Minuten bei Ihnen!"

Auf dem Plateau war eine kleine Zeltstadt errichtet worden; mehrere Sanitätszelte standen zur Behandlung der verletzten Krieger bereit. Dr. Harper und Lt. Gordon verständigten sich abseits des Trubels. „Wir haben alle Toten zusammengetragen. Es sind neben drei Angreifern fünf von den Leuten des Alten gefallen. Soll ich sie begraben lassen?" fragte Lt. Gordon.

„Die Pelzwesen nicht. Sie werden uns umfangreiches Material hinsichtlich ihrer Art und Abstammung liefern, worüber ich noch immer im Zweifel bin. In Bezug auf die Krieger müssen wir erst den alten Mann fragen. Wir wissen nicht, welche Gebräuche und Sitten sie haben."

Miriam, der Älteste, stand noch immer unter Schock. Der bösartige Angriff der Ungis und die unerwartete Hilfe durch die Fremden hatten ihn völlig verwirrt. Das Eingreifen jener deutete er als Zeichen der Mutter Sonne. Sie hatte seinen Stamm nicht im Stich gelassen! Als Goli mitten in der Nacht ohne Bobak und völlig erschöpft in der Siedlung aufgetaucht war, hatte ihn eine düstere Vorahnung beschlichen. Mit den ersten Lichtstrahlen des neuen Tages waren er und die Sonnengarde zur Höhle der Ahnen aufgebrochen, um den Jungen zu suchen. Wie groß war ihre Enttäuschung gewesen, als sie feststellen mussten, dass sein Sohn spurlos verschwunden war. Stattdessen hatten sie Spuren der Ungis und fremder, unbekannter Wesen entdeckt, welche die heilige Stätte entweiht hatten. Miriam verstand nicht, warum sich die Tiermenschen so weit von ihrem angestammten Terrain entfernt hatten. Sie wanderten sonst nur kurze Strecken, die Berge waren ihnen normalerweise ein Gräuel!

Was auch immer der Grund ihres Auftauchens war: Sie hatten seinen Sohn in ihre Gewalt gebracht. Würde er ihn jemals lebend wiedersehen…?

Miriam saß unter dem flatternden Dach einer Hütte aus Stoff. Der Fremde, der gerade seinen Arm verband, sprach unentwegt auf ihn ein, doch er verstand nicht, was dieser sagte. Als ihm eine Flüssigkeit auf die Wunde geträufelt wurde, stöhnte Miriam auf. „Der Schmerz vergeht gleich wieder. Ich habe nur die Wunde desinfiziert." Der Fremde versuchte ihn zu beruhigen. Weiches, schneeweißes Tuch, wie er es noch nie gesehen hatte, wurde auf die Wunde gelegt und mit langen Stoffbahnen fest umwickelt.

Miriam spürte, wie der Schmerz nachließ. Seine Augen suchten den Tiger. Er war es, der sich erfolgreich gegen die Ungis zur Wehr gesetzt und dreien von ihnen den Garaus gemacht hatte. Als Miriam ihn zuletzt erblickt hatte, war er von etlichen Ungis umringt gewesen, die ihn mit ihren furchtbaren Keulen bearbeiteten.

„Hast Du den Tiger gesehen?" wandte er sich an Ryno.

Dieser zuckte ratlos mit den Achseln. „Ich glaube, er ist tot. Die Fremden bringen gerade die Ungis fort. Vielleicht finden wir ihn dort." Der Fremde war mit seiner Arbeit fertig und nickte Miriam freundlich zu.

„Ich werde ihn fragen, ob er den Tiger gesehen hat?" entschied der Alte und zupfte den Mann am Ärmel.

Mittels Gebärden gab er ihm zu verstehen, was er suchte. Dr. Summerfield verstand ihn sofort. Er winkte Miriam mit sich hinaus und rief dem Posten am Eingang zu: „Holen Sie Dr. Harper! Ich will mir jetzt den Tiger ansehen – dazu brauche ich seine Hilfe!" Der Posten bestätigte durch Handzeichen, dass er verstanden hatte. Dr. Summerfield nickte zufrieden. „Kommen Sie bitte hier entlang", sprach er zu dem Alten, „der Tiger befindet in diesem Zelt."

Miriam überwand seine Scheu und folgte dem Doktor hinein. Goli lag auf einer Zeltplane. Er blutete aus unzähligen Wunden und hechelte schwer.

Dr. Summerfield beugte sich über den mächtigen Körper und hob Golis Augenlider an. „Siehst böse aus, mein Freund. Die Brüder haben Dir arg mitgespielt. Mal sehen, wie wir Dich wieder auf die Beine bekommen", brubbelte er vor sich hin und vergaß darüber die Anwesenheit des Alten, der neben ihm kauerte und den Tiger streichelte. Dr. Summerfield versuchte, die Größe des Tigers zu bestimmen: mindestens drei Meter lang, fast achtzig Zentimeter Schulterhöhe. Ihm behagte die Vorstellung, solch einem Riesenburschen in freier Wildbahn zu begegnen, überhaupt nicht.

„Na Doc – da bekommt man doch das große Grausen! Ein Glück, dass der Tiger Ihr Gesicht nicht sehen kann. Er würde sich vor Lachen einpinkeln!" „Eine große Lippe würde ich an Ihrer Stelle nicht riskieren, Dr. Harper – der Tiger steht genau hinter Ihnen", gab Dr. Summerfield zurück. Jim wurde blass. Entschlossen machte er einen gewaltigen Satz nach vorn. Das Lachen des Arztes verriet ihm, dass dieser sich erfolgreich revanchiert hatte. Der Doktor entschuldigte sich augenzwinkernd, dann wandten sich beide dem Tiger zu. Sie begannen mit der Untersuchung der Wunden.

„Innere Verletzungen liegen offensichtlich nicht vor. Versuchen Sie, das Gebiss des Tigers auseinander zu ziehen!" bat Dr. Summerfield mit leisem Grinsen. „Was soll ich...?" Misstrauisch näherte Jim sich dem riesigen Tier. Dann überwand er sich und drückte die Hauer der Katze auseinander. Der Arzt betrachtete ausgiebig den Rachen des Patienten. Die Zähne waren noch rot vom Blut der Opfer. Dr. Summerfield lief ein Schauer über den Rücken. „Ich würde zu gerne wissen, warum solch ein Ungetüm auf der Seite der Menschen kämpft. Schade, dass wir den Alten nicht verstehen können. Er würde sicher das Rätsel lösen." Als sie die Behandlung beendet hatten, glich der Tiger äußerlich einer Mumie. Sogar um den Kopf hatte Dr. Summerfield ihm einen Kreuzverband gewickelt. Erleichtert verschnauften die Männer.

„So könnte er bei ‚Tom und Jerry' mitspielen. Doch die Hauptsache ist, dass er's übersteht!" schnlefte Dr. Harper und wischte sich den Schweiß von der Stirn. Der Alte stand noch immer im Zelteingang. Er hatte den Fremden zugesehen, wie sie den Tiger versorgten. Ein warmes Gefühl der Freude und des Vertrauens durchzog sein Herz. Er spürte, dass diese Fremden ihnen wohl gesonnen waren. Dankbar leuchteten seine Augen, als er ihnen die Hand gab. Die beiden Männer verstanden. Verlegen erwiderten sie den Händedruck. Der stillen, würdevollen Haltung des Mannes konnten sie sich nicht entziehen. Sie fühlten, dass in diesem Augenblick die Freundschaft zweier Welten besiegelt wurde.

Nab, der Anführer der Ungi-Horde, saß missgelaunt in seiner Ecke und starrte wütend vor sich hin. Nur ab und an hob er den Kopf und sah nach dem Feuer. Seit ihrer Rückkehr nach dem misslungenen Angriff am Vortag hatte er sich nicht ein einziges Mal vom Fleck gerührt. Langsam und schwerfällig durchzogen die Gedanken den unförmigen Schädel. Er kratzte sich hinter den Ohren und legte einige Holzstücke nach. Es war kühl in der Höhle und Nab fröstelte leicht. Sein rechtes Bein brannte noch immer wie Feuer. Blutrot zogen sich drei tiefe Kratzer über den Oberschenkel. „Dieser verfluchte Tiger - ich hoffe er ist verreckt!" Die Wunde hatte ihn der Säbelzahntiger beigebracht, bevor er diesen mit einem Schlag auf den Kopf erledigen konnte. „Ist er tot oder doch nicht…?" Unablässig drehten sich seine Gedanken um die eigenartigen Geschehnisse vor den heiligen Höhlen der Pikos. „Warum sind die Götter plötzlich aufgetaucht und haben uns mit diesem furchtbaren Lärm vertrieben? Nur noch wenige Augenblicke – und unsere Feinde wären endgültig besiegt gewesen!" Seine Nackenhaare richteten sich auf und seiner Kehle entrang sich ein gefährliches Knurren. „Diese Götter haben mich in diese beschissene Lage gebracht!" Seit vielen Monden führte er die Horde erfolgreich und umsichtig. „Ich bin stark und klug! Seit meiner Führung hat es keine nennenswerten Verluste mehr in der Horde gegeben. Im Gegenteil: Unsere Zahl ist angewachsen…!" Neun Mal hob er Hände und Füße an und zählte laut vor sich hin, um zu erfassen, wie viele sie waren. „So groß und gewaltig war unsere Sippe noch niemals!" Und nun war er verwundet und hatte vier seiner besten Jäger verloren! Sein Ansehen stand auf dem Spiel. „Zyg will die Situation nutzen, um mir zu schaden - dass weiß ich ganz genau. Er wird noch sehen was er davon hat!" Seit der alte Rent, sein Vorgänger, bei einer Wolfsjagd getötet worden war, hatte sich Zyg als sein gefährlichster Rivale erwiesen, stets auf den Moment wartend, in welchem sich der Anführer eine Blöße geben, einen Fehler machen würde. Einen Fehler, wie den gestrigen Angriff auf die Pikos! Seitdem vor einigen Tagen die beiden Jäger aus den heiligen Höhlen der Pikos zurückgekehrt waren, statt des erhofften Wildes ihren Gefährten auf der Stange zwischen sich tragend, war er ständig von den anderen bedrängt worden. Zyg hatte sich am lautesten hervorgetan und gefordert, diesen Frevel zu rächen und die Pikos zu töten. Nab zögerte noch immer. „Die Pikos sind nicht schlecht! Sie haben mir viele nützliche Dinge gelehrt. Sie haben unserem Volk das Feuer gegeben und uns beigebracht, damit umzugehen. Ich habe gerne bei ihnen gelebt…" sinnierte er, „und ihr Häuptling ist ein kluger Mann und hat mir gezeigt, wie man ein Volk richtig führt?" Niemand in seiner Sippe konnte zählen - er schon! Niemand verstand es wie er, einen Bogen zu spannen. Nab heulte vor Wut auf: „Wie konnte ich nur so dumm sein, dem Drängen der Horde nachzugeben? Mein Instinkt hat mich doch gewarnt und Nein gesagt…! Und doch habe ich mit den Jäger mitgeheult und bin mit ihnen zur Höhlen der Pikos aufgebrochen!" Er schüttelte den Kopf. Ein Schatten verdunkelte den Eingang der Höhle.

„Los Nab, komm raus. Die Jäger warten am Feuer!" Dumpf hallte Zygs Stimme in der Höhle wider. Zorn loderte in Nabs Brust auf. Er fletschte die Zähne. „Rede nicht so mit mir, verstanden!" Ächzend erhob er sich von seinem Stein, stützte sich auf seine Keule und humpelte schwerfällig aus der Höhle. Über dem lodernden Feuer des Lagerplatzes war ein stabiles Holzgerüst mit einem Bratspieß errichtet worden. Darauf hatte man den Körper eines Gefährten gezogen, der nach ihrer Rückkehr ins Lager seinen schweren Verletzungen erlegen war, und ließ ihn nun in den Flammen brutzeln. Verstimmt näherte sich Nab der Versammlung. Auf dem Platz des Anführers – auf seinem Platz – saß Zyg und grinste ihm erwartungsvoll entgegen. Lautes Wutgeheul entrang Nabs Brust. Für einen Moment vergaß er die Schmerzen. „Du...!" grollte es tief in seiner Kehle, „Du kannst dort sitzen und grinsen, wenn ich tot bin!" Er schwang drohend seine Keule und machte Anstalten, auf seinen Widersacher loszuschlagen. Zygs überhebliches Lächeln verschwand augenblicklich. Unruhig schaute er sich um. Niemandem kam es in den Sinn, sich einzumischen. Alle erwarteten den Ausgang der seit langem erwarteten Auseinandersetzung mit Spannung. Unschwer war zu erkennen, wem die meisten Sympathien gehörten: ihm – Zyg – nicht! „Scher Dich, wohin Du gehörst, und geh mir aus den Augen!" schnauzte der Anführer und hob erneut die Keule. Unterwürfig erhob sich Zyg und gab den Platz frei. Feige zog er sich in seine Ecke zurück. „Warte ab, mein Tag wird kommen!" grollte er.

Nab blickte seinem Gegner gelassen entgegen. Innerlich genoss er seinen Triumph. Er setzte sich auf seinen Stein: „Gebt mir das beste Stück - gebt mir das Herz des Jägers!" forderte er lautstark und grinste. Erst als er es in den Händen hielt, nahmen sich die anderen ihren Anteil und verzehrten rülpsend und schmatzend den Körper ihres Artgenossen. „Ich will trinken - sofort!" knurrte Nab und erhielt sofort von einige Weibchen einen mit Wasser gefüllten Schädel gereicht. Nab trank einen Schluck und schüttete das Wasser aus. Zufrieden und satt wälzte er sich auf seinem Stein. „Wo sind meine Weiber? Kommt zu mir!" Drei Frauen setzten sich zu ihm. Sie säuberte sein Fell von Schmutz und Speiseresten. „Zeig mir deine Wunde", bat die Jüngste und begann, die Wunde an seinem Bein sauber lecken. Wohlig stöhnte Nab auf. „Oh das ist gut! Komm nachher für die Nacht in mein Lager!" Während Zyg gelb vor Neid zusah, wie der Anführer von seinen Rechten Gebrauch machte und die ihm zustehenden Vorteile genoss, machte sich unter den Jägern Ungeduld breit. Einer von ihnen erhob sich schwerfällig und trat vor Nab.

„Was soll nun geschehen? Die Geister der Kahlhäute sind zu stark. Wir werden sie niemals...?" Eine Handbewegung unterbrach den Redner. „Sei still!" knurrte Nab. Wieder dachte er einige Zeit nach. Er fühlte genau, dass von der folgenden Entscheidung seine Zukunft als Anführer der Horde abhing. Endlich straffte sich sein Körper entschlossen. „Wir fallen in die Siedlung ein und töten die Kahlhäute. Dort helfen ihnen die Götter nicht, denn sie sind zu weit entfernt. Wir töten sie und beziehen ihre Häuser." Dieser letzte Gedanke, der ihm gerade erst eingefallen war, faszinierte ihn: „Sie, die Ungis, werden in den Steinhäusern der Pikos wohnen und leben! Dort, wo es warm und trocken war und der Wind nicht so wie hier in den Höhlen pfiff." Die Jäger starrten ihren Anführer verwirrt an. Die wuchtigen Schädel mussten das Gehörte verarbeiten. Als ihnen seine Bedeutung schließlich klargeworden war, überzog die Gesichter der zottigen Wesen ein Grienen. „Dass wir darauf nicht schon früher gekommen sind?" lachte Nab. Zyg meldete sich. „Was ist mit dem Tiger?"

Argwöhnisch schauten sich die Jäger an. Richtig, da war ja noch der verdammte Tiger! Doch lässig winkte Nab ab.

„Der Tiger ist tot, wir haben ihn gestern oben erschlagen." Die Teilnehmer des Kampfes bestätigten grunzend die Aussage ihres Führers. „Das stimmt - er ist umgefallen wie ein fauler Baum!" Scheinheilig verbeugte sich Zyg und setzte sich schnell. Ein schauriger Schmerz kniff Nab in den Leib. Den Tiger hatte er völlig vergessen! Eine dunkle Ahnung beschlich ihn...

Die Stimmung unter den Jägern wurde immer lauter und ausgelassener. Ihre aufgeregten Schreie zogen an den steilen Wänden der zerklüfteten Schlucht empor und verhallten im dichten Strauchwerk, welches auf den Gipfeln der umliegenden Felsen wucherte. „So werden wir die Kahlhäute vernichten!" Immer mehr Jäger ließen sich von der Euphorie anstecken. Sie sprangen auf, tänzelten schwerfällig auf ihren krummen Beinen und führten vor, wie sie ihre Feinde vernichten würden. Ihre Gebärden wurden immer drohender. Sie fletschten die Zähne und stießen rohe Kampfschreie aus. Die niedersausenden Fäuste deuteten an, wie ihre Keulen auf die Schädel der Feinde einschlagen würden um sie zu töten. „Uns so werden wir ihren Frauen echte Männer zeigen…" Johlend vor Vergnügen rollten sich die Tiermenschen auf dem Boden. Nab schaute teilnahmslos auf diese Szenen. Im Nachhinein bezweifelte er die Richtigkeit seiner Entscheidung. „Nun gibt es kein zurück mehr!" Als endlich wieder Ruhe einzog und die Tobenden erschöpft am Boden lagen, stand Nab auf und humpelte zu seiner Höhle zurück. Bevor er hineinging, drehte er sich noch einmal um: „Wenn die Sonne zweimal aufgegangen ist, ziehen wir los!"

Die folgende Nacht verbrachten Miriam und seine Männer unter dem Dach des Sanitätszeltes. Posten bewachten das Felsplateau und sorgten für einen ruhigen Schlaf der Gäste. Präsident Magoni saß mit seinem Beraterstab im Arbeitszimmer. Es galt, die neue Situation zu analysieren und Schlussfolgerungen für das weitere Vorgehen zu ziehen. Doktor Harper lächelte still vor sich hin, als er an seine Begegnung mit dem alten Mann dachte. Er hatte ihn zwar nicht verstehen können, doch der warme Klang seiner

Stimme hatte ihn innerlich stark berührt. Dieser Alte musste etwas Besonderes sein. Für Jim war er die Schlüsselfigur; auf ihn setzte er seine Hoffnungen. Prof. Cain bat ums Wort. „Wenn wir den Kontakt zu den Menschen da draußen ausbauen möchten, sollten wir uns meines Erachtens darüber Gedanken machen, wie wir uns ihnen auch räumlich nähern können. Wir werden sie nicht wirklich kennen lernen, wenn wir sie bloß von Satelliten beobachten lassen – abgesehen davon, dass wir nicht wissen, wie lange wir noch über eine solche Möglichkeit verfügen werden. Wir müssen vor Ort! Vielleicht sollten wir zunächst eine Art ‚Basislager‘ bei den Eingeborenen einrichten, im dem einige von uns leben und ihre Sprache, ihre Sitten und Gewohnheiten studieren können.“ Der Vorschlag stieß nicht auf ungeteilte Zustimmung. Major Hammer meldete Sicherheitsbedenken an. „Ich hoffe, Sie verstehen mich nicht falsch, aber: Meine Leute und ich sind für Ihre Sicherheit verantwortlich. Und ich befürchte, dass eine solche Vorstellung ein unabsehbares Risiko beinhalten würde.“ Entrüstung wurde laut. Dr. Ferrow schaute ihn so grimmig an, dass sich der Major beinahe für seine Worte entschuldigt hätte. „Major Hammer hat nicht Unrecht“, bestätigte indessen Dr. Harper und erhob sich von seinem Platz. „Uns allen dürfte klar sein, dass wir gegenwärtig auf bewaffneten Schutz nicht verzichten können. Wenn wir also tatsächlich eine Expedition zur Siedlung der Eingeborenen planen, benötigen wir dafür militärische Begleitung. Im Übrigen sollten wir bedenken, dass die Ureinwohner es möglicherweise nicht wünschen, dass wir in ihrer Nähe bleiben, um ihre Lebensgewohnheiten zu studieren. Wir müssen also flexibel sein! Die meisten unter ihnen haben den alten Mann gesehen, der die Gruppe anführt. Sein Name ist, wenn ich richtig verstanden habe, Miriam. Ich vermute, dass er eine Art Stammeshäuptling ist. Er scheint uns sehr dankbar zu sein. Ich schlage vor, uns in unseren Bemühungen auf seine Person zu konzentrieren.“ „Wann sollte Ihrer Meinung nach die Expedition starten?“ wollte der Präsident wissen. Dr. Harper, der sich bereits wieder gesetzt hatte, stand noch einmal auf. „Ich würde den Zeitpunkt recht kurzfristig ansetzen: Abmarsch in zwei Tagen! Bis dahin bleibt uns noch genug Arbeit!“

Nachdem Jim wieder Platz genommen hatte, ließ Präsident Magoni etwa eine Minute verstreichen. Schließlich räusperte er sich vernehmlich. „Ich lege also Folgendes fest, woran sich alle Expeditionsmitglieder ausnahmslos zu halten haben!" Er ließ einen absichtsvoll strengen Blick durch die Runde schweifen und registrierte dabei zustimmendes Kopfnicken. Lediglich Prof. Cain sah ihn mit unbeweglicher Miene an.

„Zum Ersten ordne ich an, dass in zwei Tagen ein Trupp von zehn Wissenschaftlern aufbricht, um die nähere Umgebung zu erkunden und dabei die Siedlung der Eingeborenen einer – sagen wir: Inspektion zu unterziehen. Dabei wird zum Zweiten geprüft, ob eine Art Forschungsstation errichtet werden kann, ohne dass wir damit die Lebensgewohnheiten der Einwohner beeinflussen! Drittens bestehe ich darauf, dass jedes Expeditionsmitglied ausreichende Bewaffnung mit sich führt. Außerdem ordne ich die Bildung einer Eskorte von zwanzig Mann Militär an. Die Gesamtleitung der Expedition liegt in den Händen von Dr. Harper. Er wird auch für die Auswahl des Personals zuständig sein. Major Hammer erteile ich hiermit Befehl, das Kommando über die Sicherheitsgruppe Lt. Gordon zu übertragen."
Schmunzelnd wandte er sich abschließend dem Major zu: „Wir Alten werden also hier die Stellung halten, während sich die Jugend in der Wildnis vergnügt, Major! Das ist im Moment unsere Aufgabe!" „Abmarschtermin ist übermorgen früh, sechs Uhr", beendete Dr. Harper die Beratung. Bis dahin war noch einiges zu erledigen.

Bobaks anfängliche Scheu war wachsender Neugier gewichen. Einmal hatte er einen ganz in Weiß gekleideten Gott vor seiner Tür stehen sehen, der durch die Öffnung geschaut und ihm freundlich zugewinkt hatte. Er hatte ein überraschend menschliches Aussehen gehabt! Misstrauisch sog Bobak die Luft ein. Der eigenartige Geruch war geblieben; nur hatte er sich inzwischen daran gewöhnt. Auf Zehenspitzen schlich er zur Tür. Sein Verstand war hellwach. Irgendeinen Weg musste er finden, hier herauszukommen! Erschrocken blieb er stehen, als er ein leises Summen hörte und der Flügel sich lautlos zur Seite schob. Erschrocken trat er zwei Schritte zurück. Die Tür schloss sich wieder,

wie von Geisterhand bewegt. Wieder bewegte er sich nach vorn, und die Tür
öffnete sich. Dieses Spiel wiederholte er mehrmals.
Verschmitzt drohte er der Tür mit dem Zeigefinger und lief rasch hindurch.
Hinter ihm schloss sich die Öffnung. Erleichtert schnaufte er auf. „Das wäre
geschafft!"
Die Höhle der Götter erschien ihm ungewöhnlich, ganz anders, als er es sich
nach den Erzählungen der Alten vorgestellt hatte. Ein unendlich langer, hell
erleuchteter Gang verlief nach zwei Seiten und verlor sich irgendwo.
Unschlüssig drehte Bobak sich erst in die eine, dann in die andere Richtung.
Wohin sollte er gehen? Da erschien plötzlich wie aus dem Nichts eine Gestalt
und kam auf ihn zu. „He Junge bleib stehen!" Er flüchtete in die entgegen
gesetzte Richtung. Bobak hörte noch den Ruf, dann bog er in einen Seitengang
ab, wo Dämmerung ihn umfing. Dort stoppte er und ließ seinen Augen Zeit,
sich an die veränderten Lichtverhältnisse zu gewöhnen. Der neue Gang war
bedeutend breiter und verlief nicht geradlinig, sondern schwang sich in sanften
Kurven. Er mündete an mehreren Stellen ins Nirgendwo. Bobak fühlte, wie ihm
der Schweiß den Rücken hinunterlief. Er fand nur Wände und immer neue
Öffnungen, die kein Ende, keinen Ausgang zu haben schienen. Rätselhaft!
„Wozu brauchen die Götter Wege, die nirgendwohin führen?" brummte er.
Langsam setzte er sich wieder in Bewegung. Schließlich kam er in eine riesige
Halle und fand sich in einem kleinen Wald wieder. Bunte Blumen standen auf
einem Wiesenoval. Sauber verschnittene Sträucher und kleinere Bäume
säumten einen winzigen Teich. Lustig plätscherte ein schmaler Bach am Rande
der Wiese und mündete im Teich. Einladend standen einige Bänke um diesen
herum. Kunstvoll verzierte Gebilde spendeten warmes helles Licht.
Staunend betrachtete Bobak die Anlage. „So einen Wald ganz ohne Felsen,
Steinen, wild wachsende Bäume und Sträucher habe ich noch nie gesehen...?"
Entschlossen durchquerte er die Parkanlage. Er gelangte auf einen glatten
breiten Weg, eilte an eigenartigen Hütten mit vielen Türen und Fenstern vorbei.
Aus einigen drang Lärm. Bunte, schillernde Farben strahlten aus den Fenstern
und blendeten ihn. Nebenan hörte er den Rhythmus schlagender Trommeln,

von fremden Tönen untermalt. Panik erfasste den Jungen. Er rannte wieder los. „Nur fort von hier! Wo sind denn nur alle hin?" Die Straße endete in einem leeren Raum, dessen Eingang keine Tür besaß. „Also wieder zurück!" seufzte er und drehte um. Doch da näherten sich Stimmen im Hintergrund. Entsetzt stürzte er in die Dunkelheit einer Nische. Erschöpft kauerte er sich hin. „Die Götter werden mich bestimmt gleich bestrafen…! Ich kann nicht mehr!" Ergeben duckte er sich und wartete. Die Götter beachteten ihn nicht. Sie betraten das offene Zimmer, einer von ihnen berührte einen merkwürdigen Stab und bewegte ihn runter. Seitlich aus der Wand fuhr eine Tür heraus und verschloss die Kammer. Dann schwebte sie in die Luft und stieg höher, bis er sie aus den Augen verlor. „Wo sind die Götter geblieben?" Ungläubig starrte er auf den dunklen Punkt, der sich dort oben verlor. Er schrak zurück, als dieser größer wurde. Das Zimmer schwebte wieder herab. Als es auf seiner Höhe angekommen war, hielt es an und die Tür öffnete sich. Der Raum dahinter war leer. „Die Götter sind nicht mehr da?" Mit klopfendem Herzen näherte sich Bobak dem Kasten und stieg ein. Nichts geschah! Er betastete die kühlen, glatten Wände und roch ihren eigenartigen, fremden Duft. Spielerisch glitten seine Finger über den Stock. Dann packte er ihn, wie er es bei dem Gott gesehen hatte, und drückte ihn nach unten. Ein Licht über dem Türrahmen glimmte rot auf und die Wand verschloss das Zimmer. Es ruckte leicht, dann schwebte Bobak nach oben. Er wagte vor Angst kaum zu atmen und drängte sich in eine Ecke, die Hände schützend über den Kopf haltend. Wieder gab es einen Ruck; das Kribbeln im Bauch hörte auf. Als sich die Tür öffnete, streichelte ein leichter Hauch das erhitzte Gesicht des Jungen. Er schnupperte erregt. Diese Gerüche kannte er. Er folgte dem Duft des Windes und befand sich plötzlich im Freien, auf dem Platz vor den heiligen Höhlen. Ein strahlender Sternenhimmel überzog die Gipfel der Berge. „Seid gegrüßt, Ihr Boten der Mutter Sonne! Wie bin ich froh, Euch endlich wieder zu sehen!" Nachdem Bobak einen Moment verharrte, schlich er sich im Schatten der steilen Felswände aus der riesenhaften Toröffnung. Draußen standen einige Männer vor einer sich im Wind… bewegenden Hütte und unterhielten sich leise. Er stutzte, denn er verstand die Worte, die sie sprachen. Das war doch…?

177

Ein Schrei entrang sich seiner Brust: „Vater!? Vater!!!"

Ein langgestreckter Schatten flog über die Felsfläche geradewegs auf Bobak zu. Ein gestreifter Blitz riss den Jungen um und das Echo eines fürchterlichen lang anhaltenden Brüllens raste von Felswand zu Felswand. Goli hatte seinen Gefährten und Freund wiedergefunden!

„Goli! Vater! Ich habe...! Ich bin...!" Bobak war viel zu aufgeregt, um einen vollständigen Satz hervorzubringen. Er befreite sich von der Last seines vierbeinigen Gefährten und fiel schluchzend seinem Vater in die Arme, während sich der Tiger wie ein Schoßhündchen an ihn schmiegte.

Dieser ungewöhnliche Anblick bot sich Dr. Harper, als er aus dem Lift stieg und durch das Tor schritt. „Habe ich doch geahnt, dass ich den Burschen hier finden werde!" Vor ihm stand eine glückliche, wiedervereinte Familie mit einem der wohl ungewöhnlichsten Haustiere. Als Miriam Dr. Harper bemerkte, bat er ihn mit einer Geste, näher zu kommen. Strahlend und voller Stolz zeigte er erst auf sich, dann auf den Jungen. „Mein Sohn Bobak!"

Dr. Harper nickte; er hatte längst verstanden. „Bobak", sprach er betont nach. Freude überzog das Gesicht des Stammesältesten, als der Fremde dann auch noch seinen Namen aussprach: „Miriam!" Der Alte tippte Doktor Harper fragend auf die Brust. „Jim, nennt mich einfach Jim!"

Die Nacht verging schnell. Der Morgen graute bereits und die Sterne glimmten nur noch schwach, als Bobak endlich zur Ruhe kam. Glücklich kuschelte er sich in die weichen Decken. Bevor er einschlief, zupfte er sanft die Ohren seines Freundes. Die Sonne stand bereits senkrecht am Himmel, als Bobak gähnend und seine Augen reibend durch den Eingang des Zeltes stolperte. Vor ihm der Platz war voller Leben. Tische und Bänke waren mit lustig wehenden Farben und Tüchern überzogen, darauf stand glitzerndes Geschirr. Die Fremden saßen lärmend zusammen, lachten ausgelassen und unterhielten sich laut miteinander. Aus unzähligen kleinen Feuerstellen stieg Rauch auf. Es roch angenehm nach gebratenem Fleisch. „Jetzt habe ich doch tatsächlich den Beginn des Festes verschlafen", schimpfte Bobak leise vor sich hin. Als er sich umschaute, sah er, dass Goli nicht mehr auf seinem Platz war. Miriam eilte seinem Sohn entgegen und führte ihn zu einer langen Tafel. An der Stirnseite saß ein kleiner, schmaler Mann mit grauem, schütterem Haar. „Das ist der Häuptling und Anführer der Fremden!" Verlegen begrüßte Bobak den Präsidenten und setzte sich neben seinen Vater. Voller Interesse schaute er in die fröhlichen Gesichter und lauschte den nicht mehr so fremd klingenden Stimmen. Die nächsten Stunden erschienen dem Jungen wie ein Traum. So viel Neues gab es zu sehen, anzufassen und zu beschnuppern. Bobak schlenderte über das Plateau. In einer Ecke, wo schriller Lärm und grelle Lichtblitze jede Unterhaltung unmöglich machten, wurde er auf einen schwarzen Kasten aufmerksam. Erstaunt und verwirrt blieb er stehen. In dem Kasten sah er kleine Menschen an einer Tafel sitzen, genauso wie hier. Sie unterhielten sich, dann standen sie auf und verschwanden. Misstrauisch hockte sich Bobak davor und versuchte, die Frau und den Mann zu berühren. An einer durchsichtigen Oberfläche glitten seine Finger ab. „Wie kommen die denn dort hinein?" Er tastete mit den Händen die Wände des Kastens ab, die Gestalten darin bekam er nicht zu fassen. Doktor Harper und Professor Cain, die in der Nähe standen, beobachteten belustigt die Bemühungen des Jungen. „Ihr Patenkind braucht dringend Hilfe, mein lieber Professor! Es wird Zeit, den Jungen in die Geheimnisse der modernen Technik einzuweihen. Hier haben Sie die beste Gelegenheit!" Mit einem freundschaftlichen Schlag auf die Schulter ließ er den Professor mit dem Jungen zurück. Bobak bemerkte die musternden Augen des Fremden. Beschämt wollte er sich zurückziehen. „Warte, Kleiner, lauf nicht weg! Komm, ich erkläre Dir, wie dieses Ding hier funktioniert!" versuchte Prof. Cain den Jungen zu locken. Er winkte ihn zu sich. Dann richtete er die Videokamera so ein, dass ihre Optik genau das Gesicht des Jungen erfasste. „Und nun pass auf, mein Kleiner! Wenn ich jetzt hier einschalte, erscheint Dein Gesicht dort auf dem Bildschirm." Bobak musterte den Fremden noch immer misstrauisch, beobachtete aber dabei jede seiner Bewegungen. Als sein Gesicht auf dem Monitor erschien, zuckte er innerlich zusammen, ohne dass seine Miene seine Gefühle verriet. Prof. Cain durchschaute ihn. „Du bist wohl ein ganz cooler Typ?" lachte er und schaltete die Geräte wieder ab. Bobak beschloss, sich vorerst von ihm fernzuhalten.

179

Einer der Soldaten, ein Musikliebhaber und Instrumentensammler, hatte eine afrikanische Buschtrommel über die Zeit gerettet. Diese hatte er zur Feier des Tages mit nach oben gebracht. Nun lehnte sie einsam und unbeachtet an einem der Tische. Bobak fühlte sich magisch von diesem Instrument angezogen. Sacht berührten seine Finger das gespannte Fell. Ein zarter, dumpfer Ton löste sich und glitt davon. Seine Schläge wurden kräftiger. Die Hände übertrugen den Rhythmus seines Herzens auf den Hohlraum der Trommel. Das Pochen und Dröhnen des Klangkörpers wurde immer ausdrucksvoller. Es riss den Jungen mit sich und öffnete seine Seele. Mit geschlossenen Augen trommelte Bobak die Geschichte seines Lebens, seiner Liebe, Träume und Ängste, einfach alles wurde zur gewaltigen, fesselnden Melodie. Er vergaß den kranken Arm. Jede Faser seines Körpers versenkte sich in den heißen Rhythmus. Er wurde eins mit ihm und mit sich. Verzaubert standen die Fremden um den Jungen herum. Ihre Füße stampften im Takt, ihre Körper vibrierten. Unvermittelt brach Bobak ab. Schweißüberströmt sank der Junge zu Boden. Sein weißer Verband färbte sich rot. „Dieser Teufelsbraten aber auch!" dröhnte Prof. Cain stolz. Verhalten klatschten einige Leute Beifall. Andere fielen ein, bis ein Tosen über das Plateau brandete. Das Spiel des Knaben hatte die letzten Ängste der Bewohner von Noah-City hinweggespült. Es stärkte ihre Hoffnungen auf eine glückliche Zukunft, ließ ihre Kraft und Zuversicht wachsen. In manchen Augen standen Tränen der Freude. Jetzt waren sie endlich zu Hause…

„Mister Präsident! Sir! Die Expedition ist abmarschbereit", meldete Dr. Harper an die Zentrale. Dann gab er das Zeichen zum Aufbruch.
Mit den ersten Sonnenstrahlen verließ der Zug das Felsplateau. An der Spitze marschierten Dr. Harper und Miriam, gefolgt von Bobak und dem Säbelzahntiger sowie den Kriegern der Sonnengarde. Danach kamen die Wissenschaftler und die Soldaten des Sicherheitstrupps. Lt. Gordon bildete den Schluss der Formation.
Dr. Harper überließ die Führung dem alten Mann. Sie folgten dem Lauf der alten Zubringerstraße. Serpentinen gleich schlängelte sich der kaum noch

erkennbare Weg an den steilen Hängen bis ins Tal hinab. Von einstigen
Asphalt und Beton waren nur noch klägliche Reste übriggeblieben.

Sanft bogen sich die Gräser im kühlen Wind. Die Strahlen der Sonne lugten
über die Gipfel der Berge und hüllten die Umgebung in goldenes Licht.
Gefangen von der neuen Schönheit ihrer alten Mutter Erde ließ Dr. Harper den
Zug vor dem Abstieg noch einmal kurz anhalten. „Gedenken wir an dieser
Stelle der Menschen, die einst diesen Planeten besiedelten, und versprechen
wir ihnen, alles in unserer Macht Stehende dafür zu tun, dass sich nie wieder
eine derartige Katastrophe ereignet." Die Mitglieder der Expedition verharrten
schweigend einige Minuten, bevor sie den Abstieg ins Tal begannen. Gegen
Mittag erreichten sie den Rand einer geschlossenen Waldfläche.

„Lt. Gordon, lassen Sie einen Platz für eine kurze Rast vorbereiten!", befahl Dr.
Harper. Nach einem kargen Mahl entschloss sich Jim, die nähere Umgebung
des Rastplatzes genauer in Augenschein zu nehmen. Interessiert studierte er
die Sträucher, Gräser und Kräuter. Einige Arten kannte er: die wilde Kamille,
Brennnessel, verschiedene Glockenblumen und Beeren. Andere Pflanzen
wusste er nicht einzuordnen. Ein riesiger, fast mannshoher Ameisenhaufen
erregte seine Aufmerksamkeit. Er hockte sich davor und betrachtete das
scheinbare Durcheinander der rot gefärbten Insekten. Versonnen schaute er
auf das aufgeregte Gequirle, als er plötzlich das Gefühl hatte, beobachtet zu
werden. Unruhig blickte er sich um. „Hallo, ist da jemand?"
Es war nichts Auffälliges zu bemerken. Nur der Wind spielte mit den Blättern
der Bäume. Trotzdem hielt er es für besser, diesen Platz zu verlassen. Ganz in
seiner Nähe brach krachend ein Ast. Erschrocken fuhr er herum und stolperte
über eine Wurzel. Bevor er auf dem Boden aufschlug, sah er im Augenwinkel
einen Schatten auf sich zurasen. Er schrie, riss umständlich den Revolver aus
dem Halfter und drückte ab. Der Abzug klemmte. Das heisere Fauchen kam
bedrohlich näher. Fauliger Atem streifte sein Gesicht. Vor ihm stand, einem
Granitblock gleich und noch größer als ein Grizzly, ein ausgewachsener
Höhlenbär und angelte mit seinen Pranken nach ihm.
„Oh, Scheiße!" entfuhr es Jim. Mit einem kräftigen Schwung rollte er sich aus
der Gefahrenzone und spurtete los. Sein anfänglicher Vorsprung schmolz

schnell dahin. Die Beine wurden ihm schwer wie Blei. Der Bär kam brummend näher. Als sich das Tier beinahe auf gleicher Höhe mit ihm befand, richtete es sich in vollem Lauf auf und erhob die Pranke zum Schlag. Jim schloss ermattet die Augen.

Ein Schuss peitschte über die Lichtung. Der Bär bäumte sich auf und riss mit der gestreckten Pfote einen tiefen Streifen in die Erde. Er versuchte noch einmal sich aufzurichten. Sein Schrei aus Schmerz und Wut ließ die Stille erbeben. Der zweite Schuss streckte das tobende Tier endgültig nieder. Lt. Gordon stand schwer atmend neben Dr. Harper. Aus dem Lauf seiner Waffe quoll Rauch. Erst jetzt wurde Jim bewusst, wie leichtsinnig er gehandelt hatte. „Das wäre beinahe schiefgegangen. Ich danke Ihnen für die Hilfe, Lt. Gordon", sprach er leise. „So etwas wird sich nie wiederholen, das verspreche ich Ihnen!" Lt. Gordon schnaufte noch einmal tief, lud seine Waffe durch und warf sie auf seine rechte Schulter. Ohne weiter auf Jim zu achten, stampfte er in Richtung Lager los. In diesem Moment zerriss eine heftige Detonation die Stille des Waldes. Schüsse knatterten in der Ferne. Schreie von Menschen und grässliches Tiergebrüll drangen zu ihnen herüber. Lt. Gordon riss sein Funkgerät vom Gürtel und stellte Verbindung zur Gruppe her. „Was ist los bei Euch?" brüllte er in das Gerät. Es rauschte, dann vernahmen sie Prof. Cains Stimme. „Dr. Harper, wo sind Sie? Bei uns ist die Hölle los!"
Lautes Schnaufen war zu hören. Schüsse trommelten im Dauerfeuer.
„Dr. Harper! Hören Sie: Wir werden von Sauriern angegriffen!" Dr. Harper und der Lieutenant stürmten durch das Gebüsch zum Kampfplatz. Im Laufen holte Lt. Gordon einige Handgranaten aus seiner Ledertasche und warf sie dem Doktor zu. „Einfach den roten Knopf eindrücken und dann weit genug wegwerfen!" rief er ihm noch zu, bevor sie die Lichtung erreichten.
In der Nähe explodierte eine Granate. Die beiden Männer suchten hinter dicken Baumstämmen Deckung. Dr. Harper lugte vorsichtig hervor. Die Wiese, auf der sie gerastet hatten, war schwer gezeichnet von Kratern und umgebrochenen Baumstämmen. Darüber stampften, riesigen Kampfmaschinen gleich, die Saurier.

Er zählte sieben Tiere. Der Boden bebte unter den wuchtigen Sprüngen der Kolosse. Die aufrechten Körper, etwa fünf bis sieben Meter hoch, wankten wie Türme auf den gedrungenen, muskulösen, mit starken Krallen versehenen Hinterpfoten. Jeden ihrer Schritte stützten die Tiere mit ihren kräftigen Schwänzen ab. Steine und kleinere Felsbrocken flogen wie Geschosse unter ihren heftigen Bewegungen durch die Luft. Die mit Schuppen bedeckten und in der Rückenlinie gezackten Körper endeten in großen, mit spitzen Zähnen bestückten Köpfen. Aus den weit geöffneten Mäulern drang lautes Gebrüll und Fauchen über den Platz. Wieder rauschte es im Sprechfunkgerät. „Hallo, Lt. Gordon! Können Sie uns hören?" „Prof. Cain, wir sind wieder auf der Lichtung, direkt im Rücken der Tiere. Wir werden versuchen, sie von Ihnen abzulenken!" antwortete dieser. Paul bestätigte den Empfang. Er hatte sich mit dem Rest der Mannschaft am Rande der Lichtung hinter einer Felsgruppe verschanzt. Unbeirrbar näherten sich die Tiere ihrer Stellung. „Passen Sie auf, einer der Saurier ist schwer verletzt und rast vor Wut", rief ihnen der Professor noch zu, dann wurde die Übertragung unterbrochen. Wieder flogen Handgranaten durch die Luft. Die Detonationswellen pflügten die Erde um. Zwei der Tiere stürzten. Ihre wuchtigen Schwänze zerfurchten die Erdoberfläche. Splitter und Holzstücke fegten von den Baumstämmen; Staub und Dreck nahmen den Kämpfern die Sicht. Dr. Harper und Lt. Gordon entsicherten die ersten Granaten und warfen sie im hohen Bogen auf die Monster.
„Kopf zurück, in Deckung bleiben!" schnaubte Gordon Jim an. Gleichzeitig warfen die Männer hinter den Felsen weitere Granaten auf die heranstürmende Herde. Eine ununterbrochene Welle von Explosionen ließ den Boden der Lichtung wanken. Die Saurier verloren die Orientierung und kapitulierten vor dem unbekannten, mächtigen Feind. Die noch lebenden fünf Tiere wälzten ihre wuchtigen Körper durch das Dickicht. Bäume stürzten krachend um, Sträucher versanken unter den stampfenden Säulen im Erdreich. Auf ihrer Flucht rissen die Echsen eine breite Schneise in den Wald. Allmählich verlor sich der Lärm in der Ferne. Hinter den Felsen erhoben sich die Teilnehmer der Expedition und klopften sich den Staub von ihren Anzügen. „Machen diese Viecher einen Krach! Sie hätten uns ruhig vorher warnen können!" schimpfte Prof. Cain und

mühte sich vergeblich, einen braunen Fleck von seinem Oberschenkel zu wischen. „Mist aber auch! Ausgerechnet ich muss mich in diesen verdammten Scheißhaufen knien! Das Zeug stinkt doch ewig!" Die Männer grinsten schadenfroh. „Vielleicht ist es besser, wenn Sie jetzt statt meiner am Ende des Zuges laufen...", meinte Lt. Gordon, begleitet von schallendem Gelächter. Er erntete einen vernichtenden Blick. „Wer den Schaden hat..." Schließlich konnte sich aber auch der Professor ein Lächeln nicht länger verkneifen. „Wenn wir am nächsten Bach vorbeikommen, werden wir eine Pause einlegen, damit Sie den Fleck auswaschen können. Einverstanden?" Prof. Cain nahm das Friedensangebot an. Dr. Harper bat Lt. Gordon, eine Übersicht über eventuelle Schäden zu erstellen. „Ich werde mich um Miriam und seine Leute kümmern. Sie sehen noch immer etwas verschreckt aus. Wenn sogar unsere Männer über die Wirkung der Granaten entsetzt sind, was müssen sie erst durchgemacht haben!" Lt. Gordon ließ einige seiner Leute Posten beziehen, um vor weiteren Überraschungen sicher zu sein. „Wir haben nur einige Beulen und Hautabschürfungen abbekommen. Alle konnten sich rechtzeitig in Sicherheit bringen!" gab er Dr. Harper seinen Lagebericht. Mit vorgehaltener Waffe näherten sich die Männer den riesigen Rümpfen. Die Flanken eines Tieres bebten noch, Staub flog bei jedem Atemzug auf. Die graugrünen Schuppen des Sauriers hingen in großen Fetzen herab, dunkel schoss das Blut aus tiefen Wunden an Hals und Unterleib hervor. Mit jedem Tropfen verlor das Tier zusehends an Kraft. Als es seine Widersacher auf sich zukommen sah, bäumte es sich auf und versuchte, auf die Hinterpfoten zu kommen. „Das Biest hat einen Teil seiner vorderen Pfoten verloren. Eine ist bis zum Rumpf abgetrennt." Prof. Cain beobachtete die letzten Zuckungen des Sauriers sehr genau. Als erfahrenem Jäger war ihm natürlich bekannt, welche Energie und Kraft ein Tier in Agonie aufbringen konnte. „Geht bloß nicht zu dicht heran, ich traue dem Vieh nicht! Wir sollten seinen Qualen ein Ende bereiten", schlug er vor und ließ sich eine großkalibrige Waffe reichen. Trotz der schweren Wunden des Sauriers benötigte der Professor noch einmal sechs Schuss, um das Tier endgültig zu erlösen. Jetzt erst erlaubte er den anderen, sich dem Kadaver zu nähern.

Während einige Wissenschaftler begannen, das Tier zu filmen und zu vermessen, meinte Lt. Gordon: „Sie sind doch Biologe, Dr. Harper, um welche Art Saurier handelt es sich bei den beiden? Was glauben Sie: Wie alt sind die Tiere?"

Dr. Harper lief bedächtig eine volle Runde um die Kadaver. „Schwer zu sagen. Die äußeren Merkmale deuten darauf hin, dass wir es hier mit Allosauriern zu tun haben. Diese Art dürfte vor etwa siebzig Millionen Jahren auf unserer Erde gelebt haben, also Jura - bis Anfang Kreidezeit."

„Dafür sind diese Exemplare aber noch recht gut erhalten", witzelte ein Soldat.

„Richtig! Diese Exemplare sind vielleicht fünfzig bis achtzig Jahre alt – man müsste eine genauere Analyse vornehmen, um exakte Daten zu gewinnen."

Dr. Harper rückte seinen Waffengurt zurecht, bevor er weiter sprach. „Ich weiß nicht, wie die Tiere den Winter überstehen konnten; besser gesagt: ihre Vorgänger. Vielleicht gab es doch noch eine warme Region mit genügend Futter, wo sie überlebt haben? Diese hier sind, so vermute ich jedenfalls, Nachkommen jener Tiere, die wir damals im Brutkasten unserer Forschungsstation aufgezogen haben. Um ehrlich zu sein: Mir ist nicht sonderlich wohl bei dem Gedanken, dass wir voraussichtlich noch auf andere Vertreter dieser Gattung treffen werden..."

Miriam und seine Männer hatten sich währenddessen im Hintergrund gehalten. Sowohl der Angriff der Tiere als auch die vernichtende Wirkung der Waffen hatten sie verstört. Langsam gewann jedoch auch unter ihnen die Neugier die Oberhand über die Furcht. Miriam mochte daher die einladende Geste Dr. Harpers, sich die Echsen aus der Nähe anzusehen, nicht ausschlagen. Bobak lief beim Anblick der scharfen Hauer eine Gänsehaut über den Rücken. Selbst der Tiger hielt respektvollen Abstand. „Wir sollten sehen, dass wir endlich von hier fortkommen. Ich empfehle den Herren, einen Blick zum Himmel zu werfen. In wenigen Minuten dürfte sich hier eine unangenehme Gesellschaft von Aasfressern tummeln, die sicher nicht nur aus harmlosen Geiern besteht", gab Prof. Cain zu bedenken.

„Richtig! Wir brechen sofort auf", befahl Dr. Harper augenblicklich. Nachdem sie sich einige hundert Meter entfernt hatten, schaute Prof. Cain noch einmal

zurück und beobachtete, wie sich ein riesiger Schwarm auf die Leiber
herabstürzte...

Angeführt von Nab schlängelten sich die Jäger der Ungis zwischen den
Bäumen und Sträuchern hindurch. Sie waren mit Keulen bewaffnet, einige
trugen steinerne Äxte und Messerklingen bei sich. Nab hatte sich einen Bogen
und einen Köcher mit spitzen Pfeilen umgehängt. Bei jedem Schritt konnte man
ihr leises Schaben hören. Obgleich noch immer durch seine Verletzung
behindert, schlug er ein scharfes Tempo ein. „Diesmal gehen wir den Weg bis
zum bitteren Ende", grunzte er vor sich hin. Das Dickicht lichtete sich; der
Trupp erreichte die Anhöhen am Fuße der Felsgruppen. Sico, Zauberer und
Medizinmann der Sippe, pirschte sich an den Anführer heran. „Nab, es ist Zeit
eine Rast einzulegen!" Er war als einziger in Nabs Angriffsplan eingeweiht und
führte die wichtigste Waffe mit sich: einen ausgehöhlten Stein mit glühender
Asche vom heimatlichen Feuer. Sico war von jeher ein treuer Anhänger Nabs
gewesen und hatte stets dessen Entschlossenheit und Geschick bewundert.
Seine Stimme war es, welche bei der Wahl des Führers die Waage zugunsten
von Nab hatte ausschlagen lassen. Jetzt zog er sich in das Unterholz zurück,
um die Glut mit einigen speziell präparierten Holzstücken und Knochen neu zu
entfachen. „Nun die Öffnung wieder mit feuchtem Lehm abdecken. Ein Loch
rein - fertig!" Währenddessen hatte Nab seinen Spähern den Befehl erteilt, den
Wald vor ihnen zu erkunden. Einer seiner Jäger kam bald zurück. „Vor uns äst
ein Schwarm Moas!" verkündete er. Diese etwa drei Meter hohen Laufvögel
waren Pflanzenfresser und besaßen ein wohlschmeckendes und zartes
Fleisch, das die Ungis sehr zu schätzen wussten. „Das ist gut - wir werden
einige von ihnen erlegen und uns vorher den Bauch vollschlagen!" Zwei Tiere
wurden ihre Beute. Geschickt zerlegten sie die Vögel mit Hilfe der Steinmesser
und verteilten sie unter den Männern. Heißhungrig verschlangen sie große
Stücke des rohen Fleisches. Die Reste hängten sie sich an die Keulen.
„Wir brechen auf - folgt mir und haltet das Maul!" kommandierte Nab laut.
Keiner der Jäger wusste genau, wohin er sie führte. Misstrauisch beäugte Zyg
die immer steiler werdenden Berge. Sie erreichten die Bergkuppe. Fernab im

Tal sahen sie den Rauch über den Mauern von Kilbaat. Die Siedlung der Pikos lag mitten in einer unendlichen Savanne. Während der breite Höhenrand mit dichtem Wald bewachsen war, dominierten dort vorwiegend einzelne, mächtig auslegenden Bäume oder kleinere Baumgruppen mit dichtem Untergestrüpp die Vegetation der Ebene. „Wir sind angekommen! Dort liegen die Hütten - ab heute sind das unsere!" Nabs prüfender Blick schweifte weiter durch das Tal. Schnell fand er, was er suchte. Im Schatten einer Baumgruppe graste eine Mammutherde. „Genau was ich mir ausgemalt habe..." frohlockte er. Etwa zwanzig Tiere, darunter einige Junge, rissen die grünen, saftigen Grasbüschel samt Wurzeln heraus und schoben sie sich mit den Rüsseln genüsslich ins Maul. Nab gab den Jägern das Zeichen zum Halt.

„Bildet einen Kreis um mich und hört, was ich Euch zu sagen habe!" grunzte er. Zufrieden registrierte er das wachsende Erstaunen der Männer, als er ihnen die Einzelheiten seines Angriffsplanes erläuterte.

„Wichtig ist, dass wir ständig in einer Linie bleiben und dann rechtzeitig den Ring schließen, um zu verhindern, dass die Mammutherde ihre Richtung ändern kann!" schnaufte er. Der Plan war nach dem Geschmack der Jäger. Auch Zyg wurde von ihrer Begeisterung angesteckt. Nab wies jedem Jäger seine Aufgabe zu. „Holt dicke Äste heran und schneidet daraus Fackeln. Sic macht uns Feuer und dort entzündet Ihr sie!" erklärte er. Er hielt eine Feder in die Luft und ließ sie fallen. „Der Wind steht günstig. Die Herde wird uns spät wittern." Nab ließ die Jäger in einer Reihe ausrücken. „Lauft los!"

Eine breite Front brennender Fackeln bewegte sich nun auf die Mammutherde zu. Zunehmend steigerten die am äußeren Rand laufenden Jäger ihr Tempo und zogen damit den Kordon allmählich immer engcr. Ein riesiger Kessel, dessen einzige Öffnung in Richtung Kilbaat wies, schloss die ahnungslosen Kolosse ein. Endlich witterte das Leittier die drohende Gefahr und stieß ein warnendes Signal aus. Die Jungtiere flüchteten sofort zur Mitte der Herde, während die Alten sich zu einer wehrhaften Burg formierten.

Das aufgeregte Stampfen und Brüllen der Tiere alarmierte die übrigen Lebewesen der Savanne. Eine allgemeine Flucht vor den sich nähernden, zuckenden Flammen setzte ein. Unruhig rollten die Augen der Riesen, Rauch

stieg in ihre empfindlichen Nasen. Wie es Nab vorausgesehen hatte, gerieten die sonst so unerschrockenen, robusten Tiere angesichts des Feuers in Panik. Plötzlich stürzte das Leittier los. Nach einem Ausweg suchend, stürmte es laut trompetend auf die einzig verbliebene Öffnung zu. Die Herde folgte ihm.
Staub wirbelte auf. Der Boden dröhnte unter den mächtigen Schlägen. „Treibt sie an, treibt sie weiter!" brüllte Nab. Die Jäger liefen sich fast die Lungen aus dem Hals. Sie schrien und johlten, um die Mammuts nicht zur Ruhe kommen zu lassen. „He he he - hiiiiii!" schallte es durch das Tal. Es gelang ihnen, die Fluchtrichtung der Mammuts so zu steuern, wie es sich ihr Anführer vorgestellt hatte. Wie ein Tornado wirbelte die wilde Jagd auf Kilbaat zu.
Das dumpfe Dröhnen der Trommeln rief die Wachen auf die Mauer. Binnen kurzem waren die Verteidigungslinien besetzt und die Dornenhecke vor dem Tor errichtet. Ninos, der in Miriams Abwesenheit die Geschicke der Siedlung leitete, starrte unruhig auf das unerklärliche Gebilde, welches sich ihnen näherte. „Kann jemand von Euch erkennen, was da auf uns zugerollt kommt?" fragte er bange. Doch keiner der Krieger konnte erfassen, was sich in der riesigen Staubwolke verbarg. Die Mauer begann unter ihren Füssen zu beben. Erschrocken hielten sich die Krieger aneinander fest. Ihre Körper bewegten sich im Rhythmus der Erdstöße. Jetzt schälten sich aus der Staubglocke die dunkelbraunen, dampfenden Leiber der Giganten. „Die Ungis kommen!" schrie ein Krieger den Frauen in der Siedlung zu. Die entsetzten Sonnenkrieger vernahmen die schrillen Schreie der Tiermenschen, welche nun begannen, die lodernden Fackeln mitten in die Herde zu werfen. Wie eine entfesselte Lawine stürmten die verschreckten und tobenden Kolosse genau auf das hölzerne Tor zu. Das Leittier stürzte in die Dornenhecke und fegte sie mit der Wucht seines gewaltigen Körpers auf einem Schlag fort.
Tief drangen die Stacheln in die Haut des Bullen ein. Sein erhobener Rüssel stieß einen Klagelaut in die stauberfüllte Luft und mit blutunterlaufenen Augen rammte er im vollen Laufe das Tor. Ein Ächzen entrang sich dem Mauerwerk. Das Splittern und Krachen der dicken Bohlen drang in jeden Winkel der Siedlung. Das Sims über dem Tor erzitterte. Schließlich lösten sich die ersten der schweren grauen Granitsteine aus dem gewölbten Torbogen heraus und

stürzten auf das Mammut herab. Schwer angeschlagen brüllte das Tier erneut auf, bis es von einem weiteren der riesigen Steinblöcke am Kopf getroffen wurde und zwischen den berstenden Torflügeln zu Boden schlug.

Der massige Leib des Leittieres blockierte damit den Fluchtweg. Rasend und blind stürzten sie auf den Körper ihres Anführers, fielen übereinander und zerquetschten sich gegenseitig. Das Knirschen und Knacken der brechenden Knochen mischte sich mit den Schreien der schwer verwundeten Tiere zu einer grausigen Totenmusik. Schließlich gelang es einigen doch, zur Seite auszubrechen. „Achtung - sie trampeln uns nieder! In Deckung!" schrie Nab. Bevor einige Jäger die Situation erfassen und ausweichen konnten, wurden sie von ihnen erfasst und zermalmt. Die wenigen überlebenden Tiere wankten mit letzter Kraft in die offene Savanne zurück. Die Staubwolke sank allmählich zur Erde herab. Jetzt formierten sich die rostbraunen Gestalten der Ungis zum entscheidenden Angriff. „Waaaah! Tötet sie alle!" Auf Nabs kehligen Ausruf hin sprangen die langmähnigen Teufel über die noch zuckenden Leiber hinweg auf die Mauer. Als die ersten Ungis laut schreiend den Wehrgang auf dem Mauersims erreichten, erwachten die Krieger der Pikos endlich aus der Lethargie und ließen ihre Speere und Pfeile auf die Feinde niedersausen. Nun begann der zweite Teil der Schlacht! Immer mehr Angreifer drängten auf die Mauer hinauf. Das Blut der toten Mammuts, sein süßlicher Duft, versetzte sie zusätzlich in Rage. Gnadenlos drängten sie die Sonnenkrieger Meter für Meter zurück. Eine Katastrophe bahnte sich an…

Die Expedition war etwa noch eine Meile von Kilbaat entfernt. „Wenn ich den alten Mann richtig verstehe, muss da vorn ihre Siedlung liegen." Dr. Harper zog sein Fernglas aus dem Futteral und betrachtete aufmerksam die grauen Schutzmauern der wie eine Burg emporragenden Siedlung. Prof. Cain ließ sich das Glas reichen. Er sah die riesige Staubglocke, die sich auf Kilbaat zu bewegte. „Da passiert irgendetwas!" Die Krieger der Pikos wurden unruhig. Miriam überschattete die Augen mit der Hand und versuchte zu erkennen, was sich vor den Mauern der Siedlung abspielte. Dann rief der Alte einige kurze Kommandos und er und seine Krieger rannten los.

„Verflucht noch Mal, sind die denn alle verrückt geworden?" schimpfte Dr. Harper, als auch der Junge und der Tiger ihnen folgten. „Also, wenn Sie mich fragen, ist da etwas faul, wenn nicht sogar oberfaul!" Prof. Cain suchte noch immer mit dem Fernglas den Horizont ab. „Wusste ich's doch! Da sind wieder diese braunhäutigen Barbaren. Sie treiben irgendwelche riesigen Monster direkt auf die Mauer zu?" Dr. Harper und seine Männer beschleunigten das Tempo. Als sie noch etwa hundert Meter von ihrem Ziel entfernt waren, konnten sie schon erkennen, wie die Tiermenschen mit ihren wuchtigen Keulen wüteten. Nach und nach fegten sie die verzweifelt kämpfenden Krieger von der Mauer und begannen, ins Innere der Siedlung vorzudringen. Hilfeschreie der Frauen und Kinder wurden laut.

„Lt. Gordon, geben Sie Befehl zum Angriff! Feuer frei auf die Pelzwesen!" kommandierte Dr. Harper. Im Laufschritt bewegten sich die Männer auf die Mauer zu, bestiegen die Körper der toten Giganten und gelangten so auf das schwerbeschädigte Bauwerk. „Da vorn sind Miriam und seine Krieger. Diese verdammten Teufel haben sie in die Zange genommen. Schicken Sie ein paar Ihrer Leute hin!" Das Kommando des Lieutenants hallte über die Köpfe der Kämpfenden hinweg. „Direktes Feuer auf die Pelzwesen!" Lt. Gordon riss seine schwere Waffe hoch und drückte ab. Die Wucht der Geschosse riss die Ungis von den Beinen. Leblos sanken sie ins Gras. Immer mehr von ihnen wurden getroffen und wälzten sich in ihrem Blut. Der Angriff geriet ins Stocken.

„Lt. Gordon, lassen Sie vorrücken!" befahl Dr. Harper und kletterte auf einer der unzähligen Leitern in den Innenhof. Er bemerkte, dass die Soldaten die Lage bereits weitgehend unter Kontrolle hatten und nur noch vereinzelt Ungis auf ihre Opfer eindroschen.

Schon beim ersten Schuss hatte Nab, ihr Anführer, erkannt, dass die Schlacht verloren war. Gegen die Götter mit ihren Höllenmaschinen war er machtlos! Der Zorn darüber und über sein eigenes Versagen machte ihn rasend. Vor ihm lief eine ältere Frau über den Weg. Er kannte sie, hatte sie ihm doch einst Unterkunft und Speise gewährt. Eiskalt hob er seinen Bogen, zielte und ließ den Pfeil von der Sehne schnellen. Er sah noch, wie der alte grauhaarige Mann in die Schusslinie lief und der Pfeil tief in seinen Brustkorb eindrang, als er in

seinem Rücken das Gebrüll des Tigers vernahm. Entsetzt drehte er sich um, versuchte mit dem Bogen den Angriff des Tieres abzuwehren. Mit einer einzigen Bewegung seiner Pranke zersplitterte Goli das Holz der Waffe. Für einen winzigen Moment schien es, als zögerte er, dann schnappte sein Maul zu. Kaum spürte Nab den heißen Atem des Tieres in seinem Gesicht, als ihn ein kurzer Schmerz durchzuckte und er mit durchgebissener Kehle auf den toten Körper eines Gefährten fiel. Inzwischen waren auch die letzten noch kämpfenden Ungis von den Fremden niedergestreckt worden. Das Blutbad war beendet. Verschwitzt und besudelt mit Dreck und Blut fanden sich die Bewohner von Noah-City auf dem Dorfplatz ein. So hatten sie sich ihre erste Expedition nicht vorgestellt! Erschöpft und mit zitternden Händen warfen sie sich auf die blutbefleckte Rasenfläche. Einige Hütten hatten Feuer gefangen. Dicker Rauch quoll träge auf und wurde vom Wind über die Siedlung verteilt.
„Großer Gott, sieht das schlimm aus! Diese verdammten Teufel haben wirklich ganze Arbeit geleistet", stöhnte Dr. Harper und schaute sich kopfschüttelnd um. Er gewahrte Prof. Cain, der neben dem leblosen Körper des Alten niederkniete. „Verflucht, ausgerechnet ihn musste es erwischen!" Er eilte zu den beiden hin. Prof. Cain schüttelte traurig den Kopf. „Wir können ihm nicht helfen, der Pfeil steckt zu tief!"
Mit jedem Atemzug wurde das Gesicht Miriams blasser. Er wusste, dass er nur noch kurze Zeit zu leben hatte. Wehmütig sah Aldia auf ihren sterbenden Mann. Sie hatte ihn über die Mauer steigen sehen und wollte ihm entgegeneilen, als der Pfeil ihn traf. Sie hatte sogar den Schützen wiedererkannt, war er doch einst Gast in ihrer Hütte gewesen. „Nab was machst Du?" rief sie ihm noch zu, doch er hörte sie nicht. Nun hatte er Tod und Elend über Kilbaat gebracht. Miriam suchte die Hand seiner Frau. Mit einem schmerzlichen Lächeln führte er sie zu seinen Lippen und küsste sie.
„Wir sehen uns wieder - bald!" keuchte er, „gib auf unseren Jungen Acht..."
Aldia nickte nur wortlos.
 Zu seinen Füßen standen Bobak und der Tiger. Schwere Tränen lösten sich von den Wimpern des Jungen und liefen über seine Wangen. Sogar Goli fühlte,

dass etwas Schlimmes geschehen war. Sein mit Wunden übersäter Körper wurde ganz starr, sein lautes Greinen klang verzweifelt und hilflos.

Miriam winkte seinen Sohn zu sich heran. Stockend flüsterte er ihm einige Worte ins Ohr. „Suche..., suche die Freundschaft der Fremden..., hörst Du, mein Sohn ..., sie sind die Zukunft unseres Volkes..." Er klammerte sich fest an den Arm des Jungen und blickte ihm tief in die Augen. Dann suchte er das Gesicht seiner Frau. „Lebt wohl! Mein Sohn...!" Er röchelte noch einmal tief, dann wurden seine Pupillen gläsern und erbrachen.

Miriam, das Oberhaupt der Sonnenanbeter, war tot.

Stadt des Todes

Fünf Jahre waren vergangen...

Die verhaltene Stille eines erwachenden Frühlingstages lag über Kilbaat. Seit den frühen Morgenstunden saßen die Mitglieder des Ältestenrates zusammen, um die bevorstehenden Feierlichkeiten abzustimmen.

„Ihr wisst: Heute jährt sich zum fünften Mal jener Tag, an welchem das Grauen über unsere Siedlung hinwegfegte. Wir haben unsere Väter, Söhne und Freunde begraben, um sie getrauert, in Demut zu unseren Göttern gebetet. Unser Volk wird ihrer und des Vergangenen stets gedenken! Nun aber ist die Zeit gekommen, uns der Zukunft zuzuwenden. Denn heute ist auch der Tag, an dem wir die Rückkehr des zukünftigen Häuptlings erwarten. Fünf Jahre lang hat sich Bobak bei den Fremden auf diese Aufgabe vorbereitet und damit dem Vermächtnis seines Vaters Miriam entsprochen, dessen Erfüllung auch die Seherin Orona gutgeheißen hat."

Ninos stand mit erhobenem Haupt in der Mitte der Beratungshütte. Das Alter und der Schmerz hatten Spuren in seinem Äußeren hinterlassen. In grauen Strähnen lag das Haar über seinen Schultern. Die Mitglieder des Rates nickten ihm zustimmend zu. Ryno meldete sich zu Wort: „Ich bezweifle noch immer die Richtigkeit der Entscheidung, Bobak in der Stadt der Fremden auf diese heilige Funktion vorzubereiten. Wird er nicht die Gesetze seines Volkes, seine Sitten und Gebräuche vergessen haben? Wird er nicht den Fremden gleich geworden sein?"

„Natürlich wird das Leben unter den Fremden Bobak verändert haben. Doch Ihr alle kennt ihn seit vielen Jahren und jeder von Euch weiß, dass er niemals gegen die Gesetze unseres Volkes verstoßen würde. Ich zweifle nicht daran, dass er das dort erworbene Wissen zu unserem Besten einsetzen wird." Ninos ließ seinen Blick über die Anwesenden schweifen. „Wir haben heute auch darüber zu entscheiden, welche Frau dem künftigen Häuptling zur Seite gestellt wird!" Der Älteste lächelte und ließ einen kleinen Weidenkorb bringen. „In diesem Korb befinden sich die Zeichen von zwölf Familien, die Töchter im heiratsfähigen Alter haben. Auch meine Familie ist darunter. Wenn der Rat hierin einig ist, soll Mutter Sonne mir die Hand führen und für uns die Wahl treffen!" Niemand widersprach. Darauf band Ryno Ninos ein Tuch um die Augen und mischte die Lederröllchen noch einmal kräftig durch. Ninos zögerte. Ihm widerstrebte es, in Bobaks Leben einzugreifen. Doch er vermochte nicht, sich der Stammestradition zu widersetzen. Die Männer hielten den Atem an, als Ninos das Röllchen zog.

Ryno erhob sich von seinem Sitz und verkündete das Ergebnis der Wahl: „Es ist Sina, Tochter des Ninos!" Er hob das Hirschleder für alle gut erkennbar über seinen Kopf. Ninos wusste nicht, ob er lachen oder weinen sollte.

„Das ist echt ein Ding!" Für einen Moment war er fassungslos. Er hatte nicht nur über Bobaks, den er wie einen Sohn liebte, sondern zugleich über das Schicksal seiner Tochter entschieden! Der Alte unterbrach seine Gedanken, da er einen Schatten in der Tür gewahrte. „Bobak – Du bist schon da? Weshalb haben die Wachen uns nicht informiert?" Der junge Mann freute sich, dass ihm die Überraschung gelungen war. „Ich grüße den Rat der Pikos! Ich habe die Wachen gebeten, mich nicht anzumelden. Ich hoffe, sie ziehen sich damit nicht den Unwillen der anwesenden Ratsmitglieder zu."

Ninos eilte Bobak entgegen und umarmte ihn herzlich. „Groß und stattlich bist Du geworden! Ein richtiger Mann! Dein Vater wäre stolz auf Dich", freute er sich und bat den Ankömmling, im Kreise der Männer Platz zu nehmen, die ihn mit freundlichem Kopfnicken begrüßten.

„Zum Abschluss unserer heutigen Zusammenkunft gebe ich allen bekannt: Die feierliche Ernennung des Häuptlings wird am morgigen Tag, wenn die Sonne ihren höchsten Stand erreicht haben wird, stattfinden. Danach wird seine Vermählung mit der vom Rat Auserwählten vollzogen werden. An den Vorbereitungen der Zeremonie werden sich alle Familien beteiligen. Sie sollen mit dem Erscheinen der ersten Sonnenstrahlen beginnen.“

Bobak war bei Ninos Rede zusammengezuckt. Eine Frage brannte ihm auf der Zunge, doch er fühlte, dass jetzt nicht der geeignete Augenblick war, sie zu stellen. Beinahe hätte er die Frage des Ältesten überhört. „Möchte noch jemand reden?“ Bobak meldete sich. „Ich würde gern zum Rat der Pikos sprechen!“ Er fühlte die abschätzenden, die teils bewundernden, aber auch kritischen Blicke der Ratsmitglieder. Ihm war durchaus klar, dass nicht alle seine lange Abwesenheit positiv sahen. „Bitte, Bobak, wir sind ganz Ohr!“ Ninos betrachtete wohlgefällig seinen Schützling.

Bobak war in den letzten Jahren in die Höhe geschossen. Sein wohlgeformter Körper würde so manches Mädchen des Stammes erröten lassen. Er strich sich eine blonde Strähne aus dem Gesicht, während seine Augen wie klare Kristalle leuchteten. „Ich habe auf Geheiß der Seherin und meines Vaters die vergangenen Jahre in Noah-City bei den Menschen der Altvorzeit verbracht. Orona und der Ältestenrat waren überzeugt, dass sich nunmehr die Prophezeiung zu erfüllen habe. Dass, wer das Rätsel der Wand des toten Feuers löse, herrschen wird über das ganze Tal! Ich habe zuletzt viel darüber nachgedacht, ob uns unsere Erfahrungen nicht lehren sollten, diese Herrschaft mit denen zu teilen, denen wir sie verdanken? Die Fremden besitzen ein ungeheures Wissen, welches wir nicht verschmähen und aus falsch verstandenem Stolz ablehnen sollten.“ Mit einem schnellen Blick taxierte er die Runde. „Mein Vater sagte mir vor seinem Tod, dass wir Freundschaft halten sollten mit ihnen. Sie bedeuteten unsere Zukunft! Ich selbst verdanke meine Kenntnisse zwei hervorragenden Lehrern: einem Krieger unseres Volkes und einem gelehrten Manne unter den Fremden. Beide haben mich zu dem gemacht, was ich heute bin. Nicht nur in meinem eigenen, sondern auch im

Namen unseres Volkes habe ich sowohl Ryno als auch Prof. Paul Cain dafür zu danken!"

Ein Lächeln der Erinnerung huschte über Rynos Miene. Er stellte fest, dass Bobak noch immer die Kette mit dem Zahn der Donnerechse trug! „Die Fremden haben uns nicht nur vor den Ungis errettet, sondern uns seitdem stets ihre Hilfe angeboten. Sie möchten, dass unsere Kinder in ihre Schulen gehen, dass sie von ihnen ausgebildet werden. Sie haben bereits eine gemeinsame Siedlung für ihr und unser Volk geplant. Die Freundschaft mit den Fremden, die mir selbst schon lange nicht mehr fremd sind, ist ein wichtiger Baustein unserer Zukunft." Bobak ballte die Hände zu Fäusten, seine Stimme wurde eindringlicher. „Eines werde ich genau wie Ihr alle hier dennoch niemals vergessen: Wir Pikos haben von jeher an unseren Sitten und Bräuchen festgehalten, weil sie uns untereinander verbanden, uns stark machten, uns überleben ließen. Sollte ich daher morgen zum Häuptling ernannt werden, wird meine Mission darin bestehen, die Freundschaft unseres Volkes mit den Bewohnern von Noah-City zu erhalten, ohne unsere Kultur, unsere Geschichte preiszugeben!"

Die Trommeln riefen zum Fest.

Die bunt und festlich geschmückten Männer und Frauen strömten zum Altar der Sonnengöttin. Die Mädchen und jungen Frauen tuschelten aufgeregt, wusste doch keine, wer sich mit dem zukünftigen Häuptling vermählen würde. Auf den Gesichtern war die Freude auf die bevorstehenden Feierlichkeiten zu lesen. Ninos schaute zufrieden zum Himmel. Mutter Sonne schickte ihre strahlenden Boten zum Fest – ein gutes Omen! Er war froh, die Last, die ihm nach Miriams Tod aufgebürdet worden war, endlich an einen Jüngeren weitergeben zu können. Es war eine Zeit schwerer Prüfungen gewesen, die nun endlich zu Ende ging! „Es ist alles vorbereitet, wir können beginnen!", flüsterte Ryno ihm zu. Ninos nickte feierlich. „Lasst uns anfangen!"

Die Schläge der Trommler fanden zu einem gemeinsamen Rhythmus und brachen dann abrupt ab. Die Tür der Hütte öffnete sich und Bobak trat heraus. Mit wiegendem Gang näherte er sich der Versammlung. Sein langes Haar war zu einem Zopf gerafft, der bei jeder Bewegung wippte. Seine Augen strahlten. Er trug ein purpurnes Hemd mit weiten Ärmeln. Auf seiner Brust leuchtete blitzend das Zeichen der Sonne. Die Menge öffnete eine Gasse und ließ den Krieger in ihre Mitte treten.

„Ich grüße Euch, Bewohner von Kilbaat, und freue mich, dass Ihr alle erschienen seid, um an den Feierlichkeiten teilzunehmen." Er verneigte sich andächtig vor seinem Volk und wendete sich dann dem Altar zu. Ninos erwartete ihn bereits. In seinen Händen hielt er den Stirnreif des Ältesten, die heilige Reliquie der Pikos.

Die beiden Männer schauten sich einen kurzen Moment an. Ninos grüßte ihn aufmunternd. „Knie nieder, mein Sohn!" Er hob den Stirnreif hoch über seinen Kopf und sprach laut: „Ich, Ninos, Stammesoberhaupt der Pikos, überreiche Dir, Bobak, Sohn von Miriam, den heiligen Stirnreif unseres Volkes!

Er ist das Symbol der Macht und sein Träger übernimmt hiermit alle Rechte und Pflichten des Stammesoberhauptes. Im Namen des Volkes der Pikos ernenne ich Dich hiermit zu unserem neuen Häuptling!"

Mit diesen Worten setzte der Alte Bobak den Reif aufs Haupt. Die Pikos hielten den Atem an. Als Bobak schließlich aufstand und Ninos dankte, brach lauter Jubel aus. Der erste Teil der Zeremonie war hiermit kurz und schmerzlos vollzogen. Wieder setzte Trommelwirbel ein. Alle Augen richteten sich erneut auf Ninos. „Getreu unserem Brauch werde ich jetzt die Zeremonie der Vermählung zwischen unserem Häuptling Bobak und seiner zukünftigen Gemahlin vollziehen!" Die Spannung erreichte ihren Höhepunkt. Bobak sah die tuschelnden Frauen und Mädchen vor sich, sie schmunzelten über seinen fragenden Gesichtsausdruck. Ein wenig verlegen griente er zurück. „Ihr macht es echt interessant!" Doch dann entdeckte er, dass sich die Tür öffnete. Seine Mimik erstarrte. Von der Beratungshütte her näherte sich ein kleiner Zug. In der Mitte schritt die Braut. Auch sie trug ein purpurnes, langes Kleid. Ein dichter Schleier verhüllte ihr Gesicht. In ihrer Hand trug sie einen mit bunten Bändern umflochtenen Zweig. Bobak fühlte, wie sein Herz laut zu pochen begann. Eine sonderbare Unruhe bemächtigte sich seiner.

Ninos tippte ihn beruhigend an die Schulter. „Es wird alles gut werden!"

Der Zug erreichte endlich den Altar und die Frauen schoben die Braut sanft zu
ihrem künftigen Gatten. Kichernd reihten sie sich dann in die Menge ein.
„So nehmt das Zeichen der Fruchtbarkeit in Eure Hände!", forderte Ninos das
Paar auf und wartete, bis beide den Mistelzweig berührten.
Bobak versuchte, einen Blick zu erhaschen. Doch der Schleier gab sein
Geheimnis nicht preis. Ninos erhob seine Arme und flehte die Mutter Sonne an.
„Oh, Du Mutter der Pikos, erhöre unser Flehen und segne diesen Bund! Vor
Dein Angesicht sind getreten Bobak, Sohn des Miriam und Häuptling der Pikos,
und Sina, Tochter des Ninos, um für ewig in die Gemeinschaft der Ehe
einzutreten." Ein Raunen ging durch die Menge. „Es ist Sina!"
Bobak schmunzelte sichtlich erleichtert vor sich hin. „Möge Eure Ehe das
Geschlecht der Miriams mehren und die Liebe in Euren Herzen ewig brennen."
Mit einem Strahlen fügte Ninos hinzu: „Der Bräutigam darf die Braut jetzt
küssen..."
Beifall brandete auf, als Bobak seine Frau in die Arme nahm und sie behutsam
küsste. Er war mit der Wahl des Rates mehr als zufrieden. Schon seit ihrer
Kindheit verband beide das Gefühl der Freundschaft und Sympathie. Ein zarter
Hauch der Liebe hatte sie bereits gestreift, als Bobak im vergangenen Jahr
während der Sommermonate in Kilbaat verweilte. So manch sehnsuchtsvollen
Blick und leises Flüstern an heimlichen Treffpunkten hatten beide
ausgetauscht. Sinas Augen funkelten vor Glück. „Weißt Du, wie ich mich seit
heute morgen fühle? Als Vater mir mitteilte, dass das Los auf mich gefallen sei,
hätte ich schreien mögen vor Freude!" flüsterte sie Bobak leise zu. Dieser
nickte still und konnte seine Augen nicht von ihr wenden. „Ich danke der Mutter
Sonne, dass sie so klug entschieden hat." Er küsste sie noch einmal. Sie hatten
gar nicht bemerkt, dass sich die anderen bereits an die Festtafeln begeben
hatten. Goli brachte die jungen Leute mit einer sanften Berührung seiner
Pranke in die Wirklichkeit zurück.
„Darf ich Dir vorstellen, mein Freund! Das ist Sina, die Frau meines Herzens.
Möge die Freundschaft zwischen Euch so wachsen, wie zwischen Dir und mir!"
Goli beschnupperte die Hände der Braut. Bobak kraulte seinen Kopf. „Nun
mach es mir nicht so schwer, mein Alter. Sina ist die Dritte im Bunde, ob es Dir

passt oder nicht!" raunte er ihm heimlich zu. Endlich ließ Goli sich dazu herab,
der Frau die Hände zu lecken und damit sein Einverständnis zu erklären.
Bobak und Sina hatten gerade ihre Plätze an der Festtafel eingenommen, als
das Signal der Wachen ertönte.
„Die Abordnung aus Noah-City ist eingetroffen!" meldeten die Posten lauthals.
Erregt sprang der junge Häuptling auf und eilte, seine Gemahlin mit sich
ziehend, der kleinen Delegation entgegen. Dr. Harper lachte über das ganze
Gesicht. „Im Namen aller City-Bewohner die besten Wünsche für das
Brautpaar, ein langes und glückliches Leben und viele, viele Kinder!"
Damit überreichte er Sina eine wunderbar gearbeitete, bunt bemalte Wiege aus
Holz. Verschämt lächelte sie Bobak an. Dieser zuckte mit den Achseln. „So war
es Brauch in der alten Zeit", erklärte er und gab ihr einen Kuss auf die Wange.
„Übrigens hat Prof. Cain die Wiege mit seinen eigenen Händen gedrechselt.
Wenn Du mich fragst, ist sie ein kleines Meisterwerk geworden!" Dr. Harper
packte noch ein verschnürtes Paket aus. „Und das ist für den Häuptling! Ich
hoffe, es gefällt Dir, Bobak!" Nachdem alle übrigen Mitglieder der Abordnung
ihre Glückwünsche ausgesprochen hatten, bat Bobak seine Frau, die Gäste zu
den Ehrenplätzen zu geleiten. Neugierig packte er sein Geschenk aus und hob
es freudestrahlend in Augenhöhe. „Eine Armbrust? Genau, wie ich sie mir
gewünscht habe!"
Ehrfürchtig liebkosten seine Finger die starke Sehne der Waffe, prüfend hielt er
einen Stahlbolzen vor die Augen. Einige Krieger der Sonnengarde umringten
ihren Herrscher und betrachteten neugierig dieses ungewöhnliche Ding. „Kann
man damit überhaupt schießen?" zweifelte Ryno, nachdem er sich die Bolzen
genauer angesehen hatte.
„Und ob! Ich fordere Dich zu einem Wettstreit heraus, großer Krieger: der
Schüler gegen seinen Lehrer! Nimmst Du an?" entgegnete Bobak lachend.
„Von meinem besten Schüler lasse ich mich gern herausfordern! Noch dazu,
wenn er die Absicht hat, die Schlacht zu verlieren", brummte Ryno gutmütig
und ließ seinen Bogen holen. Sie legten einen Abstand von hundert Schritten
zum Ziel fest. „Fang an, Ryno. Auf diese Entfernung dürfte sogar ein Kind
treffen!" witzelte Bobak. „Ein Kind schon, großer Häuptling! Aber ob Du mit

Deiner Gurke triffst, bezweifle ich!" konterte dieser und schoss seinen Pfeil genau durch den Henkel eines Tonkruges. „Treffer! Nun bist Du dran, Bobak!" Bobak suchte sich ein neues Ziel. „Würdest Du mit Deinem Bogen den Krug dort oben am Zaun treffen?" fragte der Häuptling und zwinkerte schelmisch. „So weit trägt kein Bogen! Das sind mehr als dreihundert Schritte!" „Gut, ich beweise Euch das Gegenteil! Mein Bogen trägt noch weiter." Bobak spannte die Waffe, zielte sorgfältig und katapultierte den Bolzen heraus, der seinem Ziel entgegen rauschte. Der anvisierte Krug zerbarst in tausend Stücke. Einige Krieger liefen, um die Einschussstelle zu begutachten. Sie brachten den Bolzen zurück. „Alle Achtung! Das Ding hat die Latte durchschlagen und steckte in der Bank dahinter. Wir hatten einige Mühe, ihn dort herauszuziehen!" gaben sie anerkennend zu. Ryno schien nun doch von der Wirkung der Waffe überzeugt. „Man lernt eben nie aus. So sagte einmal einer meiner Schüler. Los lasst uns endlich feiern gehen…!" Er und die Krieger zogen johlend zur Tafel. Zwei Tage und Nächte dauerte das rauschende Fest.

„Ein richtiges Katerfrühstück könnte ich jetzt gebrauchen!" stöhnte Dr. Harper und drehte sich ganz vorsichtig auf die Seite. Sein Schädel dröhnte wie ein Hammerwerk, bei jeder noch so winzigen Bewegung ertönte ein Glockenspiel. „Eines von diesen Honigbieren muss schlecht gewesen sein!" jammerte er, „das Teufelsgesöff liquidiert sämtliche verbliebenen Völkerstämme dieser Erde!" Bobak grinste ihn unverschämt an. „Ich hatte Dich gewarnt, mein lieber, leidender Freund! Wer nicht hören will, muss fühlen! Ihr kennt so viele weise Sprüche. Ich verstehe nicht, weshalb sie keiner befolgt!" Seine Ironie erreichte Jim Harper heute nicht. „Komm, ich lade Dich zu einem kleinen Spaziergang ein! Du kannst Deinen Kopf auslüften und mir bei dieser Gelegenheit von der geplanten Expedition erzählen", schlug der Häuptling vor und rief den Tiger als Begleitschutz zu sich. Sie beschlossen, eine Runde um Kilbaat zu machen. Bobak ließ Dr. Harper reden. „Wir empfangen seit Wochen Funksignale. Ich weiß nicht, ob Du Dir vorstellen kannst, was das für uns bedeutet. Wir konnten zwar ihre Herkunft nicht genau lokalisieren, aber alles deutet darauf hin, dass sich die Quelle in der Nähe der früheren Kansas-City befindet. Vielleicht entdecken wir dort Vertreter unserer Zivilisation...?“

„Nach dreihundert Jahren? Es gab doch nur eine Anlage wie Noah-City? Wenn es überhaupt Funksignale sind?“ unterbrach Bobak den Freund. „Wir haben unsere Entscheidung getroffen, Bobak. In fünf Tagen kommen wir mit unserem Zug bei Euch vorbei. Es würde mich sehr freuen, wenn Du und Deine Leute mich begleiten würden.“

„Ich werde es mir überlegen, Jim. Der Zeitpunkt ist nicht sehr günstig. Vergiss nicht, dass ich vor drei Tagen geheiratet habe!“ Dr. Harper lachte auf. „Entschuldige, das hatte ich tatsächlich vergessen! Ich muss zugeben, dass diese Expedition eine recht strapaziöse Hochzeitsreise abgäbe. Aber vielleicht findet Sina Gefallen an dem Gedanken, mitzukommen? Ich hätte nichts dagegen.“ „Ich werde es mit dem Rat und meiner Frau besprechen. Auf jeden Fall erwarten wir Euch in fünf Tagen hier, egal, welche Entscheidung wir treffen werden!“ entgegnete Bobak. Die Männer liefen, jeder in seine Gedanken versunken, eine Weile schweigend nebeneinander weiter. „Ich habe Dir und Deinen Mitstreitern viel zu verdanken, Jim. Die Jahre bei Euch werde ich niemals vergessen. Doch, ehrlich gesagt, bin ich froh, wieder zu Hause zu sein. Hier, wo ich hingehöre.“

Dr. Harper hörte Bobak stumm zu. Zwischen den beiden hatte sich im Laufe der Zeit eine tiefe Freundschaft entwickelt. Jim hatte den jungen Häuptling als selbstbewussten intelligenten Mann kennen gelernt, der sich nie unterkriegen ließ. „Mir fällt gerade ein, wie lustig das damals war...“ Bobak sah ihn fragend an. „Als Du im Krankenzimmer den Spiegel untersucht hast – Du weißt doch: das gefrorene Wasser an der Wand. Damals wurde mir klar, dass Du das Zeug für große Taten hast. Nun bist Du verheiratet und Oberhaupt der Pikos...“ Nachdenklich kickte Dr. Harper einen Stein vor sich her.

„So ähnlich müssen sich die ersten Siedler gefühlt haben, als sie mit ihren Trecks in Richtung Westen zogen, um das weite Land zu bevölkern. Nur dass die Indianer damals für mehr Abwechslung gesorgt haben...“

Prof. Cain hatte sich zu Bobak und seiner Frau vorgearbeitet.

Der Häuptling war nach Abstimmung mit dem Rat der Alten in Begleitung von zehn Kriegern der Garde und Sina aufgebrochen, um doch an der geplanten Expedition teilzunehmen. Der nahezu 50 Teilnehmer umfassende Tross war nun bereits den vierten Tag unterwegs.

„Ich denke, wir werden noch mehr als genug Abwechslung bekommen. Bisher hatten wir unverschämtes Glück, dass wir keine unangenehme Begegnung mit den Riesenechsen oder anderen Raubtieren hatten. Schlimmer waren ihre Indianer ganz bestimmt nicht", entgegnete Bobak und wies auf ein Rudel hundeähnlicher Tiere, welches in weiter Ferne an ihnen vorbeizog. „Wissen Sie, Professor, dass meine Männer sich noch nie so weit von unserer Siedlung entfernt haben?" fragte Bobak nach einer Weile. Genau wie er registrierten die Sonnenkrieger die veränderte Umgebung mit wachsamem Auge. Das Land war flacher geworden, die Hügel sanfter, bis sie fast ganz in der Ebene aufgingen. Dafür wucherten die Wälder dichter. Nur noch selten boten sich natürliche Lichtungen. Vielerorts bemühte sich die Sonne vergebens, ihre Strahlen bis zum Boden zu senden. Am späten Nachmittag ließ Dr. Harper auf einer großen Lichtung anhalten. „Bereitet das Nachtlager vor! Lt. Gordon, teilen Sie die Wachen ein!" „Geht schon klar, Dr. Harper. Wenn ich mich nicht irre, fließt dort ein Bach. Wir sollten unser Lager in seiner unmittelbaren Nähe aufschlagen!" empfahl der Offizier. „In Ordnung, Lieutenant!" Dr. Harper, der sich auch diesmal bereiterklärt hatte, als Expeditionsleiter zu fungieren, schaute sich nachdenklich auf der Lichtung um. Viel zu viele Gedanken gingen ihm durch den Kopf. Albert Magonie stand noch immer der Administration vor, ungeachtet seines hohen Alters und schlechten Gesundheitszustandes. Die Bewohner von Noah-City hatten in den letzten Jahren viel geleistet, um sich das Leben angenehmer zu gestalten, hatten sich auf die neuen Gegebenheiten eingestellt. Dann waren wie aus dem Nichts diese Signale aufgetaucht! Der Rat hatte lange gezaudert, bis er schließlich die Einwilligung für die Expedition erteilt hatte.

Nach wenigen Minuten bedeckte eine bunte Zeltstadt die Rasenfläche. Feuer wurden entzündet und die Vorbereitungen für das Abendmahl getroffen.

„Wie wär's mit einem kleinen Jagdausflug, Häuptling? Vielleicht können wir noch einen Hirsch erlegen. Wir haben noch für ein bis zwei Stunden Licht." Bobak war einverstanden mit Jims Vorschlag. „Lt. Gordon, Sie und Prof. Cain übernehmen während meiner Abwesenheit das Kommando! Sollten wir in Gefahr kommen, schießen wir drei Mal in die Luft!" instruierte Dr. Harper den Offizier. Die Posten grüßten mit einem kurzen Nicken, als sich die beiden Männer dem Waldrand näherten. Sobald sie die Büsche erreichten hatten, wurden sie von der Dämmerung verschluckt. Goli strich immer einige Meter voran und beobachtete die Umgebung. Bisher hatte er noch keine Witterung aufnehmen können. „Diese Stille ist beängstigend", flüsterte Dr. Harper. Nur ab und an war das Zirpen eines Vogels hoch oben in den Baumwipfeln zu vernehmen. Die Männer blieben dem Tiger dicht auf den Fersen. „Wie es scheint, haben wir heute kein Glück. Es wird nicht mehr lange dauern und die Sterne gehen auf. Bis dahin sollten wir ins Lager zurückgekehrt sein!"
Dr. Harper nickte. Endlich lichteten sich die Bäume. Dafür hüllte die Jäger nun mannshohes Gras ein. Der Duft von Kräutern lag schwer in der Luft und drohte, ihnen den Atem zu nehmen. Für einige Augenblicke blieben die Männer stehen und lauschten. Doch sie hörten nur das Ächzen der Halme, die sich unter dem Gewicht des Tigers bogen. Plötzlich begann Goli zu knurren. „Jim, komm her! Goli hat etwas entdeckt!" Bobak forderte den Gefährten durch eine Geste auf, ihm zu folgen. Sie hörten, wie sich ein schnell laufendes Tier ihrem Standort näherte. Bobak hockte sich, die Armbrust im Anschlag, nieder. Auch Dr. Harper lud sein Gewehr durch und kauerte sich neben ihn hin. Plötzlich vernahmen sie aus nächster Distanz Golis Fauchen, dann schoss ein großer Schatten durch das Grasmeer und genau auf sie zu. Bobak reagierte sofort und mit einem kurzen Klagelaut brach das getroffene Geschöpf zusammen. „Das war ein toller Schuss, Bobak! Der Tiger hat mich ein bisschen irritiert. Eigentlich hatte ich ihn aus einer völlig anderen Richtung erwartet."
Dr. Harper war leicht verstimmt, weil er die Gelegenheit zum erfolgreichen Schuss verpasst hatte. Die Jäger wollten gerade aufbrechen und ihre Beute begutachten, als der Tiger ihnen mit angelegten Ohren und peitschendem Schwanz entgegen gestürmt kam, höchste Gefahr signalisierend. Gleichzeitig

vernahmen sie das Krachen umstürzender Bäume. Ein ohrenbetäubendes Brüllen drang aus dem nahen Dickicht herüber. „Verflucht, das ist ein verdammter Tyrannosaurus. Hoffentlich hat er uns nicht gewittert", wisperte Dr. Harper dem Häuptling zu, während sie wie versteinert standen. Hoch aufgerichtet und fauchend blickte das gewaltige Tier suchend über das Gras. Bobak versuchte, den Säbelzahntiger zu beruhigen und lugte ab und an zu dem gefährlichen Gegner hinüber.

„Goli, wir müssen uns irgendwo verstecken! Führe uns weg von hier!" flüsterte er dem Tier ins Ohr. Goli ruckte lautlos an und die kleine Jagdgesellschaft zog sich, gleichfalls ohne das geringste Geräusch, aus der Gefahrenzone zurück. Noch immer stand der Saurier wie eine Säule und beobachtete die Lichtung. Die Drei kamen unbemerkt bei ihrer Beute an. „Guck Dir bloß diesen prächtigen Wapitihirsch an! Ein Jammer, dass wir ihn nicht mitnehmen können?" bedauerte Dr. Harper. Die schnell einbrechende Dunkelheit begann, ihnen die Sicht zu nehmen. Dann geschah es: Jim trat versehentlich auf einen Ast. Ein trockener Knall ließ sie erschrocken auffahren. „So eine Scheisse aber auch! " fluchte er. Das sich nähernde rhythmische Stampfen verriet ihnen, dass ihnen der Koloss auf der Spur war. „Das Vieh hat uns entdeckt. Wir müssen sofort weg von hier!" Bobak schnalzte mit der Zunge und trieb den Tiger an. Ohne Rücksicht auf den Lärm, den sie jetzt verursachten, stürmten die Männer hinter dem Tier her. Im Hintergrund vernahmen sie, wie ihr Verfolger mit seinem mächtigen Schwanz das Gestrüpp niedermähte. Im Laufen stieß sich Dr. Harper den Kopf. Verwundert stellte er fest, dass er gegen einen verwitterten Betonmast gelaufen war, der aus dem Erdreich ragte. Hier mussten früher Menschen gelebt haben! „Jim, verdammt noch mal, wo bleibst Du denn? Die Bestie hat uns gleich eingeholt!" jappste Bobak und riss den Freund entschlossen mit. Der Saurier wütete wie eine Furie durch das Dickicht und kam immer bedrohlicher näher. Urplötzlich änderte sich die Vegetation: Vor ihnen lag eine nur spärlich bewachsene Fläche, deren Untergrund aus rissigem, an unzähligen Stellen aufgeplatztem Beton bestand.

„Da vorn stehen Gebäude! Das ist unsere einzige Chance", keuchte

Dr. Harper und schlug die betreffende Richtung ein. Mit letzter Kraft erreichten sie die uralten Gemäuer, während die wuchtigen Tritte des Sauriers über die Freifläche hallten. Das Mauerwerk sah relativ gut erhalten aus. Große, blinde Fensterfronten mit teilweise noch intakten Scheiben erstreckten sich über die gesamte Hauswand. Der rostige Rahmen einer eisernen Tür hing schief in den Angeln. Das Metall war im Laufe der Jahrhunderte zerfallen. „Los, da hinein!" Dr. Harper zog Bobak mit sich durch die Öffnung. Goli spurtete ihnen nach. Schwer atmend lehnten die Männer an einer Wand. „Hier kann das Mistvieh nicht rein. Die Tür ist viel zu klein. Es sei denn, es zerschlägt die Mauer – was ich diesem gottverfluchten Burschen durchaus zutrauen würde!"
Dr. Harper prüfte seine Waffe. Auch Bobak nutzte die Atempause, um seine Armbrust nachzuladen. Die Scheiben klirrten leise, als sich das Untier mit schweren Schritten näherte. Sein Schatten glitt an der Fensterfront vorbei. Der Saurier suchte nach einer geeigneten Öffnung. Mehrmals stampfte er an der Vorderseite des Gebäudes auf und ab. Doch er fand nur die Eisenpforte, durch welche die Flüchtenden in das Gebäude gelangt waren. Er beugte seinen massiven Körper hinab und schob schnaufend den Kopf durch die schmale Tür. Die Männer schossen ihre Waffen gleichzeitig auf das Monster ab und zogen sich noch weiter in die Tiefe der Halle zurück. Schmerzerfülltes Brüllen betäubte ihre Ohren. Wütend riss der Saurier seinen Nacken im Türrahmen nach oben und hob einen Teil der Wand aus ihrer morschen Verankerung. Trümmerteile stürzten schwer auf den Boden, Staub und Geröll flogen durch die Luft. Das gereizte Biest drückte mit seinem Oberkörper gegen die Fensterrahmen. Glas klirrte und die Wand fiel in sich zusammen. Die Halle erbebte, als der Saurier in das Innere sprang. Die Männer suchten verzweifelt nach einem Ausweg. „Verflucht, wir sitzen in der Falle! Wir können nur noch beten." Jim drängte sich in eine Ecke. Der Tiger fauchte und duckte sich sprungbereit auf den Boden. Ihr Verfolger hatte erneut Witterung aufgenommen. Sein Schwanz fegte die Trümmer in alle Richtungen. Eine dichte Staubwolke hüllte seinen mächtigen Rumpf ein. Plötzlich ertönte ein kurzer, trockener Knall. Segmente der alten Dachkonstruktion neigten sich herab. Ein ungeheurer Stahlträger brach aus seiner Halterung heraus, stürzte

aus einer Höhe von beinahe zwanzig Metern auf den wuchtigen Schädel des Angreifers und riss ihn abrupt zu Boden. Nacheinander lösten sich die vorderen Dachteile und begruben das schwerverletzte Tier unter sich. Bobak und Jim hatten sich dicht an die Rückwand der Halle gedrängt und die Arme schützend über die Köpfe gehalten. Goli sprang mit riesigen Sätzen hinaus ins Freie. Die Staubwolke lichtete sich allmählich und gab den Blick auf einen mächtigen Trümmerberg frei. Nahezu die Hälfte des Daches war unter der Wucht des Anpralles zusammengebrochen. Nur die Hinterläufe des Sauriers ragten, Säulen gleich, aus dem Stein- und Schutthaufen heraus. Das Tier zuckte noch und versuchte verzweifelt, seinen Körper zu befreien, bevor seine Bewegungen langsam erstarben. Die Männer ließen sich erschöpft auf den staubigen Boden fallen. „Das war echt knapp...!"

Jim musste husten. Bobak schloss ermattet die Augen. Sie genossen die plötzliche Stille. „Eine gefährliche Gegend! Im Dunkeln sollten wir nicht ins Lager zurückkehren." Bobak versuchte, das Gesicht des Freundes zu erspähen. Jim hatte den Kopf an die kühle Betonwand gelehnt. Er gab dem Freund Recht. „Ich denke auch, dass wir die Nacht hier verbringen sollten. Unsere Leute werden uns morgen früh schon finden." „Ich werde Holz für ein Feuer holen!" Bobak stand auf und tastete sich nach draußen. Dr. Harper hörte noch, wie er den Tiger rief, dann wurde es wieder still.

Kurze Zeit später erleuchtete eine knisternde Flamme ihren Lagerplatz. „Hast Du schon einmal Saurierfleisch gegessen?" fragte Bobak schmunzelnd. Er löste mit schneller Hand einige Fleischstücke aus den Hinterläufen des Sauriers, warf das Meiste dem Tiger zu und briet den Rest mit seiner Klinge über dem Feuer. „Hm, schmeckt nicht übel! Ist auf jeden Fall besser, als mit knurrendem Magen ins Bett zu kriechen", stellte er fest, nachdem er vorsichtig gekostet hatte. „Nun gib mir schon ein Stück!" knurrte Jim, der dem Duft des Bratens nicht länger widerstehen konnte. Sie versuchten, es sich für die Nacht so bequem wie möglich zu machen...

„Mann, tun mir die Knochen weh!" stöhnte Dr. Harper und rekelte sich. Er benötigte einige Zeit, bis er sich hoch gehievt hatte. Ihm war kalt. Das Feuer war inzwischen verloschen. Graue Nebelschwaden wallten über die Lichtung.

Die Sonne ging gerade auf. Ihre Strahlen blitzten über die Wipfel der Bäume hinweg und durch die zerstörte Wand genau in Jims Gesicht.

Er massierte sich mit beiden Händen den Nacken und versuchte, den Kopf zu bewegen. Bobak lag zusammengerollt neben dem Tiger und schniefte leise im Schlaf. Goli bleckte die Zähne, ihm auf seine Art einen guten Morgen wünschend. Jim zwinkerte ihm zu und strich über sein Haupt. Etwas neidisch betrachtete er den schlafenden Freund. „Für diese Naturburschen ist es völlig gleich, ob sie im Gras oder auf Beton schlafen!" murrte er vor sich hin und schüttelte den Kopf. Unter den Trümmern hatte sich eine gewaltige Lache Blut gesammelt. Ein Schwarm dicker Fliegen nutzte die günstige Gelegenheit für ein schnelles und bequemes Frühstück. „Mein lieber Schwan! Diese Biester müssen ja urwüchsige Kräfte haben!" Erst jetzt, im hellen Sonnenlicht, konnte Jim das ganze Ausmaß der Zerstörung erkennen: Die einst starken Betonwände waren unter der Gewalt des gigantischen Geschöpfes wie ein Kartenhaus in sich zusammengefallen. Neugierig schaute er sich genauer um. „Ich vermutete, das war so was wie eine Fabrikations- oder Lagerhalle?" Doch der vor ihm liegende Gebäudeteil war vollkommen leer.

Auf der Betonfläche im Freien machte er mehrere rostige Schrotthaufen aus. „Und das waren den Umrissen nach einmal Lastkraftwagen. Die könnten wir jetzt super gebrauchen..." stellte Jim seufzend fest.

Bis zur Wiese waren es etwa hundertfünfzig Meter. Dahinter begann der Wald, aus dem sie gekommen waren. Eine breite Schneise der Vernichtung zog sich bis weit in das Dickicht hinein: die Spur ihres gestrigen Verfolgers. „Der hatte mächtigen Dampf drauf. Nicht auszudenken wenn uns das Vieh erwischt hätte!" Dr. Harper schlenderte gemächlich um das Gebäude herum. Auf der gegenüberliegenden Seite schloss sich ein langgestreckter Trakt an. Langsam näherte er sich den rostigen Toren des Klinkerbaus. „Nun mach schon und geh auf!" Er musste sich mit voller Kraft gegen eines der Tore stemmen, bevor es laut quietschend nachgab und sich öffnen ließ. Ungläubig starrte er auf die riesigen Maschinen im Schatten. „Kneife mich mal! Das sind doch Lokomotiven! Richtige Eisenschweine! Also muss das früher mal ein Eisenbahndepot gewesen sein!" Jetzt bemerkte er auch die Schienenstränge, die quer durch die gesamte Halle liefen und durch das Tor hinaus in die Wälder führten. Auf den Gleise standen mehrere Loks und einige Waggons. Der Zahn der Zeit hatte auch an ihnen genagt, doch da sie unter dem schützenden Dach gestanden hatten, hielten sich die äußeren, sichtbaren Schäden in Grenzen. Trotz des Rostes überall konnte sich Dr. Harper des Eindruckes nicht erwehren, als warteten die monströsen Maschinen nur darauf wieder zum Leben erweckt zu werden.

„Das ist überhaupt die Idee! Wenn wir eine dieser Lokomotiven flott bekämen, könnten wir unsere Füße schonen." Die Vorstellung, die Reise mit der Eisenbahn fortzusetzen, amüsierte ihn. Er hörte, wie Bobak seinen Namen rief. Jim stieß einen langgezogenen Pfiff aus. Kurze Zeit später tauchte der Häuptling mit seinem Tiger auf. Verwundert blieb Bobak vor den Lokomotiven stehen. Argwöhnisch lief er an einem der Züge entlang. „Jim, was ist denn das hier? Wieder etwas aus Deiner alten Zeit?"

Dr. Harper musste lachen. „Tut mir leid, mein Junge, so ist es! Mit diesen Dingern sind früher die Leute quer durch das Land gefahren. Ach, was sage ich: über den gesamten Kontinent!" Vorsichtig kletterte er die Leiter zu einer Fahrerkanzel hinauf. „Mist, die Tür klemmt! Bobak, gib mir mal was zum Schlagen: einen Stein, ein Rohr...!" In einer Ecke fand Bobak eine verbogene Eisenstange. Zwei, drei Schläge genügten, um das verrostete Schloss aufzubrechen. „Bobak, komm hoch und schau Dir das an! Das hier war früher das Reich des Lokomotivführers. Der Maschinenraum ist hermetisch abgeschlossen. Weder Staub noch Feuchtigkeit konnten hier eindringen. Daher sieht hier alles beinahe neu aus!" erklärte Jim dem Freund, der behände zu ihm heraufgeklettert war und sich nun auf dem Ledersitz des Führerstandes niederließ.

„Weißt Du, welchen Berufswunsch jeder Junge bei uns hatte?"

Dr. Harper atmete tief ein und versuchte, sich an den Geruch der alten Dampfmaschinen zu erinnern. Bobak schüttelte verständnislos den Kopf.

„Als ich ein Kind von zehn oder zwölf Jahren war, wollte ich unbedingt Lokomotivführer werden. Mein größter Traum war es damals, mit einer solchen Maschine durch das ganze Land zu fahren. Vom Norden zum Süden, vom

Osten nach dem Westen." Sein Gesicht bekam einen verklärten Ausdruck. „Tja, leider hat's dann nur zum Wissenschaftler gereicht...?" Er sah sich die Armaturentafel genauer an. „Drück doch mal rechts oben auf den roten Knopf", bat er Bobak. Ein Generator sprang an. Eine Lampe flackerte heftig auf, erlosch wieder, um dann den Führerstand in helles Licht zu tauchen.

„Interessant! Wenn der Generator, das Herz der Lokomotive, noch funktioniert, müsste es doch möglich sein, diesen Bock hier in Bewegung zu bringen. Aber das sollen sich unsere Techniker anschauen. Sobald wir im Lager sind, schicke ich einige Leute hier rüber und lasse die Züge überprüfen!"

Sie verließen nacheinander den Führerstand.

„Ich würde mir gern einen der Wagen ansehen. Ich glaube, schon einmal einen Zug in einem Videofilm gesehen zu haben. Ich hatte aber nie eine genaue Vorstellung davon. Welchen Anblick müssen diese imposanten Fahrzeuge erst geben, wenn sie sich bewegen!? Wie gern würde ich einen Zug fahren sehen!" Bobaks Augen bekamen einen feuchten Glanz. Dr. Harper war in einen der Waggons gestiegen. „Komm her. Das musst Du Dir ansehen, Bobak!" Sie betrachteten die sieben menschlichen Skelette, die auf den Sitzbänken eines Abteils lagen. Auf Bobaks fragenden Blick reagierte Jim mit einem Achselzucken. „Ich vermute, dass es Arbeiter waren – vielleicht auch Fahrgäste, die vom Schneesturm überrascht wurden und nie wieder wegkamen. In den großen Städten müssen Tausende und Abertausende solcher menschlichen Überbleibsel zu finden sein." Die Vorstellung jagte ihm eine Gänsehaut über den Rücken. Bobak schüttelte den Kopf. Der Anblick barg für ihn nichts Ungewöhnliches. Hatten doch die Ahnen in den heiligen Höhlen auf diese Art und Weise ihre Oberhäupter aufgebahrt. Was ihn viel mehr beunruhigte: „Was ist mit den Seelen der vielen Toten geschehen?"

„Ich denke, wir gehen einmal alle hinauf zu unserem Schöpfer! Komm, lass uns endlich gehen! Unsere Leute erwarten uns bestimmt", mahnte Dr. Harper zum Aufbruch. Sie machten sich auf den Weg ins Camp.

Auf halber Strecke kamen sie an ihrer gestrigen Jagdbeute vorbei. Der Körper des Hirsches war unter den wuchtigen Schritten des Sauriers platt gestampft worden.

„Mein Gott! So eine Vergeudung. Aber lieber ihn als uns. Nun stell Dir vor, wir lägen statt seiner dort?" Das Lachen wollte Dr. Harper nicht so recht gelingen. Geflügelte Aasfresser zogen bereits hoch oben ihre Kreise. Goli lief mit gesenkter Nase um den Fleischbrei herum, riss sich dann ein großes Stück heraus und begann, genüsslich zu fressen. „Du hast es echt gut mein Freund!" Bobak kraulte den Tiger zwischen den Ohren. „Komm nach wenn Du satt bist. Wir verschwinden schon mal!"
Die Männer zogen weiter und stießen wenig später auf einen Suchtrupp. Lt. Gordon sah übernächtigt aus, aber sein Gesicht strahlte, als er die beiden Vermissten gesund und munter vor sich sah. „Ein Glück aber auch!"
Sina schloss ihren Mann jubelnd in die Arme. „Wo habt Ihr Euch herumgetrieben? Wir haben Euch seit Stunden gesucht!" Bobak gab ihr einen langen Kuss. „Das meine Sonne ist eine lange und aufregende Geschichte für später!" Hand in Hand liefen beide weiter.
„Ich beordere jetzt die Übrigen zum Camp zurück." Der Lieutenant schoss zweimal in die Luft. „Wir werden unser Lager sofort verlegen, und zwar zu dem Eisenbahndepot, das wir gefunden haben! Mal sehen, ob wir einen der Züge wieder flottbekommen", ordnete Dr. Harper mit Nachdruck an. Lt. Gordon verstand nur Bahnhof.

Zyg, der neue Anführer der Ungis, hob den Stock und prügelte wütend auf den Jungen ein. Schmerzensschreie gellten durch die dunkle Höhle. „Ich habe Euch mehrfach verboten, hier herumzutollen!" schnaubte Zyg, während er erneut zum Schlag ausholte. Die verschüchterten Ungis rückten ängstlich zusammen. Seit der vernichtenden Schlacht hatten sich die restlichen Tiermenschen aus ihren angestammten Regionen zurückgezogen und waren tiefer ins Landesinnere gewandert. Viele Monde waren sie umhergeirrt, bevor sie eine brauchbare Höhle gefunden hatten. Zyg hatte damals zu den wenigen Jägern gehört, welche an das heimatliche Feuer zurückgekehrt waren.
Nur vierzehn Jäger hatten den blutigen Überfall auf die Siedlung der Sonnenanbeter überlebt. Auch Nab, der ehemalige Anführer, hatte die Tat mit seinem Leben bezahlt. Zyg hatte sich damals während der wilden Jagd,

unbemerkt von den anderen, immer mehr zurückfallen lassen. Als die Jäger seines Stammes die Mauern erstiegen hatten, war er weit genug entfernt gewesen, um die herannahenden Fremden zu bemerken und sich rechtzeitig in Sicherheit zu bringen. Als die ersten Schüsse fielen, war er Hals über Kopf in die Savanne geflüchtet. Später hatte er sich heimlich zu den verbliebenen, schwerverwundeten Jägern geschlichen und war mit ihnen in die Wolfsschlucht zurückgekehrt.

Da seine Arme und sein Gesicht noch vom Blut der zuvor erlegten Moas gezeichnet gewesen waren, hatte niemand bemerkt, dass er nicht einen einzigen Kratzer abbekommen hatte. Für Wochen war er nun der einzige einsatzfähige Mann seines Stammes gewesen, der in der Lage war, zu jagen. Er missbrauchte dieses Privileg und teilte die Beute nach seinem Gutdünken auf. Niemand konnte ihm nunmehr den Platz des Führers streitig machen. Die übrigen Jäger waren zu sehr geschwächt und brauchten Ruhe und Zeit, wieder gesund zu werden und zu Kräften zu kommen. Dafür benötigten sie - Futter. Die verängstigten Frauen und Kinder duckten sich unter seinem unberechenbaren Jähzorn. Zyg stieß den Kleinen derb auf den Boden, so dass er mit dem Kopf gegen einen Stein prallte. Schaum stand dem Führer vor dem Mund. „Wie oft muss ich hier hart und unerbittlich durchgreifen!“ Heulend zerbrach er den Stock und schleuderte ihn in die geduckte Menge. Furchtsame Blicke folgten ihm, als er laut knurrend zum Ausgang lief und für längere Zeit verschwand. Leb, das misshandelte Kind, kroch wimmernd auf den Schoss seiner Mutter und ließ sich von ihr den geschundenen Körper streicheln. „Komm mein Kleiner. Ich halte Dich fest, ganz fest.“ Sie drückte das Kind an sich und liebkoste es. „Du blutest ja?“ Mit finsteren Augen fixierte sie seine Wunden. Plötzlich bäumte sich der Junge auf, dann fiel sein Haupt schlaff auf ihre Hände. Sin, die Mutter, kraulte ihm noch immer den Rücken, ehe sie fassungslos den Tod des Kindes registrierte. Hilfesuchend hob sie den schmächtigen Leichnam in die Luft. Ein leises Schluchzen und Jammern entrang sich ihrer Kehle. „Das war Zyg…!“ Das Schluchzen wurde zu einem hassvollem Schrei: „Zyg…!“

Die Mitglieder der Horde rückten nacheinander an die Mutter heran und berührten die Stirn des toten Jungen. „Zyg - Zyg!" grollten die Männer vernehmlich. Die Stimmung schlug plötzlich um. Der Schatten Zygs verdunkelte für einen Moment den Höhleneingang. „Hier bin ich!" Er spürte sofort die Veränderung. Eine eisige, feindselige Stille schlug ihm entgegen. Zögernd ließ er sich auf seinem Stein am Feuer nieder und kratzte sich den Schädel. „Was stiert Ihr mich so an?", röhrte er. Sein Blick fiel auf den leblosen Körper des Kindes. „Was ist mit ihm?" Niemand antwortete auf seine Frage.

Zyg scharrte unruhig auf seinem Platz umher. Aller Augen waren voller Zorn auf ihn gerichtet. Unbehagen und Angst beschlichen ihn allmählich. Sin legte vorsichtig den kleinen Körper auf den Boden und trat dem Anführer entgegen. Dann erhob sie ihre Anklage. „Ein wehrloses Mitglied der eigenen Horde zu töten, ist das Schlimmste, was ein Jäger anrichten kann. Du weißt, was unseren Gesetzen zufolge mit dem Schuldigen zu geschehen hat?"

Zyg fletschte erst aufbrausend die Zähne. Er stand auf und wollte den Kopf des Jungen berühren. Das bösartige Fauchen der Mutter hielt ihn zurück. Ehe er sich versah, bekam er einen kräftigen Schlag ins Gesicht und taumelte zum Feuer. Blut schoss aus seiner Nase; die Lippe schmerzte.

Die Jäger hatten sich ebenfalls erhoben und positionierten sich um Sin herum. Mit eindeutiger Geste schwangen sie ihre schweren Keulen. Sin wies zum Ausgang. „Geh und komm nie wieder zurück! Sonst töten wir Dich. Wir verstoßen Dich aus unserer Gemeinschaft!"

Ein hilfloses Knurren kam über Zygs Lippen. Mit gesenktem Kopf schlich er sich an seinem Volk vorbei und verschwand in den Weiten der Berge.

Seit Wochen irrte der einstige Anführer nun schon durch dichte Wälder und gefährliche Sümpfe. Er wusste nicht mehr, wo er war. Es interessierte ihn auch nicht. Der Hunger wühlte in seinen Eingeweiden und trieb ihn immer weiter fort. Mehr als einige Beeren und ein paar bitter schmeckende Schnecken hatte er in den vergangenen Tagen nicht finden können. Der Verstoß aus der Horde kam einem Todesurteil gleich! Müde und abgekämpft kletterte Zyg auf einen hohen Baum. „Was ist da? Wer schleicht da herum?" Er überschattete die Augen mit

seinen Händen und schaute unentwegt um sich herum. Es war still um ihn;
nirgendwo konnte er auch nur die geringste Bewegung erkennen. „Ich muss
weiter! Fressen suchen!" Schnaufend sprang er auf den Waldboden hinab und
tastete sich zwischen den dicken Stämmen einiger Gelbkiefern hindurch.
Plötzlich durchschnitt ein scharfes Peitschen die Luft und im selben Moment
fühlte er einen heißen Schmerz im Unterschenkel seines rechten Beines.
Kopfüber wurde er nach oben gerissen. Zyg heulte erschrocken auf. Er hing
gefangen an einem Seil. Er schrie und knurrte, bäumte sich heftig auf und
versuchte, mit den Händen das Seil zu erreichen. Doch es gelang ihm nicht.
Entkräftet blieb er hängen.
Mit der Zeit fanden sich einige Zaungäste ein, die den Fremdling im Revier
neugierig beäugten. Eine Waldschnepfe huschte aufgeregt am Boden entlang,
verharrte kurz, um dann im Zickzack zwischen den Bäumen zu verschwinden.
Ein Fuchs tauchte auf und setzte den Vogel nach. Im Wipfel der Kiefer
erspähte Zyg einige Eichhörnchen umher klettern. Kienäpfel polterten am
Stamm entlang und fielen ins Gras. Es wurde schwarz um ihn herum…
Der Schmerz, den er verspürte, als er auf den Boden fiel, ließ Zyg aus seiner
Ohnmacht erwachen. Verstört rieb er sich den Schädel. Sein Bein war blutig
und geschwollen. Als er aufblickte, setzte sein Herzschlag aus: Vor ihm
standen die Fremden! Der Ungi wimmerte ängstlich auf. Seit dem Überfall auf
Kilbaat lebte er mit der Angst vor dem Tag, an welchem sich die Pikos und ihre
Götter an ihm, Zyg, rächen würden. Jammernd rutschte er an eines der Wesen
heran und umklammerte dessen Füße. „Oh, Ihr Götter der Pikos, Ihr mächtigen
Fremden. Ich bitte Euch, lasst mich am Leben!"
Er erntete rohes Lachen und einige derbe Stöße. Dann wurde er hochgerissen
und durch die Büsche geschleift. Johlend wurden sie von einer wartenden
Meute empfangen.
„Da wird sich der General aber freuen! Er hat sich doch schon lange solch ein
Spielzeug gewünscht. Und der hier sieht im Vergleich zu dem letzten Affen
noch recht frisch und munter aus!" meinte Gruppenführer Smith nach einer
kurzen Inspektion. „Schafft das Vieh auf den Wagen und passt gefälligst auf,
dass er nicht wieder abhaut, verdammte Schwachköpfe!" Die Fremden

schlugen mit einer Peitsche erbarmungslos auf den Gefangenen ein und dirigierten ihn auf eine vom Sonnenlicht überflutete Lichtung. „Los doch! Steig dort ein, Du stinkender Haufen!" fauchte ihn einer der Männer an und versetzte ihm einen gezielten Peitschenhieb in den Nacken.

Zyg sah verstört auf die beiden eigenartigen Gebilde. Er stieß mit dem Kopf gegen eine Metallwand, dann wurde er durch eine dunkle Öffnung gestoßen und fand sich auf einem kalten, glatten Boden wieder. Sein Körper begann zu vibrieren, als sich das Gefährt in Bewegung setzte. Zyg wurde durch die schweren Stöße hin- und her geworfen. Krampfhaft klammerte er sich an einem Metallstab fest. Durch die Löcher in den Wänden sah er, wie Bäume und Sträucher an ihm vorbei glitten. Entsetzt schloss er die Augen und stöhnte leise. Irgendwann hörte das Rumpeln auf. Nur noch ein leichtes Kribbeln im Magen verursachte Übelkeit. Sie näherten sich langsam dem Eingang zu einer riesigen Höhle. Dunkelheit umfing ihn. Was danach geschah, registrierte er kaum noch. Unsagbare Furcht lähmte ihn. Willenlos ließ er sich hinausführen, um die gerechte Strafe der Götter zu empfangen.

Prof. Cain und zwei der Techniker kletterten in dem Motorenraum eines Triebwagens herum. „Ich kann mir nicht erklären, weshalb die Motoren nicht anspringen. Der Generator ist doch vollständig in Ordnung. Es ist zum Kotzen!" fluchte der Professor und wischte sich die ölverschmierten Hände ab. Ein Blick auf den Geigerzähler beruhigte ihn etwas: Die Werte lagen im ungefährlichen Bereich. Bob, einer der jungen Techniker, kletterte zwischen den Leitungen umher und prüfte sie Zentimeter für Zentimeter. Ächzend schob er sich zurück. Dann schüttelte er den Kopf: „Tut mir leid, Professor, aber ohne Schaltpläne ist hier nichts zu machen!" Prof. Cain schaute unschlüssig auf das Armaturenbrett. „Tja, Jungs, dann war's das wohl! Der große Traum ist zerplatzt wie eine Seifenblase!" Er versuchte noch einmal, den Anlasser durchzustarten. Bob lauschte in den Maschinenraum. Dann schüttelte er resignierend den Kopf. „Nichts zu machen! Die Dinger haben zu lange gestanden. Wir müssten den Triebwagen von Kopf bis Fuß durchchecken, doch dafür fehlt uns die Zeit!" Sie hatten keine der drei Lokomotiven aktivieren können.

„Schade, ich wäre gerne mal wieder Bahn gefahren", seufzte Prof. Cain und kletterte aus der Kanzel, um Dr. Harper Bericht zu erstatten. Die beiden Techniker packten das Werkzeug wieder an seinen alten Platz. Dann verließen auch sie die Lok. Bob hätte sich gern noch etwas umgesehen, wurde aber von Danny, seinem Partner, am Arm ergriffen und in eine entlegene Ecke gezogen. „Hier, schau Dir dieses Ding an! Ich habe es heute Morgen zufällig entdeckt. Wenn die moderne Technik schon versagt, hilft uns vielleicht dieser alte Veteran weiter!" Sie verschafften sich Licht, indem sie sich von einem der unzähligen Feuer, die in der Halle brannten, einige brennende Äste besorgten. Gemeinsam rissen beide dann ein großes Loch in den halbverfallenen Verschlag und kletterten hinüber auf die andere Seite.

„Das ist ja echt ein Ding!" staunte Bob, als die schwarzen Umrisse einer alten Dampflok im Licht ihrer Fackeln sichtbar wurden. „Ihrem Äußeren nach muss die schon im Zweiten Weltkrieg oder noch früher gefahren sein?" stellte er sachkundig fest und klopfte mit der Fackel gegen die mannshohen Eisenräder. Er leuchtete den hinteren Teil des Verschlages ab. „Da sind noch vier Waggon! Die gehören offensichtlich dazu!"

„Wir sollten uns diesen Kasten jedenfalls genauer anschauen", schlug sein Gefährte vor und kletterte auf die vom Ruß geschwärzte Kanzel empor. Bob hielt indessen die Fackel an den Rumpf der alten Lok. „Die haben die gesamte Lokomotive mit irgendeiner öligen Substanz bepinselt. Das Zeug ist im Laufe der Jahre eingetrocknet. Schau Dir das an: Man kann es mit bloßen Händen wie eine Folie abziehen. Vielleicht sollte sie mal in ein Museum...?"

Die beiden Männer begannen hastig, die schwarze Haut großflächig abzulösen. „Ist ja beinahe so, als würden wir eine Schlange häuten!" grinste Danny. Sie arbeiteten mit Feuereifer und hatten nach weniger als einer halben Stunde bereits große Teile des Rumpfes freigelegt und gesäubert.

„Nun schau Dir bloß diese Farbe an! Die sieht ja wirklich aus wie neu!" strahlte Bob vor Begeisterung. Ein mattes tiefes Schwarz lag auf dem Führerhaus und den Schornsteinen, während die vorderen und seitlichen Kanten in purpurnem Rot glänzten. „Mach allein weiter! Ich laufe zu Dr. Harper und hole Unterstützung!" entschied Bob und stob davon.

Dr. Harper, Prof. Cain, Lt. Gordon und Bobak saßen vor der Halle an einem
Feuer und berieten über den weiteren Verlauf der Expedition, als sie Bob
strahlend auf sich zulaufen sahen. „Dr. Harper, Professor! Kommen Sie mit! Wir
haben hinten im Schuppen eine alte Dampflok gefunden." „Eine richtige
Dampflok! Wie in den alten Filmen!?" Prof. Cain war außer sich.
Die Männer eilten Bob ohne Zögern nach. Wenig später betrachteten sie
ehrfurchtsvoll staunend eines der faszinierendsten Wunderwerke der Technik,
das je von Menschen erdacht und erbaut worden war: die Dampfmaschine auf
Rädern! „Die soll noch funktionieren?" Jim zweifelte. „Ob es sich dafür wirklich
lohnt, noch einen Tag zu investieren...?"
Prof. Cain war inzwischen unter die Lok gekrochen und besah sich das
Fahrgestell etwas genauer. „Das ist eine ‚Pacific' aus dem Jahre 1922, eines
der berühmtesten Modelle seinerzeit!" rief er begeistert.
Behände kletterte er auf der alten Dame herum. Verschiedene technische
Modifikationen fielen ihm auf. „Auf jeden Fall wurde sie modernisiert. Diese
Düsen und Turbinen stammen aus einer viel späteren Zeit!"
Er erreichte den Führerstand. „Hier sind tatsächlich lauter zusätzliche Knöpfe
und Regler angebracht. – doch wozu nur?" Bob gesellte sich zu ihm. Neugierig
betastete er einige Schalter und beugte sich dann zur Feuerbüchse, dem Herz
der alten Maschine, hinab. „...und hier wurde ein zusätzlicher Generator
eingebaut. Ich denke, ich kann das Geheimnis lüften!" „Scheinst ja einige
Ahnung von den Dingern zu haben! Nun spann uns nicht auf die Folter..."
Auch Prof. Cain begutachtete nun den Generator. „Ich denke, das hier ist die
‚Ariane'", brummte Bob lächelnd. Die anderen zeigten sich wenig beeindruckt.
„Na und?" drängte der Professor und kippte verspielt einige Schalter um. „Das
würde ich lieber lassen! Vielleicht funktioniert sie ja wirklich noch – dann könnte
es gleich mächtig scheppern!" warnte Bob und stellte die Schalter in die
Ausgangsstellung zurück. Erschrocken hielt der Professor inne.
„Soweit ich mich erinnern kann", erklärte indessen Bob, „wurde die Ariane kurz
vor der Katastrophe für ein Filmprojekt umgerüstet. Ihre Funktionalität ähnelte
demnach der eines Luftkissengleiters. Das Ding hier kann fliegen – nicht sehr
hoch, aber immerhin!" Den Männern stand für einen Moment der Mund offen.

„Na ja, es war eine Art Werbegag. Versteht Ihr?" „Du meinst es also wirklich ernst?" Der Professor schüttelte den Kopf. „Dann werden wir auf jeden Fall versuchen, die Maschine zu starten! Ich hatte ohnehin meine Zweifel, ob die Bahnstrecke noch befahrbar sei. Die Schienen dürften verrostet und der Fahrdamm mit Bäumen zugewachsen sein. Wir wären möglicherweise nicht sehr weit gekommen. – Ich gebe Euch Zeit bis morgen Mittag, dann brechen wir endgültig auf!" bewilligte Dr. Harper einen zusätzlichen Aufschub.

Lt. Gordon stellte Prof. Cain und seinem Team weitere zehn Helfer zur Verfügung. Es wurde eine kurze, aber aufregende Nacht. Am nächsten Morgen waren die Maschine und die Waggons vollständig gesäubert, alle wichtigen Teile geölt und durchgesehen. Die Männer sahen aus wie pechschwarze Teufel. Zum Glück hatten sie einige alte, aber versiegelte und daher gut erhaltene Kanister mit Öl in der Feuerbüchse der Dampflok gefunden. Müde und glücklich standen sie vor ihrem Werk.

„Jetzt werden wir ja sehen, ob Du recht hast, Bob – ob das Ding hier tatsächlich fahren und fliegen kann!" Prof. Cain wischte sich die Finger an einem Lappen ab. Bob zuckte mit den Achseln und gähnte. „Irgendwie müssen wir sie aus der Halle bringen! Schieben wird ja wohl nicht gehen. Also...?" „Sprechen Sie es lieber nicht aus, Professor!" fiel Danny ein. „...brauchen wir noch Wasser und Brennmaterial. Und wenn wir nichts übersehen haben, müsste sich die alte Dame dann in Bewegung setzen lassen. Ich bin gespannt wie ein Flitzbogen!" feuerte Prof. Cain die Männer noch einmal an.

„Bob, Du holst mir Lt. Gordon hierher. Er soll alle verfügbaren Leute mitbringen. Außerdem benötigen wir Äxte und Eimer." Der Techniker wollte schon los spurten, als ihn der Professor noch einmal zurückrief. „Angesichts des riesigen Tanks werden wir mit Eimern allein ewig brauchen, um genug Wasser aufzufüllen. Bitte Lt. Gordon, die Zelte abbauen zu lassen, damit wir die Planen für den Wassertransport verwenden können!"

„Alles klar, Professor, ich werde es ausrichten!"

Unersättlich schien der Rumpf der alten Bahn. Liter für Liter verschlang sie, ohne dass ein Ende abzusehen war. Zum Glück war der nächste Bach, woher die 40 Männer paarweise die mit Wasser gefüllten Zeltplanen heranschleppten, nur eine kurze Strecke entfernt.

Lt. Gordon war indessen mit einem weiteren Dutzend seiner Leute in den naheliegenden Wald aufgebrochen, wo sie etliche Bäume fällten und zerlegten, um sie zur Halle zu bringen. Danny bereitete die Feuerbüchse der alten Lady vor. Er schichtete trockene Äste und dicke Scheite hinein, bevor er mehrere lodernde Fackeln in den Holzstoß schob. Gespannt beobachtete er die Anzeigen auf den Armaturen. Heller Rauch stieg aus dem Schornstein, zog zur Decke hinauf und suchte sich kräuselnd einen Weg ins Freie. Das Wasser im Kessel begann sich allmählich zu erwärmen. Immer wieder schob der junge Mann armdicke Stämme nach. Nach etwa einer Stunde erwachte das Vehikel, wie von Zauberhand berührt, zum Leben. Die Lok streifte den mehrhundertjährigen Schlaf ab und erfüllte die Halle mit ihrem Schnaufen, Stampfen und Singen. Dampf strömte durch die Rohre und drückte auf die Kolben. „Ich werde verrückt – es haut hin!" Flink wie ein Wiesel kletterte Bob in den Führerstand und betastete erregt alle Schalter und Hebel. „Der Anzeige nach ist der Wassertank inzwischen halbvoll. Das reicht schon für eine Weile! Wir werden unterwegs sicher einen See finden, wo wir nachtanken können."

„Dann kann ja unsere Probefahrt beginnen!" Danny war ebenso aufgeregt wie sein Gefährte. Brüllend warnte er die Leute in der Halle: „Räumt gefälligst Euren Mist weg und macht die Schienen frei!" Bob zwinkerte dem Freund zu und gab ihm einen Klaps auf die Schulter. „Na, dann wollen wir mal!" Langsam schob er den Ganghebel nach oben. Mit einem harten Ruck setzte sich die Maschine schwerfällig in Bewegung. Die Räder griffen scharrend auf den Schienen und behäbig bewegte sich die Lokomotive auf das nächste Tor zu. Das Jubeln und Pfeifen der Männer mit den verschwitzten, ölverschmierten Gesichtern begleitete die Jungfernfahrt der ehrwürdigen alten Dame. Mit glänzenden Augen verfolgten sie, wie ein Teil ihrer eigenen, scheinbar längst vergessenen Geschichte lebendig wurde. „Die Jungs sind einsame Spitze! Ich habe nicht ernsthaft daran geglaubt, dass sie es schaffen!" schrie Dr. Harper dem Professor ins Ohr. „Und was ist mit mir? Wenn ich nicht so hartnäckig geblieben wäre, hätten wir uns inzwischen schon wieder die Beine in den

Bauch gelaufen!" maulte er und spielte für einen Moment den Gekränkten.
Nachdem Dr. Harper lachend Abbitte geleistet hatte, wandten sich die Männer
wieder der Lokomotive zu. „Glauben Sie wirklich, dass sie auch fliegt?"
„Ich denke schon, dass es funktionieren wird. Wir haben alles überprüft. Der
Generator ist okay. Die Brennstäbe reichen für mindestens zwanzig Jahre. Die
austretende Radioaktivität liegt im ungefährlichen Bereich. Sowohl die Lok als
auch die vier Waggons sind in einem hervorragenden Zustand", entgegnete der
Professor und verabschiedete sich, um selbst nach dem Rechten zu sehen.
Um ihren Häuptling versammelt, starrten die Krieger der Pikos ehrfurchtsvoll
auf das feuerspeiende Ungeheuer. „Wir werden damit fahren, wie einst die
Menschen der Altvorzeit damit durch das Land fuhren. Und nicht nur das: Wir
werden sogar fliegen wie ein Vogel..." Bobak guckte zuversichtlich in die
furchtsamen Gesichter der Krieger. „Wenn Mutter Sonne gewollt hätte, dass wir
fliegen, hätte sie uns Flügel gegeben!" „Nichts geschieht ohne den Willen der
Götter! Warum sollte Mutter Sonne nicht wünschen, dass wir ihr näher sind?"
Indessen hatten Bob und Danny das schnaufende Ungetüm auf den Hof
gefahren. Bob zog den Gang heraus, bremste ab und ließ die Lok im Leerlauf
stampfen. Eilig wurden die Waggons herausgeschoben und angekoppelt. „Bob
und ich werden den Probeflug absolvieren." Prof. Cain fuhr sich mit der
Zungenspitze über die trockenen Lippen. Dann schwang er sich auf die Kanzel,
wo Danny etwas enttäuscht seinen Platz räumte.
„Ich starte den Generator. Sobald wir genügend Energie haben, versuchen wir
die Turbinen zu aktivieren. Schließ die Feuerbüchse fest zu."
Der Generator begann leise zu summen, während der Professor noch seine
Anweisungen erteilte. Ein Beben ging durch den Zug, als die Turbinen
zugeschaltet wurden. Bob überprüfte noch einmal Schalttafeln und Steuerung.
„Alle Werte liegen im grünen Bereich. Hals- und Beinbruch, Professor!"
Er klammerte sich an seinen Haltegriff. Das Rütteln wurde stärker. Unter dem
Zug zischten Feuerfontänen hervor. Das Fauchen der angesaugten Luft
dröhnte in den Ohren. „Jetzt!" schrie der Professor. Wie von Zauberhand
berührt, erhob sich die alte Dampflok mitsamt den Waggons in die Luft. Stolz

registrierten die beiden Männer den euphorischen Jubel, der vom Boden zu ihnen herauf drang. „Höhe konstant bei dreißig Meter halten!"

Bob nickte nur. Die Bedienung der Maschine war einfacher als gedacht. Sensibel reagierte die Lok auf die geringste Bewegung des Steuerknüppels. Wie eine monströse fliegende Schlange zog der Zug durch die Luft, eine helle Kräuselwolke in den Himmel paffend. „Dann mal los!"

Endlich war der Zug beladen, hatten alle Passagiere in den Waggons Platz genommen. Bobak hatte noch einmal seine gesamte Überzeugungskraft und Autorität einsetzen müssen, bevor auch der letzte Krieger in einen der Wagen gestiegen war. Sanft setzte sich der Zug mit ihnen in Bewegung, hob unmerklich ab und gewann an Höhe. Es dauerte nicht lange, bis auch die Pikos sich an die ungewöhnliche Fortbewegungsart gewöhnt hatten und den Flug zu genießen begannen.

„Wenn die Karten stimmen, werden wir bald auf die alte Hauptlinie nach Kansas-City stoßen", meinte Dr. Harper nach einem prüfenden Blick auf die Stabskarte. Unter ihnen zog eine märchenhafte Waldlandschaft hinweg. Blaue Rinnsale blinkten im Sonnenlicht. Die Stimmung in den Abteilen der Waggons war hervorragend. Man genoss einfach die Fahrt. Erinnerungen und Träume wurden wach. Jim summte leise eines der alten Volkslieder mit, das angestimmt worden war. Nur Goli hatte sich in eine Ecke verkrochen und knurrte misstrauisch vor sich hin. Am späten Nachmittag frischte der Wind auf. Starke Böen trieben dunkle Wolken vor sich her und zausten die Bäume und Sträucher. „Sieht aus, als bekommen wir ein schweres Gewitter. Gott sei Dank haben wir ja wenigstens ein Dach über dem Kopf!" Prof. Cain ließ seinen Blick über die Waggondecke gleiten, durch die es an mehreren Stellen zu tropfen begann. Der Regen nahm an Stärke zu und klatschte laut auf sie herab. „Ein Glück nur, dass die Böden stabiler sind...!" Dr. Harper strich sich nachdenklich das Kinn. „Wir werden enger zusammenrücken müssen." Angesichts der immer größer werdenden Pfützen sammelte der Professor seine am Boden verstreuten Sachen auf und verstaute sie in den Gepäckfächern. Die Männer auf dem Führerstand waren binnen weniger Minuten nass bis auf die Haut. „Danny, es wird zu gefährlich! Wir sehen ja die Hand vor Augen nicht mehr! Wir müssen eine geeignete Landestelle finden!" Danny nickte heftig. Er hatte verstanden. Immer greller und hektischer zogen Blitze über den Himmel. Das Dröhnen des Donners betäubte ihre Ohren. „Da vorn ist eine Lichtung!" meldete Danny und dirigierte den Zug in die betreffende Richtung. Der Metallwurm suchte sich feuerspeiend seinen Weg zur Erde. Die Kronen der Bäume erzitterten, Äste brachen. Endlich standen sie auf sicherem Grund. „Mach, dass Du nach hinten ins Trockene kommst. Ich komme gleich nach, will nur die Luken des Wassertanks öffnen. Kann ja nicht schaden, den Vorrat aufzufüllen. Nun mach schon!" drängte Bob den Freund und hangelte sich auf den Metalltritt hoch.

Danny schaltete den Generator herunter. Dann beeilte er sich, zum ersten Wagen zu gelangen. Zweige peitschten sein Gesicht und Wasser lief in Strömen über seine Stirn. Eine Böe erfasste ihn und drohte ihn von Bord zu werfen. Nur unter Aufbietung aller Kräfte konnte er sich festhalten. Erschöpft holte er tief Luft. „Verflucht, das ist ja ein richtiger Orkan! Hoffentlich taucht Bob gleich wieder auf!" Doch Bob kam nicht.

„Bob, bist Du endlich fertig?" brüllte Danny gegen den Wind. Er entschloss sich, noch zwei Minuten zu warten. Als diese verstrichen waren, kletterte er mühsam zum Führerhaus zurück und zog sich zum Laufsteg hinauf. Da, wo Bob hätte sein müssen, war nichts als Dunkelheit. In seiner Nähe krachte es bedrohlich. Der Sturm hatte einen dicken Stamm entwurzelt und schleuderte ihn jetzt wie ein Streichholz durch die Luft. Mehrere kleinere Bäume mit sich reißend, landete er unweit der Lokomotive. Als er aufschlug, erbebte die Erde. Danny glaubte, einen Ruf zu vernehmen. Oder bildete er sich das bloß ein?

„Hilfe!" Da war es schon wieder, diesmal klar und deutlich! „Bob!? Bob, bist Du das?" So schnell er konnte, eilte Danny zum Führerstand, rutschte an der glitschigen Metallwand herunter und suchte nach einem trockenen Ast, um Feuer aus der Feuerbüchse zu holen.

„Bob, ich komme gleich!" brüllte er aus Leibeskräften. Ungeduldig wartete er, bis der Knüppel endlich Feuer fing. Dann stülpte er sich eine zerschlissene Plane, die auf einem Haken an der Führerhauswand hing, über den Kopf. Er deckte die Fackel soweit möglich damit ab und machte sich auf, den Freund zu suchen.

Bobak legte seiner Frau vorsorglich eine Decke um die Schultern, dann begaben sich beide zu dem Abteil hinüber, wo Goli unruhig schnaufend am Boden lag und bei jedem Donnerschlag die Augen zusammenkniff. Sie legten sich neben das aufgeregte Tier und Bobak kraulte es beruhigend zwischen den Ohren. „Nur keine Furcht, mein Freund, wir sind ja bei Dir!" flüsterte er seinem vierbeinigen Gefährten zu. Unentwegt trommelten die schweren Tropfen hart gegen die Metallwände. „Sina, Du solltest ein wenig schlafen.

Du frierst ja immer noch?" Er presste sie fester an sich. „Du erwürgst mich ja. Komm lieber mit unter meine Decke...!" Bobak sah ihre Augen aufblitzen. Ihm wurde heiß. Sina strich ihm sanft über das Gesicht. Er schaute sich im Waggon um: Die Krieger schliefen fest.

„Hast Du etwa Hemmungen?" gluckste Sina. „Von wegen Hemmungen! Aber was ist, wenn...?" Bevor er den Satz beenden konnte, schlug es heftig an die Tür. Mit einem Satz war er auf den Beinen. „Was ist los?"

„Schnell, Bobak, ich brauche Hilfe! Bob ist von der Lok gestürzt. Ich kann ihn nicht allein herbringen!" hörte er Danny schreien. „Ich komme sofort!"

Der Häuptling weckte seine Krieger, dann eilte er mit langen Schritten Danny nach. „Hier entlang! Er liegt auf der gegenüberliegenden Seite. Eine Scheiße ist das aber auch!" fluchte Danny laut, bemüht, die verlöschende Fackel am Leben zu halten. Doch es zischte nur kurz und um die beiden Männer war völlige Dunkelheit. „Licht! Wir brauchen sofort Licht!" Der Strahl einer Taschenlampe irrte umher. „Hier ist eine Lampe! Was ist geschehen?" Von den Geräuschen, welche die eiligen Bewegungen der Pikos auf dem metallenen Wagenboden verursacht hatten, aufgestört, hatte Dr. Harper geistesgegenwärtig nach seinem Strahler gegriffen und war ihnen gefolgt.

„Da liegt er! Bob, bist Du okay?" Danny kniete sich neben den Freund nieder und schüttelte ihn. Bobak fühlte den Puls. „Sieht nicht besonders gut aus. Er ist ohnmächtig. Vielleicht hat er sich etwas gebrochen. Wir müssen ihn sofort in einen Wagen bringen!" Bobak machte Platz für seine Leute. Diese hoben Bob vorsichtig auf und transportierten ihn zum nächsten Waggon.

„Alles wegen diesem blöden Wassertank", murmelte Danny. Er machte sich
Vorwürfe, Bob nicht von seinem Vorhaben abgehalten zu haben. Indessen
waren die Pikos mit ihrer Last am Wagen angekommen und schoben den
Ohnmächtigen durch die Tür. „Sina, wir brauchen Deine Hilfe! Bob ist ohne
Bewusstsein!"
Bobaks Gefährtin reagierte augenblicklich und suchte ein Päckchen aus dem
Rucksack in Golis Abteil hervor. „Legt ihn hierher!" Sie breitete ihre Decke auf
dem Fußboden aus. Die Männer legten Bob darauf.
„Er ist bleich wie eine Kalkwand. Sein rechter Arm blutet stark. Oh je, das sieht
nicht sonderlich gut aus!" stöhnte die junge Frau, als sie energisch den Ärmel
des Hemdes aufriss und sich ein Blutschwall zu ihren Füßen ergoss. „Ich muss
den Arm abbinden, sonst verblutet er!"
Bobak reichte ihr seinen Ledergürtel. Sina nickte stumm und schwang den
Gürtel um Bobs Oberarm. Geschickt zwirbelte sie das Leder zusammen und
verknotete die Enden. Der Strahl erstarb sofort.
„Irgendetwas steckt in der Wunde, ein Stock oder Splitter. Der Kopf scheint
nichts abbekommen zu haben", registrierte sie sachlich, nachdem sie sämtliche
Gliedmaßen abgetastet hatte. „Was...? Was ist mit mir?"
„Er kommt zu sich!" Danny atmete erleichtert auf. „He, mein Alter, wie geht es
Dir?" Bob versuchte zu lächeln. Doch die Gesichtszüge entglitten ihm.
„Oh Gott, ist mir schlecht!" Ohne weitere Vorwarnung übergab er sich.

„Mann, war das eine Nacht!" Bobak löste sanft den Arm seiner Frau von
seinem Hals und erhob sich.
Prof. Cain stand am Fenster und starrte angestrengt hinaus. „Es wird Morgen.
Die Sonne geht auf, der Regen hat aufgehört. Scheint heute ein schöner Tag
zu werden", murmelte er. Erschrocken drehte er sich um, als Bobak seine
Schulter berührte. „Sie haben wenig geschlafen, Professor. Ich übernehme die
Wache. Legen Sie sich noch ein paar Stunden aufs Ohr!" schlug der Häuptling
vor.
Der Professor wehrte ab. „Ich bin nicht müde, mein Freund. Wer wird wohl bei
solch einem Sonnenaufgang ins Bett kriechen? Ich jedenfalls nicht!"

„Wie geht es unserem Kranken?" erkundigte sich Bobak.

„Sein Puls ist kräftig, er schläft ruhig. Das hat er Sinas Heilkunst zu danken! Zu meiner Zeit wäre sie bestimmt eine hervorragende Ärztin geworden!"

Bobak lächelte. Das Lob des Professors schmeichelte ihm. „Sie ist eine gute Frau. Und eine hervorragende Heilerin – sie war eine Schülerin der Orona." Auf den fragenden Blick seines Gesprächspartners erklärte Bobak mit wenigen Sätzen, welchen Rang die Medizinfrau in seinem Stamm einnahm. „Sie kann mit den Geistern Eures Volkes sprechen?" Bobak nickte. „Orona ist das Sprachrohr unserer Götter und Ahnen. Durch sie erfahren wir, wie die Vergangenheit in die Gegenwart wirkt, was uns die Zukunft bringt. Sie wacht über die Einhaltung der Tradition und sie trägt das Wissen unserer Vorfahren in sich. Außerdem sie ist die größte Heilerin meines Volkes. Es ist eine besondere Ehre für unsere Jungen und Mädchen, wenn Orona sie zu sich holt, um von ihrem ungeheuren Wissen abzugeben. Sina ist eine Auserwählte."

Leises Stöhnen lenkte ihre Aufmerksamkeit auf den Kranken.

„Scheint, als würde er jeden Moment aufwachen. Ich werde draußen ein Feuer anzünden und das Frühstück vorbereiten", meinte der Professor und begab sich ins Freie. „Ich bleibe hier und kümmere mich um Bob. Rufen Sie mich, wenn Sie Hilfe brauchen!" rief ihm Bobak noch nach. Der Wind hatte den Himmel blank gefegt. Die Sonne stand wie ein goldener Ball am Himmel und sandte ihre wärmenden Strahlen der feuchten, dampfenden Erde entgegen. Prof. Cain streckte sich geräuschvoll, rieb sich die Hände und machte sich dann auf, ein wenig Holz zu sammeln…

„Ist Seine Exzellenz anwesend?"

Der Posten, der den Eingang zu den Gemächern des Generals bewachte, salutierte und nickte kurz.„Dann melden Sie mich an!"

„Jawohl, Sir!" Kurz darauf öffnete sich die schwer gesicherte Stahltür und Cornel Turner Stirnberg, Chef der motorisierten Einheiten Seiner Exzellenz Lex von Hammersteins, begab sich zur morgendlichen Audienz. Seit mehr als dreihundert Jahren herrschte die Familie von Hammerstein über das Gebiet der Grauen Zone, genannt Gray-Area-City, und die angrenzenden Ländereien. Die labyrinthartig verzweigten unterirdischen Bunkeranlagen des einstmals größten Militärstützpunktes auf dem Territorium der Vereinigten Staaten, in der Nähe des ehemaligen Kansas-City gelegen, beherbergten fast dreitausend Menschen. Ihre Vorfahren, Angehörige einer Elite-Truppe der US-Army, hatten die Zeit des arktischen Winters hier überlebt. Eiserne Disziplin, kompromissloser Härte sich selbst gegenüber und einem Überlebenstraining, das die äußersten Grenzen körperlicher und seelischer Belastbarkeit erreichte, verdankten sie ihren Fortbestand. „Jäger des Todes" wurde die Spezialeinheit von den benachbarten Stämmen bezeichnet, die dem blutigen Diktat des jetzigen Herrschers, Lex von Hammerstein, anfangs zu widerstehen versucht hatten. Diese Naturvölker – einfach lebende Stämme, die sich aus den Überlebenden der Eiszeit entwickelt hatten – hatten sich jedoch der überlegenen militärischen Technik der Elitesoldaten nur kurze Zeit und unter vielen Opfern erwehren können. Jetzt lebten sie, Sklaven gleich, in völliger Abhängigkeit von ihren Peinigern. Dumpf hallten die Schritte des Cornels an den kahlen Betonwänden wider. Die Tür am Ende des von rauchenden Fackeln nur schwach beleuchteten Flures war mit einem dicken Teppich verhangen. Er lauschte einen Moment, bevor er leise anklopfte und eintrat. Seine Exzellenz rekelte sich auf dem Bett herum und ließ sich von einer Handvoll Mädchen verwöhnen. Cornel Stirnberg nahm Haltung an und grüßte vorschriftsmäßig. Er wartete, bis er angesprochen wurde. Seine Mimik war zu einer Maske erstarrt. Er ließ sich nicht anmerken, wie sehr ihn die perversen Spiele seines Oberhauptes ekelten. Schließlich ließ dieser von seinem Opfer ab und wandte sich dem Cornel zu. „Was gibt es, Cornel? Ich habe Sie bereits heute Morgen zum Rapport erwartet!" knurrte Lex von Hammerstein gereizt und verzog schmerzlich sein Gesicht. Er litt seit kurzem an Rheuma, dem auch die Massagen seiner schönen Gespielinnen nicht mehr abhelfen konnten. Der Cornel las in den Augen der Mädchen die Furcht vor der Unberechenbarkeit und Grausamkeit des Generals. Seine Launen waren berüchtigt. Wer sich seinen Unwillen zuzog, wurde hart bestraft. In seiner abnormen Phantasie erfand er immer wieder neue Spielarten, seine Opfer möglichst lange zu quälen und sich an ihren Ängsten und Schmerzen zu ergötzen. Die Todesjäger waren grausam, ihr Oberhaupt aber übertraf sie darin um ein Vielfaches. Cornel Stirnberg stand noch immer reglos am Eingang des pompösen Gemachs. Verlegen schaute er zu Boden und wartete, bis er erneut angesprochen wurde. Niemals wäre es ihm in den Sinn gekommen, unaufgefordert das Wort zu ergreifen. Der finstere Blick des Herrschers ruhte eine Zeitlang auf dem Ankömmling. „Ich hoffe für Euch, dass Ihr einen guten Grund habt, mich so zu versetzen!" zürnte Lex von Hammerstein aufs Neue und wälzte sich mit Hilfe der Frauen ächzend auf die Beine. Der Cornel störte sich nicht am gefährlichen Unterton in der Fistelstimme seines Oberhauptes. Gelassen blickte er ihm entgegen, senkte dann aber den Blick, um den aufsteigenden Trotz in seinem Innern nicht zu verraten. Er räusperte sich mehrmals, bevor er zu sprechen begann. „Eure Exzellenz, ich bitte die Störung untertänigst zu entschuldigen. Ich wollte Euch nur melden, dass wir wieder einen dieser merkwürdigen Affen eingefangen haben."

Mit einem Schwung, den man dem behäbigen Körper nicht zugetraut hätte, schoss General Lex von Hammerstein auf den Cornel zu. Freudig klatschte er in die Hände und ließ seine Faust krachend auf die Schulter des Offiziers niedersausen. Dieser verzog, des Schmerzes ungeachtet, keine Miene. „Das Vieh möchte ich sofort sehen. Bringt es hierher!" Cornel Stirnberg eilte zum Flur hinaus und erteilte dem Posten entsprechende Befehle. Wenige Minuten danach erschienen die Jäger, bis an die Zähne bewaffnet, und salutierten in strammer Haltung. Dann schoben sie den in Ketten geschlagenen Ungi nach vorn. Der General umrundete ihn mehrere Male und betrachtete ihn eindringlich. „Wirklich, ein richtiger Affe! Ich dachte immer, die wären damals ausgestorben?" Er griff mit seiner fleischigen Hand in das dichte Fell und ruckte daran. Zyg fletschte vor Schmerz die Zähne. Erschrocken entfernte sich der Herrscher aus der unmittelbaren Reichweite des Ungis, dann lachte er schrill. „Du willst beißen, mein Freund? Das sollst Du haben, Du Ratte! Bringt ihn in den Käfig und bereitet für heute Abend die Arena vor! Gebt allen bekannt, dass es einen interessanten Kampf geben wird!" Zyg duckte sich unter den strengen Blicken des Generals. Auch wenn er nicht verstand, was dieser sagte, fühlte er, dass das abgehackte Bellen seiner Stimme nichts Gutes verhieß. Zweifellos stand er vor dem Oberhaupt der Fremden, ihrem Gott!

Demütig streckte er die Arme vor, doch ein scharfer Peitschenhieb ließ ihn erneut aufheulen. Mit einem Ruck zog sich das eiserne Band um seinen Hals fester zusammen und drückte ihm die Luft ab. „Raus mit Dir!" schnauzte ihn einer der Männer an und trat nach ihm.

Das eigenartige Lachen des Gottes klang wie ein verhallendes Echo in Zygs Ohren nach, dann wurde ihm schwummerig vor Augen. Als er wieder zu sich kam, lag er in einem kalten, mit dicken Eisenstangen abgesperrten Raum. Die Wände waren feucht, am Boden sammelten sich Tropfen in einer matt glänzenden Pfütze. Abgesehen von einer kahlen, hölzernen Pritsche war die Zelle leer. Es stank erbärmlich nach Kot und Urin. Wie betäubt lag der Ungi auf dem Holzgestell. Die rasche Folge der Ereignisse überforderte sein schwerfällig arbeitendes Gehirn. Nur einer Sache war er sich vollkommen sicher: Zyg hatte Hunger, großen Hunger! Missmutig betrachtete er die eisernen Fesseln an seinen Gelenken. Sie scheuerten und taten ihm weh. Seine Hand war aufgerissen, die Wunde blutete. Sorgsam leckte er sie sauber. Der süßliche Geschmack des Blutes stachelte das Hungergefühl noch mehr an. Doch erst, als die Sonnenstrahlen, welche durch einen handbreiten Spalt hereinfielen, schwächer wurden, kam polternd ein Wächter mit einer Schüssel voll Brei. „Hier, Du armer Kerl, Deine Henkersmahlzeit! Eigentlich brauchst Du ja nichts mehr, aber mit vollem Magen stirbt es sich leichter!" sprach er mitleidig und schob das Essen durch die Stäbe. In der Zelle wurde es bald stockdunkel. Vereinzelt flackerten durch den Spalt Lichter entzündeter Feuer auf. Stimmengewirr drang aus der Arena herüber, wo sich inzwischen die Bewohner von Gray-Area-City versammelten. Es riss den Gefangenen aus seinen Grübeleien. Mit geneigtem Haupt lauschte er den unbekannten Geräuschen. Bei jedem Aufschrei der Menge zuckte er zusammen. Rasselnd wurde eine Tür aufgestoßen, Fackellicht blendete ihn. Einige Männer und Frauen standen vor der Zelle und starrten den Ungi neugierig an. „Groß und kräftig sieht er ja aus, dieser Affe! Aber ob er den Kampf überleben wird!? ? Auf jeden Fall stinkt er wie ein Mistkäfer!"

Das Flüstern der Menschen beunruhigte Zyg noch mehr. Er zerrte verzweifelt an seinen Ketten und versuchte, von ihnen loszukommen. Seine Besucher lachten lauthals über die sinnlosen Befreiungsversuche und verspotteten ihn. Bevor sie verschwanden, trat einer von ihnen an den Käfig heran und stellte ihm einen Krug Wasser auf den Boden. Es war der Wächter, der ihm vorher das Essen gebracht hatte. Zyg kauerte stumpfsinnig am Boden und wartete. Irgendwann kam eine Gruppe Jäger und holte ihn ab. Bevor er in die Arena geführt wurde, befreite man ihn von seinen Ketten. Ein Jäger deutete wortlos mit seiner Peitsche auf eine vergitterte Tür. Der Ungi verstand.

Zyg stand inmitten eines mit weichem Sand ausgestreuten Platzes. Hinter hohen Zäunen johlte und pfiff ringsum die Menge. Die Luft war erfüllt von Gerüchen, die ihm instinktiv Furcht einflößten: ein Gemisch aus frischem Blut und Raubtiergestank. Zyg blieb stehen und sah sich lauernd um. Doch außer einigen Ästen und Knüppeln, die auf dem Boden verstreut lagen, konnte er nichts entdecken. Der Lärm verebbte, die Spannung knisterte förmlich über den Zuschauerrängen. „Meine Damen und Herren, noch ist es Zeit, Wetten abzuschließen. Beeilen Sie sich, der Kampf beginnt in wenigen Minuten!" dröhnte es so laut über den Platz hinweg, dass sich der Ungi die Ohren zuhielt. Er spürte die Angst in sich aufsteigen. Er war zwar von seinen Fesseln befreit, aber er konnte nicht fort! Ein lauter Sirenenton erregte seine Aufmerksamkeit. Wieder dröhnte die ihm unverständliche Stimme über seinen Kopf hinweg, dann öffnete sich eine stählerne Klappe. Zyg erstarrte das Blut in den Adern: Ein drachenähnliches, über drei Meter langes Monster schob sich auf die Bildfläche. Seinen mit Schuppen bedeckten plumpen Körper zierte entlang der Rückenwirbel eine riesige, fast durchsichtige Hautmembran, die bei jedem Schritt wie ein Fächer hin und her wedelte. Auf seinen gedrungenen, mit scharfen Krallen besetzten Pfoten eilte es in ruckartigen Bewegungen zum Licht. In dem ungewöhnlich großen, abgeflachten Schädel blitzten gefährlich spitze Zähne auf. Fasziniert betrachteten die Zuschauer das Untier. Mancher konnte sein Grauen nicht verbergen. Andere gaben ihrer Begeisterung lautstark Ausdruck. Gesprächsfetzen drangen an Zygs Ohr: „...hat sich der General wieder einmal selbst übertroffen..."

Der Ungi stand vor Schrecken wie versteinert. Seine Blicke glitten hilfesuchend umher. Es gab keinen Fluchtweg. Ob er wollte oder nicht, er musste um sein Leben kämpfen! So hatten es die Götter bestimmt!

Der Saurier schlängelte sich langsam näher. Er hatte sein Opfer noch nicht wahrgenommen, doch ließ der Geruch des Blutes das ausgehungerte Tier unruhig werden. Es peitschte mit seinem kräftigen Schwanz Staub und Sand auf und zischte laut. Die Zuschauer auf den Rängen zuckten zusammen. Zyg musste heftig niesen. „Jetzt hat er ihn entdeckt; gleich geht's dem Affen an den Kragen!" johlte ein Mann in der Menge. Langsam, aber gleichmäßig bewegte sich die Echse auf den Ungi zu. Ihm blieb zum Nachdenken keine Zeit. Er musste handeln! Zyg erwartete, gespannt wie eine Feder, den Angriff des Feindes. Blitzartig erhöhte der Saurier sein Tempo. Unmittelbar neben Zyg schnappten seine mächtigen Kiefer zusammen. Gerade noch rechtzeitig hatte sich der Ungi mit einem Seitensprung aus der Gefahrenzone retten können. Ehe sich das Monster besann, konnte er einen der starken Äste ergreifen. Zyg wog den Knüppel in seiner Hand. Nun besaß er wenigstens eine vertraute Waffe, um sich zu verteidigen. Der Tiermensch wartete jetzt ruhig den nächsten Angriff ab. Erst als der Saurier begann, ihn immer enger zu umkreisen, hob er seinen Knüppel zum Schlag. Als der aufgerissene Rachen des Ungeheuers auf ihn zustieß, landete er einen wuchtigen Treffer auf dem gepanzerten Schädel. Verdutzt verharrte der Saurier einen Moment, dann wurden seine Angriffe wütender und schneller. Das Japsen des kämpfenden Ungis war bis in die letzte Zuschauerreihe zu hören. Totenstille herrschte in der Arena. Der General schaute gebannt von seiner Loge aus auf das grausige Schauspiel. „Der Affe macht seine Sache gar nicht so übel! Wenn er die nächsten Minuten durchhält, werde ich ihn schonen, um ihn für später aufzusparen!" grunzte er seinem Beraterstab zu.

Inzwischen erreichte der Kampf seinen Höhepunkt. Während Zygs Kräfte zunehmend schwanden, schienen die des Ungetüms zu wachsen. Unermüdlich zog es seine Kreise, schnappte unverhofft zu und brachte den Ungi in immer stärkere Bedrängnis. Dessen Knüppel war bereits mehrfach gesplittert und kaum noch zu gebrauchen.

Plötzlich änderte das Schuppentier seine Kampftaktik. Es täuschte einen erneuten Angriff mit dem Kopf vor, drehte sich dann aber blitzartig um die eigene Achse und schlug mit der ganzen Kraft seines mächtigen Schwanzes zu. Diesmal gab es kein Entrinnen. Zyg spürte noch, wie ihm die Beine weggerissen wurden, dann stürzte er mit lautem Aufschrei in den Sand. Er klammerte sich an den Resten seines Knüppels fest und versuchte wieder aufzustehen. Doch das rechte Bein versagte ihm den Dienst, knickte einfach weg. Ein schrecklicher Schmerz lähmte sein Gehirn. Er sah mit Entsetzen den sich seitlich vom Unterschenkel wegspreizenden gebrochenen Fuß und wusste, dass sein Ende damit besiegelt war. Ein ungeheurer Rachen schnellte auf ihn zu und stinkender Atem hüllte ihn ein...

„Kümmern Sie sich um das Feuer, ich sammle die Äste und das Blattwerk vorne ab!" teilte Prof. Cain die Arbeit ein und hangelte sich auf dem schmalen Laufsteg zum Schornstein vor. „Der Tank ist bis zum Überlaufen voll!" schrie Danny ihm zu und verschloss die Luke. Nachdem er mit seiner Arbeit fertig war, fand er sich wieder im Führerstand ein. „Ein Dreck ist das hier! Bevor wir weiterfahren, muss erst einmal richtig aufgeräumt werden. Professor, soll ich den Generator auf Touren bringen?" wollte der junge Mann wissen. „Ja, aber überprüfen Sie seine Funktionen vorher, damit unser Raumkreuzer nicht plötzlich schlappmacht. Wer weiß, ob nicht etwa der Sturm unsere Antriebe aktiviert hat!?" Daran hatte Danny schon gedacht. Nachdem er sich überzeugt hatte, dass alles in Ordnung war, erhöhte er die Drehzahl des Generators. Dann sammelte er den Unrat auf, den der Wind im Führerstand hinterlassen hatte. Die Besatzung des Zuges hatte sich am Feuer versammelt und frühstückte noch. Es gab Trockenfleisch mit Zwieback, dazu frisches Wasser. Bobak saß etwas abseits und fütterte Goli. Seine Frau erschien in der Tür, die Haare zerzaust, und winkte ihm mit strahlendem Lächeln zu.
„Ich komme gleich. Muss nur noch unseren Kranken versorgen. Hebe mir bitte ein Stück Fleisch auf, ich habe großen Hunger!" Bobak winkte zurück. Dann begann er, dem mächtigen Tier das Haupt zu kraulen. Goli schnurrte vor sich hin und schielte zufrieden in die Sonne. Kurz darauf tauchte Sina erneut auf,

um den Hals ein Handtuch. „Komm, Goli, Morgentoilette machen!" rief sie dem Tiger zu und lief zur Lok. Träge erhob er sich, gähnte anhaltend und folgte ihr dann auf leisen Sohlen. Danny füllte gerade seine Feldflasche am Trinkwassertank auf, als er die junge Frau erblickte. Sie lächelte ihm freundlich zu. „Ich brauche bitte Wasser!"

„Einen Moment, junge Lady, Ihr Wunsch ist mir Befehl!" Behände wie ein Affe sprang er mit der vollen Flasche zu ihr herab. Dort blieb er eine Weile stehen und schaute bewundernd zu, wie sie sich Hände und Gesicht wusch.

„Nun komm schon wieder hoch, alter Casanova!" Prof. Cain lächelte dem jungen Mann verständnisvoll zu. „Der Häuptling hat aber auch eine tolle Braut! Da könnte man direkt neidisch werden", presste dieser heiser hervor, ehe er seinen Blick von Sina wandte. „Wir sollten die Sachen einpacken. Dr. Harper möchte baldmöglichst starten. Sagen Sie den Leuten Bescheid!" Danny verschloss die Flasche und verpackte sie. „Vorsicht am Zug – der Bahnsteig fährt ab! Bitte die Türen schließen und das Gepäck nicht vergessen! Ladies and Gentleman: Abfahrt in zehn Minuten!" schrie er mit absichtlich langgezogener Betonung und erntete freundliches Gelächter. Dann ging es los. „Bobak, aufwachen!"

Sina küsste ihren Mann zärtlich. Als er sich aber wegdrehte, um noch ein wenig weiterzuschlafen, wurde sie etwas rabiater. Die Reaktion der Mitreisenden, ihr fröhliches Gelächter, ließ ihn aufschrecken.

Verdutzt rieb sich Bobak die Augen. Mit einem Schwung kam er auf die Beine. Sein muskulöser kupferfarbener Körper dehnte und reckte sich nach allen Richtungen. Er gähnte noch einmal herzhaft. „Mann, habe ich gut geschlafen!" Sina verfolgte jede Bewegung ihres Mannes. Ihr Gesicht glühte vor Stolz. Jede Geste, jeder Blick waren Ausdruck ihrer unauslöschbaren Liebe. Wohlgefällig, wenn auch mit einer Spur Eifersucht, registrierte sie die bewundernden, nicht nur heimlichen Blicke der wenigen weiblichen Expeditionsteilnehmerinnen, wenn der Häuptling an ihnen vorbei schritt. Ein durchdringendes Dröhnen der Triebwerke übertönte plötzlich alle anderen Geräusche. Der Zug sackte durch und raste wie ein Pfeil auf die Erde zu. Alles an Menschen und Gepäck rollte durcheinander; schreiend klammerte sich jeder fest, wo er gerade konnte.

Prof. Cain biss die Zähne zusammen und krallte sich mit beiden Händen ins Steuer. Er stemmte sich mit seiner ganzen Kraft gegen die drohende Katastrophe. „Danny, schnell, hilf mir! Wir müssen den Zug aussteuern, bevor er aufschlägt. Allein schaffe ich es nicht!"

Danny drückte sich von der Wand ab und stolperte dem Professor in die Arme. Er bekam das Steuer zu fassen und drückte ebenfalls dagegen. Rasend schnell kamen ihnen die Baumwipfel entgegen. Schon streiften die Achsen des Zuges einige Bäume und zerflederten ihre Kronen. Es krachte und schepperte unter ihnen. „Er fängt sich wieder!" Prof. Cain lief der Schweiß in Strömen. Danny erging es nicht anders. „Wir schaffen es...!"

Der Zug federte ab und begann einen Kreis zu ziehen. Einem Pflug gleich zog er eine breite Schneise ins Buschwerk, bevor die beiden hinteren Waggons aufsetzten und sich tief ins Erdreich gruben. Mit einem harten Ruck wurde die Bewegung der Zugmaschine und der beiden vorderen Wagen abgebremst und sie kamen zur Ruhe. Rauch stieg auf, als die Turbinen abgeschaltet wurden.

„Das war knapp...!" schnaubte der Professor und ließ sich auf den Boden des Führerhauses sinken. Als er sich erschöpft das Gesicht abwischte, hinterließen seine Hände eine tiefrote Spur darauf. Bobak hielt Sina fest an sich gepresst. Erst als der Zug bereits einige Minuten stillstand, wagte er es, sich vorsichtig aus der Umarmung zu lösen. Er rappelte sich hoch und schaute sich um. „Ist jemand verletzt? Alles okay?" Die Sache schien glimpflich abgelaufen zu sein. Offenbar war niemand ernsthaft verletzt worden. Auch der Tiger erhob sich schwankend und rieb seine Nase an Bobaks Knie. „Schon gut, mein Alter! Ist ja nichts weiter passiert", beruhigte Bobak das Tier und streichelte es.

„Kann mir jemand sagen, was geschehen ist?" rief Dr. Harper in das allgemeine Durcheinander, ohne eine Antwort zu erhalten. Der Häuptling ergriff seine Armbrust und hangelte sich durch das Fenster auf das Dach. Seine Krieger folgten ihm. Jim benutzte den bequemeren Weg durch die Tür. Der Zug war am Rande des Waldes gelandet. Sie standen vor einer rostigen, von einem riesigen Bogen überspannten eisernen Brücke, unter der sich ein tiefblau schimmernder Fluss in sein Bett drängte, geschmückt mit schäumenden Wellenkronen.

Dr. Harper eilte zur Spitze des Zuges. „Professor, Danny, was war denn los? Das war eine ziemlich harte Landung. Da ist bestimmt einiges zu Bruch gegangen. Sind Sie verletzt?" sprudelte es aus ihm heraus.

Prof. Cain erschien in der Tür.

„Oh, Gott, wie sehen Sie denn aus? Das Blut...?"

Prof. Cain winkte ab. „Ist nichts weiter. Habe mir nur die Finger geklemmt", meinte er, während er zu Jim hinunterkletterte.

„Ich denke, dass eine Turbine versagt hat. Jedenfalls ließ sich die verdammte Kiste nicht mehr richtig steuern und wir wären fast abgeschmiert. Muss eine der hinteren Turbinen gewesen sein. Ich werde gleich nachsehen!"

„Ich komme mit!" Die Vermutung des Professors bestätigte sich. „Die Dinger sind futsch! Da sind wir wirklich ganz knapp an einer Katastrophe vorbeigeschlittert. Ich denke, das war es dann mit der Fliegerei!"

Prof. Cain kletterte in den letzten Wagen, der sich beim Aufprall völlig verzogen hatte. Ein Teil des Daches war abgerissen und hing zur Seite wie ein verwelktes Blatt im Wind. „War jemand hier drin?" Bobak schwang sich zu ihm herauf und schaute sich ebenfalls um.

„Ich weiß nicht! Eigentlich lagern in diesem Waggon nur die Ausrüstung und ein Teil unseres persönlichen Gepäcks. Ich kann nur hoffen, dass niemand hier war", ergänzte Dr. Harper hastig, der von draußen zusah. „Ich glaube, da liegt jemand!" Der Häuptling eilte in eine Ecke und räumte Rucksäcke und Geräte zur Seite. Eine Hand kam zum Vorschein. Prof. Cain eilte ihm zu Hilfe. „Es ist Carol!" rief er den Männern zu, nachdem sie endlich das Gesicht freigelegt hatten. Wenige Minuten später hatten sie die Frau befreit. „Sie ist tot – wahrscheinlich hat ihr der Sturz das Genick gebrochen. Es tut mir leid ..." Bobak hob hilflos die Arme.

Dr. Harper stand wie versteinert. Fassungslos schüttelte er den Kopf. Bobak legte mitfühlend die Hand auf die Schulter des Freundes. Dr. Harper strich sich über die Augen. Dann gab er sich einen Ruck. „Wir müssen sehen, wie wir weiterkommen! Professor, Sie und Danny überprüfen die beiden Waggons! Vielleicht kommen wir ohne sie aus und koppeln sie einfach ab. Meinen, Sie, das könnte funktionieren?"

Prof. Cain zuckte mit den Achseln.

„Möglich wäre es schon. Wenn die Turbinen der Lok und der beiden vorderen Wagen okay sind, müsste es klappen. Ich benötige allerdings ein paar Leute, um die Dinger loszukriegen. Lt. Gordon wird mir sicher behilflich sein...?"
Der Angesprochene nickte stumm und winkte seinen Männern. Bobak wies indessen seine Krieger an, den Leichnam vom Wagen zu holen und die Ausrüstung umzuladen. Nach einigen Stunden war es geschafft. Erneut zerriss das Brausen der Turbinen die Stille. Schwerfällig schüttelte der Zug die lästigen Anhängsel ab, flog dann eine ausgedehnte Proberunde, um schließlich auf der anderen Seite des Flusses wieder sicher zu landen.
„Ein Glück, die Sache haut hin! Wir werden uns zwar, was den Platz betrifft, etwas einschränken müssen. Doch die Hauptsache ist jetzt, dass wir unsere Reise schnell fortsetzen können. Hoffentlich passiert nichts Schlimmeres mehr ich habe jedenfalls vorläufig genug!" Dr. Harper sah sich in der Runde seines Stabes um. „Bevor wir weiterfliegen, sollten wir uns den Dreck und den Schweiß von den Leibern waschen. Einen schöneren Strand als hier dürften wir nirgendwo finden!" schlug Danny mit einem sehnsuchtsvollen Blick auf das herrliche Wasser vor. „In Ordnung! Wir haben uns ein Bad wohlverdient. Aber in einer Stunde geht es weiter!"
„Rechte Seite für die Damen, linke Seite für die Herren!" verkündete Prof. Cain. Trotz der miesen Stimmung freuten sich alle auf ein erfrischendes Bad. Bob blieb in Dannys Begleitung beim Zug. Er hatte sich erholt, auch wenn er in seiner Bewegungsfreiheit noch erheblich eingeschränkt war. Schmunzelnd sah er den anderen zu, die kreischend und spritzend herumtollten.
„Schau mal, Danny! Was schwimmt denn da vorn im Wasser?" Bob rieb sich über die Augen. Jetzt sah auch Danny die beiden dunklen Schatten, die direkt auf die Schwimmer zu glitten. „Raus! Raus aus dem Fluss!" brüllten beide gleichzeitig, so laut sie konnten.
Danny riss seinen Revolver aus dem Halfter und schoss wild in das Wasser. In diesem Augenblick erreichte der erste Schatten eine der Frauen. Ein Sog erfasste sie, dann tauchte ein langschnäuziger Schädel auf und riss die Schreiende mit sich in die Tiefe. Ein Soldat in ihrer Nähe erlitt das gleiche

Schicksal. Den Übrigen gelang es, in letzter Sekunde aus dem Wasser zu fliehen. Ein riesiges Tier folgte ihnen bis ans Ufer heran. Vor den schreckgeweiteten Augen der Menschen richtete sich eine gigantische Paddelechse auf und fauchte sie wütend an.

Die Männer wollten das Feuer eröffnen.

„Spart Euch die Munition, Leute! Davon werden die beiden nicht wieder lebendig", hielt Dr. Harper sie ab und befahl den Abmarsch. Der Schreck saß ihnen noch tief in den Gliedern, als sie längst wieder die Anhöhe erreicht hatten und in Sicherheit waren, tief betroffen und traurig über den Tod der Kameraden. „Jim, hör endlich damit auf, Dir selbst die Schuld an dem Unglück zu geben. Niemand konnte ahnen, dass diese verdammten Viecher im Wasser sein würden!" redete Bobak auf Dr. Harper ein.

„Wir hätten einfach nicht so leichtsinnig sein dürfen! Aber Du hast natürlich Recht: Das Leben muss irgendwie weitergehen!" Er breitete die alten Karten vor sich aus und begann sie zu studieren.

„Wir nähern uns dem Gebiet von Kansas-City!"

Er bezeichnete auf der Karte mit dem Zeigefinger ihren gegenwärtigen Standort. „Wir haben vor einigen Wochen die Stadt via Satellit ausgekundschaftet. Es sind nur noch Trümmer übrig. Ich glaube nicht, dass die Quelle der aufgefangenen Funksignale dort liegt!" meldete Prof. Cain, der Dr. Harper über die Schulter gesehen hatte, seine Zweifel an.

„Ob Sie Recht haben, mein lieber Professor, können wir erst beurteilen, wenn wir vor Ort sind...!" Da zerriss eine Gewehrsalve das gleichmäßige Rauschen des Zuges. Fauchend bohrten sich mehrere Geschosse in die Wände. Eine Scheibe zerbrach klirrend.

„In Deckung, wir werden angegriffen!" brüllte Prof. Cain und presste sich flach auf den Boden. Dr. Harper glaubte einen Augenblick lang zu träumen. Schnell wurde ihm bewusst, dass dieser Traum blutige Realität war. Der Revolver fiel ihm aus der Hand und er sank stöhnend zurück. „Verflucht, es hat mich am Arm erwischt!" Die Ärmel seines Hemdes färbten sich sofort rot. „Was sind das für Leute? Woher haben sie Schusswaffen?" fragte der Doktor laut, doch niemand konnte ihm darauf eine Antwort geben. Auch Bobak zuckte nur mit den Schultern. „Ich habe bisher noch nie von einem Volk gehört, welches über ähnliche Waffen verfügen soll wie ihr." Die Bahn flog schnaufend aus der Talsenke heraus. Die unsichtbaren Schützen blieben zurück.

„Lt. Gordon, lassen Sie sofort Kontakt zu Noah-City aufnehmen. Die sollen das gesamte Gebiet von Kansas-City unter die Lupe nehmen und uns jede verdächtige Bewegung melden! Machen Sie schnell!" Erschöpft lehnte sich Dr. Harper zurück. Sanitäter versorgten die Verwundeten. Wieder waren zwei Tote zu beklagen, darunter ein Krieger der Pikos. Das Unternehmen stand offenbar unter keinem guten Stern...

Seine Exzellenz, der Herrscher über die Graue Stadt, tobte und schrie. Er war außer sich vor Zorn. Die Jäger standen in strammer Haltung vor ihm und wagten nicht, sich zu verteidigen. „Holt mir sofort den Cornel! Ich will wissen, was das für Leute sind, die mit diesem eigenartigen Ding durch mein Reich gondeln!" bellte er den Posten an. Atemlos stürmte Cornel Stirnberg herein. Auf das übliche Begrüßungszeremoniell verzichtend, führte ihn der General in den Nachbarraum.

„Cornel, es sind Fremde aufgetaucht. Sie fliegen mit irgendwelchen Kästen durch die Luft. Sie sind nicht mehr weit von uns entfernt. Was wissen Sie darüber? Welche Maßnahmen haben Sie veranlasst?"

„General, Sir, die Meldungen der Jäger sind korrekt. Ich habe vor etwa einer Stunde eine motorisierte Einheit losgeschickt, um die Situation zu erkunden. Leider haben wir bisher noch keine Nachrichten empfangen. Aber wir werden alles unternehmen, diese Fremden unter unsere Kontrolle zu bringen!"

„Die Fremden haben sich der Annäherung unserer Jäger mit Schusswaffen widersetzt. Mit Schusswaffen! Bisher sind wir davon ausgegangen, allein im Besitz moderner Feuerwaffen zu sein. Sie wissen, welche Gefahr das für uns bedeuten könnte!?" Ähnliche Gedanken waren auch Cornel Stirnberg durch den Kopf gegangen. Er vermied es aber, sich dazu zu äußern. „Sobald die Kundschafter zurück sind, erwarte ich Ihren Bericht, Cornel!" Der General betrachtete seinen Untergebenen damit als entlassen, doch dieser bat noch einmal ums Wort. „Eure Exzellenz! Unsere Kraftstoffvorräte sind fast aufgebraucht. Wir verfügen nur noch über knapp viertausend Gallonen Sprit...“ Die grauen, kalten Augen des Generals fixierten ihn einen Moment lang. „Das ist Ihr Problem, Cornel! Wieso ist die Produktion bisher noch nicht in Gang gekommen? Soweit ich verstanden habe, waren doch alle technischen Voraussetzungen erfüllt! Woran liegt es also?“

Cornel Stirnberg biss sich auf die Zunge. Schließlich entgegnete er in einem Anflug von Trotz: „Ihr selbst habt den leitenden Konstrukteur, den einzigen, der sich wirklich auf die Lösung der technischen Probleme verstand, hinrichten lassen!“ „Papperlapapp! Was musste sich dieser Schwachkopf auch mit einem meiner Weiber einlassen! Er hat sie entweiht mit seiner Grapscherei, mein Eigentum beschmutzt. Solche Dinge kann und werde ich nicht dulden! Also noch einmal, Cornel: Wie Sie sich den Sprit besorgen, ist Ihr Problem! Es wäre schade, wenn ich mich von Ihnen ebenfalls trennen müsste!“

Cornel Stirnberg schluckte. Es war nicht das erste Mal, dass der General ihm gegenüber so deutlich wurde. Er salutierte und verließ das Zimmer. „Wie dieser Fettsack sich das so vorstellt: den Sprit von sonst woher ‚besorgen‘!“ stieß er grimmig hervor und eilte im Sturmschritt über die Flure und Gänge. „Auf jeden Fall geht unserem Dicken der Arsch auf Grundeis...!“

Fluchend betrat er seine Unterkunft und schwang sich in seinen knarrenden Schaukelstuhl. „Woher tauchen diese Fremden so plötzlich auf? Wer sind sie und was wollen sie?“

In einem offenen klapprigen Jeep eilten die vier Jäger den Fremden nach. Sie folgten der kaum noch erkennbaren Straße, die einst parallel zu den Eisenbahnschienen gebaut worden war. Ihr Zustand war erbärmlich, die Oberfläche verwittert und vom Regen ausgewaschen.

„Du gottverdammtes Arschloch – willst du uns umbringen?“ Gruppenführer Smith funkelte den Fahrer wütend an. Der zuckte gelangweilt mit den Schultern.

„Wenn Sie wollen, dass ich in diesem Tempo weiterfahre, müssen Sie die Stöße schon in Kauf nehmen!“ brummte er und trat das Gaspedal durch, dass die Reifen quietschten. Die Männer krallten sich fest, um nicht aus dem

schleudernden Auto zu fallen. Mit unverminderter Geschwindigkeit brausten sie
weiter. „Da vorn am Horizont bewegt sich etwas. Halt gefälligst an, Du Trottel!"
Der Fahrer drosselte den Motor und stoppte. Sergeant Smith zückte sein Glas
und schaute einige Minuten angestrengt in die Luft. „Da oben ist der fliegende
Kasten. Sieht ganz so aus, als wollte er runterkommen!" Dem Sergeant war
nicht wohl in seiner Haut, wusste er doch nicht, womit sie es hier zu tun hatten.
Der Wagen heulte wieder auf, dann quälte er sich den Berg hinauf. Rauch
stand senkrecht über der Anhöhe, als sie endlich das Ende der Straße
erreichten.

„Bewegt gefälligst Eure fetten Ärsche hier raus. Und keinen Mucks!"
Der Gruppenführer wartete ungeduldig, bis seine Leute den Jeep verlassen
hatten. Dann stürmte er voran. Die Jäger kletterten den Hügel weiter hinauf.
Oben angekommen, bot sich ihnen ein freier Ausblick ins weite flache Land.
Wie ein riesiger Wurm stand die alte Lok mitsamt den beiden Waggons am
Ufer eines Baches, der sich am Fuße der Hügelkette entlang schlängelte.
Dicht an den karg bewachsenen, felsigen Untergrund gepresst, lagen die vier
Jäger und beobachteten staunend das unbekannte Fahrzeug. „Sieht zwar aus
wie ein Bus, ist aber viel größer. Möchte zu gern wissen, wie die damit fliegen?
Sind jedenfalls keine Flügel zu sehen..."
Für die Frage seines Fahrers hatte der Sergeant kein Ohr. Sein Interesse galt
vielmehr der Tatsache, dass nichts auf die Insassen des wunderlichen Gefährts
deutete: keinerlei Bewegung, kein Lebenszeichen!
„Ich sehe niemanden. Die müssen doch irgendwo sein? Habt Ihr irgendwas
entdeckt?" Seine Männer verneinten.
„Okay. Tom, wir beide gehen hinunter! Ihr bleibt hier oben und gebt uns
Feuerschutz! Alles klar?" Ohne die Zustimmung abzuwarten, tastete er sich
langsam den Hang hinab.
Der Jäger folgte ihm. Sorgfältig prüften sie vor jedem Schritt den Untergrund.
Nicht das winzigste Steinchen kam unter den Füßen der erfahrenen Soldaten
ins Rollen. Sie erreichten die Waggons. „Du kriechst rüber auf die andere
Seite!" flüsterte der Sergeant Tom zu und duckte sich hinter die Räder.

Nach einer Weile vernahm er Toms Ruf. „Da ist niemand drin! Die sind alle fort!" Der Zug war tatsächlich menschenleer. Nur einige Kleidungsstücke lagen verstreut auf dem Boden der Waggons herum.

„Mein Gott, diese Kästen sehen ja noch elender aus als unsere Fahrzeuge!", meinte der Gruppenführer bei näherer Betrachtung. „Wieso sind hier überall Brandstellen unter den Achsen?" wunderte er sich, konnte aber keine Erklärung finden. Interessiert bestieg er die Lokomotive. Er hatte schon so manches Fahrzeug aus der alten Zeit gesehen, das eine oder andere auch selbst gefahren. Doch eine Dampflokomotive sah er zum ersten Mal.

Sein Blick fiel auf die Feldflasche, die an einem Haken im Führerstand hing. Sie glich der Flasche, welche er an seinem Gürtel trug. Nachdenklich glitten seine Finger darüber hinweg.

Der Tiger hatte die Jäger bereits bemerkt, als sie die Anhöhe erreicht hatten. Seine Ohren zuckten nervös, als der Wind die intensive Witterung der Fremden zu ihm ins Tal brachte. Unruhig schwänzelnd duckte er sich hinter einem Wagenrad und beobachtete, wie sich zwei der Männer nahezu lautlos dem Zug näherten. Sein wuchtiger Schädel lag auf den Vorderpfoten. Blinzelnd schielte er auf die Beine der Ankömmlinge, als sie den Zug umrundeten. Nach geraumer Zeit kehrte eine Gestalt allein zurück und kletterte in den Waggon über ihm. Der andere verschwand auf der Lok. Mit einem Ruck erhob sich Goli, streckte sich und schob seinen mächtigen Körper unbemerkt in den Wagen. Der Fremde hatte sich hingehockt, um die herumliegenden Sachen zu untersuchen. Goli beobachtete, wie er den Ledersack seines Herrn achtlos auf den Boden entleerte. Der Tiger stieß ein kurzes Schnauben aus. Die Gestalt vor ihm erstarrte und drehte sich dann ganz langsam um. „Großer Gott...!" Toms Hände begannen zu zittern, der leere Sack glitt zu Boden.
 Er begann zu schwitzen...

Der Tiger saß lauernd, zum Sprung bereit. Ihm entging nicht die geringste Bewegung des Eindringlings. Seine Sinne waren aufs Äußerste gespannt. Der Jäger wich langsam, Schritt für Schritt, zurück. Er hatte nur einen Gedanken: „Ich muss an meine Waffe heranzukommen!" Millimeterweise schob er die rechte Hand zum Halfter. Sein Atem ging stoßweise. „Nur keine Panik!"

Solch ein Biest hatte er noch nie gesehen. „Diese Hauer sind wie Dolche, die im Sonnenlicht blitzten!" Goli kannte durchaus die Bedeutung des Revolvers. Fauchend warnte er den Soldaten. Tom begann am gesamten Körper zu zittern. „Oh Scheiße aber auch…!" Bevor seine Hand die Waffe erreichte, schoss ein riesiges Knäuel durch die Luft und zerfetzte ihm den Brustkorb. „Tom, ich komme sofort! Halte aus!" Noch im Sprung von der Lokomotive nahm der Sergeant die heraneilenden Menschen wahr. Er riss das Gewehr nach vorn und drückte ab. Die Einschläge der Geschosse zeichneten eine staubige Spur auf den Fels. Die Gruppe zerstreute sich. Er sah, wie Mündungsfeuer aufleuchtete. Dann traf ihn ein harter Schlag an der Schulter und riss ihn um. Sein warmes Blut tränkte den Boden. Ohnmächtig vor Schmerzen schloss er die Augen. „Jetzt haben die mich…!" Die beiden Jäger auf der Anhöhe rannten zu ihrem Fahrzeug zurück und flüchteten in Richtung Gray-Area-City. Ihnen war nicht wohl bei dem Gedanken, dem General Bericht erstatten zu müssen.

„Hiermit übergeben wir die Leiber unserer Gefährten der Erde. Asche zu Asche, Staub zu Staub!"
Dr. Harper nahm eine Handvoll Erde auf und warf sie in das Grab. Hier, im Schatten einer mächtigen Ulme, tief verborgen in einer Felsschlucht, sollten ihre beiden Gefährten ewige Ruhe und Frieden finden. Die Mitglieder der Expedition verharrten in Trauer, als die Gräber geschlossen wurden und ein schlichtes Holzkreuz darauf errichtet. Die Krieger der Pikos sicherten die Grabstätte mit Steinen gegen Aasfresser.
In Dr. Harpers Gesicht arbeitete es. „Manchmal denke ich, es wäre besser, unser Vorhaben abzubrechen. Nur Unglück und Leid hat es uns bisher gebracht!" murmelte er so leise vor sich hin, dass nur Prof. Cain seine Worte vernahm. Er legte dem Gefährten seine Hand auf die Schulter. „Aufgeben können wir immer noch, doch jetzt, wo wir so kurz vor dem Ziel sind, würde es niemand verstehen. Und dann wären alle Opfer umsonst gewesen. Außerdem haben wir die Pflicht, ihre Mörder zu finden und zu bestrafen!" Dr. Harper nickte unmerklich. Langsam liefen sie den Weg zum Zug zurück. Sein Arm lag taub und schwer in der Schlinge. Die Schusswunde blutete noch immer und

durchnässte die Binde. „Stopp! Da ist jemand an unserem Zug!" hörten sie
Bobak aufgeregt rufen. Sie sahen, wie ein Mann aus der Lokomotive sprang.
Instinktiv suchten alle Deckung. Bevor die tödlichen Kugeln sie erreichten, lag
die Gruppe auf der Erde. Lt. Gordon und seine Männer rissen ihre Gewehre
hoch und feuerten einige Salven ab. Dann sahen sie einen der Angreifer
schwer niederstürzen.

„Feuer einstellen! Alles bleibt liegen und wartet auf weitere Kommandos!"
Lt. Gordon rückte mit seiner Leute vor und schlich sich an den Zug heran. In
diesem Moment huschte ein großer Schatten über ihre Köpfe hinweg. Der
pfeilartige Kopf ragte gefährlich nach vorn. Die etwa acht Meter langen,
lederartigen Schwingen waren starr ausgebreitet. Wie ein Segelflugzeug glitt
der Pteranodon im Aufwind dahin. „Prof. Cain, sehen Sie diese Flugechse! Das
ist ein Prachtexemplar aus der Kreidezeit!" Dr. Harper vergaß vor Begeisterung
für einen Augenblick beinahe alles andere. „Ruhig liegen bleiben, nicht
bewegen! Das Tier sucht offensichtlich nach Beute!"
Inzwischen schien es sein Ziel erreicht zu haben. Elegant korrigierte der
Saurier seine Flugrichtung und landete direkt neben dem Körper des
Fremdlings. Mit einigen kurzen Hüpfern schwang er sich erneut in die Luft,
ergriff dabei mit seinen scharfen Krallen den Liegenden und begann flatternd
aufzusteigen. Sie hörten noch den Aufschrei des Verwundeten, bevor die
klatschenden Bewegungen der Flughäute die Umgebung in Staub hüllten.
„Lt. Gordon, schießen Sie um Gottes willen, der Mann lebt doch noch!" brüllte
Dr. Harper. Bedächtig legte dieser seine Waffe an, zielte und drückte ab. Mit
lautem Aufschrei ließ die Echse ihre Beute fallen und stürzte auf das Dach
eines Waggons. Beim Aufprall riss sie ein Loch in das mürbe Material und blieb
darin stecken.
„Fünf Mann folgen mir, der Rest rückt nach, wenn wir ein Zeichen geben!"
Im Eiltempo spurtete Lt. Gordon mit seinen Leuten vor. Nachdem sie erkannt
hatten, dass der Fremde allein war, winkte er den Rest der Kolonne heran.
„Wo ist der Sanitäter? Der Mann muss sofort behandelt werden! Kümmert Euch
um ihn!" Auf Dr. Harpers Anordnung hin wurde der Schulterdurchschuss des
Jägers sofort verbunden. Die Verletzungen, die ihm der Saurier zugefügt hatte,

waren dagegen gering: nur ein paar Schrammen und durch die scharfen
Krallen des Tieres hervorgerufene Kratzspuren.

Die Flugechse indessen hieb wütend mit ihren ausladenden Lederschwingen
auf das Dach ein. Bei jeder Bewegung glitt sie jedoch unfreiwillig tiefer.

„Das Vieh zerschlägt uns ja den ganzen Waggon! So unternehmt doch etwas!"
rief Dr. Harper seinen Soldaten zu. Prof. Cain kletterte auf das Dach des
Nachbarwaggons. „Seien Sie bloß vorsichtig, Professor! Wenn er sich losreißt,
fegt er Sie vom Dach!" warnte Bobak. Der Pteranodon schnappte geifernd nach
dem Professor. Dieser legte sein Gewehr an und schoss einige Male auf die
Echse. Bei jedem Schuss kreischte das Tier wütend auf. Seine Schwingen
erzeugten starke Luftwirbel, die dem Schützen die Füße wegzureißen drohten.
Bei jedem weiteren Schlag erzitterte der gesamte Zug.

„Verflucht, Ihr habt vergessen, die Bremsen anzuziehen! Der Zug bewegt sich
ja!" tobte Dr. Harper und wollte auf die Lok aufspringen. Dabei rammte er mit
seinem verwundeten Arm gegen die Eisenleiter und schrie auf. Er wurde ein
Stück mitgeschleift, dann fiel er zurück. Und das war sein großes Glück.
Unmittelbar danach wühlten sich die Räder neben ihn tief ins Erdreich.

Prof. Cain lag bäuchlings auf dem Dach und versuchte sich verzweifelt
festzuhalten. Die Wut steigerte die Kraft des Flugsauriers. Er krächzte
schnarrend und mit Entsetzen sah der Professor, wie sich der mächtige Körper
mithilfe wuchtiger Flügelschläge aus seiner Umklammerung befreite. Paul
kroch rückwärts bis ans Ende des Waggons und lud seine Waffe durch. Endlich
gelang es dem Saurier, auch seine Krallen zu befreien, und mit einem lang
anhaltenden Keckern erhob er sich in die Luft. Sein lautes Gezeter war noch zu
hören, als er bereits hinter den Bergspitzen verschwunden war.

„Das war aber kein netter Versuch, sich eines alten Mannes zu entledigen! Für
einen Moment dachte ich tatsächlich, da könne mich jemand nicht leiden und
wolle mich loswerden", lästerte Prof. Cain und kletterte mit steifen Gliedern vom
Dach herunter. „Was ist denn mit Ihnen passiert, Sie sehen ja so käsig aus?"
Dr. Harper winkte nur ab. „Das sind die Folgen eines irrsinnigen
Rettungsversuches, da ein gewisser Prof. Cain versuchte, mit unserem Zug zu
türmen. Ich bin eben von der Leiter gefallen!" „Tut mir leid, Dr. Harper. Ich hatte

wirklich vergessen, die Bremsen anzuziehen...!" stammelte Danny, der ebenso bleich war wie er, schuldbewusst. „Zum Glück ist nichts Schlimmeres passiert und unseren unliebsamen Gast sind wir dadurch auch losgeworden!" Danny atmete erleichtert auf. „Ich hoffe nur, dass Ihr Arm schnell wieder gesund wird", murmelte er noch und ließ dann die beiden Männer allein.

„Der Schaden ist erheblich. Mit den uns hier zur Verfügung stehenden Mitteln können wir nicht einmal eine notdürftige Reparatur durchführen. Am einfachsten wäre es wohl, das Dach vollständig zu entfernen!" meinte Dr. Harper, als er gemeinsam mit Lt. Gordon den beschädigten Waggon besichtigte. Sie sammelten die besudelten Sachen und Ausrüstungsgegenstände auf. „So eine Sauerei, der ganze Boden voll Blut und Saurierscheiße! Dieses Zeug stinkt erbärmlich! Hoffentlich regnet es bald wieder, sonst bekommen wir den Mief hier niemals raus!" Sich mit einer Hand angewidert die Nase zuhaltend, warf Lt. Gordon mit der anderen die restlichen Sachen zum Fenster hinaus.

Dabei entdeckte er Golis Opfer. „Dr. Harper, kommen Sie doch bitte mal her! Hier liegt noch ein Fremder. Wer hat den nur so zugerichtet? Ob er auch in die Klauen der Echse geraten ist?" Sein Blick fiel auf den Tiger, der mit geschlossenen Augen leise knurrend auf dem Boden lag und sich sonnte. Dr. Harper besah sich den Toten und ließ ihn dann nach draußen bringen. „Begrabt ihn, dem kann niemand mehr helfen!" wies er an, und drehte sich um. „Sobald wir eine Wasserstelle erreichen, werden wir uns eine längere Pause gönnen. Ich denke, dass anderthalb Tage genügen sollten, um uns von den Strapazen zu erholen. Zudem sollten wir ein paar Kundschafter losschicken. Danach können wir den weiteren Verlauf der Expedition hoffentlich etwas zuverlässiger bestimmen." Lt. Gordon stimmte zu. „Mache ich sofort, Dr. Harper! Leider muss ich Sie darüber informieren, dass das Vieh unser Funkgerät zerstört hat. Nichts mehr zu machen – muss voll drauf gelatscht sein!" „Ausgerechnet jetzt! Woher bekommen wir nun Informationen über die Herkunft dieser verdammten Heckenschützen!? Ob der Kerl einer von denen ist?" Ein nachdenklicher Blick streifte den Fremden. „Wir sollten uns den Burschen jedenfalls bei nächster Gelegenheit vornehmen..."

Nach einer kurzen Inspektion hatte der Zug aufs Neue abgehoben. Nicht einmal eine Stunde waren sie geflogen, als sie eine schlossartige Ruine auf einem weit gestreckten Felsplateau entdeckten. Da genügend Platz zur Landung vorhanden war, ließ Dr. Harper anhalten.

„Hier bleiben wir für die nächsten Tage!" entschied er nach einer kurzen Besichtigung. Bobak gab seinen Kriegern Order auszuschwärmen und die Gegend zu erkunden. „Keine hundert Schritt von hier befindet sich ein flacher Tümpel mit sauberem Wasser", meldete kurz darauf ein Piko. Der Häuptling überzeugte sich selbst. Aufmerksam prüfte er die wenigen sichtbaren Abdrücke von Raubtieren und Riesenechsen. „Die Spuren sind alt. Nichts deutet auf regelmäßige unliebsame Besucher hin. Ich werde Dr. Harper vorschlagen, die Zelte hier aufzubauen", entschied Bobak und entließ den Krieger. Inzwischen besprach Jim mit Lt. Gordon, welche Sicherheitsvorkehrungen zu treffen seien. „Auf jeden Fall bleiben drei Mann bei dem Zug und bewachen ihn! Ich möchte keine unnötigen Risiken eingehen. Wir wissen nicht, wie die Fremden reagieren werden. Immerhin haben sie heute zwei Männer verloren! Wir sollten unsere Leute jeweils in kleinen Gruppen auf Streife schicken, damit sie sich im Notfall besser verteidigen können. Wir dürfen uns keine weiteren Fehler leisten! Wir haben schon viel mehr Leute verloren, als wir normalerweise verkraften können!"

Lt. Gordon teilte Dr. Harpers Ansicht. „Alles klar! Ich werde anordnen, dass jeder nur das Nötigste in das Camp mitnimmt. Alle übrigen Sachen bleiben im Zug. Die Posten lasse ich sofort verstärken. Außerdem habe ich eine Truppe losgeschickt, die sich um Holz und Wasser kümmert und uns Frischfleisch besorgt. Soll Danny den Generator in Betrieb halten?" Dr. Harper schaute sich in der Runde um. „Wie lange dauert es, den Zug in Gang zu bringen, wenn der Generator abgestellt ist?" wandte er sich schließlich an Prof. Cain.

„Fünf bis acht Minuten, vielleicht sogar etwas länger!"

„Im Notfall zu lange! Das bedeutet, dass wir ständig einen Mann auf der Lok haben müssen, der den Generator überprüft, damit er nicht überhitzt!" entschied Dr. Harper. Lt. Gordon verließ die anderen, um seine Leute einzuweisen. „Der Gefangene ist aufgewacht. Ich habe einige meiner Krieger in seiner Nähe postiert – damit er nicht auf dumme Gedanken kommt!" flüsterte Bobak Dr. Harper zu. Jim lächelte beeindruckt. Der Häuptling handelte still und ohne Aufheben, doch stets umsichtig!

„Danke, Bobak! Wir werden uns den Knaben nachher etwas genauer ansehen. Vielleicht wäre es von Nutzen, wenn der eine oder andere Krieger ihm zu verstehen gäbe, dass mit uns nicht zu spaßen ist!" Er zwinkerte dem Häuptling zu. „Natürlich ohne ihm zu nahe zu treten..."

Bobak nickte mit unbeweglicher Miene. „Ist schon in Arbeit. Oder glaubst Du, dass mit einem Krieger der Pikos zu spaßen ist?" Ein flüchtiges Lächeln zuckte über seine Lippen. Dr. Harper lachte lautlos vor sich hin. „Okay, schauen wir uns doch einmal die Klamotten der Burschen an!" Vor ihnen, auf einer Plane ausgebreitet, lagen die Ausrüstungsgegenstände und die persönlichen Dinge, die die beiden Jäger bei sich getragen hatten. Dr. Harper musterte jedes Stück gründlich. Prof. Cain beschäftigte sich mit den Waffen. „Das sind original Armeegewehre, Baujahr 1999. Modernste Waffen, mit denen unsere Einheiten damals neu bestückt wurden!" stellte er sachkundig fest und ließ die Patronen aus der Patronenkammer klicken. „Die haben die Dinger gut in Schuss gehalten! Man kann erkennen, dass Reparaturen durchgeführt worden sind. Die Ersatzteile sind zwar nicht sonderlich sauber gearbeitet, aber hervorragend angepasst und erfüllen ihren Zweck", meinte der Professor nach näherer Betrachtung.

„Armeegewehre aus dem Jahre 1999! Heißt das, dass die Brüder in der Lage sind, eigene Feuerwaffen herzustellen?" Dr. Harpers Frage stand im Raum. „Offensichtlich! Wenn ich mir die Patronen so ansehe, würde ich sagen, dass auch sie neueren Datums sind!" bestätigte Prof. Cain. Sie wandten sich der Kleidung zu. Die Jacken waren aus grobem Leinen gewebt und graugrün eingefärbt. Die Stiefel, aus derbem Leder gefertigt, machten einen zwar wetterfesten, aber klobig-rustikalen Eindruck. „Im Gegensatz zu den Gewehren ist die Kleidung eher nachlässig gearbeitet. Man sieht, welche Prioritäten die Leute gesetzt haben", bemerkte Prof. Cain, als sie die Untersuchung beendet hatten.

„Bobak, rufe Deine Krieger her! Sie möchten den Gefangenen zu uns bringen",
bat Dr. Harper. Die beiden Krieger, die den Gefangenen zum Feuer führten,
gingen nicht gerade zimperlich mit ihm um. Er stöhnte leise, als er mit Gewalt
zu Boden gedrückt wurde. Bobak gab den Männern mit einem kurzen
Kopfnicken zu verstehen, dass sie in der Nähe bleiben sollten. Er konnte die
Angst in den Augen des Fremden genau erkennen.

„Kannst Du uns verstehen?" begann Dr. Harper das Verhör.

Der Fremde nickte stumm und schaute sich unsicher um. „Woher kommst Du?"
Ausführlich erzählte er den Männern von der Grauen Stadt und ihrem
Herrscher, General Lex von Hammerstein.

„Woher stammen Eure Waffen?" wollte Prof. Cain wissen.

Der Jäger schaute ihn verwundert an. „Die Waffen? Mit denen haben bereits
unsere Vorfahren gekämpft und gesiegt. Ich habe mein Gewehr von meinem
Vater an seinem Sterbelager erhalten, so wie er von seinem Vater. Und meine
Waffe wird eines Tages, wenn ich sterbe, mein Sohn erhalten! So ist es
Tradition bei unserem Volk!"

Die Männer schauten sich mit großen Augen an. „Dann sind diese Dinger
wirklich seit über dreihundert Jahren in Gebrauch!? Wenn das ihre
Konstrukteure wüssten – denen würde vielleicht der Kamm schwellen!" flüsterte
Prof. Cain. „Wie weit ist es bis zu Eurer Stadt? In welcher Richtung liegt sie?"
Der Jäger zuckte bei der Frage zusammen. „Gray-Area-City liegt etwa fünf
Meilen von hier, immer der Morgensonne nach. Wir sind über die alte
Heerstraße zu Euch gekommen."

„Okay, das reicht fürs Erste!" entschied Dr. Harper.

Auf Bobaks Wink hin wurde der Jäger zum Waggon gebracht. „Ihr achtet
darauf, dass er nicht entwischt!" zischte der Häuptling seinen Kriegern zu,
bevor diese in der Dunkelheit verschwanden.

„Über eines dürften wir uns im Klaren sein: Früher oder später wird es zur
entscheidenden Auseinandersetzung mit den Bewohnern dieser Grauen Stadt
und ihrem Diktator kommen. Leider sind nicht wir es, die den Zeitpunkt dafür
bestimmen werden. Unser Gegner hat alle Trümpfe in der Hand. Uns bleibt nur,
für alle Fälle gewappnet zu sein!"

Mit einem kurzen Kopfnicken beendete Dr. Harper die Beratung. „Mist verdammt - mein Arm blutet wieder!" Er verabschiedete sich und verschwand in seinem Zelt, um den Verband zu wechseln.

Die Pikos versammelten sich um ihren Häuptling. Ihr schwermütiger Gesang begleitete den Schlaf der Expeditionsteilnehmer bis weit nach Mitternacht.

„Jedenfalls müssen wir davon ausgehen, dass wir es hier nicht mit irgendwelchen Primitiven zu tun haben. Ich würde sogar behaupten, dass sie uns mehr als ebenbürtig sind!" schloss Cornel Stirnberg seinen Bericht und schaute den General an. Die Berater Seiner Exzellenz saßen wie angenagelt auf ihren prunkvollen Sesseln. Niemand wagte es, den Herrscher anzusehen. Erregt sprang der General auf seine kurzen Beine und begann, wie eine Raubkatze im engen Käfig hin- und herzulaufen. Gedankenversunken führte er Selbstgespräche, ohne darauf zu achten, dass er nicht allein war. „...wollen diese Schweine mich umbringen, mich entmachten? Das muss mit allen Mitteln verhindert werden. Vielleicht stecken doch diese verdammten Primaten dahinter, wollen mich loswerden, ha, ha , ha! Aber da habt Ihr Euch gewaltig geirrt – ich werde Euch wie Läuse zerquetschen ...!" Cornel Stirnberg hatte nicht mehr daran geglaubt, einen solchen Moment des Triumphes zu erleben. Er durfte sich jedoch seine Gefühle nicht anmerken lassen. Noch nicht! Zum ersten Mal in der Geschichte der Herrschaft derer von Hammerstein gab es offensichtlich einen Gegner, der nicht so einfach zu unterwerfen war. Der Cornel verschluckte ein Grinsen, als er die Angst in den Augen des Generals aufflackern sah.

Die Fistelstimme überschlug sich, gellte schmerzhaft in den Ohren. In seiner bunten, mit unzähligen Orden der Vorfahren geschmückten Uniformjacke tobte Seine Exzellenz wie ein böser Geist durch den schmalen Saal. „Cornel, über wie viele einsatzbereite Fahrzeuge verfügen wir derzeit?"

Der Angesprochene erhob sich von seinem Sitz. „Drei Jeeps, einen Lastkraftwagen sowie zwei Panzerspähwagen, dazu die fünf Motorräder und eine Planierraupe. Darüber könnt Ihr sofort verfügen. Der Bus wird gerade repariert; die Kraftstoffpumpe ist defekt. Wir versuchen die fehlenden

Ersatzteile nachzubauen!" „Was ist mit meinem Panzer? Wieso ist er nicht einsatzbereit?" keifte ihn der General an.

Auf diese Frage hatte der Cornel schon lange gewartet. Und doch traf sie ihn diesmal ein wenig unerwartet. Sollte er dem Herrscher erklären, dass es Gleichgesinnte gab, die wie er der Meinung waren, dass die gefährlichste Waffe der Einheit die Graue Stadt nie mehr verlassen durfte, und dafür gesorgt hatten, dass sie jetzt unbrauchbar war? Ihm wurde merklich heiß, der Kragen schnürte ihm plötzlich die Luft ab. Er räusperte sich mehrmals. Lauernd stierte ihn der Diktator an. „Nun, bekomme ich bald eine Antwort?" Der Zufall kam dem Cornel unerwartet zur Hilfe. Das Dröhnen der Alarmglocken schrillte durch die Bunkeranlage. „Alles raus und zu den Stellplätzen! Wir reden später weiter, Cornel! Wo sind meine Sachen...?"

Cornel Stirnberg hastete los, um den Aufmarsch der Truppe zu überwachen. Mit raumgreifenden Schritten drängte er sich durch das Gewirr in den Gängen. Von überall her strömten die Männer hervor, um sich zu den Sammelplätzen zu begeben. Seit Tagen hielten sich Gerüchte über einen bevorstehenden Angriff der Fremden. War es jetzt soweit? Die Aufregung steigerte sich, als der General persönlich erschien und vor seine Streitmacht trat. „Cornel, lassen Sie die Anwesenheit prüfen!" kläffte er. Die Gruppenführer versammelten sich bei Cornel Stirnberg und gaben ihre Meldungen ab.

„Eure Exzellenz, die Truppe ist vollständig angetreten! Acht Posten im Außendienst, vier Männer auf Streife!" Cornel Stirnberg trat wieder zurück und ließ die Truppe rühren. Auch er wurde von der Unruhe ergriffen. Niemand schien die Ursache des Alarms zu kennen. Ein Melder der Außenposten traf ein; verwirrt sah er erst auf den Cornel, dann auf den General. Schließlich entschied er sich dafür, seine Meldung direkt an das Oberhaupt abzugeben, das ihn mit finsterem Blick betrachtete. „Eure Exzellenz! Wir haben Alarm ausgelöst! Der vermisste Gruppenführer Smith ist aufgetaucht. Er war bei den Fremden gefangen und konnte erst in den Morgenstunden fliehen!"

Die Nachricht elektrisierte den General. „Wo ist der Mann? Weshalb ist er noch nicht hier?" „Mein General, er ist bereits auf dem Weg hierher! Er ist verwundet, hatte sich mit letzter Kraft bis zu uns geschleppt. Unsere Leute müssten jeden

Augenblick mit ihm eintreffen!" Er hatte gerade seinen Satz vollendet, als der Trupp auftauchte und den Verwundeten herein trug. Als der Sergeant den General erblickte, erhob er sich unter Aufbietung seiner letzten Kräfte von der Trage. Schwankend trat er vor seinen Herrscher. „Euer... Exzellenz! Ich war... in den Klauen... der Bestien!" Er stöhnte und rang nach Luft. Wäre er nicht gestützt worden, hätte er sich nicht auf den Beinen halten können. „Weiter, Mann, nun reden Sie schon! Was sind das für Leute, woher kommen sie? Nun lassen Sie sich nicht jedes Wort aus der Nase ziehen!" schnarrte ihn der General an. „Sie sprechen unsere Sprache, ...sie klingt ...etwas anders, manchmal verwenden sie andere... Begriffe. Doch ich... konnte sie verstehen!" brachte Sergeant Smith unter größten Anstrengungen hervor. „Sie kommen mit einem fliegenden Ding, sind nur noch fünf Meilen von hier...!" Damit brach er zusammen und blieb ohnmächtig liegen.

General Lex von Hammerstein heulte vor Wut und trat auf ihn ein. „Steh auf, Sohn eines Schweins, Dein General befiehlt es Dir!" Doch der Gruppenführer rührte sich nicht. Wäre der General nicht von seinem Zorn gefangen gewesen, hätte er in diesem Augenblick in den Augen von manchem seiner Jäger ein Flackern erkennen können, das mühsame Beherrschung verbarg und ihm Anlass zu noch größerer Unruhe hätte sein müssen. „Wir haben alle erforderlichen Informationen erhalten, mein General, damit können wir handeln!" mischte sich Cornel Stirnberg ein und erreichte damit, dass der General von seinem wehrlosen Opfer abließ. „Richtig, wir wissen jetzt, wo die Eindringlinge sind! Wir wissen nur nicht, weshalb sie hier sind. Aber das erfahren wir, wenn wir sie erst in unseren Fingern haben! Ich werde sie ausquetschen – sie werden sich wünschen, nie hier aufgetaucht zu sein!"

Er wandte sich seinen Jägern zu. „Ihr habt vernommen, wo die Fremden zu finden sind. Es sind nichts weiter als einige Wilde mit ein paar alten Flinten. Ihr werdet Euch doch nicht vor Wilden fürchten?"

Ein rohes Lachen war die Antwort.

„Gut so, meine Todesjäger! Beweist, dass Ihr diesen Namen nicht zu Unrecht tragt! Ich setzte eine Prämie aus: Gestern sind uns etliche Weiber der Primitiven ins Netz gegangen – sie sollen für eine Nacht dem Trupp gehören, der den ersten Gefangenen macht!" Lautes Gejohle und Pfiffe schlugen dem General entgegen. „Brecht also auf und denkt daran: Noch nie hat jemand über uns triumphiert. Jeden Feind haben wir vernichtet und uns unterworfen! Daran wird sich bis zum letzten Tag nichts ändern!"

„Ihr habt ihn entkommen lassen?"
Jeder der Anwesenden spürte, wie erregt Bobak aufgrund der Nachlässigkeit seiner Krieger war. Nur aus Rücksicht auf die ohnehin angespannte Lage versuchte er, seinen Zorn zu beherrschen. An eine harte Bestrafung seiner Leute war in der gegenwärtigen Situation ohnehin nicht zu denken. „Vielleicht ist es sogar besser so! Wir hätten ohnehin nichts mit ihm anzufangen gewusst; er wäre uns nur zur Last gefallen!" „Und nun wissen die, wo wir sind!" wies der Häuptling den Schlichtungsversuch Prof. Cains schroff zurück. „Das ist auch uns bewusst! Doch wir können an der Tatsache, dass er geflohen ist, nichts ändern – auch wenn Du mit Deinen Kriegern noch so hart ins Gericht gehst!" meinte Dr. Harper leise. Der junge Häuptling schüttelte den Kopf, seine Augen verdunkelten sich. „Es sind Sonnenkrieger! Nur die besten Männer meines Volkes dürfen das Sonnenzeichen tragen – nur die besten! Die beiden hatten einen wichtigen Auftrag und haben ihn nicht ernst genug genommen! Nur wenn sie sich dessen bewusst werden, können wir uns darauf verlassen, dass sie ihre Aufgabe bei der nächsten Gelegenheit besser erfüllen!"
„Verzeih, Bobak! Ich hatte nie die Absicht, in Deine Kompetenzen als Häuptling einzugreifen. Aber wir waren uns einig, dass mir als Leiter des Unternehmens letztlich Entscheidungsgewalt zukommt. Und ich bekräftige hiermit meine Auffassung, die Geschichte als erledigt zu betrachten und all unsere Aufmerksamkeit auf die aktuelle Lage zu richten!" beharrte Dr. Harper freundschaftlich auf seiner Auffassung. „Ich werde über Deine Worte nachdenken!" antwortete Bobak mit unbewegter Miene.
„Wenden wir uns wieder unserem Ausgangspunkt zu! Es bleibt also dabei, dass ein Erkundungstrupp – bestehend aus Lt. Gordon, Prof. Cain, Bobak und dem Krieger Selia – einen Vorstoß in die Höhle des Löwen wagen soll?"

Dr. Harper musterte jeden der Angesprochenen und jeder von ihnen nickte zur Bestätigung. „Gut! Wie verabredet, werdet Ihr Euch entlang der alten Heerstraße bis zu den Anlagen der Grauen Stadt vorarbeiten. Bleibt unauffällig, lasst Euch in keine Plänkeleien mit den Bewohnern ein! Ich bitte Dich, Bobak, die Führung der Truppe zu übernehmen." Der Häuptling nickte wieder nur stumm. „Wir werden uns mit dem Zug um einige Meilen – bis zur Ebene – zurückziehen. Morgen gegen Mittag treffen wir uns wieder hier!"
Dr. Harper umriss auf der Karte das Gebiet, wo sie sich aufhalten wollten. „Seid vorsichtig und passt auf Euch auf!"
Bobak führte die kleine Gruppe direkt auf die Anhöhe zu, hinter der laut Karte die alte Militärbasis liegen musste. Für den Marsch durch das teilweise mannshohe harte Gras hatten die Männer geschlossene Overalls und Stiefel angezogen. Bobak hatte sein langes Haar straff nach hinten gekämmt und mit einem Lederstreifen fest verknotet. Sina seufzte leise, als sie die Vier über der Hügelkette verschwinden sah. „Keine Angst, Mädchen! Morgen Mittag kannst Du Deinen Liebsten wieder in Deine entzückenden Arme schließen!" Sina verstand zwar nur Bruchstücke von dem, was Jim zu ihr sprach, dennoch nickte sie ihm dankbar zu. „Bobak kommen zurück!" bestätigte sie. „Wir haben uns richtig verstanden!" lachte Dr. Harper zufrieden.
Anfangs bewegte sich der Trupp sehr schnell voran. Doch je näher sie dem bewohnten Gebiet kamen, umso vorsichtiger wurden die Männer. Sie erreichten eine riesige zerbröckelte Betonpiste, die kaum Deckung bot.
Lt. Gordon wies auf die Trümmerberge, welche die Fläche bedeckten. „Das war einst der Stolz unserer Army: die Hubschrauber und Flugzeuge der Luftwaffe!" Bewegt schaute er auf die erbärmlichen Reste.
Prof. Cain berührte die Haut eines Kampfbombers. Das Fahrgestell war eingesunken und die zerbrochenen Scheiben glänzten stumpf in der Sonne. „Mit diesem Ding wäre es eine Viertelstunde nach Noah-City – so haben wir fast drei Wochen gebraucht! Schade, dass man die Dinger nicht mehr reparieren kann!" „Professor, Sie träumen wieder!" Bobaks Ruf unterbrach seine Gedankengänge.

Der Häuptling griente. Er mochte diesen Mann. Nicht nur, weil er ihm damals in der Höhle der Ahnen das Leben gerettet hatte. Er hatte in Paul einen Lehrer und verständnisvollen Kameraden gefunden, der ihn auch den Verlust des Vaters verwinden ließ. Bobak imponierte die natürliche Art, wie der Professor mit seiner Umwelt umging. Nicht zuletzt hatte er dem leidenschaftlichen Naturfreund so manchen Kniff für eine erfolgreiche Jagd zu verdanken. „Ab jetzt müssen wir auf der Hut sein. Achtet darauf, dass wir im ständigen Blickkontakt bleiben, uns bei Gefahr sofort gegenseitig decken!" Bobak sprach nur aus, was allen Männern längst klar war. Hinter den Betonbauten – der ehemaligen Leitzentrale und der Hangaranlage mit ihren Werkstätten – begannen die unterirdischen Bunkeranlagen. Dort war die Residenz des Generals! „Nun guckt Euch bloß dieses Beet an! Hier gibt es offenbar auch Romantiker!" Prof. Cain beugte sich zu einer Rose hinab und roch an ihr. Neben den sauber verschnittenen Rosenstämmen schaukelten Margeriten sanft im Wind. Die Männer verweilten einen Augenblick und genossen den friedlichen Anblick der duftenden Pracht. Nur Goli witterte unruhig. Die ungewöhnliche Umgebung missfiel ihm.

„Da vorn muss die Toreinfahrt zu den Bunkeranlagen sein, von der der Jäger gesprochen hat!" meinte Lt. Gordon, unwillkürlich flüsternd. Geduckt schlichen sich die Männer heran. Ein riesiges Loch in völliger Dunkelheit und atemberaubender Stille gähnte ihnen entgegen.

Die Männer zögerten, da drangen plötzlich Geräusche, die mitten aus dem dunklen Nichts zu kommen schienen, an ihre Ohren. Mehrere Gestalten tauchten auf. Lt. Gordon spurtete zurück. „Alles in Deckung!" rief er seinen Gefährten zu. Prof. Cain schrie leise auf. Ein Streifschuss hatte die Kombination oberhalb der Schulter zerrissen. „Alles okay, Professor?" fragte Bobak besorgt. Prof. Cain nickte. „Alles in Ordnung, Bobak! Es war nur der Schreck!" Sie suchten eilig hinter einem Trümmerberg Schutz.

Die Jäger indessen schwärmten weiter aus.

Das durchdringende Geräusch einer Sirene war zu vernehmen. Es kam aus der Tiefe der Erde, klang hohl und dumpf.

„Goli? Wo bist Du?" Behutsam lugte Bobak über einige Trümmerstücke hinweg. Der Tiger war nirgendwo zu sehen. Das Kommando des Lieutenants ertönte: „Handgranaten fertig machen!" Schüsse schrammten über das rostige Metall vor ihnen. Ohne Hast drückten die Männer die Sicherungsknöpfe der Granaten ein. „Fertig – werfen!" Gleichzeitig warfen sie die Granaten in Richtung der Angreifer. Die Detonationen ließen die Erde erbeben. „Und jetzt nichts wie weg von hier! Wir treffen uns drüben an dem alten Kampfflieger wieder! Verschwindet, ich decke Euren Rückzug!"

Lt. Gordon kauerte sich nieder und lud seine Waffe durch. Hinter sich vernahm er die entschwindenden Schritte seiner Kameraden. Dann war es still. „Die Ruhe vor dem Sturm…" dachte er. Aufmerksam behielt er die Einfahrt im Auge. Plötzlich spürte er kaltes Metall im Nacken. „Langsam aufstehen, die Hände in den Nacken!" Lt. Gordon spürte ein unangenehmes Kribbeln auf der Kopfhaut. Widerspruchslos fügte er sich der Anweisung. Ganz langsam legte er die Waffe auf den Boden, hob die Hände und stand auf. „Mach jetzt keine Dummheiten und dreh Dich um!" Der Jäger grinste hämisch und hielt ihm sein Gewehr unter die Nase. „Da hat der General doch tatsächlich Recht gehabt: Mit Euch Wilden wird man erstaunlich schnell fertig!"

Lt. Gordon musterte sein Gegenüber kaltblütig. Verächtlich zog er seine Lippen hoch und spuckte aus. Er verfehlte den Kopf des Jägers um Haaresbreite. Ziemlich überrascht über diese Frechheit stolperte dieser einige Schritte zurück. Sein Finger am Abzug zuckte. „Mach das nicht noch mal, Du verdammter Scheißer! Ich lege Dich um!"

Ein Schuss peitschte quer über den Platz. Dem Jäger riss es die Beine nach vorn, dann fiel er wie ein Sack hintenüber. Noch im Tod trug sein Gesicht den Ausdruck des Erstaunens. Prof. Cain hob winkend den Arm. „Hier her, schnell!"

Das Röhren einer schweren Maschine ließ die Luft erzittern. Schwerfällig schob sich ein langgestreckter, unförmiger Kasten aus dem Tor, eingehüllt in die stinkenden Abgase seines knatternden Motors. „Die haben sogar noch einen Panzerwagen!? Jetzt aber wirklich nichts wie weg!"

Die Männer enterten die Kanzel eines Flugzeugwracks, das früher wohl ein schwerer Transporter gewesen war. Aus sicherer Entfernung beobachteten sie

jede Bewegung des Gefährtes. Das Ungetüm umrundete mehrmals zuckelnd den Kampfplatz, dann blieb es in Höhe der durch die Detonationen verursachten Krater stehen. „Was haben die jetzt vor?" murmelte Lt. Gordon. Eine Seitenluke öffnete sich, ein Mann sprang auf den Boden und verschwand hinter den Trümmerbergen. Kurze Zeit später kam er wieder zum Vorschein. „Er hat die Waffen der Gefallenen eingesammelt", stellte Bobak erstaunt fest. Der Mann warf die Gewehre durch die Luke. Darauf bestieg er das Gefährt wieder und der Wagen verschwand, so wie er gekommen war, in der Einfahrt. „War das alles?" zerbrachen sich die Männer den Kopf über diese Reaktion. „Wir warten hier die Dunkelheit ab und machen dann weiter! Mal sehen was noch passiert?" entschied der Professor. So geschah es. Ein Fahrzeug näherte sich Stunden später ruckelnd. „Erstaunlich, dass die klapprigen alten Dinger noch fahren", meinte Lt. Gordon kopfschüttelnd, als der schrottreife Lastkraftwagen unweit ihres Standortes entlang fuhr. Auf seiner vergitterten Ladefläche sahen die Männer etwa ein Dutzend langfelliger, brauner Tiere sitzen. Selia stieß den Lieutenant an. „Sie haben Ungis gefangen!"
Die Männer zerbrachen sich noch den Kopf darüber, zu welchem Zwecke man die Tiermenschen herbrachte, als der Wagen wieder auftauchte und eine mächtige Staubwolke aufwirbelte, als er davonbrauste.
„In zwei Stunden wird es richtig dunkel. Sollte sich bis dahin nichts ereignet haben, werden wir versuchen, in das Innere des Bunkers vorzudringen!" schlug Bobak vor. „Bis dahin sollten wir noch ein wenig schlafen! Also dann…!"
Selia übernahm die erste Wache, der Rest legte sich lang.
„Aufwachen, wacht doch endlich auf!"
Bobak fuhr verdattert aus dem Schlaf und riss die Augen auf. Wie durch einen Wattebausch verschleiert hörte er die Stimme seines Kriegers. Erst ein derber Stoß Selias brachte ihn zur Besinnung. „Häuptling, da draußen…!"
Fackellicht erhellte die Prozession, die sich etliche Meter von ihnen entfernt auf die Einfahrt zur Grauen Stadt zu bewegte. Eine Vielzahl von Menschen hatte sich vor dem Eingang versammelt und erwartete den Zug. Stimmengewirr und einzelne Wortfetzen drangen zu ihnen herüber. „Feiern die hier ein Volksfest? Oder warum diese bombastische Stimmung?" maulte

Prof. Cain und rieb sich den letzten Schlaf aus den Augen.

Als die Zugspitze die Menge erreichte, erschallten Jubel und Hochrufe.

Die Ankommenden warfen die Fackeln auf einen helllodernden Holzstoß.

„Das kann doch nicht wahr sein?“ Prof. Cain glaubte zu träumen und rieb sich noch einmal die Augen. Auch seine drei Begleiter schauten erst ungläubig, dann entsetzt auf das Schauspiel, das sich ihnen bot.

„Ist das Dr. Harper dort vorn?“

Der Lieutenant erwartete keine Antwort auf seine Frage. Auch andere bekannte Gesichter waren inzwischen am Feuer aufgetaucht, darunter das von Sina, der Frau des Häuptlings. Einige ihrer Leute wankten heftig, sie waren offensichtlich verwundet. In Bobaks Schädel hämmerte es. In seiner Erregung bemerkte er nicht, dass er sich die Hand blutig biss. Was war bloß geschehen während ihrer Abwesenheit? Die Männer sahen sich stumm und vorwurfsvoll an. „Wir müssen sie dort rausholen!“ stammelte der Häuptling hilflos. „Sofort? Wie denn? Für nichts und wieder nichts Kopf und Kragen riskieren!? Lasst uns lieber in Ruhe nachdenken, was wir tun können! Denk daran, was ich Dich immer gelehrt habe: Nur der kluge Jäger erlegt sein Wild. Hast und Eile vertreiben jeden Erfolg!“ Prof. Cain legte seine Hand auf die Schulter des Häuptlings und sah ihn eindringlich an. „Sie haben Recht, Professor! Trotzdem: Es tut so weh, zusehen zu müssen, wie die Freunde und sogar die eigene Frau wie Tiere behandelt werden. Sollte Sina auch nur ein Haar gekrümmt werden, werden die Brüder mich kennen lernen!“ schnaufte der Häuptling wütend.

Eine laute Stimme verkündete: „Alle Bewohner von Gray-Area-City haben sich in drei Stunden in der Arena einzufinden. Und ihr werdet Zeugen einer gewaltigen Show. General von Hammerstein hat sich entschlossen, zu Ehren seiner tapferen Jäger ein schillerndes Fest abzuhalten. Der Sieg über die verhassten Fremden wird mit einem großen Spektakel gefeiert, das die ganze Nacht sowie den morgigen Tag andauern wird. Der Trupp, der sich bei der Gefangennahme der Fremden am meisten hervorgetan hat, erhält zudem die versprochene Kopfprämie. Findet Euch also rechtzeitig in der Arena ein!“ „Was faselt der Typ dauernd von einer Arena?“ Prof. Cain zuckte mit den Schultern. Er wollte den Lieutenant mit seinen Überlegungen nicht noch mehr beunruhigen. „Wenn uns nicht ganz schnell etwas Sinnvolles einfällt, sehe ich richtig schwarz für unsere Mission!" murmelte er unhörbar in seinen Bart und sah beklommen zu, wie die Menge mitsamt ihren Freunden in dem Bunker verschwand.

Die Rechnung des Generals war aufgegangen!
Als ihn die Meldung vom Sieg seiner Truppen über die Fremden erreichte, heulte er vor Freude auf. „Wie viele Tote gab es?" „Insgesamt zwölf auf unserer Seite, die der Fremden haben wir nicht gezählt! Die Aasfresser werden sich um sie kümmern, mein General!"
Der Diktator lachte glucksend. „Sieg! Wir haben gesiegt! Die werden jetzt erleben, wie die von Hammerstein mit ihren Gegnern zu verfahren pflegen! Keine Gnade, keine Gnade...! Nun, so lasst uns gehen und die siegreichen Truppen empfangen, wie es Siegern geziemt!" Ein hintergründiges Lächeln umspielte seine Lippen, als der Zug der Jäger endlich eintraf und die Gefangenen vorführte. „Das sind sie also, die mich in Angst und Schrecken versetzt hatten? Ein Häuflein armer Irrer, die der Wind zufällig in seinen Machtbereich getrieben hatte?" dachte er. In seiner Euphorie entging ihm wieder einmal, dass sich nicht alle Bewohner der Stadt über den Sieg zu freuen schienen. Er lief cholerisch zwischen den Gefangenen umher und schaute sie sich genauer an. „Wer ist Euer Anführer?" donnerte er los. Da der Angesprochene nicht sofort reagierte, stieß er ihn heftig in die Seite.
„Ich bin ihr Anführer!" meldete sich daraufhin eine Stimme. Ein mittelgroßer, schlanker Mann mit energischem Gesicht trat ihm entgegen.
„Lassen Sie bitte den Mann in Ruhe! Sie sehen doch, dass er verwundet ist!" sprach dieser mit ruhiger Stimme und fixierte ihn mit erhobenem Blick.
„Mein Name ist Dr. Jim Harper. Ich leite diese Expedition!"
„Sie sind offensichtlich ein mieser Leiter, einer von der Sorte Versager!" höhnte der General und umrundete Dr. Harper mit lauernden Augen.
„Ihr solltet darüber froh sein, General von Hammerstein! Sonst hätte es noch mehr Tote gegeben!" Der Diktator grinste ihn hämisch an. Der Mann kannte sogar seinen Namen? „Bringt die Weiber in meine Zellen! Ich schaue sie mir

später genauer an. Vielleicht ist sogar frisches Blut für mich dabei? Die Männer bereiten für die Arena vor. Verkündet den Beginn des Festes!"

Damit rauschte der General davon und überließ das Weitere seinen Jägern. Die Frauen wurden vom Rest der Gruppe getrennt und fortgeführt. Dr. Harper sah noch Sinas tränenüberströmtes Gesicht, bevor auch sie in die muffige Dunkelheit des unterirdischen Labyrinths eintauchte. Cornel Stirnberg hatte die Szene beobachtet, ohne sich von der Stelle zu rühren. Er fühlte sich wie vor den Kopf geschlagen. „Unfassbar, dass die Jäger die Fremden besiegt haben?" Er spürte, wie eisige Kälte den winzigen Hoffnungsschimmer in ihm gefrieren ließ. „Dieses Versteckspiel muss endlich aufhören…! Der Kerl muss weg!" Cornel Stirnberg hielt das erhitzte Gesicht in den Wind und lehnte sich an die brüchige Wand. Sie strahlte noch die Wärme des vergangenen Tages ab. Hoch über ihm stand das bleiche Angesicht des fast vollendeten Mondes. Seine Blicke bohrten sich in das Antlitz des ewigen Begleiters der Mutter Erde. „Du hast mir auch nichts zu sagen, oder?" Ein leises Knurren ließ ihn zusammenschrecken. „Wow, was ist das?" In Sprungweite entfernt saß ein Ungetüm von Tiger und fixierte ihn mit lauernden Augen. „Oh Gott!" Er spürte, wie seine Hände feucht wurden. Er hatte in seinem Leben schon manche gefährliche Situation gemeistert, aber noch nie eine solche Todesangst empfunden. Sein Körper verkrampfte sich; er hielt den Kopf starr nach oben gerichtet. Noch hatte das Tier keine Anstalten gemacht ihn anzugreifen. „Wenn ich Sie wäre, würde ich mich nicht bewegen! Der Tiger zerreißt Sie sonst in tausend Stücke!" Aus dem Schatten einer Halde schälten sich vier Gestalten hervor.

„Gut gemacht, Goli! Sei schön brav!" rief eine tiefe Stimme. Zum Erstaunen des Cornels machte das gewaltige Tier auf dem Absatz kehrt und lief den Männern entgegen. Die Waffen im Anschlag, kamen sie langsam näher.

„Was haben wir denn hier für ein Vögelchen gefangen?" Ein junger Mann mit trotzig-düsterem Gesicht packte ihn am Kragen. „Was habt Ihr Hunde mit unseren Leuten gemacht? Wo ist meine Frau?" Der ältere Mann riss ihn zurück und mahnte zur Vernunft.

„Sie gehören zur Gruppe der Fremden? Zu den Gefangenen?" Zaghaft lockerte der Cornel seine starre Körperhaltung. „Wir sollten wohl erst einmal klarstellen, wer hier der Gefangene ist?" grollte der Bobak vernehmlich, doch Prof. Cain unterbrach ihn beschwichtigend.

„In der Tat wir gehören dieser Gruppe an. Nun sagen Sie uns, wer Sie sind?" Cornel Stirnberg nannte Namen und Dienstgrad. „Die sind wirklich organisiert wie eine Armee – eine Armee, die Jahrhunderte überdauert hat?" staunte Prof. Cain nicht schlecht. „Sie haben nicht alle Fremden gefangen...? Das ist gut!" dachte der Cornel. Inzwischen war jedoch unter den Männern ein heftiger Streit entbrannt. Bobak hätte seinen Zorn nur zu gern an dem feindlichen Offizier ausgelassen. „Ich bin dafür ihn gleich hier zu erledigen! Ich traue niemanden!" Prof. Cain redete auf ihn ein wie auf ein trotziges Kind. „Vielleicht ist er uns nützlich? Er kennt sich hier aus!" argumentierte er.

„Wenn ich Ihnen nun helfen würde?"

Verblüfft schauten sich die vier Männer an, dann sahen sie misstrauisch auf den Cornel. „Sie uns helfen? Warum sollten Sie das tun?" Prof. Cain trat näher an ihn heran. Für wenige Momente trafen sich ihre Blicke.

„Ihnen das alles zu erklären, würde bis in die frühen Morgenstunden dauern. Dann wäre es für Ihre Freunde zu spät." „Ich würde ihm vertrauen! Es bleibt uns doch gar keine andere Wahl, verdammt noch mal!" äußerte Prof. Cain.

„Über wie viele Leute verfügen Sie noch?" wollte Cornel Stirnberg wissen. „Das ist zwar ein Kriegsgeheimnis, aber ich verrate es Ihnen trotzdem: Unsere gesamte Truppe besteht aus vier Mann und einem Tiger!" kam die flapsige Antwort des Häuptlings.

„Das ist nicht gerade viel!" brummte der Cornel. Er überschlug, auf wie viele Gefolgsleute er sonst rechnen konnte. „Wenn wir wenigstens ein Funkgerät hätten, könnten wir vielleicht Hilfe aus Noah-City anfordern?" warf Lt. Gordon ein. „Wie weit ist diese Noah-City von hier entfernt? Wie lange brauchen Ihre Leute, bis sie hier eintreffen?" „Wir haben fast drei Wochen bis zu Ihrer verdammten Grauen Stadt gebraucht..."

„Aber in spätestens zwei Stunden müssen Ihre Männer in die Arena. Und dort ist bisher noch niemand lebend herausgekommen!" Betroffen sahen die Männer auf den Cornel, der intensiv über etwas nachzudenken schien. „Wir verfügen zwar über eine alte, aber tadellos funktionierende Funkanlage. Normalerweise nehmen wir sie nur in Betrieb, wenn unsere Fahrzeuge in den äußeren Regionen operieren..." „Können wir uns die einmal anschauen?" fragte Lt. Gordon. „Ja gern. Folgen Sie mir unauffällig, meine Herren!"

Die Männer hasteten ihrem Führer, der zunächst einen breiten Gang entlang eilte und dann mehrfach die Richtung wechselte, hinterher. „Keine Ahnung wo wir im Moment sind? Ich habe ein komisches Gefühl im Bauch!" knurrte Bobak. Die unterirdischen, vier Stockwerke tief liegenden Bunker schienen unendliche Ausmaße zu besitzen. „Der Bau ist gut erhalten - es sind keine Anzeichen von Verwitterung zu erkennen!" stellte der Professor sachkundig fest. Die Männer bemerkten nun, dass in regelmäßigen Abständen Fackeln an den Wänden befestigt waren, die kärgliches Licht spendeten. Trotz des eindeutigen Befehls, oben zu warten, war Goli ihnen unbemerkt gefolgt. Seine phosphoreszierenden Augen funkelten durch die Dämmerung. Er ließ einen großen Abstand zwischen sich und den Männern und folgte dem Geruch seines Herrn.

Dumpfes Gemurmel kündigte die Nähe von Menschen an. „Gleich um die Ecke liegen die Quartiere der Jäger. Unser Ziel liegt etwa hundertfünfzig Schritte entfernt. Warten Sie hier, bis ich Ihnen mit der Fackel ein Zeichen gebe! Wenn die Luft rein ist, winke ich Sie herüber!"

Den Männern war mulmig, doch sie hatten keine andere Wahl. „Wenn er uns verrät, knalle ich ihn nieder!" zischte Bobak und nahm den Cornel mit seiner Armbrust aufs Korn. Es dauerte nur einen Moment, bis sie eine Fackel aufleuchten sahen. Der Cornel schwenkte sie mehrmals und wartete dann im Schatten eines Türbogens. Die Fremden eilten geduckt auf ihn zu. Er winkte heftig. „Hierher, nun machen Sie schon!"

Bevor sie nacheinander die gefährliche Kreuzung überwanden, überzeugte sich Lt. Gordon, dass auch niemand in unmittelbarer Nähe war.

„Wir haben es geschafft! Hinter dieser Tür befindet sich die Funkanlage!"

Cornel Stirnberg gab ihnen zu verstehen, dass er erst nachsehen wolle, ob der Raum auch wirklich leer sei. „Alles klar, Sie können jetzt reinkommen!"

Lt. Gordon überflog sofort mit Kennerblick das riesige Pult. „Das Ding ist wirklich museumsreif. Ich vermute, dass es in den siebziger Jahren des zwanzigsten Jahrhunderts gebaut worden ist. Aber seine Sendeleistung reicht aus, um den halben Erdball zu erreichen!" Er bediente einige Schalter und Hebel. „Ich schalte jetzt die Stromgeneratoren zu. In etwa drei Minuten haben wir genügend Saft und können senden!" Cornel Stirnberg ließ den Hauptschalter einrasten. Lämpchen, Signal- und Anzeigeeinrichtungen erwachten zum Leben. Ein leises, gleichförmiges Summen breitete sich im Raum aus. „Die Anlage ist sendebereit! Sie können Ihren Funkspruch absetzen!"

Lt. Gordon suchte die Frequenz von Noah-City. „Hoffentlich haben die auf Empfang geschaltet und sehen sich nicht gerade die Aufzeichnung eines Footballspiels an", murmelte er vor sich hin. In dem Apparat rauschte und pfiff es. Mit sparsamen Bewegungen regelte der Lieutenant noch einmal nach. Klar und deutlich kam jetzt die Kennung von Noah-City an.

„Hier Lt. Gordon, hier Lt. Gordon - Noah-City, bitte melden!" Bange Sekunden verstrichen, Lt. Gordon wiederholte seinen Ruf. Erleichtert lächelten sich die Männer an, als die Zentrale endlich antwortete.

„Noah-City hier! Sind Sie es, Lt. Gordon? Wir erwarten schon seit Tagen Ihren Rückruf! Wo sind Sie denn abgeblieben? Wir haben uns große Sorgen um Sie gemacht!" Mit knappen Worten schilderte der Lieutenant ihre gegenwärtige Situation.

„Was ist denn hier los?"

Die Frage des Jägers, der unbemerkt den Raum betreten hatte, ließ sie erschrocken herumfahren. Ein hochgewachsener, grobschlächtig wirkender Mann schaute verdutzt zunächst auf den Cornel und dann auf die Fremden. Bevor er weitere Fragen stellen konnte, zog der Cornel seinen Revolver und schoss ihm kaltblütig eine Kugel in den Kopf. Wie ein Donnerschlag dröhnte der Schall von den kahlen Wänden wider. „Er ist dem General treu ergeben, er gehört zur Leibgarde!" war sein einziger Kommentar.

Stimmengewirr und Schritte auf dem Gang kamen näher.

Goli hielt sich in einer Nische versteckt, von wo aus er beobachtet hatte, wie Bobak und die Männer hinter der Tür verschwunden waren. Seine Flanken zuckten nervös. Mit wachsender Unruhe registrierte er die vielen fremdartigen Gerüche der finsteren Umgebung. Ein Schuss peitschte durch die Gänge. Dann rannten mehrere Jäger an ihm vorbei und entfernten sich ins Nirgendwo. Eine Gruppe von drei Männern näherte sich geduckt der Tür zum Funkraum. Der Tiger spitzte die Ohren und beobachtete sie. Als sie sich bis auf wenige Schritte ihrem Ziel näherten, griff er ein. Sein langgezogenes Knurren ließ die Männer herumfahren. Bevor sie die genaue Herkunft des Geräusches ausmachen konnten, flog er ihnen mit wuchtigen Sätzen entgegen und riss sie nieder. Seine furchtbaren Pranken und dolchgleichen Stoßzähne verrichteten in Sekunden ihr todbringendes Werk. Eine weitere Truppe bewaffneter Jäger stürmte auf den Kampfplatz. Als sie des Tigers ansichtig wurden, begannen sie, ihn unter Beschuss zu nehmen. Das war zuviel für den Tiger. Goli flüchtete in die unbekannten Weiten des unterirdischen Labyrinths.

Voller Unruhe beobachtete Dr. Harper die Vorbereitungen in der Arena. „Diese Käfige sind äußerst stabil gebaut - das ist ein großes Problem. Die können nur von Außen geöffnet werden…? Wir brauchen Hilfe, das ist wohl klar!"

Jim beobachtete, dass man die Frauen hinter eine Gitterabsperrung auf der gegenüberliegenden Seite gepfercht hatte. Da die Fläche zwischen ihnen leer war, hatten sie zumindest Sichtkontakt. „Sina - hörst du mich?" rief er ohne Erfolg. Patrouillen umrundeten in regelmäßigen Abständen den Platz. „Es herrscht zuviel Lärm und Getöse - sie hat mich nicht bemerkt!" resignierte er. Von Zeit zu Zeit waren aus dem Hintergrund merkwürdige Geräusche zu vernehmen. „Die Viecher haben offensichtlich großen Hunger… auf uns? Ich hoffe nur, dass ich vielleicht doch noch Gelegenheit erhalte, mit diesem General zu sprechen!" Jims Worte klangen nicht sehr optimistisch. Der Herrscher der Grauen Stadt hatte ihre Bemühungen um einen persönlichen Kontakt bisher völlig ignoriert.

„Der hat doch überhaupt kein Interesse, mit uns zu reden! Habt ihr nicht gesehen, was für ein Schwein das ist!? Ein sadistisches, stinkendes Schwein!"

meinte einer der Soldaten mutlos. „Nicht einmal Wasser hat er uns bringen lassen, kein Verbandszeug, nichts! Für den sind wir doch schon lange tot!"
Nachdenklich hockte sich Dr. Harper auf den Boden und ließ den weichen Sand durch seine Finger rinnen. „Tja - so läuft es manchmal. Wir waren so froh, auf ein weiteres Volk gestoßen zu sein, welches wie wir das Inferno überstanden hat. Und nun sitzen wir bis zum Hals in der Scheiße! Das sind Monster in Menschengestalt - mehr kann ich dazu nicht sagen!" seufzte Dr. Harper. In der Arena tat sich einiges, die Unruhe stieg merklich an.
„Scheint wohl bald loszugehen, das große Volksfest. Ein Spektakel wie im tiefsten Mittelalter! Und da ging es bestimmt humaner zu als hier!"
„Jim... Jim... Jiiiim! Hörst Du mich?"
Erst beim dritten Anruf vernahm Dr. Harper die leise Stimme. Suchend sah er sich um. Ein schwacher Pfiff ertönte, dann hörte er Bobak erneut rufen: „Jim, hier sind wir!" Unauffällig rückte er in die äußerste Ecke des Käfigs. In einem aus der Perspektive der Wachposten nicht einsehbaren Winkel drängten sich seine Kundschafter und eine ihm unbekannte Person in der Uniform der Jäger. „Dies ist Cornel Stirnberg, Befehlshaber der motorisierten Einheiten der Grauen Stadt. Er hat uns geholfen und uns zu Euch geführt!" erklärte ihm der Häuptling. Dr. Harper fiel ein Stein vom Herzen. „Danke Cornel - vielen Dank!"
„Wir haben Kontakt zu Noah-City aufgenommen und den Plan zu Eurer Befreiung mit denen abgestimmt. Ich erkläre Euch jetzt, was geschehen wird. Hört also genau zu!" raunte Lt. Gordon und legte ihm in kurzen Worten ihren Plan dar.
Als sich die Zuschauerränge der Arena weiter zu füllen begannen, tauchte eine Ordonanz des Generals auf und holte Dr. Harper ab. „Du kommst mit!" befahl er kurz angebunden und führte ihn zu den Räumen des Diktators.
„Da ist ja der tolle Leiter der Versagertruppe!" scholl es ihm entgegen. Hochmütig thronte der General auf einem prunkvollen Sessel, der ebenso pompös und kitschig wie die sonstige Einrichtung seines Gemachs war. Steif wie Marionetten umstand ihn eine Handvoll Männer, die Dr. Harper für Mitglieder seines Stabes hielt.
„Das ist ja wie in einem schlechten Film!" schoss es Jim durch den Kopf.

Er musste sich ein Grinsen verkneifen, als er die unförmige Gestalt des Mannes sah, rief sich aber sofort zur Ordnung. „Immerhin hat dieser Klops unsere Mannschaft gefangen gesetzt. Der ist gefährlicher, als er aussieht – viel gefährlicher! Und er hat den Heimvorteil - also abwarten!" beruhigte er sich. Er beschloss auszuharren und dem Gegner die Initiative zu überlassen. Eisige Stille umgab sie, die nur vom asthmatischen Röcheln des Hausherrn gestört wurde. Scheinbar gleichgültig ließ Jim die eindringliche Musterung des Generals über sich ergehen. „Du bist also der Boss dieser Truppe?" schrillte die Stimme des Generals durch den Raum. „Ja das bin ich - mein Name ist Dr. Jim Harper. Ich bin der amtierende Vizepräsident der Vereinigten Staaten von Amerika. Und wer oder was bist Du?" sprach er ganz ruhig. Der Diktator zuckte zurück. Diese Unverfrorenheit verschlug ihm doch erst einmal die Sprache. Keuchend rang er um Fassung; unverhohlene Wut rötete sein Gesicht. Zufrieden mit der Reaktion seines Gegenübers, setzte Dr. Harper noch eins drauf. „Wie kannst Du es wagen, mich und die Expedition aus Noah-City wie Gefangene zu behandeln? Der Präsident der USA wird Dich dafür von Deinem Thron pusten!" Irritiert rutschte General von Hammerstein auf seinem Podest hin und her. Mehrmals holte er tief Luft, um dann loszukreischen: „Für diese unerhörten Sprüche wirst Du sterben! Du als erster, vor allen Deinen Leuten! Ihr werdet Euch wünschen, niemals das Territorium der Grauen Stadt betreten zu haben. Glaube mir, die Arena hat bisher jeden meiner Feinde zum Schweigen gebracht!"

„Seit wann sind wir Feinde, General von Hammerstein? Wir sind uns zufällig begegnet und weder ich noch meine Männer hatten irgendeinen Grund, Ihnen den Krieg zu erklären. Womit haben wir also Ihre Feindschaft verdient? Mit welchem Recht sperren Sie uns ein?" Dr. Harper wählte diesmal bewusst die förmliche Anrede. Er wollte den Tyrannen nicht noch weiter reizen.

Seine Taktik erwies sich als richtig. Selbstbewusst rückte sich der Angesprochene zurecht. Mit theatralischer Pose erhob er sich und schritt auf den Gefangenen zu. „Mit dem Recht der Starken, der Unbesiegbaren! Ihm verdanke ich die Freiheit und meine Macht. Es hat die Graue Stadt alle Ereignisse der Vergangenheit überstehen lassen und es ist die Garantie für

meinen zukünftigen totalen Triumph!" Das höhnische Lachen des Generals
schlug Dr. Harper ins Gesicht. Dieser musterte verächtlich den kleinen dicken
Mann von oben bis unten und lächelte dann überlegen zurück. „Damit wir uns
richtig verstehen, mein lieber General: Sollte einem Mitglied meines Teams
auch nur ein einziges Haar gekrümmt werden, werde ich dafür sorgen, dass
Sie und Ihre Graue Stadt mit Mann und Maus vernichtet werden!" Dem Diktator
entglitt die Kontrolle über seine Gesichtszüge. Die ganze Skala der Emotionen
von äußerster Verwunderung bis tiefstem Hass spiegelte sich mit einem Schlag
darin. Der aufgedunsene Körper pumpte sich mit Luft auf, der Kopf färbte sich
aufs Neue knallrot. Die geifernde Stimme überschlug sich: „Bringt diesen
Schwachkopf sofort in die Arena zurück…!" Noch am Ende des Ganges
vernahm Dr. Harper die Wutausbrüche des Tobenden. Lächelnd sprach er zu
sich: „Du hast den Ort gewählt, ich die Waffen...!"
Als er jedoch wieder zu den Gefährten in den Käfig zurückkehrte, empfing ihn
eine Stimmung, die alles andere als optimistisch war.

Frenetischer Jubel schlug dem Herrscher entgegen, als er mit seinem Gefolge
die Loge betrat. Er grüßte nur flüchtig. Ein hasserfüllter Blick traf Dr. Harper.
Nachdem sich die Menge endlich beruhigt hatte, trat er an das Mikrofon. Doch
bevor er das Wort an seine erwartungsvoll lauschenden Untergebenen richten
konnte, erklang im Rund die laute, klare Stimme Dr. Harpers.
„Menschen von Gray-Area-City! Ich überbringe Euch die Grüße Eurer
Landsleute aus Noah-City. Wir, die Euch heute als Gefangene vorgeführt
werden, sind Boten der Regierung der Vereinigten Staaten von Amerika! Mehr
noch: Wir sind Repräsentanten der einst mächtigsten Gattung der Erde, der
Menschheit! Noch vor wenigen Minuten habe ich versucht, Eurem Herrscher
klarzumachen, dass unsere Absichten friedlicher Natur sind. Wir wollten Euch
nur kennen lernen, mit Euch beraten, ob und wie eine Föderation aller
existierenden Völker zu gestalten sei. Statt aber die Hand der Freundschaft zu
ergreifen, will man uns vernichten!" Sein Zeigefinger wies in Richtung der Loge.
„Sie wollen uns töten, denn Sie bangen um Ihre Macht, um Ihre Privilegien!
Doch hört meine Warnung: Sollte uns nicht unverzüglich unsere Freiheit

garantiert werden, werde ich es sein, der die sofortige Zerstörung der Grauen Stadt anordnet!" Das höhnische Gelächter des Herrschers unterbrach ihn. „Hört ihm nur zu! Hört die Worte eines Verrückten, der gleich noch einmal die Ehre haben wird, vor Euch aufzutreten, und zwar da drin in der Arena! Was für eine entzückende Botschaft: Wir sollen teilen, was wir allein besitzen? Unsere uneingeschränkte Macht über unsere Nachbarn sollen wir einem Freundschaftsbund opfern? Unsere Gäste werden ihre Antwort hier gleich erhalten! Sehen Sie genau hin, Dr. Harper! Beginnt mit der Eröffnung der Spiele!" In der Arena erschien eine Gruppe Jäger. In ihrer Mitte trieben sie mehrere Ungis. Zwei Tiermenschen hielten Kinder auf den Armen. Ihr Greinen war bis zu den Käfigen zu hören; ängstlich versteckten die Kleinen ihre Köpfchen im Fell der Mütter. Die brutalen Schläge ihrer Peiniger dirigierten die Gruppe zur Platzmitte. Dort von ihren Bewachern zurückgelassen, nahmen sie ihre Umgebung sogleich misstrauisch in Augenschein.

Ein Gatter öffnete sich quietschend. Sieben ausgewachsene, abgezehrte Wölfe strömten in die Arena. Dr. Harper und seine Männer konnten einfach nicht glauben, was sie sahen! „Das sind solche Schweine…!" schimpfte Jim.

Eines der Kinder begann laut zu wimmern. Das Gemurmel der Zuschauer erstarb, als sich eines der ausgehungerten Tiere langsam zur Mitte schob. Die Ungi-Männer umringten sofort die Weibchen mit den Kleinen. Unruhig schlugen sie mit ihren bloßen Fäusten auf die Erde; ihre drohenden Gebärden signalisierten höchste Kampfbereitschaft. Mit hängender Rute und geduckter Haltung umrundete der Wolf die Gruppe. Sein lauernder Blick registrierte jede Bewegung seiner Opfer. „Er sucht den schwächsten Punkt im Ring, um dort den Angriff zu starten." Seine Kreise wurden immer enger. Inzwischen hatten sich auch die anderen Wölfe in die unmittelbare Nähe der Ungis gewagt. Ihre Scheu vor dem Licht und der ungewöhnlichen Kulisse war verflogen. Nur das Gefühl des Hungers leitete jetzt ihren Instinkt. Der scharfe Mief der Tiermenschen erfüllte die Arena und machte die Wölfe offensichtlich nervös. Tückisch blinkte das Gelb in ihren Augen; in jedem Augenblick konnte der erste Angriff erfolgen. Die Ungis rückten noch enger zusammen. Plötzlich sprang der Graupelz mitten in die Gruppe.

Das Schnappen der kräftigen Kiefer ging sofort unter im Gebrüll der Tiermenschen. Die Ungis waren erfahrene Jäger und den Kampf mit solchen Gegnern gewöhnt. Ehe sich's der Angreifer versah, wurde er noch im Fluge von mehreren kräftigen Armen gepackt.

Das Knacken seiner Halswirbel ging Dr. Harper und seinen Gefährten durch Mark und Bein. Einer der Ungis schleuderte den Kadaver der Meute entgegen. Sofort stürzten sich die ausgehungerten Tiere auf die leichtere Beute.

„So einfach kann man seinen Gegner besiegen, General!"

Dr. Harper lachte laut und herausfordernd zur Loge hinauf, während der General stinksauer auf die fressenden Wölfe stierte…

Die Erde begann zu beben. Die dicken Betonwände knirschten drohend; binnen Sekunden brachen die ersten Mauern in sich zusammen. Panik ergriff die Zuschauer. Die Schreie der Verletzten und Verschütteten begleiteten die Flüchtlinge, welche panisch zu den Ausgängen drängten. Alles was ihnen unter die Füße kam, wurde gnadenlos nieder getrampelt.

Auch die Käfige schwankten. Ihre Rückwände rissen aus der Verankerung und fielen krachend um. „Haltet Euch fest - es ist gleich vorbei!" brüllte Jim, selber Halt suchend. Aufgewirbelter Staub vernebelte ihnen die Sicht. Nur schemenhaft zeichneten sich die Umrisse der Ungis ab, welche auf die Umzäunung der Arena zu rannten, diese überwanden und in der flüchtenden Menge verschwanden.

Erst allmählich klarte die Sicht auf. Um Luft ringend, krochen die Männer auf dem Boden entlang, um sich dann durch das riesige Loch, das die Detonation in die Wand gerissen hatte, ins Freie zu stürzen.

Bobak und Prof. Cain kletterten durch die Öffnung ins Innere, wo Jim noch benommen im Käfig saß. „Ich hätte es nie für möglich gehalten, dass diese alten Dinger solch eine Schlagkraft besitzen. Mir dröhnen noch immer die Ohren", jammerte der Professor.

Dr. Harper war über die Wirkung der Cruise Missile regelrecht erschüttert.

„Eigentlich wollten wir den Bewohnern der Grauen Stadt und ihrem durchgeknallten Befehlshaber nur eine Lektion erteilen. Unsere eigene Macht demonstrieren, aber nicht solch ein Blutbad anrichten…"

Er blickte zur Loge hinauf. Die Brüstung war eingestürzt; unter dem Sessel lag der leblose Körper des Generals. „Wenigstens hat es den Hauptschuldigen mit erwischt", sagte er fast tonlos, noch immer bestürzt über das Ausmaß der Explosion. „Eure Rakete hat auf den Meter genau ihr Ziel getroffen. Lt. Gordon ist mit dem Cornel im Funkraum, um die weiteren Operationen abzustimmen. Die Männer des Cornels haben alle strategisch wichtigen Punkte innerhalb der Anlage besetzt und kontrollieren sämtliche Ausfahrten. Die Leibgardisten des Generals, die allerschlimmsten Menschenschinder, wie der Cornel meint, sind allerdings wie vom Erdboden verschluckt", erklärte Bobak.

Der Häuptling lief davon, um nach den Frauen zu sehen, kehrte aber nach wenigen Augenblicken, bleich wie eine Kalkwand, zurück. „Sie sind verschwunden! Die müssen sie irgendwo anders hingeschafft haben!"

„Verdammt, die haben ja Saurier hier!" Der Aufschrei lenkte sie ab. Mehrere der furchteinflößenden Echsen brachen aus der Dunkelheit der Stallungen hervor und wankten in die Arena. Der Häuptling hob seine Armbrust und schoss auf eines der Monster. Surrend drang der Bolzen tief in seinen Hals.

Bobak bereute seinen Fehler augenblicklich. Das getroffene Tier bäumte sich sofort auf und gab durch sein wütendes Brüllen das Signal zur Verfolgungsjagd. Zwei halbwüchsige Allosaurier und ein Spinosaurus setzten sich fauchend in Richtung der Menschengruppe in Bewegung.

„Bobak, übernimm die Führung! Ich bleibe hinten und brenne den Biestern eins drauf, wenn sie uns zu nahe kommen!" schniefte Prof. Cain und ließ sich zurückfallen. Die verwundeten Soldaten stöhnten, doch Bobak hetzte sie erbarmungslos durch die Gänge. „Rennt um Euer Leben!" trieb er sie an.

Prof. Cain drehte sich im Laufen mehrere Male um und schoss auf die Saurier. Die schwere Waffe in seinen Händen feuerte eine tödliche Kugel nach der anderen auf ihre Verfolger, deren Angriffslust dadurch weiter angestachelt wurde. „Da vorn wird der Gang enger, da passen die Viecher nicht rein!" Der Zug bog unter der Führung des Häuptlings in einen Seitengang ab. Mit letzter

Kraft erreichten die erschöpften Männer die rettende Stelle und sanken schweiß überströmt auf den Boden. „Professor, schnell, kommen Sie hierher!" Bobak spannte mit zitternden Händen seine Waffe; endlich lag ein Stahlbolzen abschussbereit vor der Sehne. „Professor...!"
Etwa knappe dreißig Meter trennten Prof. Cain von den Gefährten, als er vor Erschöpfung strauchelte und schwer stürzte. Das Gewehr fiel ihm scheppernd aus den Händen und rutschte einige Meter auf dem Boden entlang. Der Spinosaurus wuchtete heran Die Gänge erzitterten unter seinen mächtigen Sprüngen, Staubwolken flogen auf.
„Professor Cain!!!" Bobak sprang auf, um dem bedrohten Freund zu Hilfe zu eilen. Prof. Cain hob müde sein schweiß bedecktes Gesicht. Gequält lächelte er noch, als ihn das Ungeheuer erreichte. Dann verschwand ein Teil seines Körpers in dem langen furchtbaren Maul. Er wurde nach oben gerissen und bis zur Decke hinaufgeschleudert, bevor ihn das Ungeheuer wieder auffing. Prof. Cain starb, ohne einen einzigen Laut von sich zu geben.

„Noah-City, Noah-City! Hier Lt. Gordon! Der Einschlag ist zur berechneten Zeit erfolgt. Wir haben die Lage voll unter Kontrolle!" „Verstanden, Lt. Gordon! Wir werden also die Aktion bis auf weiteres einstellen und die anderen Raketen deaktivieren! Sagen Sie, Lieutenant, ist zufällig Prof. Cain in der Nähe?"
„Im Moment nicht. Er ist mit dem Häuptling unterwegs, unsere Leute aus den Käfigen zu befreien." „Bestellen Sie ihm bitte einen schönen Gruß von Michael Fox, dem Mann, dem er das Leben gerettet hat. Er weiß dann Bescheid!"
„Werde ich tun, Michael, sobald der Professor hier auftaucht! Was gibt es sonst Neues in der Heimat?"
„Wenig Erfreuliches! Präsident Magoni ist schwer erkrankt. Dr. Summerfield ist noch bei ihn. Er meint, es sieht überhaupt nicht gut aus." Der Kontakt wurde kurzzeitig unterbrochen. „Hallo, Lt. Gordon! Hier ist Dr. Summerfield!" erklang die Stimme des Arztes. „Hallo, altes Haus! Wie geht es Ihnen?"
„Um ehrlich zu sein, Norman: miserabel. Der Präsident lebt seit wenigen Minuten nicht mehr! Er ist gerade gestorben!"

„Scheiße!" entfuhr es dem Lieutenant, dann herrschte für einige Sekunden Stille. Ausgerechnet jetzt…! „Teilen Sie bitte Dr. Harper mit, dass er friedlich eingeschlafen ist. Er hat testamentarisch den Doktor zum amtierenden leitenden Administrator mit allen Befugnissen und Rechten eingesetzt. Richten Sie dem Administrator mein Beileid und meine Glückwünsche aus!" bat Dr. Summerfield. Cornel Stirnberg kam mit leuchtenden Augen hereingestürmt. „Der General ist tot! Meine Männer sind dabei, die gesamte Stadt zu durchkämmen. Die Brüder können uns nicht entwischen! Die meisten Bewohner der Grauen Stadt haben sich auf unsere Seite geschlagen. Es bedurfte nur des entscheidenden Anstoßes! Sie können sich gar nicht vorstellen, wie dankbar ich Ihnen bin!" Als er das bleiche Gesicht des Lieutenants sah, hielt er inne. „Was ist los, Lt. Gordon? Sind Sie krank?" Lt. Gordon seufzte. „Unser Staatsoberhaupt ist vor wenigen Minuten verstorben. Dr. Harper wird seine Position übernehmen. Was für ein merkwürdiger Zufall!"

Als Jim den Funkraum betrat, ließ er sich stumm auf einen Stuhl fallen. Er sah müde und traurig aus. Für Augenblicke herrschte atemlose Stille. Keiner wollte zuerst sprechen. „Lt. Gordon, ich habe eine schlechte Nachricht!" erklärte Dr. Harper schließlich gequält. „Ich auch, Sir! Ich habe auch eine schlechte Nachricht!" Lt. Gordon stand auf, nahm Haltung an und salutierte. „Mir wurde soeben mitgeteilt, dass unser Präsident Albert Magoni gegen Mitternacht für immer die Augen geschlossen hat. Bis zur Wahl des neuen Staatsoberhauptes sind Sie mit dem Amt des leitenden Administrator betraut, einschließlich aller Rechte und Pflichten, die damit verbunden sind!" Dr. Harper stutzte.

„Der Präsident ist tot? Auch Prof. Cain lebt nicht mehr! Die Frauen sind seit der Explosion spurlos verschwunden. Bobak und seine Krieger haben sich auf die Suche nach ihnen gemacht. Falls sich Cornel Stirnbergs Befürchtung bestätigt, dass sie der Leibgarde des Generals in die Hände gefallen sind, müssen wir mit dem Schlimmsten rechnen!" flüsterte Dr. Harper schwach und lehnte sich schwer gegen die Wand. Für Minuten verharrte er reglos auf seinem Stuhl, übermannt von Erschöpfung und Trauer.

Selia presste sich dicht an die Wand.

Er war zwar von Bobak zur Bewachung des Funkraums abgestellt worden, hatte sich aber kurzerhand entschlossen, die Verfolgung dieses merkwürdigen Zuges aufzunehmen. „Hoffentlich hast Du Dich nicht geirrt, mein lieber Selia! Der Häuptling kann sehr ungemütlich werden!" murmelte er vor sich hin und schlich vorsichtig weiter der ungewöhnlichen Formation nach. Etwa zehn bis an die Zähne bewaffnete Jäger führten in ihrer Mitte sieben verhüllte Gestalten, die sie immer wieder vorwärts stießen. „Hört auf zu jammern - und Tempo!" hörte er. Ihr Ziel war ohne Zweifel eines der oberen Stockwerke. Ein Windhauch erhob sich und lüftete den Schleier einer Gestalt. „Sina, das ist doch Sina!" Selia biss sich auf die Zunge. Schnell versteckte er sich in einer Nische. Als er nach einigen Sekunden vorsichtig um die Ecke lugte, war der Trupp spurlos verschwunden. „Das gibt es doch gar nicht! Irgendwo müssen sie doch geblieben sein?"

Er suchte mehrfach alle benachbarten Gänge ab, doch ohne Erfolg. Eine sanfte Berührung an seinen Beinen ließ ihn erschrocken zusammenfahren. „Goli! Verdammt noch mal - solltest Du nicht oben auf uns warten? Jetzt bist Du in der gleichen Klemme wie ich; Bobak wird uns beiden die Ohren abreißen!" Selia bemerkte, dass der Tiger hinkte. Er führte ihn zu einer Fackel und schaute sich die Wunde näher an.

„Du hast eine Kugel abbekommen, mein Freund! Die muss schleunigst entfernt werden! Ich werde Hilfe holen. Bleib hier und warte. Trotzdem merkwürdig - irgendwo muss die verfluchte Bande doch abgeblieben sein?" Er schaute sich noch einmal um, doch es blieb alles still. „Leg Dich hin, Goli! Ich bin gleich zurück!" Das erschöpfte Tier streckte sich auf dem kühlen Betonfußboden aus und döste. Doch ein ferner Schrei ließ den Tiger gleich wieder auffahren. Seine Herrin...?

Er vergaß den Schmerz und lief dem Geräusch entgegen. Doch das vielfache Echo verwirrte ihn. Schnüffelnd lief er im Kreis. Als er schließlich Witterung aufgenommen hatte, folgte er Sinas Fährte. Sie endete abrupt vor einer Wand? Der Tiger wiederholte den Versuch und landete an der gleichen Stelle. Seine Herrin konnte sich nur dahinter befinden! Goli legte sich in der Nähe nieder und knurrte mit angelegten Lauschern leise vor sich hin. Wer auch immer dort hineingegangen war, der würde irgendwann wieder herausmüssen! Seine Geduld wurde auf keine harte Probe gestellt. Stimmen pöbelten lautstark, dann konnte der Tiger das Weinen von Frauen vernehmen. Plötzlich öffnete sich ein Spalt in der Wand, ein Kopf schob sich heraus und beobachtete den Gang. Goli ließ nicht eine Sekunde zuviel verstreichen. Mit einem gewaltigen Satz erreichte er die schmale Öffnung und biss sofort zu. Die Geheimtür schwenkte zurück, doch der eingeklemmte Körper des Toten verhinderte, dass sie vollständig einschnappte.

Goli legte sich knurrend vor seine Beute. Die Wunde am Bein und der hohe Blutverlust begannen sich allmählich bemerkbar zu machen. Er wurde müde...

Selia hatte erhebliche Mühe, den Weg zum Funkraum zu finden. „Diese eintönig grauen Gänge sehen ja alle gleich aus...!" fluchte er und suchte weiter. Er verließ sich auf seinen Instinkt und erreichte schließlich wieder die untere Ebene. Auch hier war es jetzt ruhig. Vereinzelt fand er Tote, meist Angehörige der Leibgarde des Generals, die dem Hass ihrer früheren Untergebenen zum Opfer gefallen waren.

Granateinschläge hatten an vielen Stellen den Beton bröckeln lassen.

„Wen haben wir denn hier?" Wie von der Tarantel gestochen, sprang Selia herum. Eine Gewehrmündung war auf seinen Bauch gerichtet. „Gehörst Du zu den Fremden?" Zögernd nickte der Sonnenkrieger.

Die Miene des Jägers wurde freundlicher. „ Dann komm. Ich bringe Dich sofort zu Deinen Leuten in den Funkraum!" Eine große Anzahl Menschen hatte sich mittlerweile dort eingefunden, darunter die meisten Mitglieder der Expedition. Selia erkannte den Häuptling, der in einer Ecke saß und teilnahmslos vor sich hinstarrte. Er stieß ihn an. „Häuptling! Ich habe beobachtet, wie die Frauen von Jägern entführt worden sind. Ich bin ihnen gefolgt. Dort, wo ich sie verloren habe, wartet der Tiger auf uns!" Es dauerte einige Sekunden, bis der Häuptling den Sinn der Worte verstand. Der Tod seines Lehrers und alten Freundes und Sinas Verschwinden hatte ihn ziemlich erschüttert.

„Du weißt, wo die Frauen sind!? Führe uns sofort zu der Stelle!" Gemeinsam mit Cornel Stirnberg und einigen seiner Leute erreichten sie kurz darauf den Gang, in welchem die Jäger spurlos verschwunden waren.

„Da liegt der Tiger! Sieht ziemlich mitgenommen aus!" Bobak kraulte seinem vierbeinigen Freund den Kopf. „Er hat einen Mann erwischt. Sehen Sie, Cornel: Dort in der Wand ist ein Spalt, offenbar eine Geheimtür!"

Jetzt erkannten sie, dass ein Körper in der Öffnung steckte.

„Ich habe schon öfter davon gehört, dass in der Anlage etliche Geheimgänge existieren sollen. Möglicherweise sind sie auf den alten Karten im Archiv verzeichnet. Nur der General und von ihm autorisierte Personen hatten Zugang zu ihnen." Cornel Stirnberg stemmte sich mit aller Kraft gegen die kaum sichtbare Tür. „Fasst doch mal mit an! Allein schaffe ich es nicht!"

Endlich gab das Betonsegment nach. Sie vergrößerten die Öffnung und sicherten den Eingang. „Mir nach!" Cornel Stirnberg bewegte sich vorsichtig in den stockdunklen Raum hinein. Dann blinkte vor ihm ein heller Fleck. Er kletterte eine schmale Stiege hinauf und erreichte eine riesige, sonnenüberflutete Halle. Die anderen Männer folgten ihm. Durch das gläserne Dach fiel helles Licht auf unzählige elektronische Geräte, die den Raum füllten.

„Die Schaltzentrale?" staunte Dr. Harper. Die meisten Apparate waren abgeschaltet, nur an wenigen Geräten flackerten unruhig Kontrollleuchten.

„Ausschwärmen und jede Ecke genau kontrollieren! Denkt daran, dass mit diesen Schweinen nicht zu spaßen ist!"

Die Soldaten verteilten sich im gesamten Komplex. Aus dem hinteren Teil der Halle drang ein kratzendes Geräusch ans Ohr des Cornels. Er legte den Zeigefinger auf die Lippen und wies mit seinem Revolver in die betreffende Richtung. Bobak schlich lautlos wie eine Katze, die Armbrust schussbereit, bis zu den mächtigen metallenen Säulen, die den Raum teilten. „Kommt hierher!" Der dahinterliegende Teil war noch bedeutend größer! Vier ungeheure stählerne Kolosse standen blinkend im gleißenden Licht. Dr. Harper und Lt. Gordon schauten sich verdutzt an. „Großer Gott ? Hubschrauber!" raunte der Lieutenant. Neben einem der Helikopter entdeckten sie einen toten Frauenkörper. Sie vernahmen rohes Männerlachen und das hilflose Wimmern von Frauen. Was sich im Rumpf der Maschine abspielte, konnte Bobak nur ahnen. „Euch werde ich es zeigen!"

Entschlossen schritt er aufrecht auf den Hubschrauber zu. Die Erregung erhitzte sein kantiges Gesicht, doch seine Augen glänzten frostig kalt. In der Luke des Hubschraubers erschien die Gestalt eines Leibwächters. Überrascht schaute er seinen Gegner an. Hilflos durchfurchte seine Hand die Luft und erstarrte, als der Bolzen sein Herz durchschlug. Cornel Stirnberg gab den Befehl zum Angriff...

Endlich war alles vorbei!

Auf der linken Seite des Raumes lagen die Körper der getöteten Jäger aufgereiht. General Lex von Hammersteins persönlicher Leibgarde, Männer ohne Erbarmen und voller Grausamkeit! Ihnen gegenüber ruhten die vier bestialisch hingemordeten Frauen. Ihre zerstückelten Körper wurden gerade mit einem Tuch abgedeckt. Unter ihnen befand sich auch Sina, die Frau des Häuptlings. Mit Tränen in den Augen schauten die hartgesottenen Männer auf die sterblichen Überreste ihrer Gefährtinnen. Der Preis für diesen Sieg war hoch! Stumm und anklagend blickte Bobak in das strahlende Angesicht seiner Göttin, der Sonne... „Warum?"

EPILOG

„Ich werde zu alt dafür!" seufzte Dr. Harper leise und legte den kleinen
Handspiegel in das Schubfach seines Schreibtisches zurück. Wochen waren
seit ihrer Rückkehr nach Noah-City vergangen und immer noch spürte er die
Strapazen dieser ungewöhnlichen und schicksalsträchtigen Reise in den
Knochen.

Behäbig, fast schwerfällig ließ er sich in seinen Sessel zurücksinken. Der
Geruch und das vertraute Knarren des abgeschabten Leders gab ihm seine
Sicherheit zurück. Mit geschlossenen Augen genoss er die Stille. Er dachte an
seinen Schützling, das Stammesoberhaupt der Pikos, Häuptling Bobak. Es
schmerzte ihn, den jungen Mann so leiden zu sehen. Und es schmerzte ihn,
dass er ihm nicht zu helfen vermochte! Es klopfte leise. Als sich die Tür öffnete,
trat Bobak ein. Dr. Harper sprang auf und eilte dem willkommenen Besucher
entgegen. Der Häuptling lächelte traurig, als ihn sein Freund in die Arme
schloss. „Wo ist Goli?" Jim schaute sich suchend um.

„Oben. Er schläft vor den Höhlen der Ahnen. Ich glaube, dass auch er nach der
Antwort auf eine wichtige Frage sucht. Offenbar lockt ihn die Wildnis. Vielleicht
geht er zurück in die Wälder...?"

Dr. Harpers fragenden Blick beantwortete der Häuptling mit einem
Achselzucken. Er wusste nicht, noch nicht, wie er sich entscheiden würde,
sollte der Tiger wirklich gehen. Jim bot ihm einen Platz an. Bobak zog sich
einen Stuhl heran und ließ sich darauf nieder.

„Ist es die Sache, unsere Sache, wirklich wert, wie Du immer gemeint hast?
Was kann es wert sein, sein Leben dafür zu geben oder das Liebste zu opfern?
Sag es mir, Jim!" Der Schmerz in seiner Stimme war nicht zu überhören.

„Als damals der ewige Winter fast die gesamte Menschheit umbrachte, war ich
verzweifelt. Es gab für mich nichts weiter als eine ganz leise ungewisse
Hoffnung, dass es vielleicht irgendwann wieder besser werden würde. Doch ich
und einige Wenige neben mir haben eine neue Chance erhalten: die Chance,
als Eure Ahnen in die Welt zurückzukehren! In eine Welt, die uns nun
gemeinsam gehört. Auch unser heutiges Leben ist nicht frei von Sorgen,
Kummer und unliebsamen Überraschungen. Insofern hat sich wenig geändert.

Doch eines hat sich gewandelt: unsere Einstellung. Denn wir haben das Wissen dazu gewonnen, dass es tatsächlich nichts Wertvolleres gibt als diesen Flecken Erde. Er ist unsere Heimat, unsere Hoffnung! Auch um diese Erkenntnis zu verteidigen, sind in den letzten Tagen Menschen, die wir liebten, gestorben. Sina gehörte dazu. Und ich weiß, dass ihr Tod alles andere als sinnlos war...“

Später erhielt Dr. Harper über Funk aus Gray-Area-City die Meldung, dass sich Abordnungen der weit verstreut lebende Stämme und Völkerschaften ihres Kontinentes auf dem Weg nach Noah-City befänden. Das Angebot der Pikos und der Bewohner von Noah-City zur Schaffung einer gemeinsamen, friedlichen Allianz war auf fruchtbaren Boden gefallen. Endlich!
„Ein großer Traum geht in Erfüllung!“ strahlte Dr. Harper. „Ein Traum, den die Menschheit von Jahrhundert zu Jahrhundert, von Generation zu Generation weitergetragen hatte, ohne ihm je gerecht werden zu können: der Traum vom ewigen Frieden...“ Das Telefon klingelte. Mit einem Scherz auf den Lippen nahm der Administrator den Hörer ab.
„Mister Harper, Sir! Hier spricht die Radarkontrolle! Ein nicht zu identifizierendes Flugobjekt nähert sich aus östlicher Richtung dem Kontinent. Zeitpunkt des Eintreffens in zwölf Minuten und acht Sekunden. Erteilen Sie bitte Anweisung, was wir tun sollen...?“

ENDE

Demnächst im Angebot: Zweiter G. Voigt Roman

Das Geschlecht der blauen Engel

New-Noah-City, die neue Stadt der Ahnen wächst und gedeiht in einer Umwelt, die einst von ihren Bewohnern in grauer Vergangenheit beeinflusst und geschaffen wurde. Das gerade erst geschaffene Bündnis der friedlichen Koexistenz bröckelt und zerfällt, als unbekannte Wesen beginnen, die Hochburgen der verbliebenen menschlichen Zivilisationen zu zerstören…

Eine neue unheimliche und unbesiegbare Macht ist aufgebrochen, die Herrschaft über die Erde zu übernehmen.

Wird es Savus, einem Führer der des Rates der Dreizehn der Blauen Engel, gelingen, seine Mitstreiter von ihrem blutigen Feldzug abzuhalten oder behält das verschlagenen und machtbesessene geistige Oberhaupt, Vater Teronus, die Oberhand?

Das Orakel der Menja der Pikos, dem Stamm der Sonnenanbeter, und die Weisheit des Ol -Teen, dem Auserwählten - gelingt es ihnen, sich von der unheimlichen Bedrohung zu befreien?

Wer sind die Schöpfer der Blauen Engel und woher kommen sie?

Eine Frage, welche die Wissenschaftler der Alt-Vorzeit erneut zwingt, sich mit den Unzulänglichkeiten der eigenen Tätigkeiten und den daraus entstehenden, weitreichenden Verantwortungen zu beschäftigen…

Erleben Sie ein neues spannendes Abenteuer mit dem Team von Dr. Jim Harper und Häuptling Bobak auf der Suche nach der schmerzhaften Wahrheit.

Spannend erzählt und voller Abenteuer…

Demnächst: Dritter G. Voigt Roman

Der Clan der Androiden

Monate sind seit dem unverhofften Sieg über die Blauen Engel vergangen...
Doch der ersehnte Frieden wird erneut ernsthaft bedroht.

AYMAN - einst von den Menschen erschaffen, das militärische Gleichgewicht in der Phase des kalten Krieges durch ein geniales Computersystem zu sichern, macht sich selbständig. In der Einsamkeit der Eiszeit und Abwesenheit seiner Schöpfer hat er begonnen, sein eigenes Ich zu erkunden und damit seine Vorstellungen einer funktionierenden Macht über alles Wesen der Erde zu erproben. Mit fatalen Folgen für Mensch und Tier!

Seine Getreuen formieren sich aus dem Volk der Arons - riesige mutierte Ameisen - welche AYMAN blind und bedingungslos folgen und gehorchen.
Er ist ihr König und erschafft die die Herren der Zwölf Burgen...
Androiden mit den Gehirnen von Menschen gesteuert, setzen erbarmungslos um, was AYMAN plant und ersinnt.

Jeni, ein junger Krieger der Sonnengarde der Pikos, gerät in Gefangenschaft und wird einer der Herren der Burgen. Er mordet diejenigen, die er eigentlich schützen soll - seine eigene Familie, seine Freunde und Gefährten, sein eigenes Volk... Bobak, der Häuptling der Pikos, Dr. Jim Harper, Administrator von New-Noah-City und ihre Gemeinschaften kämpfen verzweifelt gegen einen schier unbezwingbaren Gegner.

Gelingt es ihnen, in Jeni den Funken Menschsein zum Leben zu erwecken und damit sich und den Rest der Menschheit vor dem sicheren Untergang zu retten? Oder ist das der letzte große Krieg, der ins absolute Nichts führt?

Spannend erzählt und voller Abenteuer...